Les Herbes noires

Michel Dodane

Les Herbes noires

**

Les enfants de la Vouivre

ÉDITIONS FRANCE LOISIRS

Édition du Club France Loisirs,
avec l'autorisation des Éditions Albin Michel

Éditions France Loisirs,
123, boulevard de Grenelle, Paris
www.franceloisirs.com

Le Code de la propriété intellectuelle n'autorisant, aux termes des paragraphes 2 et 3 de l'article L. 122-5, d'une part, que les « copies ou reproductions strictement réservées à l'usage privé du copiste et non destinées à une utilisation collective » et, d'autre part, sous réserve du nom de l'auteur et de la source, que les « analyses et les courtes citations justifiées par le caractère critique, polémique, pédagogique, scientifique ou d'information », toute représentation ou reproduction intégrale ou partielle, faite sans le consentement de l'auteur ou de ses ayants droit ou ayants cause, est illicite (article L. 122-4). Cette représentation ou reproduction, par quelque procédé que ce soit, constituerait donc une contrefaçon sanctionnée par les articles L. 335-2 et suivants du Code de la propriété intellectuelle.

© Éditions Albin Michel, 2006

ISBN : 978-2-7441-9835-9

*À la mémoire
de Jacques Courbet*

Croyez-vous que les rêves soient une pure combinaison du hasard? Il existe dans l'homme de secrets remords, vagues, instinctifs, qui se révèlent par les terreurs de la superstition et les hallucinations du sommeil. L'empreinte en est restée dans un coin du cerveau et s'y réveille quand les autres facultés de l'intelligence s'endorment.

GEORGE SAND, *Lélia*

Les Moutier ont vécu des jours heureux avec leurs trois enfants, dans leur ferme en Franche-Comté. Mais, abusé par Lucas, le châtelain, le père lui a vendu ses terres. Il sera abattu en voulant récupérer l'acte de vente. Flora, sa femme, se réfugie à Besançon avec ses enfants, chez Monnier, un relieur devenu veuf qui cherche une gouvernante. Elle devient rapidement son épouse et ils connaissent une certaine aisance financière. Mais Monnier perd brusquement sa fortune, et c'est Just, le fils aîné, qui en retrouve une pour sa famille: il hérite du trésor de son arrière-grand-père, caché dans la cave de leur ancienne ferme et découvert par Maurine Lucas, l'amour d'enfance de Just, qui deviendra sa femme. Quand débutent *Les Herbes noires*, le jeune couple habite le château des Lucas.

Le soir tombe sur Battant. Piqué des lumières des façades, le Doubs glisse vers l'aval, silencieux, sinueux, rivière citadine charriant des parfums de campagne et des humeurs de haute montagne. Dans ses eaux sombres se reflètent les collines de Chaudanne et les immeubles récents, de gros tonnages, échoués sur la berge, paquebots amarrés désertés par leur équipage : au fil des années, la laideur tente de s'installer, mais la ville résiste. *Besançon la Latine, Vesontio*. Vieille cité rongée par le temps, les invasions, les conquêtes. Là où naquit Hugo, éphémère citoyen d'une ville recluse en sa boucle, migrant, en couches et layette, vers Marseille ! Hugo le déserteur, pourtant honoré d'une statue sous les grands arbres de Granvelle.

Just, le relieur, relie. Que faire d'autre quand on s'est assigné cette mission, ce devoir ? Le cuir et l'or, l'encre, la colle, l'encordement des feuillets, le débrochage l'occupent, lui, le relieur-doreur, fixé en son atelier comme le boulanger à son pétrin, le forgeron aux flammes et à l'enclume, le paysan à sa faux, à sa charrue, à son silence. Là-haut, sur les plateaux, soufflent les vents d'une année nouvelle, tombent les neiges plus blanches et meubles qu'un dessert onctueux et tendre, coulent les sources et les torrents, aux recoins embrumés des étangs, des tourbières, des forêts profondes, là où les sapins plantés comme des piques à l'assaut du ciel pâle ressemblent à des flèches en attente. Là-haut, c'est ailleurs, une autre vie, d'autres silences et d'autres cris.

Just passe la main dans ses cheveux blancs. Ses yeux se mettent à briller d'un éclat particulier quand ils se posent à nouveau sur le livre. À l'écart sur le plan de travail, comme en réserve d'on ne sait quels mystères, ce livre a l'incongruité des objets abandonnés, trop neufs et trop voyants, qui ne devraient pas être là, mais déjà partis, emportés, achetés ou recueillis.

Mais Just ne peut en détacher le regard : fraîchement relié, il a la beauté des chefs-d'œuvre. Le relieur va jusqu'au poêle, prend la bouilloire et se verse un café brûlant. Par la fenêtre, il aperçoit les passants sur le pont, les ombres de la nuit qui vient, une nuit qu'il pressent peuplée de fantômes et de souvenirs. Et le passé, de nouveau, lui saute au visage. Il prend le livre entre ses mains, apprécie le grain du cuir, la finesse des nerfs et la netteté des à-plats. Sur le dos brillent les caractères dorés au fer : quatre mots pour quarante années, quarante années pour quatre mots. Alors, parce qu'il ne peut s'en empêcher, et parce que ce livre est le sien, il l'ouvre.

I

La saison du sorcier

1

— Voilà, monsieur ! Votre boisson de nuit.
Just leva le nez de son livre, posa son cigare.
— Merci, Julia.
— Est-ce que vous m'autorisez à me retirer ? Il est tard.
— Bien sûr, Julia. Bonne nuit.
La cuisinière s'éclipsa. Just prit délicatement le bol fumant entre ses mains.
— Chérie, je t'assure que tu devrais goûter la nouvelle tisane de Julia. C'est une merveille.
Maurine, qui s'échinait depuis une demi-heure sur un prélude de Chopin, frappa un dernier accord et referma le piano.
— Sans façon. Tu sais, moi, la tisane...
Elle le rejoignit sur le divan, le regarda en souriant.
— Mon mari... Le cigare au bec et la tisane à la main ! Il ne te manque que les pantoufles et les lorgnons !
— J'irai en acheter dès demain, à Maîche...
Il s'étira en bâillant.
— Il est très tard, on va se coucher ?
Elle lui pinça le menton entre le pouce et l'index. Puis elle glissa une main sur sa cuisse, et de l'autre commença à dégrafer son corsage. Just

posa son cigare et la prit dans ses bras. Ils roulèrent sur des coussins jetés au sol. Just dénuda les seins de Maurine et les embrassa. Coquine, elle lui échappa, monta l'escalier en courant, poursuivie par Just. Ils tombèrent ensemble sur le lit. Just entra en elle, qui lui agrippa les hanches, l'encourageant à venir plus loin, plus fort. Le plaisir les surprit par sa fulgurance. Ils s'endormirent, épuisés.

Le parc du château était livré au silence. Sous le vent d'ouest, les nuages avaient fui et la lune irisait les contours des grands arbres de sa clarté opaque. La campagne étirait champs et bosquets en une géométrie aveugle et sombre : des murgers saillaient au détour des coteaux, soulignant l'horizon de hachures horizontales. Le bois des Mayes avait refermé son mystère sur les lisières de feuilles, de mousses et de fougères mouillées. L'humus végétait, macérant humeurs de sousbois et parfums aigres-doux. Aux écuries, les chevaux dormaient. Les flancs de l'alezan de Maurine se soulevaient, son grand corps affalé sur la paille propre et sèche.

Torse nu, un bras posé sur la hanche de Maurine, Just dormait profondément. Dans son rêve, il n'y eut d'abord qu'un murmure, un souffle venant du dehors, qui faisait tressaillir les ramures souples des sapins. Le souffle grandit, devint une vibration irrégulière, comme les battements d'ailes d'un grand oiseau ou d'une énorme chauve-souris. Ensuite, il diminua : peut-être l'animal décrivait-il des cercles au-dessus du château, de plus en plus haut. La vibration disparut presque complètement, puis, venue de très loin, recommença à croître. On eût dit un frémissement métallique, un bruissement d'écailles. La vibration s'amplifia avant de devenir plus sourde. Un grondement plaintif, puis un gémissement. Il y eut un impact, un choc léger contre les murs du château, suivi d'un crissement d'ongles sur la vitre.

La chambre était maintenant prise dans un halo bleuté. La lumière venait de l'extérieur. Brusquement, elle se rassembla en un faisceau qui balaya la chambre, comme si on cherchait à voir à l'intérieur. Et toujours ces crissements d'ongles, aigus mais soyeux. Just, perdu dans son rêve, se vit sortir du lit, abandonnant Maurine. Pris dans le faisceau lumineux, il se dirigea lentement vers la fenêtre.

Leurs deux premières années de mariage avaient été ce que Maurine et Just avaient toujours espéré : un amour parfait. Où qu'ils aillent, ensemble ou séparés, où que la vie les mène, l'un ne penserait jamais qu'à l'autre. Le temps, les jours ne comptaient pas. Tout ce que la vie pouvait offrir de meilleur leur semblait promis.

C'étaient deux âmes bien trempées. Enfant gâtée, Maurine aurait pu se contenter d'une vie facile et sans surprises : l'argent ne manquerait sans doute jamais. Son père y veillait. Un temps menacées, ses affaires étaient de nouveau florissantes : Just l'ayant convaincu de renoncer à faire du pays des tourbières un éden industriel – les hautes cheminées et les hangars coiffés de tôle étaient pour l'instant bannis du paysage –, il avait placé ses espoirs dans la pierre. Associé à des architectes qui travaillaient à construire des cités d'un nouvel âge, le châtelain se servait de son réseau de relations pour hérisser le pays de grands ensembles, de barres de béton, de *zones périurbaines*. La France de la fin des années cinquante devenait ainsi un laboratoire d'idées nouvelles, pour le pire et le meilleur. Perché sur son piton rocheux, le château des Lucas était pourtant l'exacte antithèse de ce que son propriétaire vendait aux édiles conquis à coups de prébendes et de soutiens de campagne.

Maurine n'était pas de la même race : l'argent lui importait peu, sans doute parce qu'elle n'avait jamais eu à s'en soucier, peut-être aussi parce qu'elle avait su conquérir le bien suprême : la passion, qu'elle imaginait éternelle. Sautant sur son alezan dès les premières lueurs du jour, elle battait la campagne, se grisait de soleil et rentrait vite au château pour être là quand Just se réveillait. Elle se blottissait alors contre lui, fraîche comme une source. Puis elle préparait le petit déjeuner, œufs de ferme, jambon fumé et café brûlant. La journée passait ensuite en promenades, en visites.

Just s'abandonnait à son bonheur. C'était, au sens propre, la vie de château, et lui, le petit paysan de la Frasne, n'avait aucun scrupule à s'y adonner : de son beau-père, Gérard Monnier, second mari de Flora, sa mère, il avait adopté l'hédonisme tranquille, vertu païenne des hommes simples et amoureux de la vie, fatigués de devoir lui donner un sens. Monnier avait longtemps exploré les méandres d'une spiritualité complexe et tournée vers la lumière. Il s'était aperçu que cette lumière était plus facile à trouver le matin, quand le soleil se décidait à percer les nuages, que le soir, au fond d'une crypte vouée au culte de dieux incertains. Just, lui, ne se posait pas ce genre de questions : il était jeune, et le plaisir était son ordinaire.

De ses racines paysannes, il avait su garder l'essentiel : le respect de la terre. Ludovic, son père défunt, en avait eu la passion : pour lui, la terre était une femme, belle, fertile, capricieuse et parfois ingrate, mais toujours là, saison après saison, n'abandonnant jamais celui qui l'aimait, le nourrissant et le laissant, en son sol, fonder sa maison. Just chérissait son souvenir. Il n'avait pas eu le temps de le voir vieillir : son père était parti en pleine jeunesse, foudroyé d'une balle alors qu'il essayait de sauver son seul bien : sa ferme, la Frasne. Un monument, une cathédrale remplie de foin, d'humains, de bêtes et de souvenirs : les veillées en hiver, passées en « *racontottes* » ou en parties de cartes, quand le vin jaune coulait dans les verres, accompagné de noix et de comté, la cuisson des gaudes sur le poêle, les parties d'osselets dans un coin de l'outo, et les fenêtres grandes ouvertes, aux beaux jours, sur les bois et les champs, sur la courbure montante du communal où se rendait le troupeau, lent et carillonnant. La Frasne, à présent disparue.

Just n'avait rien oublié. Ni malheurs ni bonheurs. Mais il s'exerçait à l'insouciance.

La vibration avait disparu et laissé place à une respiration profonde, flux et reflux, interrompue de loin en loin par un souffle rauque, comme un sanglot refoulé. Dans son rêve, Just écarta doucement le rideau. Le faisceau de lumière le frappa alors de plein fouet. Aveuglé, il porta la main à ses yeux, pour se protéger. Petit à petit, il commençait à discerner des formes, deux lumières rouges et un trou d'ombre d'où s'échappait une vapeur tiède qui embuait la vitre. Il n'avait pas peur. Il tendit la main vers la fenêtre.

Sa mère avait décidé de rester à Besançon. Just avait essayé de la convaincre de revenir au pays. Mais elle avait toujours refusé : Flora voulait à tout prix se préserver de la nostalgie, et de la mélancolie qui l'accompagne. Elle n'oublierait jamais Ludovic, même si elle avait épousé un autre homme, et tous les lieux traversés ensemble, au temps de leur amour, la ramèneraient à lui. Il était donc inutile de réveiller le passé. La magie noire des souvenirs lui suffisait, quand elle venait parfois la hanter, au creux de la nuit. Elle se réveillait alors en sursaut, le cœur battant, au sortir d'une étreinte avec un fantôme qui ressemblait trait pour trait au fermier disparu. Seul son regard avait changé : la malice et la douceur avaient fait place à une sorte d'innocence étonnée.

La fenêtre sembla s'ouvrir d'elle-même, poussée par le souffle tiède que Just sentit aussitôt, sur son visage et sur son torse. Le faisceau lumineux diminua alors d'intensité, et Just put enfin *voir*.

Il ne distingua d'abord de la bête que le mufle : épais et luisant, d'une humidité poisseuse, semblable à la peau d'un noir fruit tropical. Son cuir était souple et finement nervuré, laissant deviner une musculature puissante. Un fauve gansé dans une peau de reptile. Ses naseaux se contractaient au rythme de son souffle rauque et sifflant. Le sang affleurait, battant sous le cuir. Chaque vaisseau semblait un ruisseau bouillonnant prêt à jaillir. Son chanfrein était plat, comme celui d'un énorme saurien. Mais le regard de Just ne s'y attarda pas : il était irrésistiblement attiré par deux fentes rouges et fiévreuses, entre lesquelles brillaient deux pupilles couleur lave, deux billes lisses et translucides entourées d'une fine membrane peinant à contenir le métal aurifère qui palpitait à l'intérieur. De longs poils noirs et gras balayaient son front huileux. Des gouttes s'en échappaient, qui ruisselaient jusqu'à sa gueule : celle-ci les happait en s'ouvrant en un spasme douloureux sur une langue violacée hérissée de pointes aux extrémités vert bronze. Ses oreilles – poilues elles aussi – étaient plantées très en arrière et agitées de tressaillements, comme si elles percevaient le moindre murmure, la plus infime vibration. La bête était écartelée, ses deux membres supérieurs agrippés à la muraille.

Quand Just apparut devant elle, elle fut secouée d'un frisson et, dans l'ombre du parc, à vingt mètres en arrière, sa queue fouetta l'air et vint frapper une haie de résineux, qui ployèrent dans un grésillement. Just restait étrangement calme. La bête avait planté son regard dans le sien, les billes d'or s'y reflétaient et le souffle tiède et vaporeux estompait les contours du visage du jeune homme, qui semblait pris dans les brumes d'une source chaude dans laquelle il se laissait engloutir. La langue du monstre, sortie de son antre brûlant, se tendit vers son torse. Il tressaillit au contact des piques effleurant ses flancs. Puis la langue entoura sa main, l'enserra avec précaution. Just se mit à respirer à petits coups rapides. Les piques lui rentraient dans la chair, distillant leur venin. Au bout de quelques minutes, l'étreinte se relâcha et la langue du monstre retourna dans sa gueule. Just se prit la tête entre les mains. Il avait chaud et une étrange langueur l'envahissait. Un souffle de vent lui rafraîchit alors le visage. Il leva les yeux : la bête avait disparu.

À sa place se tenait Maurine, ses longs cheveux blonds balayant son visage. Elle était vêtue d'une robe de soie blanche. Suspendue dans l'air froid, elle le regardait en souriant. Ses yeux étaient ceux de la bête. Petits et rouges. Just se retourna vers le lit. La Vouivre y était étendue, le groin posé entre ses pattes, à la manière d'un gros chat. Elle avait deux trous noirs à la place des yeux. À ses côtés se dressait un homme dont le visage était caché par un large capuchon. Il se tenait debout, un bâton aux armes de la Vouivre à la main. Just sentit un souffle brûlant sur son épaule. Il se tourna de nouveau vers la fenêtre.

Une mer de flammes. Noyées dans ce brasier, des mains se tendaient vers lui, des visages l'imploraient, une mère, tenant son enfant à bout de bras pour le soustraire au feu, périt avec lui dans la fournaise. Venus de l'infini, d'énormes brandons rougeoyants fonçaient sur Just. Quand ils ne furent plus qu'à quelques mètres, il se mit à hurler.

Il se dressa d'un coup, le visage entre les mains. Devant lui, la fenêtre était fermée et les grands arbres du parc gîtaient sous un vent léger. À ses côtés, Maurine dormait. Il s'empara du bol contenant le reste de tisane froide, le but, et se laissa retomber sur les oreillers, épuisé, en sueur.

Il était neuf heures. Maurine revenait de sa promenade matinale. Elle trouva Just tassé au fond du lit, l'air harassé.

— Quelle tête! Tu as si mal dormi? Tu t'es agité toute la nuit, enfin, ce qu'il en restait.

La veille, Ferdinand Béliard, l'ami de Just, était venu à l'improviste fêter son admission à l'école de commerce. L'occasion de libations et de flamboyantes envolées verbales, auxquelles Maurine avait assisté, amusée et patiente. Ils s'étaient quittés vers trois heures du matin, Ferdinand abandonnant Just à sa tisane et Maurine à son piano. Il s'était laissé convaincre de dormir au château, bien qu'il eût préféré repartir à moto pour Besançon. On l'avait installé dans l'aile ouest, face à la forêt.

Les châtelains, les parents de Maurine, étaient en voyage. Ils étaient partis pour la Toscane, une promesse faite par Lucas à son épouse des années plus tôt. Ils reviendraient dans deux semaines, à la mi-juillet.

Maurine avait coupé ses cheveux, qui ne descendaient plus jusqu'au creux de ses reins mais se contentaient de tomber en cascade sur ses épaules. Elle s'assit au bord du lit, posa la main sur le torse de Just et, se penchant, l'embrassa.

Il soupira.

— C'est vrai, j'ai mal dormi. Encore un cauchemar.

Il s'appuya à la tête de lit.

— Raconte.
— La Vouivre.
— Encore ? Just, c'est la dixième fois ce mois-ci. Oublie-le, ce gros lézard !

Elle lui arracha un sourire.

— Je ne demande que ça.

Il fit un geste d'impuissance, se frappa le front.

— C'est là, et ça ne veut pas en sortir.

La Vouivre occupait toutes ses nuits. Cela avait commencé en avril. Le premier songe avait été bref. C'était la nuit. La bête sortait de la forêt alors qu'il était assis au bord d'un lac. Les nuits suivantes, elle s'était approchée, l'avait reniflé, puis s'était enhardie, le poussant du museau, le bousculant comme un énorme chiot cherchant un compagnon de jeu. Puis tout s'était arrêté. Il n'y *songeait* plus. Mais, au début du printemps, les cauchemars avaient repris, de plus en plus longs, de plus en plus précis, de plus en plus douloureux.

— Chérie, tu n'as rien remarqué de bizarre, dans le parc, ce matin ?

— Non. Milot faisait sa ronde avec le chien. Les chevaux étaient calmes. Bizarre comment ?

Just balaya la question d'un geste.

— Pas important. Je manque de sommeil.

Cette fois, le cauchemar semblait *réel*. Il n'avait pas l'impression d'avoir rêvé, mais d'être rentré malgré lui dans une autre dimension, où le surnaturel avait toute sa part, et la réalité aucune.

Il sauta du lit. Lui aussi avait changé. La prospérité s'était installée dans sa chair, dans ses gestes. Il ne restait plus grand-chose de l'adolescent rebelle et inquiet guettant les revers du destin et prêt à en esquiver les coups. N'était cette lueur dans son regard, qui renvoyait à des abîmes insondables, il avait même l'air d'un garçon serein, aimant la vie et ne se posant pas de questions. Sauf ce matin-là. Et sauf quand on le regardait comme le faisait Maurine, droit dans les yeux.

— Qu'est-ce que tu as ? tu m'inquiètes.

Just prit ses mains, les porta à ses lèvres.

— Ce n'est rien. Ça s'arrangera. Attends.

Il se leva brusquement : quelque chose brillait d'un éclat singulier, à terre, devant la fenêtre.

— Qu'est-ce que tu as vu ?

Il ne répondit pas. Penché vers le sol, il ramassa l'objet et alla le déposer au fond d'un des tiroirs de la commode, qu'il referma.

— Alors ?

— C'est quelque chose que j'avais perdu, et que je viens de retrouver. Pas important.

— On va petit-déjeuner ?

Des embellissements avaient été réalisés à l'intérieur du château. Le grand salon avait été totalement rénové. Mme Lucas avait opté pour le tout-Louis XVI : canapés bergères, cabriolets et banquettes recouverts de tissus à motif éléphants – d'où le surnom, trouvé par Maurine, de « salle aux pachydermes » – donnaient à la vaste pièce un aspect solennel mais gai. Festons, lambrequins avec glands de passementerie, nœuds et drapés complétaient le tableau. Lucas, le châtelain, détestait ce style suranné et avait demandé à sa femme si elle n'allait pas exiger qu'il portât la perruque et se poudrât le nez. La cuisine, où se rendaient Maurine et Just, n'avait, elle, pas changé : une longue table de bois, des fourneaux, une grande cheminée de pierre de pays, sur laquelle étaient posés deux énormes bougeoirs de cuivre, composaient un ensemble rustique et sans ostentation, où il faisait bon vivre et déguster les tartes aux myrtilles de Julia, la cuisinière. C'était une femme sans âge et sans beauté, aux cheveux pas encore gris mais à la peau déjà ridée, aux hanches épaisses et aux jambes courtes. Elle parlait peu, mais avec bon sens, et passait son temps à courir du jardin au marché et du marché au château pour confectionner des plats et de délicieux desserts. Potées, croûtes aux morilles, jambon à la crème, œufs à la cancoillotte, ramequins de gaudes au lard fumé, tartelettes aux fraises des bois, aux prunes coco, gâteaux miel et amandes, sèches, beignets à la fleur d'oranger, rien ne manquait à la table du châtelain.

— Bonjour, Julia !

— Bonjour, madame !

— Mais arrête de me donner du « madame » ! J'ai l'impression d'avoir mille ans. Ce n'est pas parce que je suis mariée avec ce charmant jeune homme que je suis devenue respectable. Je l'étais bien avant.

Just empoigna sa femme par la taille et l'attira à lui. Elle se débattit en riant. Il la lâcha après l'avoir embrassée en lui mordant les lèvres.

— Aïe ! Quelle brute !

Elle lui administra un violent coup de coude dans les côtes et le guida par la main jusqu'à la table. Julia les regardait, mi-attendrie, mi-agacée, car le spectacle du bonheur des autres est parfois exaspérant.

— Une omelette pour monsieur, comme d'habitude ?

— Oui, Julia, et du café, du café, du café !

— Pas plus de deux tasses, Just, après tu es intenable.

— Il faut que je me remette d'aplomb. La nuit a été rude.

Tout en fourrageant dans le foyer de la cuisinière, Julia lui jeta un curieux regard, qu'il ne remarqua pas.

— Ferdinand dort encore ?

— Sans doute, dit Maurine. Tu l'as vu, Julia ?

Elle fit non de la tête, en remettant le couvercle sur le foyer.

— Je vais aller le réveiller. Commence sans moi, Maurine.

Just, qui ne tenait pas en place, sortit de la cuisine et se dirigea vers l'aile ouest.

Le couloir ressemblait à celui d'un navire de croisière : les fenêtres, percées tous les cinq mètres, rondes et placées en hauteur, s'ouvraient sur le vide, on ne voyait donc que le ciel et la cime des arbres qui s'agitaient par grand vent, donnant une impression de gîte ou de tangage. En collant le front aux vitres, on pouvait apercevoir la rivière qui serpentait dans ses gorges bordées de frênes et d'érables. Le précipice ajoutait au sentiment d'éternité et d'isolement, comme si, en cet endroit précis, on ne se trouvait nulle part sur terre, mais dans un ailleurs inaccessible au reste des mortels. On voyait loin et haut. On se sentait différent. Just adorait cette sensation et cet endroit. Il y venait souvent. Laissant son imagination vagabonder, il songeait aux années passées et pariait sur un futur radieux : l'amour ne le quitterait jamais. Au début, il avait craint pour cette passion d'enfance : peut-être n'était-elle qu'une illusion, un instant de grâce, un prélude lumineux à une réalité plus cruelle. Les sentiments étaient de beaux oiseaux bariolés, qui charmaient autant par leur chant que par la flamboyance de leur plumage : il suffisait d'un mot, d'un geste de trop, pour qu'ils s'envolent à jamais. Mais non : Maurine et lui échappaient à tous les dangers. Ils se chamaillaient, se disaient parfois des horreurs, se provoquaient, jouant avec leur amour, boudeurs, enflammés et possessifs. Mais ils n'étaient jamais rassasiés l'un de l'autre. Ils se cherchaient, se perdaient, se retrouvaient toujours avec le même bonheur, le même désir.

L'aile ouest était constituée d'une tour donnant sur la forêt, d'un salon-bibliothèque, d'une chambre d'amis et d'une pièce d'angle ouvrant sur un balcon-véranda suspendu dans le vide. C'était un endroit merveilleux : on y voyait à des kilomètres, avec la sensation d'être partie prenante de la nature environnante, de frôler le végétal tout en restant à sa place d'homme, à soixante mètres d'à-pic, à la façon d'un plongeur de tremplin de haut vol prêt à s'élancer pour un saut vertigineux dans un bain de mousses, d'herbes hautes et de fougères déployées. Just avait investi la place en y installant son atelier de reliure. Les outils étaient fixés au mur, comme chez son beau-père Gérard Monnier, dans l'atelier de Battant, à Besançon. Un vaste plan de travail courait le long du mur, s'arrêtant là où commençait le vide. La lumière était partout, entrant aux premières secondes d'un nouveau jour et ne se retirant qu'à ses derniers instants, quand le soleil se couchait derrière la forêt d'érables et d'arbres de pente. Là, Just aimait se retrouver seul. Il rêvait, se laissant parfois gagner par la mélancolie. Dans ce château, aux côtés de cette femme magnifique, était son bonheur. Et pourtant... Quelque chose lui manquait. Était-ce la ville, son agitation, ses pièges et ses tentations ? Il se rendait parfois à Besançon pour embrasser sa mère, sa petite sœur Aliette, et Barthélemy, son frère, qui rongeait son frein, ayant promis de poursuivre ses études avant de regagner son terroir, sa vie. Just emmenait tout le monde dîner au café *Granvelle*, dormait parfois avec Maurine dans la chambre que leur avait réservée Flora, au deuxième étage de la maison que Monnier et elle habitaient maintenant : un nid d'aigle perdu dans une des collines entourant Besançon, d'où on apercevait la rivière et la citadelle. Dans la journée, il laissait Maurine faire les boutiques avec Aliette et Flora, passait prendre Ferdinand Béliard à l'épicerie de la rue Claude-Pouillet, et tous deux s'en allaient, comme au bon vieux temps, se payer une partie de rigolade avec les Montrapon. Ils étaient toujours là, ces diables bienveillants, rarement au complet, puisqu'il était fréquent que l'un d'eux fût en cavale après quelques larcins, ou qu'un autre fût emprisonné pour activité subversive : la guerre d'Algérie n'était pas terminée, et certains Montrapon, solidaires de la famille restée au bled, faisaient, à leurs risques et périls, l'apprentissage de l'activisme souterrain. Just n'hésitait d'ailleurs pas à se rendre sur leur lieu de détention, apportant des cigarettes, du chocolat, ou de la lecture. Il avait toujours ressenti une forte attirance pour ces « mauvais garçons » vivant en lisière d'une société qui les rejetait. Ils lui rappelaient son père, Ludovic Mouthier, grande gueule et poings d'acier, cabochard et dur au mal. Parfois, Just se demandait comment Ludo aurait réagi en le voyant fréquenter des bourgeois, faire partie de cercles dont ce paysan enraciné ne parlait qu'avec une condescendance paradoxale. Ce n'était ni de l'envie ni de l'aigreur. Pour lui, ces gens-là n'existaient pas, ils avaient les mains propres et soignées, de beaux costumes et du langage, ils ne travaillaient pas, au sens où lui l'entendait, les mains dans la terre et les reins brisés par l'effort : ils étaient donc suspects, en tout cas inutiles.

Les Montrapon, eux, s'enlisaient dans l'existence, comme Ludovic Mouthier autrefois dans la terre boueuse, criant après son cheval, lançant des *vintzi* et des *pute borgne*, buvant du poulsard ou du trousseau à la régalade quand il faisait *touffe*, au cœur de l'été. Mais Just s'était juré de ne jamais les laisser tomber. Leur grande barre de béton et de métal tenait toujours debout au terme d'une décennie éprouvante, avec ses balcons tachés d'antirouille et ses linges claquant au vent comme des pavillons de flibustiers.

En ce début des années soixante, la ville, comme le pays tout entier, continuait d'hésiter entre progrès et conservatisme : on rénovait, on construisait, tout en regrettant le passé et ses valeurs oubliées. Les curés passeraient bientôt de la soutane au costume sombre, et, pour ceux qui exerçaient leur sacerdoce à la campagne, du vélo à la 4 L, des sermons en chaire à l'exhortation devant le maître-autel, et du latin au français. Après les intrigues et le ballet politique qui avaient ponctué la vie de la IVe République, la France s'était donné un guide, le général de Gaulle, qui s'efforçait de régler le problème algérien, d'accélérer la décolonisation et de réformer ce vieux pays après lui avoir fait adopter une nouvelle Constitution, afin de le conduire à la prospérité. Vaste programme ! Comme lui-même devait le dire un jour en réponse à ce « Mort aux cons ! » lancé par un des badauds suivant le cortège présidentiel.

Just longeait le salon-bibliothèque quand la pendule comtoise installée dans un décrochement du couloir sonna neuf heures trente. Il ouvrit doucement la porte de la chambre d'amis, passa la tête par l'entrebâillement : le lit était vide. Un courant d'air fit trembler les rideaux de l'une des fenêtres donnant sur le ravin. La deuxième était grande ouverte : debout sur le chambranle, torse nu, face au vide, se tenait Ferdinand.

— Ferdi ?

D'un geste, Ferdinand lui fit signe de se taire. Il semblait hésiter, comme cherchant son équilibre. Just, pétrifié, n'osait plus dire un mot, faire un pas. Derrière son ami, il apercevait la cime des arbres frissonnant sous le vent. Des nuages s'étaient amoncelés. Le ciel était devenu noir. La pluie se mit à tomber, d'abord en gouttes fines. Puis un éclair illumina la vallée. Le tonnerre suivit, roulant au fond des gorges.

— Justo.

Sa voix était rauque. Son visage se découpait en profil perdu sur le ciel sombre. La pluie ruisselait le long de ses joues.

— J'y vais, Justo, j'y vais.

Il fit un geste des bras, comme s'il prenait son élan. À ce moment, il vacilla, se rattrapa au chambranle. Just profita de ce court instant de flottement pour se précipiter vers lui. Il lui ceintura les jambes et le tira en arrière. Les deux amis roulèrent au sol. Ferdinand se débattait.

— Laisse-moi ! Putain, laisse-moi !

Mais Just tenait bon. Il le retenait de tout son poids. Ferdinand essaya encore de se défaire de son emprise.

— Calme-toi, Ferdi. Ça suffit.

Il le serra encore plus fort, le maintenant au sol à la façon d'un judoka.

— Arrête, Just. C'est bon. Arrête.

Tous deux haletaient. Just se releva difficilement, alla à la fenêtre qu'il referma sur la pluie battante. Ferdinand restait allongé, les yeux fixant le plafond. Il pleurait. Just vint à lui, s'agenouilla à ses côtés.

— Qu'est-ce que tu allais faire ? Parle, dis-moi ce qui se passe.

La veille, Ferdinand semblait d'excellente humeur, il avait dîné, vidé quelques verres sans que Just pût soupçonner la moindre faille, le plus petit signe de mélancolie chez ce bon vivant, ce fêtard invétéré.

— Tu voulais vraiment te balancer ?

Ferdinand se passa la main sur le visage, secoua la tête.

— Je ne sais pas... Je ne sais pas ce qui m'a pris.

Il se redressa, mit la main sur l'épaule de Just, toujours sans le regarder.

— Excuse-moi. Je pense que j'ai trop bu, hier soir. C'est rien, c'est passé.

Just l'aida à se relever.

— Mon salaud, tu m'as fait une sacrée peur. Tu es sûr que ça va ?

Ferdinand planta son regard dans celui de son ami, et ce que Just y lut était plus que du désespoir. Puis, brusquement, une lueur se remit à danser au fond de ses yeux, et Ferdinand redevint ce qu'il avait toujours été.

— T'inquiète pas. Je te dis que j'ai trop bu.

Il donna une claque amicale à Just :

— Allez, fais pas cette tête ! Tu ne venais pas me chercher pour le petit-déjeuner ?

— Si.

— Allons-y !

2

Dans le Haut-Doubs, les troupeaux avaient regagné les pâturages d'estive. Les clarines pendaient au cou des montbéliardes, leurs sonnailles se répondant de loin en loin, de vallée en vallée, alors qu'au fond des forêts les sangliers passaient en harde, faisant fuir les chevreuils et bondir les écureuils au sommet des chênes et des épicéas. En altitude, les tiges de gentiane sortiraient bientôt de terre, ses fleurs jaunes donneraient aux alpages la naïve beauté d'un dessin d'enfant. Du nord au sud de la Franche-Comté, des étangs d'Écromagny aux gorges de Nouailles, de la Roche du Prêtre au Revermont, la nature célébrait ses retrouvailles avec le soleil, avec la vie qui sourdait de chaque centimètre de limon, de chaque goutte d'eau vive, des torrents de Consolation aux sources de la Loue, des boucles majestueuses du Doubs aux grands lacs du Jura. Dans les tourbières, une flore arctique continuait de survivre, malgré les agressions humaines sur ce milieu fragile. Camarines et bouleaux nains composaient d'étranges paysages, dans lesquels se faufilaient vipères péliades et pipits farlouses. Dans les vignobles, les ceps, creusant l'argile, donneraient bientôt des fruits rouges et dorés, et, sur les marnes les plus ingrates, le savagnin s'épanouirait pour, des années plus tard, chanter dans les verres emplis de vin jaune. À Belfort, le lion de Bartholdi rugissait pour l'éternité, perché sur son promontoire, gardant paresseusement l'accès d'un château aux pierres fauves.

À Besançon, la cité où certains se firent enterrer face contre terre pour tourner le dos à l'astre, symbole du Roi-Soleil, la citadelle émergeait de ses brouillards pour dominer le ciel des arêtes coupantes de ses murailles et du casque pointu de ses échauguettes.

Promenade Chamars, un couple marchait, main dans la main : Monnier, le relieur, et Flora, sa femme.

— Barthélemy ne patientera plus longtemps, Gérard.

— Oh, je le sais bien. Il est temps d'ouvrir la cage et de laisser s'envoler l'oiseau. Tant pis pour ses études. Il apprendra sur le tas. De foin ou de fumier. Il ne rêve que de ça, et il a bien raison. Je vais écrire à Lucien.

Barthélemy, le frère de Just, ne s'était jamais plu à la ville : il s'y ennuyait, ne trouvant du plaisir que dans les escapades extra-muros qui l'emmenaient parfois très loin, bien au-delà des collines. Il en revenait souvent deux ou trois jours plus tard, crotté et fourbu, ayant dormi à la belle étoile, couru les bois, lié connaissance avec tel fermier et partagé le repas de tel autre. Il se réveillait souvent dans la paille d'une grange, avec à ses côtés le chien de la maison, qui le voyait partir à regret, tant il avait le don de s'attacher bêtes et gens par son bon naturel, sa passion de la terre et l'estime qu'il portait à ceux qui la travaillent, mais aussi par l'amour qu'il vouait aux animaux, bêtes de somme ou de compagnie. Quand il partait, il emmenait parfois avec lui un ou deux copains d'école, et le retour était souvent douloureux, voire dramatique, les parents des enfants – quoique rassurés par Monnier et Flora qui savaient qu'avec Barthélemy ils ne risquaient pas grand-chose – vouant aux gémonies ce coureur de forêts qui mettait en danger leur progéniture. Le relieur et sa femme avaient essayé de le raisonner, mais c'était peine perdue : il ne concevait la vie qu'en plein vent, au grand air, les pieds foulant l'herbe haute, les mains dans la glaise, piochant la terre ou creusant le sillon. Un vrai péquenot, comme aurait dit Just, qui le taquinait sur cet atavisme rural.

— Et pourquoi ne vivrait-il pas chez son frère ? Le château est grand, je suis certain que les Lucas n'y verraient aucun inconvénient.

— Mais lui n'en a aucune envie, Flora.

— Just serait pourtant si heureux.

Barthélemy manquait à Just. C'était peut-être d'ailleurs la raison de cette secrète mélancolie qui l'emportait parfois, durcissant son regard et faisant dire à Maurine qu'il avait son « œil de tempête ». Les deux frères avaient toujours vécu côte à côte, partageant la même chambre, se battant parfois comme des chiffonniers mais se réconciliant toujours, frères de sang, frères de cœur. Ils étaient si différents de par leur physique et leur caractère, qu'il était difficile d'imaginer qu'ils étaient du même père et de la même mère. Just avait pris goût à la ville, à son parfum secret, à ses mystères et à ses aventures, tandis que Barthélemy n'y voyait que plaisirs frelatés, laideur et faux-semblants. Just adorait la lecture, la rêverie, Barthélemy ne s'imaginait que dans l'action, le concret, l'ivresse du réel. Mais leurs dissemblances, plutôt que de les éloigner, les rapprochaient, comme une espèce inconnue est attirée, fascinée par une autre. Leurs univers ne se rejoignaient que dans le souvenir de l'enfance perdue, des baignades dans la rivière glacée, aux courses dans les champs, de la cueillette des framboises et des mûres à celle des champignons, chanterelles et pieds-de-mouton, bolets et clavaires. Ils avaient usé leurs galoches sur les mêmes sentiers vagabonds serpentant dans des pâturages cernés de futaies de hêtres, de sapins et d'épicéas. Et quand venait le soir, ils aimaient s'attarder au bord des étangs, attendant le crépuscule pour regagner leur ferme perdue dans la combe, où ils retrouvaient la chaleur du *tué*, les odeurs de viande fumée et de bois brûlé, de tabac et de lessive, et l'humeur brusque et joyeuse du père, à laquelle faisaient écho les accents tendres de la voix de leur mère. Flora... frappée en plein cœur par la mort de Ludo, mais qui, courageusement, avait su feindre de l'oublier et de s'inventer une autre vie, loin de la Frasne et de ses lourds secrets.

— Sincèrement, Flora, je crois que Barthélemy sera plus heureux chez Lucien. Sa ferme est grande, il a maintenant quinze bêtes et du travail à revendre. Et mon frère aime bien ton fils : il ne l'a guère vu grandir et il sera ravi de le voir devenir homme à ses côtés. Et rien n'empêchera tes deux fils de se voir, autant qu'ils le voudront.

Flora porta la main de Gérard à ses lèvres et l'embrassa en lui faisant cadeau de ce regard qu'il adorait, sombre et lourd. Les grands arbres de Chamars ployèrent sous le vent qui fit frissonner l'eau de la rivière et s'envoler quelques brindilles sèches.

— Quand va-t-on le lui annoncer ?
— Le plus tôt sera le mieux.
— Il va être fou de joie. J'irai le voir le plus souvent possible.

Elle appuya son front sur le torse de son compagnon.

— C'est vrai ? Tu te sens prête à retourner là-haut ?

— J'y serai bien obligée.

C'est la seule réponse qu'obtint Gérard, mais, au fond de lui, il sentait que Flora ne lui disait pas tout: le fantôme du fermier n'avait jamais disparu dans l'ombre de l'oubli. Pour sa femme, il y aurait toujours une place pour celui qui, des années plus tôt, avait su, le premier, gagner son cœur. Il la prit par la taille, déposa un baiser dans ses cheveux, et ils s'en allèrent tous deux au long des berges, flâneurs mélancoliques, chacun porteur d'un mystère dont l'autre ne pouvait apercevoir qu'une facette, la plus lumineuse.

3

Dans la trouée de ciel s'inscrivant entre les branches hautes d'un érable planait un rapace, fine silhouette menaçante, lointaine mais prête à fondre sur la première proie détectée par son regard perçant. Pas un souffle de vent. À cet endroit des gorges, l'eau coulait, nonchalante. Elle avait pris sa source à quelques centaines de mètres en amont, sinué entre les roches, changé son murmure en fracas en se muant en cascade à la faveur d'un brusque dénivelé, et s'installait maintenant dans un coude apaisé, où elle devenait translucide, gemme bleutée dans laquelle se reflétait le soleil. Un chemin serpentait à flanc de colline, se devinant à peine dans une végétation dense, arbustes de pente, ronces, fougères et lierre rampant sur l'humus. C'était le royaume de l'ombre. Le soleil se risquait à peine à chauffer la surface de l'eau, au centre du miroir, là où les arbres avaient renoncé à empêcher son intrusion dans cet univers obscur et silencieux. On ne percevait de la vie que ses frôlements, ses courses au ras du sol, où serpents, petits rongeurs et insectes se faufilaient dans un maquis épais, chasseurs chassés, prédateurs traqués par un ennemi invisible tapi dans les anfractuosités de rochers ou derrière des souches pourrissantes. L'eau était partout. Au frais dans son lit de roches, elle suintait également de la boue du sous-bois, gouttait des feuilles de bouleaux, rongeait les racines mises à nu par la pluie et les coulées de terre. Trouble et lente tant qu'elle s'efforçait d'échapper à la gangue d'un sol gras et noir, elle devenait pure et vive quand, se jetant dans des précipices, elle s'écrasait au pied des mousses et des pierres polies par ses assauts. Puis sa furie s'enveloppait à nouveau de silence, elle emprisonnait sa force dans de sombres défilés, chantait à mi-pente et s'endormait sous les longues branches ployant au ras de sa surface.

Il pouvait être midi. La cascade n'en finissait plus de raboter de son écume les roches affleurantes. Derrière le mur d'eau s'ouvrait une bouche d'ombre. Il y eut un bruit d'éboulis, comme quand on marche sur un sol instable. Et il apparut. D'abord silhouette floue se faufilant entre l'eau et le rocher, il déboucha dans la lumière rasante tombant du haut des gorges. Avec son chapeau détrempé orné d'une plume, il avait l'air d'un Indien. Il était vêtu d'un manteau sans âge, du col dépassait un foulard délavé. Son pantalon, une flanelle marronnasse tenant par une ceinture de cuir, était crasseux et rêche, tombant sur des galoches à semelles de bois. Des cheveux gris aux reflets jaune sale couvraient ses épaules. Même courbé, il paraissait grand. Large et massif, son corps semblait sculpté dans le bois, sa peau était de l'écorce, ses veines saillaient sur des mains aux doigts effilés et courbes. Sans cesse il fouillait sa barbe et sa chevelure de ses ongles longs et noirs, tâchant d'y débusquer la vermine, d'y traquer les parasites qui lui mordaient la chair. Il avait un regard harassé, vide de sentiment, replié sur ses mystères. Animal ou végétal, on ne savait ce qui l'éloignait le plus de l'humain. C'était un monstre, une anomalie. Il se fondait dans la nature comme s'il était le bras armé des arbres, des rochers, de l'eau et du silence. Une menace née de la terre et des sources, un danger surgi du bourbier pour sauter à la gorge de l'intrus, de l'étranger à ce monde qu'il rendait maléfique par sa seule présence. Une entité barbare traversant le temps. Énigme vivante, à moins que la mort, dans son cas, ne fût qu'illusion. Ou qu'il ne fût son propre fils et qu'il eût volé à quelque dieu hantant ces gorges les clefs de l'immortalité.

Il ajusta son chapeau, marcha jusqu'à ce qu'il fût au sec et s'assit sur le tronc d'un arbre couché. Son nez gouttait, il l'essuya d'un revers de manche, fouilla dans une poche de son manteau et en tira une blague à tabac. Il s'emplit les narines d'herbe rance, lança un jet de salive qui se perdit dans l'eau glacée et se moucha de la main, se vidant une narine après l'autre. Ensuite, il se déshabilla, plia ses effets avec soin et les posa sur un rocher. Son corps ressemblait à une racine morte. Brun, dur, et noueux. Il puait, attirant les mouches qui bourdonnaient autour de lui et qu'il chassait en grognant à la façon d'un ours maigre et ridé. Entrant dans l'eau avec lenteur, saisi par le froid, il eut un drôle de cri, comme celui d'un enfant qui s'amuse à se faire peur. Puis il se mit à nager, luttant contre l'engourdissement en brassant l'eau avec frénésie. Un sourire apparut alors sur son visage creusé de profonds sillons, découvrant des dents étonnamment belles. Il disparut sous l'eau, refit surface en soufflant, et s'assit sur le fond de roches, lissant sa chevelure et surveillant les alentours. Il ferma les yeux, semblant s'assoupir. Quand il les rouvrit, son regard avait retrouvé un éclat de métal. Et quand il se dressa dans l'eau, il paraissait vingt ans de moins. Il s'amusa à lancer un caillou vers un arbre planté dans la rive. Un merle s'envola, puis une pie, qui tacha l'ombre d'un furtif éclair blanc. L'homme s'en fut alors se sécher, s'allongeant de tout son long sur un rocher baigné de soleil et cerné par l'eau écumante. Il y resta un long moment, affalé, les poils brillant sur une peau redevenue presque lisse, les muscles saillants, le sexe et les bourses pendant entre des jambes interminables. Puis il cligna des yeux, s'ébroua, retourna dans la rivière qu'il traversa debout et, ayant regagné la rive, fouilla dans son sac et en sortit un pantalon et une chemise propres. Il s'habilla posément, scrutant de temps en temps les environs. Ayant fait un paquet de ses vêtements sales, il les rangea dans le sac.

Maintenant il mangeait, ayant tiré de ses poches un morceau de lard séché qu'il mâchonna longuement, l'accompagnant d'une poignée d'herbes qu'il avait cueillies dans le sous-bois. Il avalait les feuilles et recrachait la tige, comme le font les grands singes herbivores. Le regard vide, il se goinfrait, indifférent à tout, au fil d'une rêverie que l'on devinait tourmentée, assaillie de douloureux souvenirs, morsures et coups de griffe, coups de poing, coups de fouet. Il avait sur la joue droite une zébrure écarlate. Sans doute la marque d'un couteau. Quand il mâchait, elle se distendait, puis les bords de la plaie se rejoignaient et la blessure disparaissait presque complètement, à la façon d'un pli d'accordéon.

— Murie[1] ! souffla-t-il.

Il porta la main à sa joue, qu'il massa. Il venait de se mordre l'intérieur de la bouche. Écœuré, il jeta au loin le morceau de couenne et reprit une poignée d'herbes qu'il dépiauta méthodiquement. Puis il se dirigea vers la rivière et but longuement, agenouillé au bord de l'eau. Désaltéré, il se

---

1. Bête crevée.

redressa avec peine, se tenant les reins. Fouillant une des poches de son manteau, il en sortit un couteau au manche de cuir, qu'il déplia. D'une autre poche, il extirpa un morceau de bois grossièrement taillé. Se laissant tomber au pied d'un arbre, il entreprit de le sculpter, en tirant des copeaux gros comme le pouce. Très concentré, il transpirait sur son ouvrage, les yeux plissés, la langue pointant entre ses lèvres fendues. Une vague forme se dessinait. Il esquissa un sourire, redoubla d'efforts. Les copeaux tombaient dru sur la mousse et les feuilles pourries. À un moment, il étira son bras pour le détendre, s'apprêtant, semblait-il, à apporter la touche finale. Il engagea le fer, s'arc-bouta, les doigts serrés sur le morceau de branche, et força le bois qui lâcha d'un coup, tranché net. Il se mit alors à hurler, se levant d'une seule masse, jetant son œuvre contre une pierre, puis la piétinant, la réduisant en miettes, l'écrasant de toutes ses forces, à coups de talon. Peu à peu il se calma, replia son couteau et, sans un regard pour le carnage, s'éloigna à travers un maquis de ronces et disparut, avalé par la forêt.

4

Après le petit-déjeuner, Just avait prétexté un coup de fatigue pour remonter dans la chambre. Maurine et Ferdinand étaient allés voir les chevaux. Il avait le champ libre. De la fenêtre, il vit son ami grimper sur le pur-sang du châtelain avec difficulté et peiner à le mettre au trot, malgré les encouragements de Maurine. Just se dirigea vers la commode, dont il ouvrit un des tiroirs. Son visage s'assombrit : l'objet avait disparu. La preuve qu'il n'avait pas rêvé. En tout cas, c'est ce dont il voulait se convaincre. Quelqu'un l'avait subtilisé. Fébrile, il ouvrit les autres tiroirs, sans résultat. L'écaille, car c'en était une, s'était volatilisée. Une écaille noire, épaisse, aux reflets de bronze. La bête l'avait sûrement perdue cette nuit. La bête. Sortie d'un rêve. D'un cauchemar. Quelle absurdité. Il se dit sans trop y croire qu'il était peut-être en train de perdre la raison.

— Ah! Monsieur est là. Pardonnez-moi, je venais faire la chambre.

C'était Julia. Elle portait une paire de draps propres.

— À part vous, personne n'est entré ici?

Elle lui lança un regard étonné.

— Qui voulez-vous? Il n'y a que nous en ce moment au château.

— Évidemment. Excusez-moi, Julia, je vous laisse travailler.

Et il sortit. Julia se mit à l'ouvrage, s'affairant autour du lit, tirant les draps au cordeau avec des gestes précis qui semblaient appris depuis des siècles, tapant les oreillers qu'elle disposa à la tête du lit, après qu'ils eurent retrouvé leur gonflant, habillés de frais. Puis elle se dirigea vers la fenêtre, plaça sa main en visière et scruta l'horizon. Just et Maurine galopaient aux côtés de Ferdinand, qui ne paraissait pas à son affaire : les jambes brinquebalantes, il s'accrochait au pommeau de la selle et, sans l'aide de son ami qui attrapa l'animal par la bride et le fit stopper, il aurait sans doute mordu la poussière. Julia eut une moue méprisante.

— Qu'est-ce que c'est que *c'daubot*[1], il tiendrait pas sur un *gourri*[2] crevé, murmura-t-elle.

Puis, s'essuyant machinalement les mains à son tablier :

— T'as bien bossé, ma vieille. Allez, tu l'as pas volé, ton jus.

Elle mit le linge sale dans un panier, quitta la pièce d'un pas vif et retourna à la cuisine se préparer du café. Passant devant l'œil-de-bœuf qui donnait sur l'arrière du château, elle porta la main à la poche de son tablier, en tira un morceau de mica en forme d'écaille de serpent, le plaça devant ses yeux et le regarda en transparence. Elle eut un rire bref qu'elle réprima aussitôt.

— Pas de doute, t'es meilleur à moto !

Just donna une claque sur le dos de Ferdinand qui venait d'enfourcher son engin et s'apprêtait à partir.

— Tu es sûr que tu ne veux pas rester te reposer un jour ou deux ?

— Tu rigoles ! Le devoir m'appelle.

---

1. Simplet.
2. Cochon.

Il démarra dans un nuage de poussière en agitant le bras en signe d'au revoir. Maurine et Just, enlacés, le regardèrent s'éloigner et disparaître dans le virage des Mayes.

— Il ne va pas bien.
— Qu'est-ce que tu dis ?

Surprise, elle dévisageait Just, essayant de comprendre.

— Il était comme d'habitude. Il t'a parlé ?
— Non, c'est ce qui m'inquiète. Je sens bien que quelque chose le ronge.

Elle haussa les épaules.

— Tu te fais des idées. Hier soir, il était d'excellente humeur. Et ce matin, au petit déjeuner, c'était une vraie pipelette. Non, vraiment, s'il ne va pas bien, il cache son jeu.

Just coupa court en proposant à Maurine une partie de tric-trac dans la salle aux pachydermes. Dans le grand couloir, ils croisèrent Julia qui partait au marché. Milot l'attendait dans la berline du châtelain. Elle monta à l'avant, le panier sur les genoux et le regard fixe. La voiture démarra, lourde et massive. Un chien aboya sur son passage. D'autres lui répondirent. Dans le ciel jusqu'alors dégagé, quelques nuages menaçaient. La surface des étangs frémissait sous le vent naissant. Dans les prés, l'herbe ondulait et les vaches, excitées, s'agitaient, courant d'un bout à l'autre de la pâture. Puis elles se calmèrent comme par enchantement et reprirent leur lente besogne, le museau dans les chardons, leurs dents arrachant l'herbe rase. Le vent était tombé. Dans la cour des fermes, les poules continuaient leur quête incessante de vers, de graines et d'insectes. Juché sur le tas de fumier, le coq se réservait la meilleure part : de gros lombrics annelés qui se tordaient dans son bec et qu'il avalait goulûment, d'un brusque coup de jabot. Dans les clapiers, les lapins attendaient leur ration d'épluchures. Leurs gros yeux ronds luisaient dans la pénombre. Dans quelque temps, on les mettrait au pré, eux aussi : placés sous une cloche de grillage, ils ratisseraient leur carré de verdure. Une fois l'herbe rase, il suffirait de déplacer la cloche pour qu'ils continuent. Et dans quelques mois, nourris par leur travail, ils feraient d'excellents civets, marinant dans un chaudron rempli de trousseau ou de pinot et garni d'herbes odorantes.

L'homme portait un sac de toile qui lui battait les flancs. Courbé en avant, il scrutait le sol, trageant dans le sous-bois à grandes enjambées. Ses galoches s'enfonçaient dans la glèbe. À chaque pas ponctué par un bruit de ventouse, il se baissait pour arracher une herbe qu'il fourrait dans son sac, ou un pan de mousse qu'il portait à son nez et humait longuement, avant de l'émietter entre ses doigts et de poursuivre sa route. Le sac était déjà bien rempli : *lythrum salicaria, atropa belladona, myrrhis odorata* et *valeriana officinalis* reposaient dans leur nid d'étoffe grossière. Quand il estima sa récolte suffisante, il s'accorda un peu de repos, tira de sa blague à tabac de quoi se tapisser les narines. Il se moucha avec le doigt, cracha en direction d'un buisson d'épineux, jeta le sac sur son épaule et fit demi-tour. En chemin, il arracha de nouveau quelques herbes, qu'il mastiqua longuement, avant d'avaler leur jus amer. Le soleil déclinait et les gorges déjà sombres commençaient à exhaler un parfum de nuit. Ni l'écorce ni les brindilles de résineux ne craquaient sous les pieds de l'homme, tant l'eau imprégnait tout. Ses pas s'imprimaient dans le sol pour disparaître presque aussitôt ; il aurait pu prétendre être un fantôme, ou une personnification du néant qui efface toute trace. Il progressait en foulées courtes à travers un maquis d'arbustes dont les branches ployaient pour le laisser passer, lui, l'arbre mouvant, ayant depuis longtemps arraché les racines qui l'enchaînaient à la terre d'où il avait surgi un jour. Débouchant dans une clairière, il observa la position du soleil. Il était sept heures du soir. Il se mit alors en route vers l'est et ne tarda pas à apercevoir la croix de Mesnard, en bordure du chemin des Arsais.

Maurine et Just n'étaient jamais rassasiés de faire l'amour, inventant des jeux coquins et rivalisant d'imagination. Souvent, l'après-midi, enfermés dans leur chambre, avec pour seuls témoins les grands arbres du parc, ils profitaient l'un de l'autre avec gourmandise. Après l'amour, Just sombrait la plupart du temps dans un sommeil qui aurait pu tromper Maurine. Mais celle-ci n'était pas dupe. Elle sentait bien que tout n'allait pas aussi bien qu'elle l'avait rêvé.

Son grand amour semblait heureux, en apparence. Mais son regard le trahissait. Et ce qu'elle lisait dans ses yeux la confirmait dans ses craintes. Sans doute s'en voulait-il de ne pas avoir encore réussi à lui faire un enfant. C'était stupide, pensait-elle. Pour l'instant, la nature n'en avait pas décidé ainsi. Mais il ne supportait plus les allusions, les petites phrases perfides, blessantes, lancées par des gens bien intentionnés.

— Si on faisait comme mes parents ?
— C'est-à-dire ?
— Si on partait ?

Just alluma une cigarette, se cala dans les oreillers et regarda Maurine, perplexe.

— Où ?
— Je ne sais pas ! Le monde est vaste !
— Alors partir... pour partir ?
— Mais oui ! Just, on n'a jamais voyagé ensemble. Je suis sûre que ça te... que ça nous ferait du bien. Voir du pays ! Traverser les océans !
— Maurine, j'adorerais voyager. Mais tu sais bien que j'ai du travail.

Elle éclata de rire.

— Tu peux répéter ? Mais enfin, mon amour, tu es riche ! Tu n'as pas besoin de travailler, tu te fiches de moi ?
— Je ne parle pas de ce travail-là, j'ai... j'ai des choses à faire. Je ne peux pas tout abandonner, comme ça. C'est impossible. Plus tard, peut-être.

Maurine n'insista pas. Elle l'embrassa et décida de penser à autre chose. Le soleil frappait les voilages et faisait de leur chambre une mer de lumière. Elle s'y laissa engloutir et s'endormit auprès de son amour perdu dans ses pensées et dans les volutes bleutées de sa cigarette.

5

Elle était brune et sans grâce. Mais sa taille était bien prise et, à chaque coup de pédales, le ressac de sa jupe, qui frôlait dangereusement les rayons de sa bicyclette, lui donnait des allures de cavale. Elle allait bon train, semblant vouloir rattraper la chute du soleil qui disparaissait peu à peu derrière les vallons. La route décrivit une courbe et s'engagea dans l'ombre d'un petit bois, d'où elle resurgit dans la lumière d'un entre-deux-ciels, là où les ténèbres hésitent encore. C'était le crépuscule. De loin en loin résonnait un cri d'homme ou de femme appelant ses enfants. La route devint chemin: c'était un raccourci longeant la rivière. L'épaisseur du sous-bois rendait les sons encore plus mats, on n'entendait plus que le chuintement de la roue sur son axe et le souffle de la jeune fille. Le chemin se perdait dans l'ombre. L'humidité s'y faisait plus dense. Elle appuya encore plus fort sur les pédales, pressée de regagner la lumière, qu'elle apercevait au loin, perçant entre les branches d'épicéas. Dans cinq minutes elle serait chez elle, poserait, comme tous les soirs, le vélo contre le mur de l'appentis, entrerait, essoufflée, dans la ferme de ses parents, qui l'accueilleraient d'un sourire et d'un silence. Elle avait faim. Sa mère avait sans doute fini de préparer la soupe, et elle imaginait déjà le verre de vin que son père lui verserait, complice, car, « après une bonne journée à se faire mal aux mains, y a pas de mal à se faire un peu de bien ». Elle leur raconterait sa journée, toujours la même mais pleine de petits détails différents, comme la robe neuve de Mme Girardot, les bonnes notes du petit Raphaël, ou, aperçue des fenêtres du cabinet du docteur, l'affiche annonçant le bal des Seignes. Elle faisait le ménage dans une famille de notables depuis près d'une année et s'en trouvait heureuse. Samedi, Rémi Saugnier passerait sans doute la chercher, ils iraient danser et, au retour, dans le chemin menant à la ferme, elle se laisserait voler un baiser, peut-être davantage.

Juste avant que le chemin ne redevînt route, à dix mètres de la sortie du sous-bois, se trouvait la croix de Mesnard, érigée sur un socle de pierre. Derrière, la forêt, l'épaisseur du sous-bois. C'est de là qu'il surgit, s'arrachant à l'ombre. Elle n'eut pas le temps d'avoir peur. Il se jeta sur elle, renversant la bicyclette qui tomba en grinçant, la sonnette aigrelette tintant sous le choc. D'un coup de gourdin, il assomma la jeune fille, qu'il chargea sur ses épaules, après avoir ramassé puis jeté la bicyclette dans les fourrés.

Il disparut derrière la croix aux branches rongées d'humidité, indifférent aux griffures des ronces et aux gifles des branches basses. Il marchait à présent plus difficilement, gêné par son fardeau dans cet étroit défilé de roches. La fille n'avait pas repris connaissance. Il s'en inquiéta, la posa à terre et l'adossa à un talus couvert de terre humide. Elle respirait faiblement. Il avait frappé comme un sourd. Il sortit une gourde de sa poche et répandit quelques gouttes d'un liquide verdâtre sur ses lèvres. Elle eut un sursaut, ouvrit doucement les yeux. Quand elle vit l'homme la fixer de son regard où dansait un sourire, elle se mit à hurler.

L'entrée de la caverne était masquée par un rideau d'arbustes dont les rameaux savamment disposés s'entremêlaient de façon à former un maillage inextricable. Il les écarta d'un geste large et précis, scruta un instant les alentours, puis s'engagea dans le lacis, les cheveux de la jeune fille, qu'il portait toujours sur l'épaule, lui pendant le long des reins. Son chapeau s'accrocha à une branche, il l'enleva et le fourra dans sa poche, avant de disparaître à l'intérieur.

Les murs étaient humides. Il faisait sombre comme dans un puits. La caverne était étroite, ce n'était en fait qu'une fissure dans le roc, qui se prolongeait sur une trentaine de mètres dans des ténèbres qui semblaient sans fin. L'homme marchait d'un pied sûr dans ce dédale obscur. Il en avait une parfaite connaissance, chaque pierre, chaque éboulis, chaque flaque lui étaient familiers. Des poches d'eau surgissaient sous ses pas, il les évitait d'un bond et poursuivait sa route. À quelques dizaines de mètres de l'entrée, la caverne s'élargissait, prenait de la hauteur. L'homme s'arrêta, inspira longuement, leva la tête vers la voûte. Il poussa un cri bref, comme un carnassier rapportant une proie au terrier et en avertissant la meute. Mais rien ne bougea dans l'obscurité épaisse et suintante. Des scintillements dans les hauteurs trahissaient la présence de chauves-souris. Elles clignaient les yeux, sentinelles postées à l'envers, petits îlots de chaleur accrochés à la paroi visqueuse et froide. Il reprit sa marche, progressant à pas sûrs vers une lueur incertaine. La roche était maintenant animée d'éclairs bleus. Ses arêtes saillaient dans le noir comme des lames de couteaux trempées dans l'indigo. Un peu plus loin, les poches d'eau se firent plus nombreuses, se transformant peu à peu en un ruissellement continu. La caverne partait dans deux directions. L'une menait à une chute d'eau, à travers laquelle on voyait le jour en transparence. L'autre, à gauche, à un corridor où la roche se faisait plus rougeâtre, sans que l'on pût dire s'il s'agissait de sa couleur naturelle ou d'un jeu de lumières : au fond de ce corridor, on voyait en effet danser les flammes du soleil couchant. L'homme s'engagea dans cette direction, laissant sur sa droite le clapotis de l'eau et le bruissement de la cascade.

Il l'avait posée contre le rocher, un lambeau de tissu lui barrant le visage en guise de bâillon. Elle gémissait, essayant de se défaire de ses liens : entravée et attachée par le cou à un anneau scellé dans le roc, elle n'avait aucune chance d'y parvenir. Il lui jetait de temps en temps un regard amusé. Elle lui plaisait : pas très jolie, mais des formes généreuses, une peau saine et fraîche. Elle sentait le propre. Il fallait qu'il se dépêche d'en profiter, avant que la peur ne lui donne ce parfum acide et amer, cette haleine d'animal traqué qu'il connaissait trop bien. Mais pour l'instant il songeait à se restaurer. Ses réserves se trouvaient plus loin, à quelques pas du ravin, au bord du vide, dans un creux que ménageait la roche à deux mètres du sol, protégé par une planche maintenue par une grosse pierre. Il en tira des œufs et quelques fruits, de la viande séchée et un quignon de pain. Dans un recoin, à courte distance, se trouvait un foyer creusé dans la montagne. La nature y avait également ouvert une cheminée. On voyait le ciel, là-haut, à dix mètres. L'homme enflamma des brindilles sèches, la fumée disparut aussitôt, aspirée par l'appel d'air. Soufflant sur le feu, il l'activa et put bientôt y déposer deux grosses branches.

Son repas terminé, l'homme nettoya la gamelle et les couverts dans le filet d'eau qui suintait à ses pieds, les rangea dans une anfractuosité et but à ce même filet. Il s'essuya la bouche d'un revers de manche, puis alla jusqu'à une sorte d'armoire faite de branches grossièrement taillées. Elle débordait d'herbes diverses qui répandaient une odeur douceâtre pour certaines, piquante et épicée pour d'autres. Il fit un tri rapide, porta la botte qu'il avait confectionnée à ses narines, la huma longuement. Puis il posa la gamelle remplie d'eau sur le feu, attendit qu'elle vienne à ébullition. Quand il y jeta les herbes, une fumée âcre se dégagea du bouillon, l'eau se tinta peu à peu, de jaune elle devint verte, puis bleue. Il retira la gamelle du feu et la posa à même le sol. En attendant que la décoction refroidisse, il se dirigea vers le ravin. Il tira de sa poche quelques feuilles sèches qu'il commença à mâchonner tout en contemplant le fabuleux spectacle que lui offrait la fin du jour. Au bout de l'horizon, là où la terre rejoignait le ciel, les ténèbres étaient en attente. Orange et rubis modelaient les nuages comme autant d'îles tropicales où le sable se serait taché de sang. Le soleil était une fournaise d'ambre aux contours incertains. Aux pieds de l'homme, à quatre-vingts mètres en contrebas, coulait la rivière. Elle décrivait un coude, puis filait sur quatre ou cinq kilomètres jusqu'à buter au pied d'une haute colline : au sommet de celle-ci, le château des Lucas se découpait sur le couchant avec la précision et la netteté d'un décor de théâtre. De l'endroit où se trouvait l'homme, il semblait inexpugnable, surgi du passé, construit pour dissuader quiconque d'y faire intrusion. Le regard du vagabond s'attarda un instant sur ses contours, comme s'il essayait de voir à l'intérieur, de percer un mystère, d'y détecter une faille. Puis il cracha à ses pieds, déglutit et esquissa un sourire. Il était temps de s'occuper de la demoiselle.

Au château, on s'apprêtait à souper. D'ordinaire, quand les châtelains étaient là, les horaires étaient stricts. À dix-neuf heures trente, c'était le branle-bas : en cuisine, Julia découpait avec minutie une saucisse de Morteau qu'elle nappait ensuite de cancoillotte, ou bien, suivant les arrivages, elle disposait sur un plat de porcelaine de Salins diverses charcuteries, le tout accompagné d'eau de source et, pour le châtelain et Just, d'un verre de vin jaune, de poulsard ou de pinot, cépage que Lucas affectionnait. Maurine et sa mère ne buvaient de vin qu'aux grandes occasions. Puis on servait un plat chaud, généralement léger, car « on ne met pas d'essence dans une voiture qui rentre au garage », comme le faisait remarquer le châtelain. Le dessert était le plus souvent une compote de fruits, une tarte ou du fromage blanc fermier. Après le dîner, la compagnie s'égayait : piano, jeux de dames ou promenade dans le parc. Just et Lucas se lançaient parfois dans des discussions sans fin sur l'avenir de la France, de la région, et autres sujets bateau qui leur permettaient de faire semblant de communiquer tout en gardant leurs distances : ils ne s'aimaient guère, et c'était peu dire. Lucas n'avait consenti que par intérêt à marier sa fille à ce fils de paysans devenu riche par un extraordinaire concours de circonstances. Et Just ne pouvait se décider à faire une place dans son cœur à celui qui était le responsable de la mort de son père. Par amour pour Maurine, il avait consenti à vivre dans la promiscuité de cet individu redoutable, mais il ne songeait qu'à une chose : s'en éloigner. Maurine ne l'entendait pas ainsi, elle refusait de quitter la place, d'abandonner sa mère, et, tout en reconnaissant les travers de son père, elle lui accordait quelques circonstances atténuantes : cet homme était un « self-made-man », comme on disait à l'époque, et cet état demandait une échine souple, des arrangements avec la morale. Lucas était une canaille déguisée en homme du monde, Maurine le savait. Pour l'instant, c'était encore tolérable. Quand ce ne le serait plus, elle aviserait.

En l'absence des châtelains, les horaires étaient plus élastiques. La veille, ils avaient attendu Ferdinand, qui n'était arrivé qu'à neuf heures. Ce jour-là, ils avaient paressé au lit une bonne partie de l'après-midi, avalé une rapide collation et ne s'étaient décidés à se lever qu'à dix-neuf heures passées. Maurine alla donc aux cuisines pour dire à Julia qu'ils dîneraient vers vingt heures trente. Puis, marchant vers la salle aux pachydermes, elle fut prise d'une inspiration : depuis une semaine, le temps était splendide, pourquoi ne pas battre la campagne, s'arrêter en chemin au bord de la rivière et faire l'amour sous les étoiles ? Elle rebroussa chemin et demanda à Julia de leur préparer un panier-repas.

Ils se retrouvèrent ainsi à cavaler au crépuscule. Maurine galopait devant, conduisant son alezan avec maîtrise. Just, lui, ne se débrouillait pas mal, il avait une monte plus rude, à laquelle son cheval avait fini par s'habituer. Il adorait laisser filer Maurine, admirant sa fine silhouette qui se jouait des obstacles. Elle sautait par-dessus les grumes, se faufilait entre les sapins à l'écorce rugueuse. Just la rattrapait d'un galop énergique, et son cheval était heureux qu'on lui lâche la bride, qu'on le laisse allonger la foulée. Le vent frais s'engouffrant dans ses naseaux, il s'efforçait de rattraper son compagnon d'écurie qui, le sentant approcher, tirait lui aussi sur les rênes à faire craquer le cuir, réveillant des échos endormis dans les gorges, jusqu'à ce que l'un des cavaliers rende les armes.

Maurine mit pied à terre, attacha son cheval à la branche d'un hêtre et attendit Just, qui laissait le sien brouter quelques feuilles. Il arriva au pas, et elle le trouva beau : la course lui avait mis le feu aux joues, il était mal rasé, ou pas rasé du tout, ses yeux clairs et sa couronne de cheveux bouclés brillaient sous la lune. Sur son cheval noir, il avait l'air d'un guerrier surgi de la nuit. Elle s'approcha, posa la main sur le flanc de l'animal et laissa Just glisser à terre.

— Mon amour.

Elle se blottit contre lui. Il la prit dans ses bras, contre sa chemise, qu'elle ouvrit pour déposer des baisers sur son torse. Puis elle se déshabilla. Nue et splendide, elle laissa Just la contempler, fit volte-face et se dirigea vers la rivière.

— Attache ton cheval et prends le panier, mon chéri, lança-t-elle, avant de disparaître dans la pente.

L'homme avait rempli sa gourde avec le contenu de la casserole, dont il jeta le reliquat dans le ru serpentant à ses pieds. L'eau eut vite fait de dissoudre les filaments verdâtres qui s'accrochaient à la roche. La jeune fille ne gémissait plus. Elle pleurait, ses épaules se soulevant à chaque sanglot. Il s'approcha d'elle, le couteau à la main, posa son index sur ses lèvres. Elle fit oui de la tête. Alors il retira le bâillon. L'homme leva le goulot de la gourde à hauteur des lèvres de la jeune fille et d'un signe lui ordonna de boire. Elle s'exécuta, avalant de longues gorgées. Quand la gourde fut presque vide, il replaça le bâillon sur sa bouche et alla s'asseoir à quelques mètres. Ne la quittant pas des yeux, il attendit. Elle résistait plus qu'il ne l'avait imaginé. La décoction n'était peut-être pas assez puissante. Il se remit à mâchonner des herbes. Peu à peu les sanglots de la fille s'espacèrent. Sa tête semblait plus lourde à porter, elle battait des paupières. Son regard noyé de larmes se voila. Quelques secondes plus tard, son corps s'affaissa contre le rocher, elle essaya de lutter contre l'engourdissement, ayant sans doute compris que sombrer dans le sommeil, c'était plonger dans une très longue nuit, alors elle se battit contre elle-même, des lueurs de panique traversant ses yeux emplis de brume. Puis, après un dernier sursaut et un dernier regard sur le monde, elle s'endormit, vaincue.

Just avait étendu une couverture à deux pas de la rivière, qu'il entendait serpenter entre les roches et les herbes. Confortablement installé, il regardait Maurine se baigner à la lueur de la lampe-torche qu'il braquait sur elle. Ses longs cheveux blonds et sa peau claire glissaient dans l'eau sombre, lui donnant l'apparence d'un animal fabuleux qui disparaissait soudain pour resurgir un peu plus loin, traqué par le faisceau lumineux. À un moment, elle se dressa dans l'eau, apparut nue jusqu'à la taille, les seins ruisselants, les yeux rougis par le froid. Dans son regard, l'iris brillait comme un diamant. Sans prendre le temps de souffler, elle replongea dans l'eau fraîche en riant.

Se laissant frictionner par Just, elle riait encore.

— Tu es folle, mon amour, tu crèves de froid.

Elle se lova contre lui, ses mains s'insinuèrent sous l'étoffe de la chemise, s'y attardèrent un instant avant d'aller chercher plus bas. Elle prit entre ses doigts le sexe de Just, puis l'abrita dans sa bouche. Just se cabra et tourna les yeux vers le ciel. Après, il lui prodigua la même caresse, s'attardant longuement. Maurine gémissait, prenant la tête de Just à pleines mains, le repoussant pour mieux l'attirer ensuite. Il vint sur elle et ils s'aimèrent jusqu'à ce que la nuit fût trop noire et l'eau trop vive à leurs pieds, l'attente trop longue, presque douloureuse. Alors ils jouirent tous deux, elle accrochée à lui, le serrant à l'étouffer, rivée à cette force qui la pénétrait tout entière. Quand ils se séparèrent, roulant chacun de leur côté dans l'herbe fraîche, ils restèrent là, le cœur battant, les yeux mi-clos. Lorsqu'ils les rouvrirent, un peu plus tard, ils s'aperçurent que la nuit s'était emplie d'étoiles. Chacune, songèrent-ils, pouvait être une journée de leur vie. Il y en avait des milliers, des millions, de quoi vivre une éternité et recommencer. Maurine tendit la main vers le panier, y trouva une bouteille de vin frais, qu'elle déboucha et porta à ses lèvres. Puis elle la tendit à Just qui but longuement. Le bouquet délicat du chardonnay, mêlé au miel et au musc de l'amour, lui procurait un vrai bonheur.

L'homme s'approcha de la jeune fille, hésitant. Il ne l'avait pas fait depuis longtemps. La dernière fois, c'était du côté de Mayrand, avec cette fille bancroche qui lavait son linge, au bord de l'étang. Il l'avait saisie par la taille et assommée avec une pierre, elle était tombée dans l'eau, cette gourde, au beau milieu des nèpes et des anodontes. Il avait dû l'en sortir et, trempé, crotté, s'était acheminé vers sa cabane, où il l'avait jetée sur la paille. Un verre de tisane avait suffi : sitôt réveillée, sitôt endormie. Puis il lui avait fait son affaire, sa racine l'avait fouillée jusqu'au tréfonds : dans son sommeil, elle devait se croire saillie par le diable. Une fois craché son jus, il était resté longtemps à regarder la fille. Elle avait un joli visage selon son goût, une blondine au teint frais, presque trop rouge, parce que trop de santé. Elle ne s'était jamais réveillée. Il avait été gentil. Trois gouttes de cette autre décoction qu'il avait toujours sur lui, le liquide avait filé entre ses lèvres. Alors il lui avait refermé la bouche, elle avait eu ce réflexe de déglutir qu'ont tous les êtres vivants, et c'était fini, le poison filait déjà vers son cœur. Pas un sursaut, pas une crispation, rien. Une mort *rêvée*. Ensuite, il avait attendu la nuit, et ç'avait été chose aisée de l'emmener jusqu'à son étang à lui, de lui accrocher une grosse pierre au cou, une autre aux pieds, et de la laisser glisser vers le fond. Cet étang-là était tranquille, il ne connaîtrait jamais *l'assec*, cette cérémonie stupide qui consiste, tous les trois ans, à vider les étangs pour les assainir. Le sien était trop petit, ce n'était qu'un accident de la nature, une résurgence, tout le monde s'en fichait, sauf lui. La fille bancroche y dormait pour toujours, et personne ne l'avait retrouvée.

Ensuite, il avait dû déguerpir. Une mauvaise histoire de vol. Deux malheureuses poules attrapées de nuit à la ferme près la Pierre. La lune était haute mais il avait si faim. Alors il avait traversé la cour éclairée comme en plein jour, les bêtes s'égosillant et s'agitant dans le sac, et lui courbant l'échine, mais ce *toxone*[1] de fermier était sorti pisser à cet instant précis. C'était une brute, un ancien forestier, avec lequel il avait déjà eu maille à partir, au fond des bois, quand il fallait défendre son lopin contre l'intrusion des nantis, ces niasets qui payaient des impôts et bouffaient du pain bénit à l'église. Sale race. Installée dans des palais travaillonnés et bourrés de paille, de foin et de boustifaille, de gamins braillards et de bêtes dodues. Il aurait aimé débouler

---
1. Poison.

là au milieu, le gourdin dans une main, le couteau dans l'autre, et tailler dans le vif. Devant tout autre que ce fermier, il aurait sorti sa lame, et fait face. Mais le combat était désespéré. Autant affronter la Vouivre à mains nues. Poursuivi par les pierres que lui balançait cet enragé de péquenot, il avait dû fuir, comme un pleutre. Ce qu'il n'était pas : il se battait souvent, contre des cheminots qui convoitaient sa cabane, ou des jeunes du village qui voulaient se le payer, les soirs de riole, le foutre à l'eau et le noyer, après lui avoir mis la taugnée. Mais il les sentait venir, ce n'étaient pas des coureurs des bois comme lui, le temps qu'ils le trouvent, il avait pris la tangente, emportant ses provisions. Quand ils arrivaient à son repaire, il était loin. Alors ils se vengeaient en incendiant sa cahute, et lorsqu'il revenait, le lendemain ou quelques jours plus tard, après des nuits passées à dormir dans la mousse et les feuilles mouillées, au fond d'un creux connu de lui seul, il n'avait plus qu'à se remettre à l'ouvrage, à rebâtir, jusqu'à la prochaine fois.

Mais ç'avait été l'affaire de trop. Le fermier près la Pierre était allé trouver les gendarmes. Et ces satanés bourres avaient déboulé à la tanière. Comme des chiens à la curée. Ils allaient se le faire, le maudit diable, cette fois était la bonne, il pourrirait dans les geôles de la sainte République, après s'être pris une bonne branlée légale. Il avait filé, comme d'habitude. L'instinct de la bête chassée. Celui qu'on a de naissance, tatoué à l'envers de la peau, dans des replis secrets, et qui montre le nez quand tout le monde pense qu'il est trop tard, que l'affaire est dans le sac, et le piège refermé. À la prochaine, sales *beuyots*[1], raclures de claquot, allez retrouver vos chefs et vos *cautaines*[2], et noyez-vous dans la vase de vos tas de fumier, bandes de bouseux, laboureurs de plaines, branleurs de pis de carnes. Mais pour l'heure il n'y pensait plus, à ces tristes aventures, ni à ce monstre qui hantait sa vie depuis l'enfance, avec ses naseaux qui crachaient du soufre et ses yeux de taureau furieux. Rêves horribles. Herbes maléfiques. Il avait maintenant affaire à d'autres démons.

La jeune fille eut dans son sommeil forcé un mouvement brusque, qui ouvrit sa jupe déchirée et dévoila ses cuisses. Alors l'homme se dégrafa en haletant, lui enleva ses dessous avec précaution, s'installa sur elle et commença d'aller et venir entre ses cuisses, d'abord lentement, puis de plus en plus vite. Leurs deux corps assemblés, l'un inerte, l'autre maintenant secoué de mouvements frénétiques, composaient un tableau monstrueux. À un moment, il fut pris d'une rage irrépressible, s'acharnant à coups de reins sur la pauvre fille qui gémissait sourdement, abrutie par la drogue, déjà presque morte. Il eut un spasme bref, poussa un cri aigu, puis se retira brutalement. Il fouilla dans une de ses poches, en tira une poignée d'herbes qu'il se fourra dans la bouche, puis alla boire dans une flaque.

---

1. Imbéciles.
2. Femmes bavardes.

Maurine se réveilla dans les bras de Just. Elle s'était assoupie. Elle eut un soupir de bien-être, les yeux brillants, au bord des larmes. Cela rappela à Just l'épisode de l'écurie, quand ils avaient fait l'amour après leur mariage, abandonnant la compagnie pour se retrouver seuls.
Maurine avait pleuré :
— Un jour tu me quitteras. Tu as tant d'autres choses à vivre, quatrième fils de la Vouivre.
— « Tu dis des bêtises. Tu es mon amour, mon seul amour. Le premier, le dernier. »
C'était il y a deux ans. Il y avait eu d'autres nuits et d'autres matins, mais pas d'autre femme. Just avait trop souffert de l'infidélité de son père Ludovic pour songer à poser le regard sur une autre femme. Et Maurine était si belle, si aimante, qu'il se demandait qui aurait pu parvenir à l'éloigner d'elle.
— On rentre ?
— Si tu veux.
Ils s'étirèrent, se préparèrent au départ. Les chevaux paissaient à l'écart. L'un semblait nerveux, pointant fréquemment le chanfrein vers les hauteurs, comme s'il sentait une présence, un danger.
— Koumann est excité. Qu'est-ce qu'il a ?
— Il doit y avoir une bête dans le coin. Peut-être un chat sauvage. Ou alors il va pleuvoir. On y va ?
Ils s'habillèrent et sautèrent en selle.
Là-haut, penché sur le vide, l'homme les regarda partir. Il les observait depuis quelques minutes. À peine réveillé, il s'était approché

du ravin pour choisir l'endroit où il jetterait la fille quand il aurait fini avec elle. Mais il faisait nuit noire. C'est alors qu'il avait remarqué la clarté d'une lampe en contrebas, celle que tenait Just. Fasciné, il avait regardé Maurine se baigner, puis sortir de l'eau, nue, belle à couper le souffle. Il avait assisté à leurs ébats, et sa rage avait décuplé, parce que ce qu'il avait vu, c'est ce qu'il n'aurait jamais, cette passion, ce plaisir, ces deux corps accordés. Alors, une fois les chevaux et leurs cavaliers disparus dans la futaie, il était retourné vers la fille et lui avait fendu le crâne avec son gourdin, parce que lui, du plaisir, il n'en avait pas eu. D'ailleurs, il ne savait pas ce que c'était. Quand il s'occupait de lui-même et parvenait à cracher son jus, c'était toujours douloureux, triste à pleurer. Avec les deux filles, la bancroche de Mayrand et celle de ce soir, ç'avait été pareil. Mais cette *blonde*, là en bas, c'était une apparition, un songe. Elle lui faisait penser à cette princesse dont sa mère lui parlait, quand il était enfant, à cette beauté qu'une fée avait transformée en Vouivre pour la châtier de sa méchanceté. Et quand le gars était entré en elle, ça n'avait rien à voir avec la saloperie habituelle, lorsque sa mère amenait des mecs à la cabane et se faisait prendre comme une chèvre pendant que lui feignait de dormir. Sa mère, cette putain qui vendait son cul pour trois œufs ou trois rondelles de saucisse.

Il avait ensuite tiré la fille par les pieds jusqu'au bord du vide, l'avait poussée du bout de ses galoches et elle s'était écrasée trente mètres plus bas, au milieu des ronces, dans un maquis d'herbes folles. Personne ne la retrouverait : pour s'aventurer dans cette pente, il fallait être fou, ou vouloir à tout prix se rompre le cou. Puis il était resté là, assis dans le noir, à mâchonner des herbes et à ruminer de sombres pensées. Comme une bête à demi rassasiée qui attend la prochaine chasse.

Au château, Julia les attendait. Elle avait préparé la boisson d'avant-nuit qu'affectionnait Just. Maurine avait goûté, n'aimait pas : trop citronné, trop sucré. Lui s'en délectait. Julia avait refusé de lui donner la recette. Un secret de famille, disait-elle. Il l'avala d'un trait, ne laissant qu'un reliquat au fond du bol qu'il avait l'habitude de poser à son chevet, en cas de soif nocturne, et monta se coucher. À peine était-il arrivé dans sa chambre qu'il entendit un singulier remue-ménage : des crissements de pneus sur les graviers du parc. Il alla à la fenêtre. Une voiture de police entrait dans la propriété.

Just vit Milot, en robe de chambre, s'avancer vers les gendarmes, leur parler en baissant la voix, lever les bras en signe d'impuissance. Les gendarmes repartirent aussitôt. Just descendit quatre à quatre les marches du grand escalier et sortit. Milot s'apprêtait à rentrer se coucher quand il le vit devant lui.

— Monsieur.

Il s'inclina. Milot lui parlait toujours avec cérémonie et un brin d'affectation. Façon pour lui, Just n'en était pas dupe, de mettre des distances, d'éviter le face à face. Milot avait tué Ludovic Mouthier, le père de Just[1]. Cette nuit-là, il avait tiré sur une ombre : un réflexe. Just l'avait compris. Ce n'était pas pour ça qu'il avait pardonné.

— Alors, Milot, qu'est-ce que c'était ?
— Les gendarmes, monsieur.
— Merci, je ne suis pas aveugle. Qu'est-ce qu'ils voulaient ?
— Ils sont à la recherche de Mlle Mouratier.
— Évelyne ?
— Oui. La fille des fermiers du Sançot.

Just la connaissait bien. Elle venait faire des extras, les soirs de réception au château. Une fille pas très jolie, mais d'une éducation et d'une conscience professionnelle remarquables. Julia l'aimait beaucoup.

— Qu'est-ce qui lui est arrivé ?
— Je ne sais pas, monsieur. Ses parents l'attendaient pour souper, elle n'est pas rentrée. Les gendarmes voulaient savoir si elle n'était pas venue travailler au château. Je leur ai dit que Madame et Monsieur étaient en voyage, et que vous-même et Mademoiselle... enfin, votre dame, ne receviez pas ce soir. J'ai bien fait, monsieur ?

Il appuya légèrement sur ce « monsieur », pour bien lui faire sentir que le seul monsieur qu'il connût, c'était Lucas. Just s'amusait de ces pesantes subtilités.

---
1. Voir *Les Enfants de la Vouivre*, t. 1, du même auteur.

— Vous avez été parfait, Milot.

Le gardien s'inclina et tourna les talons. Just se dirigea vers les écuries, où Maurine pansait son cheval. Il entra avec plaisir dans cet endroit qu'il avait appris à aimer : son odeur le comblait, mélange de foin séché et d'herbe fraîche, de cuir et de crottin, de pierre humide et de grand air. Koumann piétinait dans sa stalle, tandis que Maurine le bouchonnait.

— Ah, te voilà. Tu es un bon cavalier mais un piètre palefrenier, mon chéri. Real s'impatiente.

Just entra dans le box où son cheval attendait, encore tout humide de sa course à travers bois. Il prit la brosse et l'appliqua sur le cuir frémissant de l'animal.

— C'était quoi, cette voiture à la grille ?

— Les gendarmes. Ils cherchent la fille Mouratier. Elle a disparu.

Son regard était vide et tranquille. Elle reposait, les bras tordus par la chute, entre les branches d'un jeune hêtre et un buisson d'épineux. Sa jupe s'y était accrochée. Ses jambes touchaient à peine le sol. Ses pieds étaient nus. On n'entendait plus dans la pente que le murmure du vent, les frôlements furtifs des animaux de nuit et le clapotis de l'eau coulant en contrebas. Elle semblait regarder le ciel. La lune se reflétait parfois dans son iris, lui redonnant vie jusqu'au prochain nuage. La végétation alentour la portait en une procession inutile. Sa posture abandonnée, renversée en arrière, la destinait à l'envol. Elle semblait attendre le moment propice pour prendre son essor. Mais elle pesait trop, et les sautes de vent qui de loin en loin agitaient la combe ne donnaient que de faibles ondulations à sa couche végétale. La nuit passa ainsi, longue et suffocante, dans le scandale de cette mort. Puis l'aube prit sa part, l'obscurité fit place à un soleil pâle qui, petit à petit, réchauffa le bois, en chassant l'humidité, le rendant plus fragile. Quelques branches cassèrent alors sous le poids d'Évelyne Mouratier, qui descendit d'un coup vers ce qui devint sa tombe : des pousses d'herbes noires, de la boue et de l'ombre.

6

— Barthélemy !

Flora criait à s'en brûler la gorge. Les promeneurs qui traversaient Chamars la regardaient, étonnés. Au loin, près de la pièce d'eau, des enfants jouaient au football. L'un d'eux s'arrêta en plein dribble, leva les yeux et aperçut sa mère.

Il avait grandi, le frère cadet de Just Mouthier : c'était un solide gaillard au physique de meunier, lourd et rond, râblé et noueux, le pied sûr, toujours en mouvement. Il semblait sans cesse sur le qui-vive, prêt à se jeter sur la moindre occasion de faire rendre à la vie ce qu'elle lui avait pris. Son père lui manquait. Il avait dans l'œil une révolte, un vertige, un abîme, un refus. Son visage était toujours fendu d'un sourire. C'était une façon de laisser croire qu'il ne gardait pas rancune à l'existence de lui avoir infligé ces souffrances. Mais ses yeux disaient le contraire. Barthélemy sortait de l'adolescence avec des certitudes. Et se lançait vers le futur avec la passion du défi.

— J'arrive, maman.

Il fit signe à ses copains, balança un shoot qui alla se perdre dans les branches d'un platane et courut vers sa mère.

— Il est d'accord! Il l'a dit!
— Mais qui? Quoi?
— Gérard! Il est d'accord pour que tu repartes là-haut.
— Aux Mayes? Sans déconner?
— *Sans déconner!*

Elle éclata de rire et serra son fils dans ses bras.

— Et je monterai avec toi, j'en ai tellement envie, moi aussi.
— Avec Gérard?
— On verra! On verra!

Ils filèrent vers le centre-ville, bras dessus, bras dessous, riant comme de vieux complices. Ils firent un petit détour par la pâtisserie de la rue Pasteur. Au *Globe*, le café qui lui faisait face, un homme coiffé d'une casquette buvait un bock, accoudé au bar. Lesueur. Quand il vit Flora, son visage ne trahit aucune émotion. À ses côtés, un rouge limé à la main, se tenait un garçon un peu fort, au visage grêlé et au regard éteint: André Becquet.

Barthélemy sortit le premier, sa mère le suivait, souriante. Ils prirent la rue Jean-Jacques Rousseau, marchant vite.

— Viens. On les trace.

Jean-Marc Lesueur, ancien chef de rayon au *Magasin général*, convaincu de proxénétisme et de viol sur la personne de jeunes employées, responsable de la ruine provisoire de Gérard Monnier, fit un signe de la tête à André Becquet, frère de Jean, mort dans l'incendie du théâtre de Besançon où il avait été pris au piège du feu qu'ils avaient déclenché[1]. Lesueur et Becquet étaient sortis de la Butte, la maison d'arrêt de Besançon, à quelques jours d'intervalle. C'est dans cet endroit sinistre qu'ils s'étaient rencontrés, qu'ils avaient « sympathisé », si l'on peut dire. De ces deux êtres violents et frustes, l'un était le maître du chien qu'était devenu l'autre. André Becquet, après avoir perdu son frère dans la fournaise, deux ans plus tôt, avait erré en Comté, vivant de rapines et de petits boulots. Puis la police s'était intéressée à lui. Le cadavre retrouvé dans les décombres avait pu être identifié, mais aucune preuve formelle n'avait pu être retenue contre les deux frères, malgré les traces de mises à feu découvertes dans les ruines du théâtre. Les policiers avaient soumis André Becquet à un interrogatoire serré, au cours duquel

---

1. Voir *Les enfants de la Vouivre*.

il avait tout nié en bloc. Il avait donc été relâché pour finir en prison trois mois plus tard, après une sordide agression sur la personne d'une vieille femme dont il avait tenté d'arracher le sac. Pitoyables velléités de brigandage, héritage des équipées qu'il menait autrefois avec son frère. Mais lui n'était pas à la hauteur : il tentait simplement de survivre, se raccrochant à de vieux souvenirs de maraudes, de gangstérisme en culottes courtes dans les trages et les recoins sombres des glacis. Une épave. Jeune mais déjà pourrissante. Lesueur se l'était attaché, Becquet était devenu son homme-chien, prêt à tout pour lui : à mordre, à voler. À tout ce que son maître lui ordonnerait. Lesueur était le diable, Becquet un de ses démons. À eux deux, ils avaient de quoi mettre le feu à la terre entière. Pour l'instant, Besançon leur suffisait.

Lesueur avait toujours Flora au cœur. Accroché à son sillage, il regardait l'ancienne bonne du relieur se diriger vers la place Saint-Pierre en compagnie de son fils. Un costaud, celui-là, il faudrait s'en méfier. Mais Lesueur voulait Flora. Son souvenir était souvent venu le torturer dans sa cellule plongée dans le noir, au cœur de la nuit, quand le sommeil refusait de venir et qu'il remâchait sa rage d'être enfermé, de ne pouvoir qu'imaginer celle qu'il désirait à en avoir mal. Quand la fureur le prenait, il la passait sur un de ses compagnons de cellule. Ceux-ci l'avaient vu partir avec soulagement : il leur faisait peur. Coups, menaces contre leur famille, dénonciations aux matons, il ne reculait devant rien pour faire de leur vie un enfer. Maintenant, Lesueur était libre. Il avait même réussi à grappiller quelques jours pour bonne conduite et « attitude coopérative », c'est-à-dire en pratiquant la délation. Dès que la porte de la Butte s'était refermée derrière lui, il avait serré les poings : tout recommençait.

Lesueur et Becquet, l'un suivant l'autre, fendaient la foule qui se pressait sur les trottoirs. Place Saint-Pierre, ils ne prêtèrent aucune attention aux badauds qui profitaient du soleil, en ce début d'été 1960, installés aux terrasses des cafés, au sortir des cinémas, où s'affichaient *Psychose* et *À bout de souffle* tandis que *Ben-Hur* poursuivait sa carrière triomphale. Les femmes étaient jolies, hésitant encore entre deux époques, celle du tailleur et des jupes à volants, et celle des pantalons-pirate, des anglaises et de la « choucroute » laquée. Les hommes étaient encore nombreux à porter le complet-veston, mais le jean entamait un règne sans partage, et des juke-box installés au fond des bars commençaient à jaillir les trépidations d'un nouveau rythme que certains avaient dit mort-né, le rock'n'roll. Elvis Presley faisait son service militaire, après avoir mis le feu à la libido des jeunes filles, rendues folles par ses déhanchements et sa troublante voix de gorge. Eddy Cochran avait trouvé la mort dans un accident d'avion. Les yéyés allaient bientôt débarquer en force, Johnny et Sylvie en tête. On n'entendrait bientôt plus qu'eux sur les grandes ondes des transistors ou sur le plateau des Teppaz, à l'abri des meubles en formica de chez Levitan. La « pub » envahissait tout, avec ses slogans rigolos : « Pax-omatic mousse sans déborder ! Pax-omatic, c'est magnifique ! » lancés par des speakers qu'on entendait de la rue, la voix amplifiée par les haut-parleurs des transistors trompettant dans les appartements aux fenêtres grandes ouvertes en cette journée de plein soleil.

Flora et Barthélemy remontaient la rue de la République, se dirigeant vers Bregille, deux démons à leurs trousses.

7

Gérard Monnier reliait avec passion, inlassable artisan couvert de gloire et d'or. Mais la richesse ne comptait pas pour lui, il entretenait une complicité avec les livres et s'ingéniait à leur inventer des habits incongrus : des couleurs gaies et tranchées pour de vénérables chefs-d'œuvre, des cuirs sombres et guindés pour des romans légers. L'intégrale du « Club des cinq », la lecture préférée d'Aliette, était ainsi reliée de maroquin vert sombre, avec des motifs à la dentelle particulièrement recherchés. Les sonnets de Heredia étaient, en revanche, habillés d'un motif Vichy qui, disait-il, rendait leur lecture moins ardue. Ces facéties n'amusaient pas toujours ses clients, à qui il demandait carte blanche. Mais la reliure étant signée Monnier, personne n'osait protester. De sa fenêtre filtrait un filet d'air qui se faufilait jusqu'au carnet de feuilles d'or posé sur l'établi. Monnier s'était attaqué de bon matin au débrochage d'*Un amour de Swann* et, comme d'habitude, n'avait pu résister à la tentation d'en relire quelques pages. C'était son péché, sa manie. Quand il avait un ouvrage entre les mains, il commençait par le feuilleter pour l'apprivoiser et, dès qu'il tombait sur un mot ou une phrase dont la musique tintait agréablement à son oreille, dont l'harmonie le séduisait ou le surprenait, il était pris. Page après page, il faisait ou refaisait le voyage, se laissant porter par le récit, lecteur jamais rassasié, ravi de tourner les pages sur de nouveaux mystères, de se laisser gagner par l'oubli du temps qui passe, hésitant à attaquer le chapitre suivant mais succombant presque à tout coup. Quel que soit le livre – roman, essai, biographie, poésie –, il lui convenait, du moment qu'il y trouvait sa part de rêve et d'émotion. Il ne rendait les armes qu'à la première douleur aux lombaires: il lisait debout, appuyé à l'établi, et, l'âge n'aidant pas, il commençait à souffrir de cette position pénible. Alors il s'étirait, se servait un café, tirait quelques bouffées d'une cigarette qu'il éteignait sur l'évier avant de la jeter dans un broc de métal qui lui servait de poubelle. Puis il se remettait à l'ouvrage, au son des notes perlées d'un choral de Bach s'échappant de la vieille radio que Gérard n'avait jamais voulu changer: elle lui venait de M. Calle, le relieur qui l'avait formé. Il avait plaisir à contempler sa façade gris-jaune et à jouer avec l'aiguille rouge qui se promenait de Bucarest à Luxembourg en grésillant entre les fréquences. C'était sa petite balade d'avant reliure, un cérémonial immuable qui le ramenait invariablement sur son chemin habituel : Bach, Mozart, Beethoven, Schubert et tant d'autres génies. Il aimait aussi « tâter un peu de la nouveauté », comme il avait coutume de le dire, se faire peur avec d'obscurs discours en turc ou en roumain, s'horrifier des stridences effarantes des yéyés et des bizarreries loufoques des « variétés françaises ». À l'écoute de *Je bois du lait, Coucouche panier* ou de *Itsy bitsy petit bikini*, sans parler de *Mustapha* ou de *Mon beau chapeau*, il lui prenait des envies de se pendre. Puis il se disait qu'après tout, cela valait bien *La Fille du Bédouin, La Caissière du* Grand Café ou *Froufrou,* n'empêche qu'il remettait bien vite l'aiguille rouge sang sur la fréquence classique, et les harmonies d'un lied ou d'un concerto envahissaient de nouveau l'atelier, suivies la plupart du temps du discours pesant d'un spécialiste maison qui théorisait sur l'art du contrepoint chez Mozart et autres joyeusetés mélomaniaques. Gérard Monnier hochait la tête, accablé, attendant que le pédant de service en ait fini avec sa logorrhée. Quand Trissotin se décidait à conclure, laissant enfin Wolfgang Amadeus sortir du tunnel où il se morfondait, grand fauve poudré en perruque Louis XV, Gérard Monnier retrouvait le sourire, tandis qu'il se penchait, le regard de nouveau brillant, sur *Un amour de Swann,* ouvert au chapitre où le héros demande à Odette de « faire catleyas » et où elle refuse, plongeant Swann dans une mélancolie amère mais délicieuse. Gérard Monnier, dont les lombaires avaient retrouvé une certaine élasticité, se disait alors qu'il fallait quand même qu'il se décide à le commencer, ce débrochage.

8

Bregille, ou Brégille – mais le « Bre » était plus en vogue à l'époque –, est une des collines cernant Besançon qui recèle le plus de mystères. Dominée par son Grand Désert, encerclé lui-même par un bois profond qui, l'hiver, prend des allures canadiennes avec sa neige gaufrée et craquante, elle est gardée par un fort, remplie – paraît-il – d'animaux sauvages et habitée par les Bisontins qu'attirent les hauteurs. Ils ont vue sur le Doubs, la citadelle, les Prés-de-Vaux et jouissent d'un privilège enviable : l'éloignement du centre, de ses fumées et de ses pesanteurs. Les habitants de Bregille constituent une caste à part : en 1960, ils disposaient encore d'un funiculaire, aujourd'hui hors d'usage, engin grinçant dont les wagonnets aux bancs de bois vernis vous propulsaient par saccades jusqu'au sommet. Les jeunes, bouillants et sans le sou – le funiculaire était payant – préféraient grimper l'escalier qui longe les rails désormais envahis d'herbes hautes, pour faire une course gagnée d'avance avec la machine poussive quoique endurante.

La maison des Monnier se dressait sur un à-pic. Trois cents mètres carrés tournés vers la rivière en constituaient le jardin, pour ne pas dire le ravin. Derrière la maison, côté Bregille, l'accès était envahi de fleurs des champs, ne laissant deviner qu'un étroit chemin conduisant à la porte du sous-sol. On pouvait également accéder à l'intérieur par un escalier latéral débouchant dans la cuisine, dite « à l'américaine », ouverte sur une large baie vitrée donnant sur la ville et la rivière. C'était une maison modeste, bien dans la manière du relieur. Un nid d'aigle d'où, le soir, il écoutait s'éteindre la rumeur de la ville, assis sur un banc taillé par ses soins dans du bois de sapin, à côté de Flora qui, au couchant, aimait poser sa tête sur son épaule tout en imaginant, au-delà des collines, un monde perdu et lointain qui lui restait au cœur.

Barthélemy n'avait pas voulu prendre le funiculaire. Il grimpait donc vaillamment les escaliers, faisant de grands signes à sa mère, qui l'encourageait en riant. Arrivé à mi-pente, le cadet des Mouthier remarqua deux hommes assis dans le wagon de queue. Il ne les connaissait pas, mais leur allure l'intrigua aussitôt. Il avait rencontré pas mal de traîne-chemins pendant ses escapades, et appris à décrypter les attitudes, à percevoir les êtres dans ce qu'ils ont de moins visible. Malgré son jeune âge il avait déjà deviné beaucoup de choses sur la nature humaine, ne se contentant jamais d'un sourire engageant ou d'une main tendue pour accorder sa confiance. Il avait sans doute ainsi échappé à quelques périls. Souvent lui revenait en mémoire un épisode singulier de ses aventures entre champs et forêts. Après une journée à battre la campagne, il avait établi son campement dans une clairière en compagnie de deux compères. À la nuit tombée, un homme avait surgi du bois, un grand gaillard au physique de cauchemar habillé d'un grand manteau sale, la tête coiffée d'un chapeau planté d'une plume, à la manière des Amérindiens. Il s'était approché d'eux et, sans plus de cérémonie, avait pris place à leurs côtés, proposant des herbes aromatiques à mâcher en souriant de toutes ses dents. Barthélemy connaissait bien les herbes : son oncle, Lucien Monnier, lui avait offert un herbier qu'il tenait soigneusement, collectant des essences rares au hasard des sentiers. Il avait ainsi enrichi ses connaissances et pu constater que les herbes proposées par l'homme étaient inoffensives. Ses amis et lui les avaient donc goûtées ; en remerciement, ils avaient offert à leur tour un peu de pain et une tranche de jambon. L'homme avait dévoré ce casse-croûte inespéré, puis, toujours sans un mot, il s'était éclipsé. Barthélemy avait veillé une grande partie de la nuit à côté de la tente, pendant que ses compagnons dormaient. Il se doutait que l'homme les observait, caché dans la profondeur du sous-bois. Vers quatre heures du matin, il avait feint de s'endormir : aussitôt, le rôdeur s'était approché de quelques mètres, et Barthélemy, les yeux mi-clos, avait pu voir luire à son poing la lame d'un couteau. Il avait aussitôt rouvert les yeux et s'était levé en s'étirant ostensiblement : l'homme avait disparu, silencieux comme un chat, entre les troncs de sapins et les fougères. Barthélemy l'avait pisté sur une trentaine de mètres, avant de le laisser filer.

Les deux hommes assis dans le wagon de queue du funiculaire avaient la même expression que le rôdeur rencontré dans les bois quelques mois auparavant : ils revenaient de loin. C'est ce que Barthélemy perçut aussitôt qu'il les vit. Très pâles, les joues creuses, ils constituaient un singulier attelage. Le plus vieux, un homme d'une quarantaine d'années plutôt élégant mais aux vêtements hors d'âge, le visage fermé, fiévreux, sa main droite étreignant l'accoudoir du banc, était penché, comme aimanté vers l'avant. À ses côtés, l'autre avait l'air d'une brute au visage d'innocent, une carcasse de Soutine déguisée en être humain, un monstre hugolien, des boutons piquant un visage mangé par des narines bovines et des lèvres charnues, prêtes à avaler toute proie de passage. Un voleur de vie.

Barthélemy, instinctivement, se laissa décrocher, faisant signe à sa mère qu'il était fatigué, et, avant que le funiculaire soit arrivé à bon port, il se dissimula derrière un des poteaux de soutènement des câbles qui servaient à hisser l'engin au sommet. Le funiculaire stoppa en grinçant, Flora en descendit, regarda en arrière pour s'assurer que son fils la rejoignait. Elle resta ainsi quelques instants, seule sur le quai. Barthélemy observait la scène. L'attitude des deux hommes l'intriguait de plus en plus : ils n'avaient pas bougé. Le plus vieux faisait signe à son compère d'attendre en posant la main sur son bras. Flora eut un geste d'impatience et se mit à marcher : Barthélemy avait disparu, c'était son habitude, elle ne s'en formalisait pas. Depuis l'enfance c'était ainsi, la seconde d'avant il était là, et pfuit, plus personne. Il réapparaissait dix minutes plus tard, avec une poignée de framboises, de noisettes ou un chaton perdu dans les mains.

Les deux hommes descendirent du funiculaire au dernier moment, juste avant qu'il ne redémarre : ils laissaient ainsi une vingtaine de mètres d'avance à Flora. Lesueur allait devant. De dos il avait l'air d'un mauvais chat, la démarche roulante, la tête enfoncée dans les épaules. Le plus jeune, lui, faisait penser à un ours maladroit, regardant de droite et de gauche et marchant les pieds écartés, avec une bonhomie sournoise. Barthélemy sortit de sa cachette et les suivit à distance.

Dans les grands champs du haut, alors que les clarines n'en finissaient plus de carillonner, les fermiers, accroupis dans les herbes hautes, affûtaient leur faux ou réparaient une ridelle. Ils restaient fidèles aux gestes anciens, à ce que leur avaient appris leurs pères. Aux actualités, ils constataient, étonnés, la marche du progrès, admiraient les avancées techniques d'un siècle à sa mi-temps. Mais finalement ils n'y croyaient guère, ne faisant pas confiance aux marchands d'illusions. Naïfs, ils n'en étaient pas moins malins : rien ne valait une faux bien aiguisée et un cheval vaillant, et même si la plupart d'entre eux s'étaient résignés à acheter un tracteur, qu'ils conduisaient benoîtement, la cigarette aux lèvres et le flacon calé derrière les fesses, ils regrettaient de ne plus pouvoir parler à quelqu'un de vivant, maintenant qu'ils chevauchaient un engin de ferraille empestant le gazoil. Pendant ce temps, leur vieux comtois paissait à l'écart, étonné de ce répit qui finalement s'éternisait. Les paysans survivaient vaille que vaille, attentifs aux saisons, derniers témoins d'une époque qui touchait à sa fin. Celle de la splendeur de l'été, avec ses moissons brûlantes, ses fêtes colorées et gorgées de musique où l'on dansait parfois jusqu'au petit matin, où l'on se fatiguait de vin et de chansons, à l'écart des maisons, quand les ombres du bois tout proche appelaient aux aventures de lisière, quand hommes et femmes se cherchaient, se dénichaient et s'abandonnaient les uns aux autres pour des étreintes furtives. Celle du charme vénéneux de l'entre-saisons, du miracle des cueillettes au petit matin, bolets, chanterelles et trompettes-de-la-mort, des morilles découvertes comme des trésors, trophées mis à sécher sur un fil tiré au-dessus de la cuisinière, que l'on dégusterait aux fêtes de famille, baignant dans la crème, posées sur des croûtons. Celle de la volupté de l'automne répondant au besoin de paresse des humains, qui en ont parfois assez de vivre et aiment bien s'essayer à vivoter, marchant un moment dans les feuilles mortes mais rentrant bien vite au chaud boire un café et une gnôle, devant le poêle brûlant ses premières bûches, ou autour de la table couverte d'une toile cirée, dans l'attente des amis qui passeraient, apportant des nouvelles – la femme au Dédé qui fait une mauvaise fièvre, le fils à Mignot qui s'en va au service, et les soucis du père, avec tout ce chambard, là-bas, en Algérie – tandis que les enfants rentraient de l'école, embrassaient tout le monde et se précipitaient pour voir Davy Crockett à la télé, quand il y en avait une, mais il y en avait toujours une quelque part. Celle des hivers aux matins feutrés, quand il fallait pousser la porte coincée par la neige, sortir pelles et balais pour dégager le chemin, avant même le premier café au lait où trempaient quelques dés de comté. Ensuite, il fallait ranimer le feu, agiter la chaligre, se réchauffer les mains aux braises de la nuit, alors que la maisonnée se réveillait lentement, que les bêtes s'agitaient dans l'étable, attendant leur ration de foin sec qu'elles brouteraient, l'œil placide, le mufle humide, pendant que le fermier nettoierait leur litière. Enfin celle de la douceur du printemps, saison tranquille en apparence, mais qui foisonnait de mystères à venir, bourgeons craquant de sève, survivants de la chasse et des grands froids s'ébrouant dans leurs bauges, nichant, perçant l'écorce neuve d'un bec gourmand, ou, au mitan des rivières, fario fendant l'eau claire d'une dorsale aiguisée, gueule ouverte, gobant les araignées d'eau, alors qu'au fond des abreuvoirs, les tritons perçaient la mousse filandreuse dans les reflets d'un soleil retrouvé et que les grands animaux qui peuplent les forêts humaient les odeurs puissantes des chaleurs à venir. Au printemps, les fermes renaissaient, après l'ensevelissement sous la neige aveuglante qui brûlait les yeux. Il fallait se décider à sortir de l'hiver, à accepter un nouveau cycle, une nouvelle donne, le labour, les semailles, la traite, et l'inquiétude face au temps incertain qui pouvait compromettre les récoltes et hypothéquer l'avenir.

Barthélemy, paysan exilé à la ville, avait toujours gardé en lui le désir de campagne. Il aurait pu s'enfuir, il connaissait les chemins qui menaient au plaisir infini du vent, du soleil et des matins de pluie. Il aurait pu partir, seul, traverser les forêts, les torrents, longer les tourbières qui conduisaient à son jardin d'enfance. Il y serait allé les yeux fermés, se fiant aux parfums de résine, de blé et de grand air pour retrouver le communal où paissait, autrefois, le troupeau de son père. Il n'y était pas retourné depuis le mariage de Just. Quelque chose le retenait. Une idée folle lui avait pourtant traversé l'esprit, qu'il n'avait pas encore osé formuler. Ce serait peut-être pour bientôt.

Pour l'heure, il suivait les deux rôdeurs qui avaient fait halte à une dizaine de mètres de la maison, faisant mine de bavarder tranquillement tout en observant ce qui se passait chez les Monnier. Caché à l'angle de la cabane du père Grelin, un retraité avec lequel il s'était lié d'amitié, Barthélemy ne les quittait pas du regard. Ainsi les vit-il soudain se mettre en route et disparaître dans la petite pente menant à la maison.

Les années n'avaient en rien altéré la beauté de Flora. La ville lui avait cependant conféré une certaine raideur, une retenue qu'on ne lui connaissait pas en campagne. On la regardait, ce qui la gênait – la flattait un peu aussi, sans doute. Son éducation paysanne lui avait imposé des principes qu'elle ne cherchait nullement à remettre en question. Ainsi, par principe, refusait-elle le regard des hommes. Il l'importunait. L'amour, en général, n'entrait pas dans ses préoccupations. L'amour, en particulier, était ce qui comptait le plus pour elle : celui de son mari, de ses enfants. Sa seule infidélité, la seule faille dans cette armure dont elle s'était peu à peu revêtue, sa seule blessure, celle qui expliquait tout le reste, était le souvenir. Elle s'évadait souvent pour aller retrouver son premier amour, qu'elle avait imaginé unique et éternel, le fermier Mouthier, mort quelques années plus tôt. C'était pour lui qu'elle continuait de croire, envers et contre tout, à la vie éternelle, à cet au-delà qu'on prêchait à l'église et auquel elle se raccrochait sans faiblir, à tort ou à raison – qui peut le dire ? Elle refusait de croire au néant, à la fin de toute chose, et surtout à la disparition définitive d'un être qu'elle avait aimé si fort et qu'elle aimait toujours, à en hurler de chagrin certains après-midi de solitude, quand la raison la quittait et que le désespoir prenait sa place. Le matin, lorsqu'elle se préparait à un nouveau jour, qu'elle se coiffait, se fardait, elle se faisait belle pour deux hommes : celui dont elle partageait la vie et celui avec qui elle partageait tout le reste.

Flora était belle, cette vérité-là ne faisait aucun doute. On dit souvent de telle femme qu'elle est belle et qu'elle le sait. Flora l'avait appris par le regard des hommes. Le plus pénible qu'elle ait eu à subir avait été celui de Jean-Marc Lesueur, un regard trouble, où se lisaient désir fruste et volonté d'asservir. Ce regard la poursuivait depuis cette soirée à l'hôtel *Castan*, quand elle était encore la gouvernante de Gérard Monnier, et que Lesueur, un des invités, s'était permis des privautés sur sa personne. Monnier avait aussitôt fustigé le mufle avec des mots cinglants. Depuis, Lesueur n'avait eu de cesse de se venger du relieur et de mettre Flora à l'épreuve, l'interpellant en pleine rue, à coups d'allusions, de compliments égrillards qui la faisaient rougir et suscitaient sa colère. Il avait essuyé un échec complet et s'était vengé avec la lâcheté dont il était capable. La prison ne l'avait pas fait désarmer, bien au contraire.

En cette fin d'après-midi, alors qu'elle commençait à préparer le dîner, c'est ce regard qu'elle retrouva posé sur elle.

— Flora.

Il était entré sans bruit, par la porte latérale. Elle sursauta, porta la main à ses lèvres. Il lui fit signe de se taire.

— On ne crie pas. Pour quoi faire ?

Il fallait fuir. Elle courut vers l'autre extrémité du salon, mais un bruit de pas l'arrêta net. André Becquet déboucha devant elle par la porte du sous-sol. Elle ne put se retenir de crier.

— Flora ! Je t'ai dit de te taire !

C'était la première fois que Lesueur se permettait de la tutoyer. Elle se tourna vers lui, furieuse.

— De quel droit me parlez-vous ainsi ? Sortez !

Il eut un rire contenu.

— De quel droit ? Ah, qu'elle est drôle ! Hein, mon Becquet ?

Son complice hocha la tête avec un sourire veule.

— Tu sais que j'ai passé deux ans en taule ?

— Je n'y suis pour rien.

— Vraiment ! Ce con de relieur, que t'as ensorcelé, il m'a bien foutu dans la merde !

— Vous l'aviez volé !

— Évidemment que je l'ai volé ! Il avait tellement d'argent ! Et il en a toujours... Mais c'est pas pour ça que je suis venu te voir.

Il balaya l'air de sa main, qu'il laissa en suspens.

— Je veux que tu me dises...

Il s'interrompit, comme épuisé par sa propre colère, tira une chaise de dessous la table et s'assit lourdement, plantant son regard dans celui de Flora.

— Je veux que tu me dises où se trouvent Céleste Morizet et sa fille, Rosine.

Flora avait la gorge sèche. Son monde s'écroulait. Lesueur était un cauchemar. Elle le croyait disparu, anéanti. Et il était là, devant elle. Il cherchait Céleste Morizet, cette femme à qui Ludovic Mouthier, son mari infidèle, avait fait une fille, Rosine. Depuis deux ans, Flora essayait de s'occuper d'elle. Même si Ludo l'avait trompée avec Céleste Morizet, qu'elle détestait, Rosine était une Mouthier, et Flora la considérait comme faisant partie de la famille. Elle ressemblait tellement au fermier de la Frasne : mêmes yeux, mêmes ténèbres enfouies sous un sourire contenu, même sauvagerie. Chaque fois qu'elle la voyait, Flora était bouleversée, remuée au plus profond d'elle-même. Rosine était un mystère. Sa beauté ne se révélait pas immédiatement. On tombait sous le charme. Souvent silencieuse, murée dans une rêverie douloureuse, il suffisait parfois d'une question, d'un mot pour qu'elle s'ouvre, révélant ses frustrations, ses manques et sa souffrance. C'était toujours en l'absence de sa mère, partie déposer à la banque l'argent que Flora lui apportait régulièrement. Lesueur avait été l'amant de Céleste Morizet, devenant pour Rosine un père de substitution, un exemple désastreux. De plus, il était clair pour lui que Rosine, après Céleste, était destinée tôt ou tard à devenir sa maîtresse.

— Alors ? Où sont-elles ?
— Je n'en sais rien.

Le sourire de Lesueur s'élargit, découvrant des dents qui ne demandaient qu'à mordre. Becquet suivait la scène, posté devant la porte du sous-sol.

— Vraiment ? Tu es sûre ? Réfléchis bien.

Il eut un geste du bras pour écarter les pans de son manteau. En un éclair, un couteau surgit dans sa main. Du bout du doigt, il en éprouva le fil.

— Où sont-elles ?

Il se leva, s'avança. Flora croisa les bras sur sa poitrine, en un geste de défense.

— Ne me touchez pas ! Je vous jure que je ne sais rien.

Lesueur la prit violemment par le poignet et la projeta sur le divan. Puis, la bloquant du genou, il chercha à lui arracher son corsage. Flora se débattait.

— Aide-moi, bougre d'abruti ! Tiens-lui le bras.

Becquet bondit jusqu'au divan, s'empara des poignets de Flora, pendant que Lesueur appuyait la main sur sa bouche pour l'empêcher de crier. Ensuite, de la pointe du couteau, il fit sauter un à un les boutons du corsage. Quand la poitrine de Flora apparut, maintenue par des dessous en fine dentelle, une boule de salive resta coincée dans sa gorge.

— Nom de Dieu.

Elle gémissait, tandis que Becquet la maintenait toujours fermement.

— Regarde ça, l'ami, je suis sûr que t'en as jamais vu d'aussi beaux.

Il trancha la dentelle. Les seins de Flora jaillirent de leur cage, chair ferme et soyeuse que Lesueur prit à pleines mains.

— Vas-y, Becquet. Elle est à nous. Régale-toi.

Pendant que son complice commençait à se déboutonner, Lesueur entreprit de lever les jupes de Flora.

— Salope, tu veux pas parler. Tu vas voir.

Il dégrafa sa ceinture et fit glisser son pantalon. Flora essaya une dernière fois de se débattre, le repoussa d'un coup de pied, alors il la gifla. Puis il força ses cuisses, les ouvrit brutalement. Vaincue, Flora allait abandonner toute résistance quand une cavalcade ébranla l'escalier extérieur. La porte s'ouvrit à la volée devant une masse de poils gris, un museau, des crocs.

— Attaque, Gris, attaque !

Derrière l'énorme chien surgit Barthélemy, armé de son bâton de marche. L'animal se jeta sur Lesueur, qui, le pantalon sur les chevilles, essaya de se dégager. Il tenta de le frapper mais son couteau ne rencontra que le vide. Barthélemy le désarma d'un coup de bâton, qu'il abattit ensuite sur le crâne de Becquet, lequel s'effondra, le visage en sang.

— Allez, Gris, allez !

Le chien mordit Lesueur à la fesse. Hurlant de douleur, celui-ci essaya de lui faire lâcher prise. Mais l'animal, fou d'excitation, se jeta à sa gorge. Il allait le tuer. Barthélemy intervint :

— Gris ! Non ! Repos !

Le chien desserra son étreinte.

— Dégagez, tous les deux.

Soufflant et suant, Lesueur remit son pantalon et fila sans demander son reste, se brisant à moitié les reins dans l'escalier. Il disparut en boitant à travers les massifs de fleurs, empourprant les marguerites de son sang, écrasant les surphinias et les arums dans sa retraite lamentable. Becquet le suivait, se tenant le visage en gémissant comme un chiot.

Flora était effondrée. Barthélemy s'assit à ses côtés et prit ses mains dans les siennes.

— Pardon, maman, je n'ai pas pu faire plus vite. Le père Grelin n'était pas chez lui. Il se promenait avec le Gris, je les ai retrouvés dans le bois.

Flora se rajustait, honteuse et bouleversée.

— J'ai vu ces deux types s'approcher de la maison, poursuivit Barthélemy, mais tout seul, je ne pouvais rien.

Elle se jeta dans ses bras. Barthélemy la serra contre lui. Elle pleurait. Le chien se mit à gémir, réclamant une caresse. Il en reçut plusieurs. On frappa à la porte. Le père Grelin, la main en éventail, le front posé sur la vitre, essayait de voir ce qui se passait à l'intérieur. Barthélemy lui fit signe d'entrer. C'était un homme gris, comme son chien. Il avait dû être beau, et ses yeux d'un bleu d'acier avaient sans doute été autrefois un puissant sésame auprès des femmes de son siècle. Il n'avait pas d'âge ou n'en avait plus. Quatre-vingts? Quatre-vingt-dix? Bien malin qui eût pu le dire. Mais il était toujours alerte, l'œil vif, le pied sûr. Il était gris-rouge, ou gris-bleu, selon que l'on se référait au léger framboisé de ses joues, dû sans doute à une inclination pour les plaisirs de bouche, ou à ses yeux très clairs, dans lesquels se lisaient une existence difficile, des souffrances, un désespoir qu'il avait l'élégance de déguiser en fatigue, mais toujours un solide appétit de vivre. Le père Grelin était une figure du vieux Bregille. Il était partout et nulle part. On le cherchait sans cesse. Il courait les bois, c'est comme cela que Barthélemy et lui s'étaient rencontrés, et pris d'amitié. Au détour d'un chemin, ils s'étaient retrouvés face à face, l'un cherchant sa route, l'autre ne cherchant plus rien depuis longtemps.

« Où tu cours, gamin ?

— Hé, m'sieur, je suis perdu.

— T'en fais pas. »

C'était il y a trois ans. Monnier et sa famille n'habitaient pas encore Bregille. Grelin avait remis Barthélemy sur la bonne route. Ils s'étaient revus de loin en loin. Maintenant ils étaient amis. Autant que peuvent l'être un jeune homme et un vieillard. C'est-à-dire davantage que des copains du même âge. Ils veillaient l'un sur l'autre. Grelin avait trouvé en Barthélemy un fils, un petit-fils, un arrière-petit-fils. Il était tout pour lui. Et Barthélemy l'aimait.

— Qu'est-ce qui est arrivé ?

Le Gris courut vers son maître, qui le flatta avec tendresse.

— Dis donc, vieux Gris, t'as l'air bien énervé ! Comment allez-vous, madame ?

Le père Grelin avait une passion pour Flora. Pour lui, c'était *la* femme. Il ne se lassait pas de la regarder, de l'écouter. Il en était amoureux. Passion charmante, qui amusait Flora. Il lui apportait des noix, des cerises, des fleurs qu'il cueillait dans son jardin, un jardin de bohémien entretenu vaille que vaille, assailli par les merles et les moineaux voleurs de groseilles. Flora se laissait faire le baisemain, et la conversation, Grelin lui parlait de sa jeunesse, forcément ardente, glorieuse, guerrière. De ses amours, tumultueuses, exotiques et fécondes. Il avait des enfants, qu'il ne connaissait pas, aux quatre coins du monde. Que faisait-il donc à Bregille, alors qu'une dynastie par lui fondée l'attendait au-delà des mers? Il se le demandait lui-même, riant de ses vantardises d'homme revenu de tout, sauf de sa passion de vivre. Il était gris, mais d'un gris changeant, un gris plein de couleurs. Le père Grelin attendait la mort, sans impatience. D'ailleurs elle tardait à venir. Sans doute n'avait-elle pas grand-chose à faire de sa vie. Son heure viendrait. Pour l'instant, il jouissait de chaque seconde, avec l'insouciance d'un gamin de dix-sept ans. L'âge de Barthélemy.

Flora essuya ses pleurs.

— Votre chien est un bon chien, monsieur Grelin. Sans lui...

— J'ai vu deux hommes mal en point sortir de chez vous. C'est à eux que vous aviez affaire?

Flora ne répondit pas, se couvrit les épaules d'un châle posé sur un fauteuil et disparut dans sa chambre. Barthélemy s'avança vers le vieil homme, lui prit le bras, le guidant vers le banc de bois où il aimait s'asseoir pour contempler la vallée.

— Je vais vous raconter, m'sieur Grelin.
— T'es un bon gars.

Puis, en baissant la voix :

— Dis donc, voyou, tu as une idée de l'endroit où ton père planque sa gnôle ?

Gérard recevait souvent des visites. Son atelier était un endroit prisé. L'homme était cultivé, charmant. Séduisant, sans doute. Les jolies dames n'étaient pas les dernières à venir solliciter un conseil, soit qu'elles entreprennent d'apprivoiser les outils, car certaines d'entre elles se piquaient d'apprendre la reliure, soit qu'elles aient simplement envie d'un peu de conversation. Le relieur n'en manquait pas, c'était un bavard. De ces hommes intarissables parlant de tout et de rien avec un égal bonheur, sans se forcer, simplement parce qu'on l'écoutait. Au fil des années, il s'était forgé une telle réputation qu'il n'avait qu'à paraître pour que tout esprit critique s'envole, dans l'acceptation tacite d'un savoir reconnu. Il en souffrait : il plaisait, et il détestait plaire. Il s'y était néanmoins habitué, comme à beaucoup d'autres choses. Comme aux désertions de Flora, qui, de plus en plus souvent, partait en rêveries mélancoliques, happée par le passé, alors que Monnier pensait l'en avoir guérie. En deux ans elle avait connu l'euphorie puis la tristesse, l'insouciance puis le désespoir le plus noir, selon qu'elle considérât ce qu'elle avait gagné ou ce qu'elle avait perdu. Rien ne lui manquait : le bien-être matériel, l'amour d'un homme, des enfants heureux. Parfois elle se haïssait, se forçant à aimer les dîners tête à tête avec Gérard, les promenades autour de la ville, les visites aux amis. En lui, une seule chose la comblait: c'était un amant merveilleux, dans les bras duquel elle oubliait tout.

Gérard se réfugiait dans le travail et fréquentait de nouveau les cercles d'initiés, passionnés d'ésotérisme, de symbolisme, de sciences paranormales, de tout ce qui touchait à la métaphysique et au surnaturel. Il revoyait Sébastien Choret, natif de Delle, qui, à l'époque, l'avait vivement encouragé à épouser Flora. Lorsqu'il s'était ouvert à lui de ses inquiétudes, Choret l'avait rassuré: ce qui arrivait à Flora était inévitable, et la meilleure solution était peut-être de soigner le mal par le mal. Flora devait retourner au pays, se replonger dans ce passé qu'elle idéalisait. Peut-être alors guérirait-elle. C'est pour cette raison que Gérard avait entrepris de l'en convaincre. Elle-même, après avoir longtemps résisté, semblait maintenant ne plus attendre que cela. Les circonstances étaient propices: Barthélemy allait s'installer chez Lucien Monnier, son frère. Il n'y avait plus à hésiter.

Quand Gérard rentra à Bregille, ce soir-là, après avoir raccompagné la femme du psychiatre de la Grande-Rue jusqu'à sa porte, et avoir promis de tout lui révéler, à sa prochaine visite, des mystères de la passure et de la couvrure, il trouva la demeure étrangement calme, comme si un drame se fût produit dans cette maison d'ordinaire si paisible. Flora préparait le dîner, tranchant le pain de ménage. Elle s'y appliquait de façon presque maniaque, découpant des tranches strictement identiques, avec le soin que mettent à se compliquer la tâche ceux qui ne veulent surtout pas penser à autre chose.

— Ça ne va pas, chérie ?

Elle leva à peine les yeux, mit le pain sur une assiette et la posa sur la table.

— Lesueur est revenu. Je pars. Demain matin.

9

Dans une pierre creusée qui lui servait de mortier, l'homme pilait des herbes, en mâchonnait d'autres, dont les tiges sortaient de sa bouche comme des épis d'un hachoir. Il semblait morose. C'était une tâche répétitive, à laquelle il s'astreignait depuis des lustres. Mais il devait donner satisfaction à ses clients. Surtout à cette grosse femme qui servait au château. Sale cancouane. Elle aussi, il aurait bien aimé l'étrangler, l'assommer et tout le reste. Mais y plonger sa racine, jamais. Il n'aimait que les jeunesses. Pour mieux les dévaster. Abîmer la vieillesse, c'est insulter la mort, la défier. Alors que les jeunes âmes sont bien accueillies au paradis des suppliciés.

— Murie.

Il grommela, cracha des résidus d'herbes jaunies. Le soleil n'en finissait pas de se lever. Au loin, des lueurs gris perle s'accrochaient aux murs du château. Les oiseaux s'éveillaient, piquant de leurs chants aigus le murmure des torrents et le bruissement des sources. À l'envers du crépuscule, la vie reprenait. L'homme termina son ouvrage. Il versa le contenu du mortier dans une sorte de gourde qu'il fixa à sa ceinture, but une longue gorgée au ruisseau, puis, tournant le dos à la ravine encore obscure qui plongeait à ses pieds, il traversa son royaume d'ombres accrochées aux murailles, arracha le lacis d'herbes sèches qui en dissimulait l'entrée et s'en fut par le bois. Deux monstres avaient rendez-vous. Il était l'un d'eux et se devait d'être à l'heure.

10

Just s'était couché très tard. La nouvelle de la disparition d'Évelyne Mouratier l'avait ému plus qu'il ne l'aurait imaginé. Et son imagination recommençait à lui jouer des tours. Il luttait contre le sommeil, de peur de retrouver les ombres qui l'habitaient lorsque venait la nuit. Surgies du passé, elles prenaient les traits de son père, de personnes disparues ou même inconnues, mais qui semblaient le connaître.

Le sommeil, au lieu d'un refuge, était devenu une menace. Cette nuit-là, il lutta tant qu'il put, mais la fatigue de la journée pesait de plus en plus. Vers deux heures du matin, alors que Maurine dormait à ses côtés, il prit le bol posé sur la table de nuit, dans lequel restait un peu de la boisson préparée par Julia. Il la termina et, fatigué de lutter, se laissa glisser dans le sommeil.

À l'ombre des grands murs, la bête attendait, les naseaux écumants, les ailes déployées. À ses côtés, l'homme au bâton, le visage masqué. Les cloches sonnaient à la volée. C'était le jour des noces. Maurine était d'une beauté aveuglante. Dans sa robe blanche aux dentelles frissonnantes, un bouquet de fleurs sauvages à la main, elle lui souriait. Just lui tendit les bras. Alors le visage de Maurine sembla se dissoudre dans l'air suffocant de cet après-midi de juin. Dans son sourire, les crocs de la bête apparurent, puis son visage ne fut plus qu'une grimace hideuse, un masque horrible et noir crachant de la fumée. Just se jeta sur elle, ses mains se crispèrent autour de son cou, il sentait la froideur des écailles et le souffle de braise du monstre et il serrait toujours plus fort, cherchant à tuer la bête pour fuir ce cauchemar hideux.

Quand il se réveilla, en sueur, la chemise trempée et un goût amer dans la bouche, il vit Maurine, assise à sa coiffeuse. Debout derrière elle, Julia lui appliquait de la pommade sur le cou: il était couvert de meurtrissures. Just se dressa, haletant, passa la main sur son visage. Maurine, les yeux rougis de larmes, se tourna vers lui. Elle tremblait de tout son corps.

— Just... tu es fou. Tu as failli me tuer.

11

Ils avaient rendez-vous là où l'herbe est humide et haute, au carrefour de deux chemins qui montent du village, pour partir l'un vers la combe, l'autre vers la forêt. Il était huit heures. L'homme s'était fié au soleil, dont il savait déchiffrer la course, et Julia à l'horloge du grand salon du château. Le visage couvert d'un fichu, elle attendait depuis quelques minutes, dissimulée derrière le tronc d'un sapin. Inquiète, elle regardait sans cesse vers le chemin du haut, d'où devait déboucher l'homme. Il arriva sans se hâter, marchant en lisière, se confondant avec les grands arbres. L'été est une saison frileuse. On croit que tout vit, alors que tout se fige. Il fait froid sous les arbres dont l'ombre tarit si vite. La canicule est pire qu'une gelée ou qu'un blizzard au fond d'une vallée. C'est la solitude qui écrase et fait que la peau brûle. L'homme ruminait ces pensées en marchant, enveloppé dans sa pelisse de laine, suant et accrochant ses pantets aux ronces et aux arbustes. Il vit Julia et stoppa net sa marche. Il s'appuya à un tronc, regarda vers le haut : le ciel apparaissait dans une trouée. Bleu et clair. Un peu de lumière dans une vie de catacombe. Cette satanée garce se cachait. Mal, mais elle se cachait. Elle avait honte. Pourtant, c'est elle qui était venue le chercher, là-haut, près des étangs. Lui n'avait rien demandé à personne.

Mais c'est vrai qu'il *savait*. C'était un des derniers, peut-être *le* dernier. Sa mère lui avait appris tous ses trucs, ses secrets, ses formules, cette alchimie entre les plantes et les êtres qui permet de guérir quelqu'un ou de le rendre malade à crever. Pis, de le rendre fou. Il était l'aîné de la pute Vallard, qui habitait tout près de la pierre du même nom, dans une maison de grès rose rabotée par le temps et l'humidité. La pute Vallard était la sorcière du coin. Elle soignait les rhumatismes, jetait des sorts, prédisait l'avenir et couchait pour de l'argent, car il fallait bien vivre.

Les bienfaits ou méfaits provoqués par ses dons ne pouvaient être rétribués, disait-elle, sous peine de voir ceux-ci s'évanouir à jamais. Donc, comme elle était sinon belle, du moins appétissante, le moyen avait été vite trouvé de satisfaire tout le monde : elle faisait l'amour à qui payait, hommes ou femmes, peu lui importait. On venait la voir le soir, après les champs, ou au petit matin, avant de partir au marché. Elle soulageait les maux et vidait les bourses de ses clients après avoir guéri leur impuissance à l'aide d'herbes choisies. On pouvait ainsi vérifier sur-le-champ la qualité de son travail ! C'était bien sûr un secret partagé par tous, mais qu'on échangeait à voix basse : aller voir la pute Vallard était source d'opprobre et le curé de Malasset fustigeait souvent en chaire les turpitudes de cette pécheresse qui vivait là-haut, entre pierres et étangs, dans un capharnaüm d'onguents et de fioles poussiéreuses, au milieu des vapeurs de soufre. Cependant quelques-uns, des mauvaises langues sans doute, affirmaient avoir vu monsieur le curé traverser les étangs du côté de la Pierre, soulevant sa soutane pour éviter la boue, et disparaître dans le chemin menant chez la « pécheresse ». Pour un exorcisme, ou l'entendre à con-fesse, disait-on en détachant les deux syllabes. La pute Vallard avait quatre garçons. L'aîné veillait sur ses trois frères, mal, assurément, puisque deux d'entre eux se noyèrent dans l'étang du Grantot, après avoir avalé une collation préparée par leur aîné. Celui-ci resta seul avec sa mère et son plus jeune frère. Son père, il ne l'avait jamais connu. Il était parti un jour, dans le Nord, chercher fortune. Et la pute Vallard, sa femme, ne l'avait jamais revu.

— Hé! Par ici!

Elle chuchotait.

— Tu crois que je t'ai pas vue?

Julia sortit la tête de derrière le sapin et lui fit signe avec des yeux apeurés. Il s'avança, le regard mauvais.

— V'là la saleté que tu m'as demandée.

Il jeta son sac à terre. Il était rebondi, et des tiges s'en échappaient, moisson vénéneuse et parfumée.

— C'est la der. Sinon ça va le tuer. C'est pas ce que tu veux, hein? T'as les sous?

Julia répondit non de la tête, prête à s'enfuir par le sous-bois si l'homme se montrait agressif. Celui-ci se contenta de cracher par terre.

— Murie. T'avais promis.

— Il rentre bientôt. Il te donnera tout d'un coup.
— Il a intérêt. Et toi aussi.
Il fit avec son pouce placé sur sa gorge un geste explicite.
— Salut, la Julia.
— Dis pas mon nom !
Il haussa les épaules.
— Ça te va bien, ça ressemble à Judas.
Il tourna les talons et s'éloigna. Julia s'empara du sac, le fourra sous son gilet et prit le chemin du village.

12

À Mouthier-Le-Château, la disparition d'Évelyne Mouratier avait provoqué un véritable séisme. On ne parlait que de ça. Le maire essayait d'enrayer un début de panique. Le bal des Seignes avait été annulé. Dans les fermes isolées, les hommes ressortaient leurs vieux fusils, vestiges du maquis, ou fourbissaient leurs armes de chasse. Les premières investigations n'ayant rien donné, la police, avec l'approbation du maire, organisa une battue sur tout le territoire de la commune. Les villageois y participèrent, encadrés par des gendarmes assistés de maîtres-chiens. La battue fut un échec. On ne retrouva que la bicyclette d'Évelyne.

Les chiens suivirent une trace qui partait vers les gorges, mais les effluves laissés par les animaux sauvages et l'eau qui sourdait de chaque centimètre avaient effacé la piste. La battue se prolongea toute la nuit. C'est ainsi que l'homme, assis au bord du vide à quatre-vingts mètres de hauteur, sur le seuil de la grotte où il se cachait, put voir des silhouettes longer la rivière et des chiens en laisse, museau collé au sol, dans la lueur des lampes torches, étrange procession qu'il observait, l'œil vide, en mâchonnant des herbes. Il ne fit pas un geste quand le faisceau d'une des lampes balaya l'entrée de son repaire pendant une fraction de seconde. Il resta immobile, conscient de son invisibilité, de sa transparence, puisqu'il était plus gris que le rocher et aussi noir que la nuit. Les hommes et leurs chiens s'éloignèrent. Il ne se donna même pas la peine de les suivre du regard, fixant l'obscurité comme on regarde le fond d'un puits.

13

— Je te demande pardon.

Julia était parti en courses. Maurine se coiffait et se recoiffait, passant la brosse dans ses cheveux avec un acharnement mécanique. Il était huit heures trente. Just n'osait pas bouger. Prostré, il essayait de mesurer la portée de son acte, conscient de l'inanité de ses efforts. Ce cauchemar n'était pas le premier. Mais l'irrationalité du phénomène le terrassait. Certes, il avait acquis le goût de l'occulte et du paranormal : Gérard Monnier le lui avait transmis, sans vraiment le vouloir, à travers des lectures, des dîners à Besançon où Just avait rencontré des amis de son beau-père, passionnés comme lui par les invisibles secrets qui font basculer le destin et forgent les armes qui aident à combattre les puissances hostiles. Mais lui ne faisait que s'amuser de ces théories parfois fumeuses. Il lisait toujours énormément, et cette passion pour le romanesque pouvait également favoriser des exaltations dangereuses. Mais son geste, dans sa brutalité, le sidérait, au sens premier du terme : il était pétrifié, anéanti. Au bout de quelques minutes, il se décida à glisser hors du lit et fit quelques pas vers Maurine, qui posa aussitôt sa brosse et quitta la pièce. Il l'entendit descendre le grand escalier et claquer violemment la porte du château. S'approchant de la fenêtre, il la vit se diriger vers les écuries, où elle entra d'un pas vif, la tête baissée. Elle allait voir Koumann. Ce n'est qu'auprès de lui qu'elle trouverait le réconfort dont elle avait besoin. Just avait souvent été le témoin de la profonde amitié qui liait Maurine à son animal préféré. Elle lui parlait à voix basse, et Koumann semblait comprendre ce qu'elle lui disait. Posant son front sur son chanfrein, elle l'embrassait. La puissance de l'animal et la grâce qui émanait de la jeune femme composaient alors un tableau d'une beauté saisissante et Just, déchiré par la peine qu'il devinait chez sa femme, qu'elle soit de son fait ou provoquée par une quelconque algarade avec Lucas, éprouvait toujours un sentiment troublant, mélange d'émerveillement et de chagrin qui renforçait encore sa passion. Mais ce jour-là, après l'acte qu'il avait commis, il se sentait si sale qu'il n'envisagea même pas d'aller rejoindre sa femme. Il prit une douche glacée, contempla un instant son corps nu dans le miroir de la salle d'eau, et n'en ressentit aucun plaisir. Son visage était enlaidi par l'amertume. Il avait le regard absent et un goût acide dans la bouche. Un pincement violent au creux de l'estomac lui donna envie d'eau fraîche. Il alla jusqu'à la table de nuit, prit le bol qui avait contenu la tisane de Julia. Dans l'évier, il le rinça, sans remarquer les petits filaments blanchâtres qui filèrent vers la bonde et y disparurent. L'eau lui fit du bien. Il se massa le plexus, puis se sécha, s'habilla et descendit au salon.

La bibliothèque du château était devenue, grâce à lui, une des plus belles de la région. Les livres « d'apparat », qui autrefois en constituaient l'essentiel – éditions « de luxe » aux dos tous identiques et aux dorures standard, portant les signatures d'écrivains disparus et peut-être oubliés, chefs-d'œuvre estampillés « belles lettres » et autres classiques pour grossistes vendant le génie au poids –, avaient cédé la place à une somme incroyablement diverse de merveilles reliées soit par Monnier, soit par Just lui-même. C'est ainsi que Proust côtoyait Dhôtel, Desnos, Apollinaire, Céline et Andersen. Les littératures russe, persane, américaine, sud-américaine, les contes tibétains, les œuvres de poètes et d'essayistes, de philosophes et de savants envahissaient les rayonnages. Les reliures étaient de toutes peaux: maroquin, basane, oasis, et de toutes factures. Les titres s'agrémentaient de motifs: fleurs ou poinçons, suivant l'hommage personnalisé qu'on souhaitait rendre aux auteurs. Les livres composaient un ensemble hétéroclite mais harmonieux. Just passait avec eux des heures délicieuses et parfois il avait surpris le châtelain, qui disait mépriser la culture, en flagrant délit de lecture.

Just dirigea la grande échelle vers « l'enfer », où se trouvaient les livres qu'il souhaitait préserver de la curiosité. Il y grimpa et s'empara d'un ouvrage relié de cuir noir, aux à-plats marbrés de bleu: *Le Grand Livre des rêves*, de Gustave Monneret, un cadeau de Gérard qu'il n'avait encore jamais ouvert. Il s'installa dans un fauteuil, sauta les remarques liminaires et passa directement au chapitre « Rêves réactifs ». Il lui semblait en effet que les rêves qui le préoccupaient ne pouvaient en aucun cas être prémonitoires, ni rétablir un équilibre psychique en péril: hors ces maudits cauchemars, il se sentait parfaitement bien. Seule la nuit et son cortège d'ombres, d'où surgissait, presque à chaque fois, la bête, brisaient la quiétude et le bien-être qui régnaient sur sa vie et celle de la femme qu'il aimait. Les rêves réactifs étaient, disait l'auteur, « suscités par des événements de la vie réelle idéalisés, sublimés ou simplement transformés ». Just réfléchit, referma le livre et l'abandonna pour aller téléphoner à son beau-père.

— Monnier.
— C'est Just.

Monnier lui apprit que Flora et Barthélemy revenaient à Mouthier-Le-Château. Just n'en crut pas ses oreilles. Puis il lança :

— Gérard, il faut que je te voie. Le plus vite possible.

Ils convinrent d'un rendez-vous pour le lendemain. Quand Just raccrocha, neuf heures sonnaient à la pendule du salon. Une ombre traversa le couloir.

— Julia, c'est vous ?

Personne ne répondit. Just vit Julia refermer avec précaution la porte des cuisines. Il haussa les épaules et sortit. Il faisait grand soleil, et un vent léger venait de se lever, agitant la ramure des grands arbres du parc. Le calme régnait sur la campagne. On entendait seulement au loin le bruit assourdi d'un engin agricole, parfois un cri d'oiseau. Just se dirigea sans trop savoir pourquoi vers l'endroit où Milot avait tiré sur son père. Il longea les murs du château, bientôt apparut devant lui la futaie qui partait à l'assaut de la colline. C'était là, sous les fenêtres des cuisines. L'herbe était haute : sans doute Milot évitait-il de s'attarder avec sa tondeuse sur cette partie du parc. Du lierre sauvage courait au pied du mur. Just s'accroupit, essaya d'imaginer la scène, son père sortant avec mille précautions, le papier de vente de la Frasne à la main. Flora attendant, le cœur en déroute. Ils avaient réussi, la Frasne était sauvée. Puis le coup de feu, et Flora fuyant, bouleversée. Milot qui épaulait à nouveau et renonçait à tirer sur une ombre. Ludovic gémissant, serrant les dents car la douleur dans sa poitrine était insoutenable, puis perdant connaissance, pendant que Milot courait au château téléphoner aux gendarmes et demander une ambulance.

C'est ici que tout avait commencé. Malheur et bonheur. Une suite d'événements qui donnait le vertige. Il alluma une cigarette, tira quelques bouffées. Un bruit attira son attention, venant des cuisines. Le claquement bref d'un couteau sur une planche à découper. Il se hissa sur la pointe des pieds, risqua un regard : Julia débitait des herbes tirées d'un grand sac posé sur le plan de travail. L'air anxieux, elle s'arrêtait de temps en temps pour écouter le silence. Quand elle eut terminé, elle jeta les herbes dans un grand chaudron de cuivre qu'elle mit à chauffer, après l'avoir rempli d'eau.

C'est donc ça le secret de sa fameuse boisson du soir, se dit Just. Elle en fait des mystères, cette pauvre Julia, pour une malheureuse tisane. Il cessa de l'observer et prit la direction des écuries.

Maurine se trouvait où Just l'avait imaginé : dans le box de Koumann. Quand elle le vit, elle n'eut pas un geste vers lui et se concentra sur la boucle d'un harnais.

— Je peux entrer ?

Elle haussa les épaules. Il poussa la porte du box. Koumann buvait, l'encolure tendue vers le seau. Just lui flatta l'échine, il cessa de boire et souffla en claquant du sabot.

— Je lui ai dit ce que tu m'as fait. Je suis sûr qu'il a compris.

— Maurine.

Elle avait un regard d'enfant dans des yeux de femme. Incompréhension et douleur. Just l'enlaça. Elle le laissa faire. Il déposa un baiser dans son cou en murmurant « Pardon ». Elle leva vers lui un visage baigné de larmes.

— Qu'est-ce qui t'a pris ?

— Si je le savais, soupira-t-il. Je n'y comprends rien. Je fais des rêves absurdes. J'ai des hallucinations. Et je manque tuer l'être que j'aime le plus au monde.

Il éclata en sanglots. Maurine se blottit contre lui, la tête posée sur son torse. Ils restèrent là longtemps, elle tentant de le consoler, de le rassurer, tandis qu'il demandait pardon, se maudissait. Il avait essayé jusque-là de conserver sa dignité, de tenir son rang d'homme, mais à présent il n'était plus qu'un enfant fou de chagrin, éperdu de honte dans les bras d'une autre enfant découvrant sa détresse.

— Il faut peut-être que tu voies un médecin.

Ils s'étaient assis dans la paille, adossés à la paroi du box, côte à côte, main dans la main, le regard grave.

— Je veux d'abord en parler à Gérard.
— Tu pars pour Besançon ?
— Oui. Demain. Tu viens avec moi ?
— Pourquoi pas ? Milot nous emmènera.
Une ombre passa dans le regard de Just.
— Non. Je prendrai la Facel Vega.
— Comme tu veux.

Elle l'embrassa doucement. Son amour allait mieux. Il semblait plus calme, rasséréné. Un sourire s'ébaucha sur ses lèvres. Il se tourna vers Maurine, les yeux brillants.

— Au retour, on aura peut-être des passagers.
— Qui ?
— Ma mère et mon frère. Ils reviennent au pays.

14

Besançon s'éveillait. Il avait plu jusqu'au matin. Les bus commençaient leur noria, avalant puis recrachant des passagers pressés venus des banlieues, des collines. Des parapluies devenus inutiles pendaient à leurs bras : le soleil avait percé les nuages et jouait maintenant avec l'eau du Doubs qui, majestueux, continuait sa lente promenade, enserrant dans sa boucle le centre-ville. On buvait des petits crèmes au zinc du *Café de la Mairie*, dans la fumée des brunes et des américaines. Des joueurs de baby-foot se défiaient, posant une pièce de vingt centimes sur le petit cendrier de métal pour « prendre les vainqueurs ». Bib'lait, un poivrot de légende, jouait *Petite Fleur* en imitant avec sa bouche l'instrument de Bechet. Quand il était fatigué, il vidait un énième « sauvi » avant de reprendre son récital. Au fond de la salle, se tenait une partie de belote entre retraités. Les cartes claquaient, tandis que les joueurs opinaient gravement du chef, un café ou un kir à portée de main. Au coin du bar, deux hommes jouaient aux dés. Lesueur et Becquet. Ils sursautèrent quand la sirène d'une voiture de police troubla l'agitation bonhomme de ce début de matinée. Elle se dirigeait vers la mairie, remontant la Grande-Rue à tombeau ouvert. Lesueur fit un signe à Becquet. Les deux hommes profitèrent du mouvement parmi les clients pour disparaître par la porte de service. Becquet connaissait Besançon comme sa poche. D'arrière-cours en trages, ils furent bientôt loin. La voiture stoppa devant le café, deux inspecteurs en sortirent, l'arme au poing. Après s'être concertés avec le patron, ils durent se rendre à l'évidence : le gibier s'était envolé.

— Ces connards sont après nous.
— Le relieur a porté plainte.
— Évidemment, couillon. Qu'est-ce que tu ferais si on agressait ta femme ?

Sur les berges du Doubs, quelques pêcheurs trempaient leur canne, casquette vissée sur la tête, cigarette au bec. Les deux fuyards s'étaient abrités sous l'arche du pont Battant. Après s'être assurés que la voie était libre, ils marchèrent en direction de la passerelle en rasant les hauts murs obliques.

— Qu'est-ce qu'on fait ?
— On quitte la ville.
— Pour aller où ?
— Au grand air ! Ça te fera du bien. T'es pâle, mon Becquet, comme une merde de laitier.

Il lui mit une grande claque sur l'épaule, lui offrit une cigarette et tous deux filèrent, crasseux et crottés, vers les faubourgs.

Au même instant, une Facel Vega noir nacré passait devant la porte Rivotte et roulait vers Bregille. Just était au volant. À ses côtés se tenait Maurine. Just n'avait pas dormi de la nuit. Il avait lutté contre le sommeil, avalant des quantités énormes de café et fumant deux paquets de cigarettes. Quand Maurine était venue le chercher, il lisait *Le Grand Livre des rêves*, installé sur le divan. « Tu lis *Le Grand Livre des rêves* alors que tu deviens insomniaque ! Chéri, viens te coucher. »

Il lui avait dit non avec douceur. Elle n'avait pas insisté. Il avait encore bu un grand bol de café avant de prendre la route. Le voyage s'était bien passé. Maurine avait été vigilante, guettant chez lui le moindre signe d'endormissement. Elle jouait avec la radio, reprenant à tue-tête *Les enfants du Pirée* ou *Pilou pilouhé*. Just semblait heureux. Il allait revoir les siens.

Gérard les attendait, assis sur un pliant au milieu du parterre de fleurs, une édition rare de *Destinée arbitraire*, de Desnos, à la main. Il se leva dès qu'il vit le museau de la Facel Vega tourner le coin de l'allée.

— Salut, beaux jeunes gens et fier équipage...

— ... dont le voyage est long et la muse volage! enchaîna Just en riant, tandis qu'il étreignait Gérard.

— Tu te souviens?

C'était pendant le cocktail de remise du prix, il y avait deux ans, dans les salons d'apparat de l'*Hôtel des Bains*. Un journaliste avait demandé à Monnier, dont on connaissait le goût pour la poésie, de citer quelques vers d'un de ses auteurs préférés. Il avait aussitôt inventé ces deux-là, comme il avait inventé le nom de l'auteur: Jean Isidore de Montcanaillet. Les deux vers avaient été cités *in extenso* dans *L'Est Républicain*, à la grande joie du relieur qui, disait-il, avait fait mieux qu'écrire: il avait créé un poète.

— Comment vas-tu, Maurine?

Il l'embrassa avec tendresse. Elle n'était pas seulement belle, elle avait une vraie sensibilité. Il se demandait comment un être aussi détestable que Lucas avait pu engendrer une telle femme. C'était pour lui un mystère plus grand encore que le saint suaire de Turin.

— Venez, mes enfants, Flora vous attend.

Les retrouvailles furent, comme chaque fois, un bonheur partagé: l'idée de repartir avec Maurine et Just fut adoptée dans l'enthousiasme.

— Oui, ben y a pas le feu, tempéra Monnier. Vous n'allez pas m'abandonner comme ça, je vendrai chèrement ma peau.

Il plaisantait, tout le monde le savait : Monnier avait parfois besoin de solitude, et en ce moment c'était le cas. Il aimait se retrouver tête à tête avec lui-même, laisser passer les heures à ne rien faire, à n'attendre rien ni personne. Il vivait comme un garçon, dînait d'une boîte de sardines, se couchait à point d'heure en écoutant Mozart, errait en robe de chambre dans la maison, dans le jardin, fumant comme une cheminée et contemplant la tombée du jour, un verre de gentiane à la main. Il trinquait au paysage, à la beauté du ciel, aux nuages et au vent, en songeant aux absents, qu'il reverrait bientôt.

— Allez, bande de lâcheurs, je survivrai. En attendant, on va déguster une bonne tarte aux pommes.

— Encore! protestèrent-ils.

C'était le seul dessert que tolérait Gérard. Depuis que Flora le connaissait, elle devait en être à un millier de tartes aux pommes. « Y a rien de meilleur », lançait-il, définitif, quand on émettait le vœu de varier le menu.

Ils prirent place autour de la table. Flora découpa la tarte, gardant une part pour Barthélemy qui était en vadrouille, comme d'habitude. Cette fois, la vadrouille semblait avoir été courte puisqu'on entendit bientôt un pas dans l'escalier, la porte s'ouvrit et... Ferdinand Béliard fit son entrée dans le salon.

— Justo!

— Merde, c'est toi !

Les deux amis tombèrent dans les bras l'un de l'autre. Monnier avait bien travaillé : Ferdinand avait été prévenu de l'arrivée du couple. Le relieur pensait, avec raison, que Just avait besoin de se changer les idées : la nouvelle de la disparition d'Évelyne Mouratier était bien sûr arrivée jusqu'à Besançon, Monnier avait d'ailleurs fait part à sa femme de ses inquiétudes, mais Flora, loin de s'en alarmer, avait rétorqué que l'assassin, s'il y en avait un, semblait s'intéresser aux jeunes filles, et pas aux femmes mûres « déjà tombées de l'arbre », expression qui avait scandalisé Monnier. Quant aux « hallucinations » dont souffrait Just, le relieur songeait plutôt à une dépression passagère due à l'éloignement de sa famille, aux drames qu'il avait vécus[1]. Pour l'instant, l'heure devait être à la fête et à l'oubli. Pour faire honneur à l'invité « surprise », la part de Barthélemy fut, sans plus de façon, découpée en deux parties égales, chacun prélevant sur sa part de quoi faire l'appoint, et la tablée s'enrichit d'un nouveau convive.

Quand Barthélemy arriva, deux heures plus tard, il trouva le clan Monnier en pleine fiesta : Gérard avait débouché du crémant, et Ferdinand et Just chantaient *Le Bistingo* à pleins poumons. Flora se livrait à une occupation moins futile : les bagages. Le départ était fixé au surlendemain, le temps de fêter dignement le retour au pays. Gérard se lança dans un panégyrique de

---

1. Voir *Les enfants de la Vouivre*.

la Franche-Comté à rendre jaloux Barbizier en personne. On trinqua aux saisons, aux bêtes et aux hommes, aux étangs, aux forêts, aux tourbières et aux lacs. Aux légendes oubliées, à la dame verte et aux sylphides, à toutes ces féeries ramenées d'Orient par les pèlerins qui, du soleil plein la tête, n'en finissaient plus, aux temps anciens, de rêver aux neiges du retour.

Un peu plus tard, quand l'euphorie fut retombée, Just prit Gérard à l'écart, tandis que Maurine aidait Flora et que Ferdinand et Barthélemy entamaient une partie d'échecs.

Ils descendirent l'escalier latéral et marchèrent jusqu'à la limite septentrionale du jardin, là où commençait le ravin, marqué par un éboulis glissant sur une vingtaine de mètres.

— Comment vas-tu, fils ?
— Ici, je me sens mieux.
— Raconte-moi.

Just lui parla de ses cauchemars, de ce qu'il avait fait endurer à Maurine, de cette mélancolie qui le prenait, certains jours. Quand il se tut, allumant une cigarette, Monnier dit simplement :
— Kabalesh...

C'était une interjection qu'il avait inventée, une sorte de litote passe-partout qui, en l'occurrence, traduisait son embarras devant une question posant problème. Il la prononçait rarement, mais quand il le faisait, cela signifiait qu'il prenait les choses en main.

— Tu as besoin d'aide. Je vais en parler à Dormois. On passe le voir demain.

Le front appuyé contre la baie vitrée, Maurine regardait les deux hommes parler avec animation. Tout semblait reprendre sa place. Elle se sentait bien dans cette maison, et le simple fait de penser au retour la fit frissonner. C'était la première fois que cela lui arrivait et elle en conçut une certaine tristesse.

L'après-midi se passa ainsi, dans la fièvre des préparatifs. Puis il fut temps de penser au dîner. Gérard fut catégorique :

— Ce soir, café *Granvelle*. C'est moi qui régale.

On se mit en route. La petite troupe, à laquelle s'était jointe Aliette, revenue de chez une amie, dégringola la pente qui menait au centre-ville. Barthélemy portait sa sœur sur ses épaules, et quand ils parvinrent tous à l'escalier du funiculaire, personne ne fit allusion à l'aventure de la veille : Lesueur et Becquet, c'était un autre cauchemar, bien réel celui-là, et les Monnier de Bregille avaient décidé de n'en point parler. Just avait d'autres démons à exorciser, il était inutile d'en rajouter. Il saurait, plus tard, quand il irait mieux. Seul Ferdinand était au courant. Il avait d'ailleurs aussitôt prévenu ses sbires, les Montrapon, du retour de leurs proies préférées : Lesueur et Becquet avaient déjà tâté de leurs poings et de leurs triques, et la bande attendait avec gourmandise la prochaine occasion de les châtier.

Le dîner fut simple, presque sobre : on avait déjà beaucoup trinqué dans l'après-midi. Omelette aux morilles, accompagnée d'une carafe de côtes-du-Jura, fromages et tarte aux myrtilles, que Monnier consentit à goûter du bout des lèvres. La compagnie se promena ensuite sous les arbres. On évita de passer devant le théâtre, pour ne pas risquer de réveiller les fantômes, puis on se sépara. Le relieur rentra avec Flora et Aliette. Maurine, qui se sentait fatiguée, décida de rentrer elle aussi, laissant les trois garçons partir en équipée. Elle était heureuse de retrouver Just tel qu'elle l'avait connu : ses yeux brillaient. Il avait besoin de retrouver ses frères d'aventure. Elle le comprenait, à la fois satisfaite et inquiète de s'apercevoir que sa jalousie n'était plus ce fruit vénéneux, cette arme coupante qui lui arrachait le cœur quand Just lui échappait, s'éloignait d'elle, fût-ce pour quelques heures. Les trois garçons disparurent dans l'ombre de Granvelle, épiés par des corneilles posées sur le faîte des grands marronniers.

Barthélemy était fier d'avoir été invité à courir les rues avec son frère et Ferdinand. Il ne connaissait de la ville que les chemins qui menaient à la campagne. Le reste, il s'en fichait. Mais l'idée d'une virée entre garçons l'enchantait. Et puis, ça changerait : béton et pavé seraient pour un soir ses chemins de traverse, la place du marché une clairière en plein vent, et les berges du Doubs valaient bien, pour quelques heures, qu'on oublie les cascades et les torrents.

— Tu sais où sont les Montrapon ?

— Et où veux-tu qu'ils soient ? rigola Ferdinand.

Vingt minutes plus tard, ils se retrouvèrent tous les trois au pied de la barre, qui, la nuit, avait l'air d'un grand navire attendant une marée toujours différée.

— Ils se sont agrandis, tu vas voir!

Les Montrapon disposaient maintenant, pour leur confort personnel, de trois caves en enfilade qu'ils avaient « empruntées » à des locataires « compréhensifs ». Là se tenaient des réunions sauvages et toujours improvisées, quelquefois interrompues par l'arrivée des forces de l'ordre, qui hésitaient cependant de plus en plus à se hasarder dans cette caverne babylonienne. Les murs étaient tendus de velours et de rafia, et le sol recouvert d'une épaisse couche de chutes de moquette, de tapis-brosses dérobés sur les paliers et de vestiges de kilims usés jusqu'à la corde. Des casiers à bouteilles recelaient quelques trésors: liqueurs exotiques, vins provenant des stocks de l'épicerie Béliard, bières et champagnes. Les Montrapon ne se refusaient rien, puisqu'on leur refusait tout. La plupart étaient au chômage, leur réputation les précédait, et la guerre d'Algérie, pour les Montrapon d'origine maghrébine, n'arrangeait rien. Ils n'avaient pas bonne presse, c'est le moins qu'on puisse dire. Pourtant, ils aimaient la France et s'étaient construit un petit paradis à l'image de l'idée qu'ils se faisaient de ce pays, avant d'y vivre.

L'arrivée des trois garçons provoqua une émeute dans cet antre coloré.

— Le petit relieur! Just!

Ils lui firent fête, comme chaque fois qu'il leur rendait visite. Le raki se remit à couler, avec le vin d'Espagne, pendant que Djeck faisait passer dattes et amandes. Il y avait un nouveau : Salem. Il était jeune, seize ans à peine. Moktar le poussa vers Just.

— Salem, tu ne connaissais pas Just ?
— Si, bien sûr.

Just eut l'air intrigué. Le jeune homme sourit et le fixa de ses grands yeux noirs.

— Il paraît que j'ai les mêmes yeux que ma sœur.

Et il se glissa hors de la cave, vif comme un chat. Si Just n'avait déjà bu trois verres de raki, il aurait immédiatement compris : Salem était le frère de Fatia Hassari, son ancienne compagne, qui avait juré de le tuer s'il la trompait. Elle avait repris sa promesse le jour du mariage de Just et Maurine, mais avec Fatia, on n'était jamais sûr de rien.

Barthélemy fut tout de suite adopté. Il se sentait à l'aise avec ces mauvais garçons : une meute. Au son des derboukas et des djembés, il improvisa une danse de la pluie qu'il avait apprise lors de ses équipées en rase campagne. Les Montrapon frappaient dans leurs mains et sur leurs instruments. À deux heures du matin, alors que des voisins excédés insultaient les fêtards et que des chiens aboyaient dans les pavillons limitrophes, l'ambiance monta encore d'un ton : des filles arrivèrent, trois blondes et une brune. La brune était Fatia. Les trois blondes entrèrent dans la danse, et Fatia rejoignit Just, affalé, en pleine béatitude, un verre de raki à la main, sur des coussins profonds. Tirant sur des petits cigares de contrebande, il faisait des ronds de fumée. Fatia dispersa l'un d'eux d'un mouvement du poignet qui fit tinter ses bracelets.

— C'est toi, mon amour ? Tu es revenu.
— Fatia, pourquoi es-tu là ?
Elle se colla à lui. Just s'écarta.
— Tu m'as promis...
— ... de te laisser tranquille ? J'ai tenu ma promesse. Mais tu ne peux pas m'interdire de t'aimer.
— Ne joue pas sur les mots.

Elle était belle comme une nuit d'été. Dangereuse et libre, prête à tuer pour être de nouveau soumise.

— Un jour tu me reviendras. Et tu seras à moi.
— Oui, Fatia. Un jour.
Elle eut un rire de défi.
— Puisque tu ne veux pas de moi, je vais me trouver quelqu'un d'autre.
Elle désigna du menton Barthélemy.
— Ce jeune homme a l'air plein d'ardeur.
— Laisse-le.
— Qui est-ce ?
— Mon frère.

Elle fut debout en un éclair. Just tenta de la retenir. Mais elle était déjà au milieu du cercle des danseurs. Esmeralda déployait tous ses charmes. Sa crinière s'agitait au rythme des djembés, son corps ondulait, sa croupe tanguait. Elle saisit Barthélemy par le poignet, le planta devant elle, l'entoura de ses longs bras et de ses mains qui tranchaient l'air comme des papillons de métal. Il était subjugué. Elle le poussa d'un coup de hanches hors du cercle, sous les sifflets et les vivats, et tous deux roulèrent au sol sur un matelas de coussins bariolés et d'étoffes qui se refermèrent sur eux comme un traquenard soyeux. Barthélemy goûta, pour la première fois, au plaisir.

Just ne vit rien, ou ne voulut rien voir. La nuit n'en finissait pas, certains jouaient encore, d'autres dormaient, d'autres s'aimaient. Ferdinand était aux côtés de Just. Ivre, il tirait sur sa cigarette. Just lui sourit.

— Je crois que tu en tiens une sévère, mon Ferdi.

Des larmes coulaient le long de ses joues. Just feignit de ne rien remarquer, mettant cette faiblesse sur le compte de l'alcool, mais lorsque son ami fut secoué de sanglots, il se rappela l'épisode du château, quand Ferdi avait tenté de sauter dans le vide.

— Qu'est-ce que tu as?

Il le prit par les épaules. Ferdi s'abandonna à son chagrin.

— Just. Si tu savais...
— Dis-moi. Tu es comme mon frère.

Ses sanglots redoublèrent. Mais Ferdi parvint à articuler:

— Je t'aime, Just.
— Mais... moi aussi, je t'aime. Je te l'ai dit, tu es mon frangin.

Les musiciens frappaient toujours leurs derboukas à s'en arracher les paumes. Ferdi hurla:

— Tu ne comprends pas. Je t'aime, Just. Je t'aime !

Il se leva, tituba jusqu'à l'entrée de la cave et disparut, laissant Just stupéfait.

Ferdinand marchait. Dans la nuit profonde surgissait de loin en loin un îlot de lumière : les réverbères s'alignaient le long des trottoirs où des silhouettes attendaient, sentinelles à l'affût. Ferdi s'arrêta devant l'une d'elles. C'était un jeune garçon grand et brun, le corps gansé dans un blouson de cuir noir. Ils se dirent quelques mots, puis disparurent dans l'obscurité. Quelques minutes plus tard, ils reparurent. Ferdinand partit de son côté, le jeune homme reprit sa place sous la lumière blafarde qui faisait de son visage un cri.

Ferdi marcha encore longtemps, alors qu'une pluie fine se mêlait maintenant à ses larmes. Puis, brusquement, il se mit à courir vers la rivière.

Le Doubs est laid à cet endroit : on ne sait si c'est à cause de son partage en deux par une digue centrale ou de sa couleur, d'un brun laiteux. La nuit n'arrangeait rien : de gros bouillons battaient les rives qu'on devinait plus qu'on ne les voyait. Maintenant il pleuvait dru et les lumières du quai se reflétaient dans chaque goutte d'eau, comme une pluie d'étoiles mouillées. Ferdinand descendit les quelques marches qui menaient à la rivière. Il alluma une cigarette qui s'éteignit et qu'il jeta dans l'eau. Il la rejoignit en se laissant tomber comme une pierre. Just plongea aussitôt et nagea vers lui. Dès son départ de la cave des Montrapon, il avait suivi Ferdinand et assisté de loin à la passe. Il avait failli partir, mais, mû par un pressentiment, avait attendu son retour. Et maintenant il le tenait presque. Plus que quelques mètres. Sa tête émergeait à peine de l'eau. Encore saoul, il avait les yeux mi-clos. Ses bras flottaient. Il avait l'air d'un crucifié. Quand Just l'agrippa, il ouvrit la bouche pour crier et ne réussit qu'à avaler de l'eau. Il toussa, cracha, se débattit, puis laissa Just le ramener vers la berge. Ils s'échouèrent à hauteur de la synagogue qui, sous la pluie, ressemblait à un gros gâteau baptisé au champagne. Sur l'autre rive, un chien errant pissa contre une borne et fila en trottinant vers le pont Battant. Des lumières s'allumaient peu à peu dans les immeubles. La pluie sur les toits leur donnait l'allure de maquettes vernies.

— Qu'est-ce que tu fous là ? Tu m'as suivi ?

Just gardait le silence. Ferdinand insista :

— Tu m'as vu, aux glacis ?

— Oui.

— Alors maintenant, tu comprends.

Il se tourna vers lui, tendit la main vers son visage et prit une boucle de ses cheveux mouillés entre ses doigts.

— Je suis une tante, Justo. Une pédale.

— N'emploie pas ces mots. Tu es homosexuel, et il n'y a rien de mal à ça.

Ferdinand éclata de rire.

— Arrête ton numéro. Je sais que tu es horrifié. Tu ne t'en étais jamais douté ?

Just fit non de la tête. Ferdinand caressait la joue de son ami. Just le laissait faire. Ferdi se reprit :

— Allez, je te fous la paix, mon beau Justo.
Ils fumèrent.
— Tu avais raison, j'en tiens une bonne. Mais ça m'a donné le courage de te parler. Je n'en pouvais plus.

Il souffla sur la braise de sa cigarette, la regarda comme un miracle inutile.

— Allez, dis-moi ce que tu ressens. Qu'est-ce que ça fait, d'être le fantasme sexuel de son meilleur ami ?

Il rit.

— Excuse-moi. Je suis trop con. Qu'est-ce que tu veux, il paraît qu'on est con quand on est amoureux. J'y peux rien, Just. Je t'aime, depuis le premier jour. Le coup de foudre. Je ne savais même pas que j'étais homo. J'avais des doutes, rien de plus. Et puis je t'ai rencontré. Et c'est devenu une évidence. J'ai su tout de suite que tu étais l'homme de ma vie.

— Arrête tes conneries... De toute façon, c'est pas une raison pour se foutre à l'eau, pauvre abruti.

Just se leva, marcha vers les escaliers. Trempé jusqu'aux os, il laissait de grandes rigoles derrière lui.

— Just, attends-moi.
— Va te faire foutre.
— Ça risque d'arriver !

Just haussa les épaules. Ferdinand le regarda partir. Le Jacquemard sonnait sept heures et la pluie n'en finissait plus de transformer la ville en poème de Verhaeren.

15

Lesueur et Becquet étaient hors d'atteinte. Pour éviter les patrouilles de police, ils avaient coupé par les Buis, traversé champs et forêts pour aboutir au sommet de la côte de Morre. Au débouché du tunnel qui marque la frontière entre ville et campagne, ils avaient remarqué une petite maison abandonnée, à dix mètres à peine de la route. C'était une bâtisse rudimentaire, plantée dans un champ en friche. La porte forcée, ils s'y étaient installés, dormant sur une couche de vieux vêtements trouvés dans une armoire éventrée. Ayant acheté en route de quoi manger et boire, ils décidèrent de se faire oublier pendant quelques jours, conscients que deux hommes comme eux ne passeraient pas inaperçus dans un village, ni même un petit bourg. Il valait mieux attendre. Assis devant la fenêtre donnant sur la route, ils regardaient passer voitures et camions qui filaient sur Ornans ou Pontarlier. Lesueur était sombre : il attendait mieux de la liberté que cette quarantaine forcée. Rien n'avait fonctionné comme il l'avait prévu. La famille Monnier était devenue son cauchemar, il la retrouvait toujours sur sa route. Et Flora l'obsédait. Il n'avait pas touché une femme depuis deux ans : l'avoir eue à sa merci pendant quelques minutes, être passé si près de la posséder le rendait fou. Il ruminait sa frustration en grillant cigarette sur cigarette, sous le regard craintif de Becquet. La journée était belle et celui-ci aurait préféré la passer dehors, au soleil, à boire des bières en somnolant, couché dans l'herbe, mais Lesueur était catégorique : ils devaient se rendre invisibles. Ce soir seulement ils sortiraient, car ils avaient à faire.

16

Just arriva à Bregille à l'heure du petit déjeuner. Personne n'osa lui poser de questions sur ses vêtements trempés et sa mine défaite : il avait son œil de tempête. Maurine l'emmena se changer et, quand il revint à table, quelques minutes plus tard, il allait mieux. Gérard lui servit du café, Flora lui coupa une tranche de brioche qu'elle recouvrit de beurre et de confiture de groseilles. Il mangea avec appétit. Aliette s'était assise à côté de lui : elle ne voyait pas souvent son grand frère et le regardait avec plaisir.

— Tu m'emmènes aussi, Just ?
— Bien sûr, tu passeras toutes les vacances avec nous.
— Au château ?

Ses yeux brillaient. Elle n'avait pratiquement pas connu le château des Lucas : elle avait seize mois quand ils avaient quitté la Frasne pour Besançon. Mais elle en avait tellement entendu parler qu'il était devenu pour elle un lieu mythique. Flora intervint. C'est au château que Ludovic avait été blessé à mort, et pour elle, c'était un endroit voué au malheur.

— Non, chérie, on vivra chez Lucien. Mais tu pourras passer au château de temps en temps.

Aliette glissa son bras sous celui de Just et se serra contre lui. Il jeta un baiser sur ses cheveux bouclés aux reflets acajou.

— Maurine t'apprendra à monter à cheval. D'accord, Aliette ?

Elle fit oui en secouant la tête, très vite. Maurine ne quittait pas des yeux la mère et la petite fille. Une ombre passa dans son regard : elle vivait depuis deux ans avec Just, et aucun enfant ne s'annonçait. Peut-être, comme elle le pensait, était-ce la raison des crises de mélancolie de Just et de son mal-être depuis quelque temps. Ou peut-être était-ce l'inverse. Dans tous les cas, il fallait faire quelque chose. Soudain, Gérard lança négligemment à Just :

— Dis donc, j'ai appelé Dormois, il nous attend en fin de matinée. Tu es toujours d'accord ?

Just hocha la tête. Maurine lui lança un regard interrogateur.

Ils étaient appuyés à la rambarde donnant sur le ravin. Le soleil jouait avec les cheveux de Maurine, ombrant sa nuque sur laquelle Just déposa un baiser.

— C'est qui, Dormois ?

— Un ami de mon beau-père. Il est passionné d'ésotérisme. Gérard pense qu'il peut m'aider.
— En quoi ?
Elle lui tapota le front.
— Tu ne crois pas plutôt que c'est là que ça se passe ?
— Si c'est nécessaire, j'irai voir un psy. Il faut trouver une solution. Je n'ai pas l'intention d'entamer une carrière d'insomniaque.
— On ne le dirait pas ! Tu me raconteras ta soirée ?
— Oui, plus tard.
Maurine s'étonna :
— Où est Barthélemy ? Il n'est pas encore rentré ?
— Ne t'inquiète pas, quand je l'ai quitté, il était entre de bonnes mains. Et je peux te rassurer : il n'a aucune tendance homosexuelle.
— Pourquoi dis-tu ça ? Je n'ai aucun besoin d'être rassurée !
— Pour rien.
Il sourit, l'œil farceur.
— Je te l'ai dit, je te raconterai.
Il la prit dans ses bras et l'embrassa comme si c'était la première fois.

Barthélemy rentra à Bregille une heure plus tard, l'air très content de lui. Une lueur bravache brillait dans son regard. Il fit claquer une bise sur les joues de sa mère, qui ne lui adressa aucun reproche : elle était habituée à ses escapades, et avait décidé une fois pour toutes de ne plus s'en inquiéter. Il mangea comme un ogre, sous l'œil amusé de Monnier qui avait remarqué les traces de rouge à lèvres dans son cou et le parfum inhabituel qui flottait autour de l'adolescent.

Monnier et Just partirent ensemble pour la boucle. La chaleur montait. La promenade Micaud était déjà très animée : des enfants couraient en criant, les manèges faisaient le plein. Le marchand de glaces venait d'arriver, il installait son stand. Des gamins tiraient leur mère par la manche pour obtenir une confiserie ou une glace à l'italienne. Les deux hommes coupèrent par la place du marché : le relieur devait passer à son atelier de Battant afin d'y prendre un livre qu'il voulait offrir à Dormois. Just retrouva avec bonheur cet endroit où tout avait commencé. Les outils étaient parfaitement rangés, le plan de travail vierge de toute rognure. Dans un coin, une bassine vide.

— Tu fais toujours de la colle blanche pour les rats ? Je croyais que tu en étais venu à bout.

— Ils ont fait des petits. Alors, si je ne veux pas qu'ils me bouffent mes bouquins et mes cuirs...

— La mort-aux-rats, ça existe.

Gérard ne répondit rien. Just savait à quoi s'en tenir : Monnier était incapable de prendre une vie, fût-ce celle d'un rat. Il préférait les gaver de cette colle dont ils raffolaient.

Le relieur prit sur une étagère un livre rare qu'il venait de terminer : une édition du *Discours sur l'Histoire universelle*, de Jacques Bénigne Bossuet. La reliure en était sobre. Les à-plats en veau glacé s'ornaient d'un motif floral, et le dos, à cinq nerfs, était titré d'or. L'ensemble dégageait une impression de solennité raffinée et discrète.

— C'est une reproduction d'une reliure de Jean-Jacques Lefèvre.
— L'originale a plus d'un siècle.
— Splendide.
— Ça fera l'affaire.

Gérard s'apprêtait à repartir quand Just l'arrêta en le prenant par le bras.

— C'est drôle. Cet endroit...

Il en regardait chaque recoin, chaque détail, avec une attention extrême.

— J'ai l'impression que c'est ici que je finirai ma vie.

Monnier lui donna une tape sur l'épaule et le poussa doucement vers la sortie.

La porte s'ouvrit sur un homme de taille moyenne, de constitution chétive. Il pouvait avoir cinquante ans. Son crâne était dégarni, de fines lunettes étaient posées sur son nez. Il passait son temps à les remettre en place. Vêtu d'un gilet de laine et d'un pantalon marron, il ne ressemblait pas au portrait que Gérard avait fait de lui à Just. Il avait l'air d'un employé aux écritures. Son appartement regorgeait de livres et d'objets insolites, cornues, mortiers, carapaces de tortues. Un parfum de graisse brûlée, d'aromates et de café planait sur ce capharnaüm. Il accueillit chaleureusement Monnier et Just, reçut avec plaisir le cadeau du relieur. Ils prirent place dans des fauteuils fatigués, Dormois leur servit un café.

— Je vous écoute.

Just parla longuement de ses insomnies, de ses obsessions nocturnes, de cet animal étrange qui le poursuivait dans son sommeil, et enfin de son agression sur Maurine. Dormois but une gorgée de café et entreprit d'astiquer ses lunettes.

— Je connais bien cette Vouivre dont vous parlez. C'est une fable, une légende, un archaïsme franc-comtois. La légende est la suivante : il s'agit d'une princesse aussi belle que cruelle, qui tourmente ses sujets. À tel point qu'une fée décide de la châtier, en la transformant en monstre. Depuis, la princesse-Vouivre hante les vallées et les gorges de Franche-Comté, semant la terreur parmi la population. Elle porte au front une escarboucle, une pierre précieuse, vestige de sa splendeur passée. Et le rêve de tout homme est de se l'approprier. Elle ne s'en défait que pour aller se baigner au pied d'une chute d'eau, ou au bord d'un lac. Malheur aux audacieux qui tentent de lui subtiliser le joyau : ils sont poursuivis et tués par des milliers de serpents sortis de nulle part.

— Et cette princesse, à quoi ressemble-t-elle ? l'interrompit Just.

— À une princesse ! Vous voulez parler de son apparence physique ? Il suffit de laisser parler son imagination. La culture celte ayant imprégné nos racines, on peut se la représenter blonde, avec de grands yeux bleus.

Il rit.

— Et, bien entendu, tout ce qui va avec, je ne vous fais pas de dessin ? Callipyge et soutenant ce qu'elle avance ! Mais je m'égare.

Il s'éclaircit la voix avant de poursuivre :

— Des gens sérieux et compétents se sont penchés sur le cas de cette chimère : le serpent-dragon-Vouivre représente, entre autres, l'énergie tellurique. Il s'appelle Atoum en Égypte, Mbumba chez les Bantous, Namuci en Inde. En France, selon les terroirs, il peut s'appeler Vouivre, guivre, graouli, tarasque ou coquadrille. La Vouivre personnifie aussi le Chaos. En se dévorant la queue, elle nous invite à pénétrer dans notre chaos intérieur. Elle réveille des forces obscures, symbolisant la possession sexuelle, mais aussi matérielle. L'or des alchimistes n'est pas loin. Vous rêvez d'elle, fort bien. Mais vous pourriez aussi bien rêver du monstre du Loch Ness ou de Dracula. Gérard m'a parlé de cette légende attachée à votre famille : l'enfant de la Vouivre. Savez-vous que la Vouivre est également considérée comme la gardienne du Seuil ? Celui du passage de l'humain au divin. Elle est aussi, dans les légendes de nos terroirs, la gardienne d'un trésor caché. Ne cherchez pas plus loin : Gérard m'a également parlé de ce trésor que vous avez trouvé[1]. Toutes ces images du passé, ces réminiscences, ces visions, ont pu déclencher chez vous une névrose obsessionnelle. Mais ce qu'il faut découvrir maintenant, c'est ce qui provoque cet état d'hypersensibilité. Est-ce que vous buvez ?

Just le regarda, interloqué.

---
1. Voir *Les enfants de la Vouivre*.

— Il m'arrive de boire un verre ou deux, voire davantage si l'événement en vaut la peine, mais non, je ne suis pas un alcoolique, du moins je ne le pense pas.

— Drogue ?

— Jamais de la vie !

— Ne vous formalisez pas, on est là pour tout se dire, n'est-ce pas ? Vous est-il arrivé de consommer, entre amis de votre âge, des champignons hallucinogènes ?

— Just n'a aucune inclination pour les paradis artificiels, intervint Gérard. Je pense que je l'aurais remarqué.

— Soit. Mais je parierais que cette piste est la bonne. Pas forcément celle des champignons. Les troubles décrits me font penser aux rites d'envoûtement auxquels se livrent les chamans, en s'aidant de substances diverses, ou de plantes médicinales. Notre région a une longue tradition de sorcellerie. Bien sûr, de nos jours, tout cela paraît désuet, suranné, mais ce passé vit toujours, je vous l'assure. Il existe encore des barreurs de feu, des désenvoûteurs, des jeteurs de sort.

— Surtout des hommes ?

— Des femmes aussi ! Pourquoi dites-vous ça ?

— Un homme est souvent présent dans mes rêves. Grand, le visage masqué, avec un bâton à la main, une sorte de sceptre.

Dormois prit une longue inspiration et gratta le sucre au fond de sa tasse. Il lécha la cuillère, l'agitant dans sa main :

— C'est lui. Il se projette dans vos rêves. Il ne peut s'en empêcher. C'est sa faiblesse. Mais pourquoi fait-il cela ?

Dormois se leva. Ils comprirent qu'ils devaient prendre congé.

— Jeune homme, dit Dormois à Just en lui serrant la main, je ne serais pas étonné que vous soyez la victime d'un de ces êtres singuliers qui peuvent, *grâce* à une formule magique ou *à cause* d'un don reçu, faire le bien ou le mal, suivant leur bon vouloir. Votre fortune peut susciter des convoitises, ce qui expliquerait que des esprits malveillants s'acharnent ainsi sur vous. Je vais chercher dans mes livres de quoi étayer mon hypothèse. Dès que j'ai du nouveau, j'appelle Gérard.

Sitôt avalé un copieux petit déjeuner, Barthélemy courut chez le père Grelin. Celui-ci arrachait des mauvaises herbes, son chien sur les talons.

— Gris !

Dès qu'il vit Barthélemy, le molosse fonça sur lui, le renifla, le lécha, se mit sur ses pattes arrière, agitant la queue, les antérieurs posés sur ses épaules. Le père Grelin souleva sa casquette pour se gratter le crâne, se redressa.

— Vingt dieux, quelle rouillure ! C'est la vieillerie. Tu viens avec moi ? Je vais aux lapins.

Ils marchèrent ensemble jusqu'aux clapiers alignés au fond du jardin. Ils sentaient bon l'herbe séchée et le persil, que le père Grelin donnait généreusement à ses bêtes, parce que, disait-il, le persil, c'est comme le Chanel n° 5, c'est ce qui parfume le mieux les bêtes à fourrure.

— Alors, raconte, t'as l'air tout remonté.

— Père Grelin, ça y est, je suis plus puceau.

L'autre écarquilla les yeux et éclata de rire.

— Vintzi! Celle-là, elle est pas mal!

Il lui balança une grande claque dans le dos, donna l'herbe aux lapins, puis ils s'installèrent autour d'une table de jardin. Grelin alla chercher deux verres et la bouteille de pontarlier-anis. Barthélemy protesta, mais Grelin ne voulut rien entendre.

— T'es un homme, maintenant. Tu bois comme un homme.

L'anis se troubla puis blanchit sous l'eau fraîche. Un glaçon paracheva le chef-d'œuvre. Ils trinquèrent aux femmes, à celles que le père Grelin avait eues, et à celles que Barthélemy allait avoir. Le vieil homme raconta quelques-uns de ses hauts faits, fit un inventaire détaillé de ses amourettes, marquises, paysannes, secrétaires, femmes de chambre, employées de mairie, modistes, crémières et poissonnières, sans oublier une comédienne des tournées Tichadel.

Le gosier sec, le père Grelin se resservit.

— En tout cas, je suis content pour toi. Elle était jolie?

Ses yeux pétillaient.

— Elle l'est toujours.

Le vieil homme fronça les sourcils.

— Opopop! Attention, je te vois venir: tu vas me dire que t'es amoureux.

— Ben...

— Halte au feu ! Fiston, le désir n'est pas l'amour, bien que le plaisir puisse parfois engendrer de la tendresse, disons, de la reconnaissance. Je m'explique : il ne faut pas confondre la jouissance et la passion, ça n'a rien à voir. Cette fille t'a donné du plaisir, et toi, bonhomme, tu n'as qu'une envie, recommencer. Point à la ligne. Ton petit cerveau d'ancien puceau va essayer de te faire croire que tu es fou d'elle, mais dis-toi bien une chose : ton cerveau, il a faim. Quand tu fais l'amour, tu sécrètes des substances qui lui font du bien, tu le nourris, et comme on n'est pas des bêtes, lui, en contrepartie, il essaie de te faire croire que c'est pour le bon motif, pour la romance, tu piges ?

— Vaguement.

— Eh oui... Tu comprendras plus tard. C'est ce qu'on appelle l'expérience, fiston.

Il fit claquer sa langue.

— Parole de vieux con. T'en rebois un ?

Just et Gérard étaient attablés devant une morteau-salade à la terrasse du *Café de l'Angle*. Le lendemain, ce serait le départ, et le début d'une autre vie.

— Je viendrai vous voir souvent, tu sais. De toute façon, je ne peux pas me passer de vous bien longtemps. Et je suis amoureux de ta mère.

— Je veillerai sur eux, ne t'inquiète pas. Quand tu en auras assez de ta solitude, viens respirer l'air de là-haut.

Just avait appris à aimer Gérard. Celui-ci avait su l'apprivoiser, et lui communiquer sa passion pour les livres, la reliure, l'ésotérisme. Il l'avait aidé à creuser son sillon. L'aîné des Mouthier admettait maintenant qu'il avait deux pères, l'un qui le regardait de son nuage, alors qu'il semblait pourtant le plus terre à terre, l'autre dans la vie réelle, alors qu'il avait toujours l'air de tomber de la lune. Leur seul point commun était l'amour de la nature, de leurs racines.

— Quel dommage que tu n'aies pas connu mon père !

— Qu'est-ce que tu racontes ? Lucien et moi, on en a vidé des chopines avec Ludo !

C'était vrai. Ils étaient tout jeunes encore. Ludo ne connaissait pas Flora. C'était un peu avant que Gérard ne parte à Besançon, afin d'y entrer au grand séminaire.

— Ça n'a duré qu'un temps. Après, je me suis pris pour un curé. Les chopines, c'était terminé. Ton père, à l'époque, c'était un sacré coq de village. Une force de la nature. Et puis c'était notre héros : la Résistance, le maquis. Par la suite, je l'ai perdu de vue. Je ne retournais pas souvent au pays : ça me fichait le cafard. Maintenant, c'est différent. Il y aura Flora, il y aura vous. Moi aussi, je suis prêt à retrouver mes racines. Si tant est que je les aie perdues.

Ils burent au retour, s'efforçant d'oublier les fantômes du passé qui tourmentaient Flora, et le manège des ombres qui rendaient visite à Just la nuit. L'heure était au plein soleil et au plaisir du jour.

Quelques pontarliers plus loin, Barthélemy commençait à avoir le front chaud et le cœur liquide. Il s'opposa fermement à une troisième tournée et, vacillant au moment de prendre congé, tendit la main au père Grelin qui l'enfouit dans la sienne.

— Alors tu pars, voyou ?
— Je reviendrai souvent.

Le Gris frétillait de la queue, frottant son museau aux mollets de Barthélemy.

— On dirait qu'il a envie de trotter. Je peux, m'sieur Grelin ? Une dernière fois ?
— Évidemment, couillon !

Barthélemy et le chien prirent le chemin du Grand Désert, le père Grelin leur fit des grands signes avec sa canne. Quand il se retourna, des larmes coulaient sur ses joues. Il les essuya du revers de sa manche.

Dans la maison des Monnier, Flora mettait la dernière main aux préparatifs, aidée d'Aliette et de Maurine. L'atmosphère était joyeuse, Aliette faisait brailler le transistor, évitant soigneusement la retransmission de l'étape du jour du Tour de France, où Roger Rivière, Darrigade et Nencini déchaînaient les passions. Les Compagnons de la Chanson succédaient à Édith Piaf, dont le *Milord* avait fait frissonner les suspensions du lustre de cristal. Flora se laissait emporter par le tourbillon du départ, elle ne voulait plus réfléchir.

— Moins fort, ma puce !

Aliette consentit à contrecœur à baisser le volume du transistor. Très excitée par ces grandes vacances-surprise, elle ne tenait pas en place, vérifiant que sa mère n'oubliait pas sa robe rouge, son pull marin, sa Barbie. Flora s'activait, Maurine l'aidait à plier les vêtements.

— Est-ce que tout ça tiendra dans la voiture de Just ?

— On se serrera, Flora. Sinon, Just et moi, nous referons le voyage.

— Ah, il n'en est pas question ! Je n'aurai pas besoin de tous ces corsages, à la campagne. Allez ! Ouste ! On débarrasse.

Le plus clair de sa garde-robe retourna dans les armoires : la place était comptée. En faisant l'inventaire de ses robes, de ses manteaux, de tous ses effets personnels, Flora commençait à prendre la mesure de ce qu'elle laissait derrière elle. Mais elle avait décidé. Il était temps de partir. Chaque minute écoulée ajoutait à son impatience. Maurine regardait cette agitation avec perplexité : l'attitude de Flora la dépassait. Elle n'était pas douée pour la nostalgie et savait d'instinct que, si par malheur elle perdait Just, elle en crèverait de chagrin mais tournerait tout de même résolument le dos au passé. Elles avaient des tempéraments opposés, qui se rejoignaient cependant dans la passion qu'elles éprouvaient pour deux fantômes : Flora pour Ludovic et Maurine pour Just. La jeune femme avait en effet été choquée au-delà de tout par cette nuit où elle avait failli mourir. Bien qu'elle s'en défendît, tout la ramenait à cet instant horrible où l'homme en qui elle avait toute confiance avait tenté de la tuer. Just était devenu pour elle le fantôme de ce qu'il avait été, et pour l'instant sa confiance avait disparu. Elle appréhendait la prochaine nuit à ses côtés et eut soudain conscience que si elle avait accepté aussi facilement de le laisser partir faire la fête, c'est qu'elle craignait maintenant sa présence. Et son retour, trempé et fourbu, n'avait rien arrangé au constat qui s'imposait à elle : Just lui échappait, il n'était plus le même.

Quand il rentra à la maison en compagnie de Gérard, il avait pourtant l'air parfaitement normal et apaisé. Maurine l'entraîna aussitôt au jardin.
— Alors ?
L'horizon était clair et les versants boisés des collines se découpaient sur un ciel de traîne. Des oiseaux frôlaient les murs de la Citadelle pour plonger vers la rivière, changeant de cap d'un brusque coup d'ailes quand un insecte croisait leur trajectoire.
— On a vu Dormois. Il va m'aider.
— Il pense à quelque chose de précis ?
— Non. Il va chercher.
Maurine s'appuya à la rambarde, regardant la rivière glisser jusqu'au barrage.
— Just, promets-moi de ne pas te fâcher.
Il vint à ses côtés. Épaule contre épaule, le soleil les frappant de profil, ils avaient l'air de statues prenant forme sous le ciseau d'un sculpteur.
— Dis-moi, Maurine.
— Ce soir, nous ne dormirons pas ensemble. Tu comprends ?

Il l'entoura de ses bras, lui embrassa le front. Dans son ventre se tordait un serpent. Il ferma les yeux. Maurine posa la tête sur son torse. Elle savait ce qu'il ressentait.

— Oui, je comprends, souffla-t-il pour ne pas montrer qu'il avait envie de pleurer.

— Ce n'est que pour quelque temps, mon amour. Bientôt, tu iras mieux et...

Elle leva les yeux vers lui, posa sa main sur sa joue.

— J'ai eu trop peur.

Ils restèrent ainsi, enlacés. Mais pour la première fois, ils ne se sentaient plus invincibles. Quelque chose de plus fort qu'eux essayait de les éloigner l'un de l'autre. Ils avaient envie de se battre. Mais ils ne pouvaient pas combattre ensemble : il leur faudrait lutter chacun de son côté. Le regard de Just se porta au-delà de la haie de fusains qui délimitait le terrain des Monnier. Il vit le père Grelin, assis sur un pliant, frapper à plusieurs reprises la terre de sa canne. Il y avait dans ce geste l'acceptation d'une fatalité mais aussi, et surtout, l'envie d'en découdre.

17

Dans la maison abandonnée, Lesueur et Becquet s'apprêtaient à sortir. Il était huit heures du soir. Le soleil tombait maintenant à l'oblique.

Quelques rares voitures passaient encore sous le regard sombre des deux hommes pour qui la journée n'en finissait pas. Lesueur piaffait d'impatience.

— Allez, allez, qu'il fasse noir, murmura-t-il entre ses dents.

Il fut bientôt exaucé. Le crépuscule gagna lentement la campagne, isolant les grands arbres solitaires, brossant de pastel le contour des haies et transformant les grands champs en mers immobiles.

— On y va.

Ils quittèrent la maison, longèrent la route sur quelques centaines de mètres et, arrivés à Morre, se mirent en chasse : il leur fallait une voiture discrète. Leur choix se porta sur une 4 CV grise. Lesueur la força, laissant Becquet se débrouiller ensuite avec les fils de contact.

— Dépêche!

Il scrutait l'obscurité. Le village était calme et, la voiture étant garée à l'écart, le risque était minime. Après quelques tentatives infructueuses, le moteur démarra. Lesueur passa la première et accéléra. Il prit la direction de la maison abandonnée et gara la voiture dans la courette donnant sur la colline. Il était impossible de la voir de la route.

— Bingo. Beau boulot, mon Becquet. Je te paie une bière.

Ils regagnèrent l'intérieur et se mirent à boire.

À Bregille, le soir découpait des ombres sur les façades, teintant de gris le vert des collines. Des chauves-souris traversaient les vergers de leur vol saccadé. Des chats attendaient en clignant les yeux une proie de passage. Il faisait doux. Quand le Jacquemard sonna huit heures, les ombres se firent plus tranchantes. Les réverbères prirent le relais du jour disparu. Quelques rares passants regagnaient leur logis, un couple pressé descendait vers la ville. La femme riait aux blagues de son compagnon. Leurs pas résonnaient dans le silence qui peu à peu envahissait tout. Ils tournèrent le coin d'une rue et devinrent d'autres ombres.

Chez les Monnier, c'était la veillée d'armes. Chacun s'efforçait d'être brave, de sourire, de ne pas montrer son appréhension. Aliette était très agitée, Flora chantonnait d'une voix hésitante en repassant une chemisette de Barthélemy. Monnier, les mains dans les poches, le front collé à la vitre, scrutait l'horizon barbouillé de rouge, essayant de percer les mystères d'un avenir aux contours incertains. Barthélemy venait de rentrer. Crotté, il s'était jeté sous la douche et déambulait maintenant, en slip, le regard intense, tournant et retournant ses épaules comme un athlète avant la course. Il rejoignit Gérard, posa sa main sur son bras.

— Papa ?

Il l'appelait ainsi, alors que Just n'avait jamais pu s'y résoudre.

— Oui, fiston. Alors, tu es prêt ?

Gérard regarda ce drôle de bonhomme déjà solide comme un chêne, avec ses cheveux mouillés qui coulaient sur un torse de lutteur de foire. Barthélemy avait les yeux gonflés, et Monnier pensa que ce n'était pas dû uniquement au pouvoir caustique de la savonnette.

— Quand faut y aller...
— Attends.

Barthélemy semblait tout à coup étonnamment fragile.

— Barthélemy, tu as raison de partir. C'est ton destin, je l'ai toujours su. Tu vas me manquer, et tu vas manquer à beaucoup de gens, mais c'est ainsi. Tu es taillé pour la vie que tu t'es choisie. N'aie aucun regret, aucune crainte. Tu seras heureux. Alors pleure un bon coup et va-t'en. On se retrouvera toujours.

Les yeux rougis, Barthélemy ne trouva rien à répondre. Lui aussi mesurait l'importance de ce départ : malgré son aversion pour la ville, il regrettait déjà les êtres chers qu'il laissait derrière lui. Monnier, bien sûr, et aussi le père Grelin et son chien, tous ses copains du champ du Taureau. Mais l'envie de revivre *là-haut* l'emportait sur tout le reste.

Après le repas, Gérard et Just fumèrent un gros cigare en dégustant une gentiane. La baie entrouverte pour ne pas asphyxier la compagnie, ils contemplaient l'horizon en tirant sur leur Vitole avec délectation. La Citadelle, avec ses lumières et ses ombres, ressemblait à un bastion assiégé par des ennemis invisibles. Adossé au chambranle, à leurs pieds, Barthélemy se sculptait un nouveau bâton de marche, l'ancien ayant souffert de la bagarre avec Lesueur et Becquet.

— Vous avez une idée pour le pommeau ?

— Comment ça ?
— Je voudrais sculpter un motif. Une tête de chien ? de chat ?
— De Vouivre, proposa Just en faisant un clin d'œil à Gérard.
— Le dragon ? Super-idée. À quoi ça ressemble exactement ?

Just en fit une description saisissante. Barthélemy se mit à l'ouvrage avec enthousiasme. Et, le temps pour son frère et Gérard de finir leur cigare, le monstre avait pris forme : ses oreilles pointaient, son museau se profilait et sa gueule s'ouvrait sur une langue épaisse piquée de pointes acérées.

Gérard siffla d'admiration.
— Superbe ! Tu as un don, mon bonhomme. Fais-moi voir.

Le relieur fit tourner l'objet entre ses mains, apprécia la netteté du motif due au coup de canif très sûr de l'artiste.
— Je suis épaté. Suivez-moi.

Il se leva, imité par les deux frères, intrigués.
— Chérie, nous allons à l'atelier.

Flora leva la tête du plateau de jeu de puces, dont elle faisait une partie avec Aliette et Maurine, sur la table du salon.
— À cette heure ?
— L'art n'attend pas.

Il ouvrit la porte solennellement et fit signe aux deux frères de passer.

La Facel Vega longea la rivière par l'avenue d'Helvétie, laissant l'île Saint-Pierre s'enfoncer dans le noir. Le pont franchi, elle passa devant les Beaux-Arts, tourna à droite et traversa à nouveau la rivière par le pont Battant. Just la gara à la diable en face de la Madeleine. Sous la lumière crue des réverbères, elle ressemblait à un gros insecte noir aux élytres mouillés. L'abandonnant à la curiosité des rares passants, le trio prit le chemin de l'atelier.

Quand la porte s'ouvrit sur l'obscurité, ils perçurent très nettement un bruit de galopade suivi de froissements furtifs. Gérard pressa le bouton de l'interrupteur pour voir la queue d'un rat disparaître sous un lambris.

— Nous troublons le dîner d'un de mes pensionnaires.

La bassine de colle était à moitié vide. Les deux frères se regardèrent en hochant la tête.

— Entrez. Nous avons du pain sur la planche, et celui-là, les rats ne pourront pas nous le manger.

Gérard sortit d'une commode deux carnets de feuilles d'or et un petit pot de verre empli d'un liquide translucide. Il en dévissa le couvercle.

— Un enduit de ma fabrication, à base de vernis à ongles subtilisé à votre mère et d'alcool de prune ! Barthélemy, si tu veux bien me confier ton bâton de marche...

Il s'en empara. Outre la tête de Vouivre sur le pommeau, Barthélemy l'avait orné de torsades et de motifs en couronne gravés au couteau.

— Tu me fais confiance ? Rendez-vous dans une heure. Allez tous les deux boire un verre sur mon compte au café *Granvelle*.

Ils acquiescèrent et laissèrent le relieur à son ouvrage.

— C'est pas le chemin de *Granvelle* !
Just avait tourné à droite, dans la rue Claude-Pouillet. Il prit Barthélemy par l'épaule.
— On passe chercher Ferdinand. Il m'a dit qu'aujourd'hui il faisait l'inventaire avec son père. Avec un peu de chance, il aura terminé.
L'épicerie Béliard s'était agrandie. Louis, le père, avait loué un local mitoyen, où était maintenant installée une boutique de vins fins et d'alcools de pays. Chardonnay, vins de paille et Savagnin se côtoyaient sur des étagères de bois clair. Les rouges reposaient sur un lit d'écorces sombres, joyaux liquides couleur rubis. Crémants et alcools s'exposaient dans des vitrines en verre fumé. Béliard avait dépensé une fortune dans cette installation. Mais le succès était au rendez-vous : on se pressait au *Cep de Comté* et l'épicerie attenante profitait de ce surcroît de clientèle. Ce soir-là, un papier apposé sur le rideau de fer annonçait l'inventaire, et Just et Barthélemy durent passer par le couloir de l'immeuble pour pénétrer dans la place. Ils trouvèrent les Béliard père et fils en pleine dégustation de vin jaune, pendant que madame finissait une ligne de comptes sur un cahier d'écolier couvert d'un protège-cahier en plastique bleu foncé. L'inventaire était terminé.

— ... et douze qui font dix-huit. Bonsoir, les enfants !

Tous s'embrassèrent, heureux de se voir. Les Béliard étaient de vrais amis des Monnier. Quand Flora et Gérard avaient eu des ennuis, ils leur avaient offert leur aide, faisant crédit et parfois plus. Ils se recevaient régulièrement, Béliard appréciait le relieur dont la simplicité n'avait d'égale que l'estime dans laquelle celui-ci tenait un ancien paysan ayant réussi sa reconversion. Tous deux avaient plaisir à évoquer ce terroir qu'ils avaient abandonné, par hasard autant que par nécessité : Béliard avait dû quitter la terre, qui ne suffisait plus à faire vivre sa famille, et Monnier, d'abord tenté par les mirages de la spiritualité, avait renoncé au séminaire pour succomber à la passion d'un artisanat qui occupait presque toute sa vie.

— Dis voir, Barthélemy, c'est vrai que tu remontes ?

Les yeux de Béliard brillaient et doutaient tout à la fois.

— Un peu que c'est vrai. Je vais faire paysan. Avec le Lucien, mon oncle.

— Eh ben, ça m'en bouche un coin ! Venez donc laver le four, vous deux, pour fêter ça !

Il prit deux verres et les remplit de vin jaune, malgré les protestations de Barthélemy qui restait sur les pontarlier du père Grelin et le poulsard débouché par Monnier pour le dîner.

— Armelle, t'en veux un coup ?

Sa femme lui fit signe que non et replongea dans ses comptes.

— Tu fais donc le contraire des jeunes de maintenant ? C'est courageux, il y en a tellement qui laissent tomber. Encore le fils Mairot, des Prétots, qu'est passé me voir, il cherche de l'embauche. Moi j'ai besoin de personne, je l'ai envoyé à la Rhodia. C'est quand même malheureux, y aura bientôt plus personne là-haut. Enfin, j'ai rien à dire, moi aussi j'ai laissé tomber.

Il but son verre en silence. Il regardait Barthélemy et avait l'impression de se revoir à son âge : même fierté d'appartenir aux gens de la terre, même envie de travailler aux champs, en plein vent, plein soleil, de tirer des richesses d'un sol difficile. Le jeune garçon venait souvent lui rendre visite pour l'entendre parler du métier de paysan. Béliard, étonné, le voyait s'émerveiller de ses récits de moissons, de labours, de visites à Renard, le maréchal-ferrant, au fromager Chapuis et à son copain de régiment Alphonse Toitot resté à la terre, car il n'avait ni le cœur ni l'énergie de se lancer dans une autre aventure : il vivotait sur ses récoltes, ses vaches et ses poules, sur le produit de la chasse. Barthélemy aurait pu s'en inquiéter, car c'était peut-être ce qui l'attendait. Il n'en était rien : il avait foi en l'avenir et, jeune et endurant, était prêt à soulever des montagnes pour réaliser son rêve.

— Y en a un qui serait fier de toi. Tu vois de qui je veux parler ? dit-il en désignant le ciel.

Barthélemy hocha la tête.

— Ludovic Mouthier, si tu m'entends, je bois à tout ce que tu représentes. Et c'est beaucoup.

Il leva son verre et le vida d'un trait. Just et Ferdinand gardaient le silence, respectant ce moment privilégié entre deux générations, eux qui, après avoir vu leurs pères trimer sang et eau pour arracher à la terre ses fruits les plus flamboyants, n'avaient plus ce rêve au cœur.

Quand Just était rentré dans la boutique, suivi de son frère, le cœur de Ferdinand s'était remis à battre à tout rompre. De crainte et de plaisir. Il avait si peur que Just ne comprenne pas, et n'accepte pas cette réalité douloureuse : il était amoureux de lui. Ferdinand avait eu beaucoup de mal à l'admettre, et son homosexualité avait été une révélation cruelle, mais finalement voluptueuse : c'était sa vérité. Pourtant, il n'assumait qu'à demi sa différence : certains Montrapon étaient au courant et s'en souciaient comme d'une guigne, d'autres ignoraient tout et en auraient peut-être été choqués. Ferdinand avait choisi d'être prudent, et c'était sans doute la sagesse. Ses parents ne savaient rien de ses penchants. Ils s'étonnaient parfois que leur fils ne fréquente que des garçons, qu'eux prenaient pour ses amis, et dont il ne leur venait pas à l'idée qu'ils puissent être ses amants.

Les parents Béliard montèrent à leur appartement et les trois garçons partirent ensemble visiter la nuit. Besançon se reposait d'une journée de soleil et de chaleur. L'église Saint-Pierre s'assoupissait sous les roucoulades des pigeons nichés au sommet de ses colonnes et la fontaine des Dames lissait son clapotis. Ils marchèrent vers *La Croisée des Loups*, finalement préférée à *Granvelle*. L'enseigne lumineuse clignotait, donnant au prédateur découpé dans le métal l'allure d'un rabatteur pour soirées libertines. À l'intérieur, l'atmosphère était lugubre: la salle était presque vide. Ils prirent place en face du bar.

Derrière trônait Fatia.

— Qu'est-ce qu'elle fait là? demanda Just.
— Elle travaille.
— Tu le savais?

Dès qu'elle les vit, Fatia s'avança vers leur table.

— Messieurs. Trois bières?

Elle planta son regard dans celui de Barthélemy, fit « chut » de son index posé sur ses lèvres. Comme elle retournait au bar, le patron apparut par la porte « Privé ». En passant derrière elle, il déposa un baiser dans son cou avant de s'emparer d'une bouteille de cognac.

— Barthélemy, dit Just, il semblerait que ta fiancée...

Son frère se leva.

— On se retrouve à l'atelier, lança-t-il. Salut, Ferdinand.

Il sortit, suivi des yeux par Fatia, qui rangea un des trois bocks qu'elle avait préparés.

— Pauvre vieux, il commence sa carrière sentimentale par un chagrin d'amour.

— C'est souvent le cas, répondit Ferdinand. Si tu vois ce que je veux dire.

Just empoigna son ami par le cou et le secoua comme un prunier en essayant de sourire.

— T'es con, Ferdi.

Fatia revint, les bières à la main. Après les avoir servis, elle s'appuya à la table, le buste penché en avant. Just ne put s'empêcher de laisser traîner son regard dans le creux de ses seins. Une bouffée de chaleur lui monta aux tempes, pendant qu'elle lui disait :

— Qu'est-ce que ça fait, d'être désiré par un homme et une femme, au même instant et au même endroit ?

Et elle fila au bar, la taille ondulante, en le regardant une dernière fois par-dessus son épaule. Ferdinand eut un rire bref.

— Grande comédienne, à ceci près qu'elle ne sait dire que la vérité.

Just but une longue gorgée, reposa sa bière.

— Elle est au courant ?
— Pour toi et moi ?
— Pour toi surtout !
— Oui. Je lui en ai parlé. Et je lui ai dit que... que je t'aimais, voilà.
— Ce que tu m'as dit ne change rien à notre amitié, Ferdi, évidemment. De toute façon, beaucoup de gens pensent que l'amitié est une façon d'exprimer son attirance pour l'autre, en la transcendant. Je fais partie de ces gens. Mais tiens-toi tout de même pour dit que ça restera toujours de l'amitié, et rien d'autre. C'est compris ?
— Parfaitement.

Ils trinquèrent.

— Mais, poursuivit Ferdinand, d'autres pensent qu'il ne faut jamais dire : « Fontaine... »
— Tu fais chier !

Just lui balança une bourrade et paya les bières. Puis ils s'en allèrent, après un signe discret à Fatia qui les escorta du regard jusqu'à la porte.

Ils furent très vite à l'atelier. Sous la porte filtraient les harmonies d'un concerto de Mozart. Quand ils arrivèrent, Gérard mettait la dernière main à ce qu'il fallait bien appeler un chef-d'œuvre. Assis sur un tabouret face à lui, Barthélemy admirait l'habileté avec laquelle Monnier finissait de lacer de cuir noir la garde du pommeau. Celui-ci était entièrement couvert d'or, seuls les yeux et la langue de la Vouivre apparaissaient en rouge. Une fois l'encre de Chine sèche, Gérard avait passé une couche de vernis sur l'ensemble. Il ne restait plus qu'à dorer sur le cuir noir les initiales du propriétaire : un B et un M, lequel pouvait signifier à la fois Mouthier et Monnier. Au moment où Gérard s'apprêtait à appliquer le fer sur la feuille d'or, Just l'arrêta.

— S'il te plaît, et si Barthélemy le permet, j'aimerais m'en charger.

Cette prière n'était pas anodine : par ce geste, Just se mettait au service de son frère, mais s'incluait aussi dans sa vie en le nommant. Il était premier de lignée et se devait de montrer le chemin. Barthélemy posa la main sur l'épaule de son aîné.

— Vas-y, Just.

Gérard tendit le fer au jeune homme, qui remonta la manche de sa chemise et posa le bâton sur l'établi. Tous firent cercle autour de lui : Barthélemy et Ferdinand l'entouraient, et Gérard regardait par-dessus son épaule.

Just chauffa à nouveau le fer, en éprouva la chaleur, puis, avec dextérité, appliqua le fer sur l'or, dont une fine lamelle, attirée par la chaleur, se décolla et vint épouser le métal des deux initiales. D'un geste du poignet, Just positionna l'outil à la verticale du cuir puis, sans hésiter, porta le fer en son berceau, au cœur du cuir qui grésilla et garda son mystère encore quelques secondes, le temps pour Just de souffler sur la poudre blanche et de dissiper au chiffon les dernières barbes d'or. Il prit le bâton, et le présenta à la lumière tombant de l'applique murale: le bâton était nommé et Just le tendit à Barthélemy. Celui-ci le reçut comme on reçoit une arme taillée et forgée pour affronter l'avenir: avec gravité. Puis il éclata de rire.

— Il ne manque que les trompettes et les roulements de tambour!

Just lui envoya une claque sur la nuque.

— Silence, péquenot. Ou tu retournes au lycée.

— Ah non!

Ils s'embrassèrent, frangins plus que jamais, unis comme jadis, quand il s'agissait d'attraper les grenouilles à l'aide d'un chiffon rouge attaché à un fil, de courir à perdre haleine à travers les Mayes pour arriver le premier à la ferme et avoir la plus grosse tartine, ou quand, le soir, ils écoutaient en rêvassant, assis sur le banc, les murmures de la nuit et le ressac léger de l'eau sur le bord moussu des étangs. Quand Flora les appelait pour souper, ils faisaient encore la course jusqu'à la barrière, qu'il fallait toucher avant de foncer vers la ferme où ils entraient en trombe, les joues rouges, le cœur en feu, pour s'asseoir en vrac sur le banc de bois, essoufflés et hilares, pendant que le père, l'œil sévère mais luisant de malice, dépliait son couteau pour trancher le pain, après y avoir tracé une croix. Frangins. Prêts à en découdre, à se rouler dans la boue, la neige et le grésil pour un mot de trop ou l'outrage d'une pomme volée dans le sac du goûter. À traverser la rivière, le corps transi, et à la retraverser pour un pari, un défi, prêts à tout et à n'importe quoi, du moment que le soir, il n'y avait rien à regretter, aucune seconde à oublier de la journée qui s'achevait, au frais des draps et des édredons que leur mère avait secoués et battus pour les rendre tendres et moelleux, pesant juste leur poids sur leurs corps épuisés de cavales et de rigolades. Frangins, même des années après, même ce soir-là, alors qu'il fallait bien se décider à grandir et à franchir un pas, Just pour échapper à ses dangereuses dérives, au bord du sommeil, à la frontière des rêves, et Barthélemy pour s'inventer un futur de moissons et de récoltes, puisqu'il semblait que le temps était venu de retourner aux sources et de retrouver, ensemble, la sérénité des horizons parfaits, courbes et apaisés, dans la douceur du soir.

II

Le retour

1

La journée promettait : du fond de l'aube montaient une lumière, un parfum inédits. Les collines s'éveillaient, rondes et vertes, penchées sur la ville. Le soleil tardait à se montrer, jouant au petit matin, retenant ses rayons et sa chaleur. Il fallait attendre. À Bregille, les Monnier partageaient le pain du petit déjeuner. Chacun faisait semblant d'avoir faim, pour ne pas avoir à parler. L'heure était arrivée, et seul Gérard mangeait de bon appétit : pour lui tout était clair, il allait, un temps, vivre seul, puis il les retrouverait. Ceux qu'il aimait, moins sereins, plus inquiets, tâchaient de donner le change. Surtout Flora, qui avait le plus à perdre dans l'aventure : elle connaissait le pouvoir de séduction de Monnier, et le laisser seul ne l'enchantait guère. C'est pourquoi, maladroitement, elle avait essayé, pendant la nuit, de lui donner des regrets de la laisser partir. C'est elle qui lui avait fait l'amour. Lui, jamais dupe, avait joué le jeu, touché par tant de passion mais secrètement blessé par ce comportement qui échappait au naturel : si elle faisait tant d'efforts pour paraître amoureuse, c'est qu'elle l'était moins. Pour lui, c'était limpide, et tandis qu'il la regardait se préparer au départ, peignant Aliette, vérifiant le contenu de son sac ou le tombé de sa jupe, il songeait à leur première rencontre : elle avait l'air d'une hirondelle tombée du nid, protégeant ses petits, inquiète, sur ses gardes. Ce souvenir le fit sourire. Alors qu'elle lui tournait le dos, légèrement penchée pour rectifier un trait de rimmel, le galbe de ses hanches se dessina avec plus de netteté sous l'étoffe soyeuse. À ce moment, leurs regards se croisèrent. Ils restèrent ainsi, sans se quitter des yeux, pendant quelques secondes. Elle fut la première à détourner le regard.

La Facel Vega bourrée à craquer s'engagea dans le raidillon plongeant vers la ville. Il était neuf heures. Les Ragots étaient couverts d'arbres fruitiers qui ployaient sous la charge. Des ménagères étendaient leur linge au jardin, quelques lambeaux de brouillard partaient en filoche, s'accrochant aux arbustes de pente. De la colline montait une odeur d'essence et de café, de lessive et d'huile chaude. Un chat détala et se cacha sous une haie. Devant sa maison, le père Grelin attendait, son chien assis à ses pieds.

— Arrête-toi, Just ! demanda Barthélemy.

Il s'extirpa comme il put de la voiture. Le vieil homme lui tendit la main, tandis que le Gris lui faisait fête.

— Tu vas lui manquer, à c'te bête. Fais bien gaffe à toi, mon petit pote, et tiens...

Il tira de sa poche un superbe Laguiole à manche de corne noire.

— C'est mon père qui me l'avait rapporté d'un de ses tours en Auvergne. Il est à toi. Donne-moi cent sous, que ça coupe pas notre amitié.

Barthélemy fouilla ses poches et y trouva une pièce, qu'il posa dans la main du vieil homme.

— Merci, m'sieur Grelin. Vous viendrez me voir, là-haut, avec le Gris ?

Le vieux eut un geste fataliste.

— On verra bien. Oui, sûrement. Ce serait bien qu'il connaisse la campagne. La vraie.

Il regardait autour de lui, cachant son émotion. Dans la voiture, Flora lui adressa un petit signe de la main.

— Je viendrai, lâcha Grelin. Allez, file.

Barthélemy remonta dans la voiture, qui dégringola les Ragots en quelques minutes. Grelin et Monnier, mains dans les poches, chacun à l'entrée de son jardin, les regardèrent partir.

Dans la maison abandonnée, Lesueur et Becquet se réveillaient d'une nuit de beuverie qui les avait vus vider une douzaine de bières et une bouteille de pontarlier-anis pur, puisque l'eau ne circulait plus depuis longtemps dans les tuyauteries de la bicoque. Lesueur se dirigea vers la fenêtre donnant sur l'arrière, qu'il ouvrit en grand.

— Putain de mal de crâne... Debout, Becquet !

Il alluma une cigarette, enfila ses chaussures et alla pisser derrière la maison. Les pneus de la 4 CV étaient humides de rosée. Becquet sortit à son tour.

— On va boire un kawa ?

— C'est ça. On peut aussi garer la bagnole devant le bistrot, ou devant le commissariat. Qu'est-ce que t'es con.
— Alors, on fait quoi ?
— On attend.
Becquet s'éloigna pour pisser à son tour, face à une maigre colline couverte de broussailles. Encore abruti d'alcool, il arrosait consciencieusement ses chaussures. Il se retourna quand il entendit le bruit du moteur de la voiture.
— Range ton matériel et arrive !
Lesueur était au volant et faisait de grands signes à Becquet qui se réajusta précipitamment et courut vers la 4 CV.
— Qu'est-ce qui te prend ?
— Je les ai vus passer ! Putain, je suis sûr que c'est eux ! Je matais le trafic quand je les ai reconnus, dans une Facel noire. Faut pas les lâcher.
Il démarra en trombe, s'engagea sur la grand-route et écrasa la pédale de l'accélérateur.
— Les salauds, ils se mouchent pas du pied. Une bagnole comme ça, faut se la payer. Regarde, ils sont tous là-dedans. On les tient, mon Becquet.
La 4 CV peinait à suivre la Facel. Même chargée, celle-ci développait une puissance impressionnante. Sur la banquette arrière, ensevelis sous les sacs et les paquets, Flora, Aliette et Barthélemy se laissaient griser par la vitesse et le ronronnement feutré du moteur. Aliette ne tarda pas à s'endormir. La Facel ralentit son allure

pour doubler une escouade de scouts qui marchaient en chantant. Barthélemy les regarda avec curiosité, intrigué qu'on pût s'attrouper ainsi pour battre la campagne, lui préférait de loin les équipées maraudeuses.

Lesueur profita de ce ralentissement pour se placer derrière la voiture qui suivait la Facel de Just. Il apercevait la nuque de Flora et son bras entourant les épaules d'Aliette endormie. Comme tous les psychopathes, il considérait l'objet de son désir comme sa chose et n'aurait de cesse de la posséder, quel qu'en soit le prix. La Facel Vega reprit de la vitesse, pas suffisamment pour empêcher la voiture qui la suivait, une 203 moins lourdement chargée, de déboîter brusquement et de la doubler, surprenant Lesueur, qui, arc-bouté sur l'accélérateur, se retrouva de fait collé au pare-chocs de la Facel.

— Putain, le con !

Il leva le pied, la 4 CV sembla repartir en arrière, et Just, pourtant perdu dans ses pensées, jeta un coup d'œil vers le rétroviseur. Ce qu'il vit le glaça : ces yeux fixes, cette silhouette tassée et menaçante, c'était Lesueur. À ses côtés, Becquet. Il eut envie de se pincer pour s'assurer qu'il ne rêvait pas. Mais non, c'était bien la réalité qui lui sautait au visage. Il écrasa l'accélérateur.

— Il m'a vu. Merde, il m'a vu, souffla Lesueur en se tassant encore un peu plus dans son siège.

La Facel cracha de la fumée grise et se détacha irrésistiblement. Son moteur tournait à plein régime. Maurine, qui somnolait, se réveilla en sursaut.

— Just ? Qu'est-ce qui se passe ?
— Rien.

Il était pâle comme la mort. Les mains crispées sur le volant, il montait les régimes à la volée, faisant crisser les pneus à chaque virage. La voiture tanguait, ses essieux grinçaient sous l'effort. Dans le rétroviseur, la 4 CV s'éloigna pour n'être bientôt plus qu'une tête d'épingle. Just ne ralentit pas l'allure. La route défilait sous les roues de la voiture qui passait maintenant comme une balle entre sapins et ravins.

— Just ? murmura Maurine en posant doucement sa main sur son bras.

Les yeux fixés sur le ruban gris qui s'allongeait devant lui, il ne répondit pas, jetant des coups d'œil furtifs au rétroviseur. Là où la route faisait une fourche, il prit à droite, la laissant continuer à gauche à travers les champs dégagés et les contreforts naissants, et s'engagea dans une suite de courbes qu'il aborda à pleine vitesse, écrasant les amortisseurs d'un virage sur l'autre.

— Just, tu es fou ! cria Flora. Ralentis !

Il semblait ne rien entendre. En contrebas, la rivière sinuait dans ses gorges. Pendant quelques kilomètres, la voiture déchaîna les klaxons des véhicules qui la croisaient. Une camionnette fit une embardée, évitant de peu la roche qui flanquait la route. Un motard frôla l'aile avant, Barthélemy n'eut que le temps de voir ses yeux ronds derrière de grosses lunettes cerclées de cuir. Il faisait sombre : les arbres formaient une voûte qui peu à peu s'ouvrit. La voiture déboucha dans la plaine. Le village apparut peu après, en contrebas. Puis le château, sur son promontoire. Just, toujours pied au plancher, lança sa machine dans la côte, négocia le dernier virage en soulevant un nuage de poussière et stoppa devant la grille en écrasant la pédale de freins. Il klaxonna violemment. Milot, l'air effaré, sortit aussitôt et se précipita vers la grille, qu'il ouvrit en grand. La Facel fit une demi-volte et s'immobilisa devant le perron.

— Milot, vos jumelles, vite !

Just avait bondi hors de la voiture et couru jusqu'à l'extrémité du parc, jusqu'au garde-fou d'où on apercevait toute la vallée. Milot le rejoignit, lui tendit les jumelles. Just scruta l'horizon. Satisfait, il les lui rendit.

— Merci.

Il retourna à la voiture. Ses occupants en sortaient péniblement, encore sous le choc.

— Enfin, qu'est-ce qui t'a pris ?

Maurine marchait vers lui, folle de rage.

— Tu aurais pu nous tuer.

C'était la deuxième fois en trois jours qu'elle lui reprochait l'impensable.

— Qu'est-ce qui t'arrive ? Et qu'est-ce que tu faisais avec ces jumelles ?

— Ne t'inquiète pas, j'ai agi pour notre bien à tous.

Découragée, elle rejoignit Flora. Celle-ci s'efforçait de paraître enjouée et de ne pas attacher trop d'importance au comportement irrationnel de Just.

— Quel phénomène, mon fils, tout de même ! lança-t-elle, gênée. Vous savez, il a toujours été comme ça, imprévisible, un peu fou.

— Oui, je sais, Flora.

Elle posa sa main sur son bras, en signe d'apaisement.

Barthélemy était déjà loin. Il sillonnait le parc à grandes enjambées, s'enivrant de sensations qu'il retrouvait intactes. Des fourmis lui montaient aux jambes, il avait envie de cavaler, de traverser les Mayes en courant, de revoir... Oui, c'est cela qu'il voulait.

— Just! Just!

Son frère s'arracha à sa rêverie, penché sur le garde-fou qui surplombait le vide.

Barthélemy accourait vers lui, les yeux brillants.

— On va voir la Frasne!
— La Frasne? Mais...
— Oui, je sais, elle n'existe plus, mais j'ai quand même envie d'y aller.

Les deux frères se dirigèrent vers la grille, pendant que leur mère était occupée à cueillir des fleurs avec Maurine et Aliette.

— On va faire un tour! À tout à l'heure.

La 4 CV grise était arrêtée en bordure d'un chemin débouchant sur la nationale. À l'intérieur, Lesueur et Becquet se restauraient d'un sandwich.

— Y a pas à se biler, on sait où ils allaient. Simplement, j'aurais bien aimé les serrer avant qu'ils soient là-haut, en sécurité.

— Qu'est-ce t'aurais fait?

Lesueur regarda son acolyte comme on regarde une carne tout juste bonne pour l'abattoir.

— À ton avis ?

Il fixa de nouveau la forêt, de l'autre côté de la route.

— Il me la faut.

Becquet secoua la tête, osant à peine parler.

— Excuse-moi, Jean-Marc, mais, franchement, tu te mets dans des états pour cette femme... J'y connais rien, mais bon... T'es sûr qu'elle vaut la peine de se donner tout ce mal ?

— Ta gueule.

Lesueur remit le contact. La 4 CV démarra, traînant derrière elle un panache de fumée blanche.

2

Just et Barthélemy marchaient en silence. Chez Barthélemy, l'euphorie avait laissé place à la gravité. Il marchait *sérieusement*, comme ça lui arrivait parfois, quand il avait épuisé sa ration d'insouciance et que, au hasard des chemins, il découvrait d'autres univers, cachés au fond de lui. À ce moment précis, alors que les deux descendants de Ludovic Mouthier retournaient sur le lieu de leur naissance, Barthélemy prenait la mesure du temps, passé et à venir, et évaluait les chances de réaliser le rêve qu'il avait au cœur. N'osant pas encore s'en ouvrir à son frère, il le laissait mûrir comme un fruit qu'il souhaitait parfait.

Le chemin des Mayes s'incurva sous le pas des deux frères qui faisaient sonner les échos de la forêt en roulant les pierres lourdes nichant sur ces terres abandonnées, maintenant que les roues de charrette ou de tracteur n'étaient plus là pour les maintenir sous l'herbe qui poussait dru, semée de quelques fleurs de lisière: l'astragale, le cornouiller sanguin et la dangereuse belladone, dont Just frôla une tige en passant, et qui reprit sa place en bordure de forêt dans un froissement outragé. L'été s'était installé, pesant sur champs et forêts, illuminant le ciel de sa clarté droite et immobile, alors qu'au fond des pâtures, les ruminants se frottaient les flancs aux troncs des chênes pour calmer l'irritation des piqûres de taons ou de moustiques.

— On arrive.

Ils avaient le cœur serré. Au bout du chemin, ils aperçurent bientôt les restes de la barrière gisant dans les hautes herbes, ses montants où s'enroulait encore du barbelé rouillé. Ils s'arrêtèrent tous deux, sans s'être concertés, à l'entrée de leur royaume perdu. De la Frasne ne subsistaient que quelques pierres, vestiges d'un monument disparu, comme le sont ces blocs effondrés dans d'antiques sanctuaires grecs ou romains. Ils s'avancèrent dans ce qui avait été leur jardin d'enfance, essayant de reconstituer par l'imagination un peu de la magie écroulée sous les mâchoires des pelleteuses.

— L'étable était là.

— Et là, le banc où papa s'asseyait le soir.

Ils évaluaient les distances, les proportions, se raccrochant à des détails concrets pour ne pas se laisser gagner par la tristesse. Elle vint tout de même, et ils s'assirent, vaincus, dans ce cimetière. Just alluma une cigarette, la passant de temps en temps à Barthélemy, tandis qu'autour d'eux les fantômes s'activaient, réveillés en sursaut par cette intrusion matinale.

— Just, je voulais te parler d'un truc, dit Barthélemy après un long silence.

— Je sais ce que tu vas me dire.

Barthélemy le regarda, amusé.

— Ça, ça m'étonnerait !

Il se leva, son bâton à la main, marcha vers le centre de ce qui avait été une cour de ferme, puis, levant le bâton, le planta en terre de quinze bons centimètres.

— Voilà ! C'est ici que je veux vivre, ici et pas ailleurs !

Just se leva à son tour.

— Je le savais. Je l'ai toujours su.

Il était au bord des larmes.

— Just, qu'est-ce qui t'arrive ?

— C'est ici que j'ai appris la mort de mon père. De ce jour, je n'ai eu qu'une idée en tête : partir. Alors que toi tu n'as eu qu'un désir : rester à ses côtés et continuer. C'est toi qui avais raison. Et maintenant que tu es revenu à cet endroit que tu n'aurais jamais dû quitter, rien ni personne ne pourra t'en arracher.

— Rien ni personne. Si tout se passe comme je l'ai imaginé. Mais c'est de la folie.

— Qu'est-ce qui est de la folie : reconstruire la Frasne ?

Barthélemy le regarda, stupéfait.

— Comment as-tu deviné ?

— Je te connais, Barthélemy. Tu n'as jamais dévié de ton chemin. Moi, j'ai oublié le goût de la terre, et je me suis perdu.

Just se rassit sur une pierre abandonnée par les démolisseurs et alluma une nouvelle cigarette, dont les premières bouffées lui laissèrent un goût amer. Rien n'allait plus dans sa vie : maintenant, Maurine avait peur de lui, et quand il avait tenté de protéger sa famille, ce matin, il n'avait fait que la terrifier davantage. Il ne pouvait pas tout dire, et il aurait eu tant besoin de parler. Mais parler à sa mère de Lesueur, ç'aurait été lui gâcher la joie du retour. Et Maurine en avait déjà assez supporté. Quant à son frère, il avait tout à entreprendre, et ne devait pas se soucier d'autre chose. Alors Just avait décidé de se taire. C'était sans doute la plus mauvaise idée qu'il ait jamais eue. Mais il n'en avait pas d'autre.

— Tu m'aideras, Just, à reconstruire la Frasne ?

Just posa la main sur son épaule.

— Ce sera difficile. Tu sais que le terrain n'est plus à nous.

— Oui, mais ton beau-père, M. Lucas...

— C'est un sale type. Il ne fera rien pour nous aider. Il n'y a qu'une chose qui puisse le convaincre : l'argent. On en a. Encore faut-il qu'il l'accepte.

D'un grand geste, il montra ce qui avait été la Frasne.

— Tu es sûr d'en avoir envie ? Tu vas remuer le passé, réveiller des souvenirs.

— Pour moi, ce ne sont pas des souvenirs.

— Tu ne préfères pas que je te trouve un terrain, où tu pourras bâtir ta maison ? La région est vaste.

Barthélemy secoua la tête.

— C'est ici que je veux vivre.

Just marcha vers le bâton de Barthélemy qu'il arracha à la terre avant de le tendre à son frère.

— Tu seras fermier, et tu continueras l'œuvre de ton père : c'est toi, le quatrième fils de la Vouivre.

— Le quoi ?

Just sourit.

— Tu l'auras, ta ferme. Toi, tu la mérites.

3

Maurine, Aliette et Flora étaient assises sur une couverture que Milot avait disposée près de la balançoire destinée aux enfants du village. Ceux-ci venaient parfois jouer au château, Mme Lucas ayant décidé, deux jours par semaine, de leur ouvrir les portes du domaine :

certains apprenaient à monter à cheval, d'autres s'initiaient à la mécanique en se penchant sur le moteur d'une des nombreuses voitures de Lucas, sous le regard agacé de Milot : encore une lubie de Madame. Le châtelain fermait les yeux sur cette intrusion, trouvant son compte dans la popularité qui en découlait pour lui. Il pensait un jour ou l'autre se présenter à un scrutin local, et ne dédaignait pas de caresser ces culs-terreux dans le sens du poil. D'autant qu'ils se méfiaient de lui, après toutes ces histoires de fermes rachetées, de terres qu'il laissait à l'abandon, ne sachant plus qu'en faire, mais l'opinion était versatile et les occasions ne manquaient pas de vérifier ce postulat validé par l'histoire.

— Aliette, veux-tu encore un peu de tarte aux pommes ?

— Non, maman, assez de tarte aux pommes !

Les deux femmes rirent de bon cœur.

— Elle a raison. Chez Lucien, je varierai le menu, maintenant que Gérard n'est plus là.

Elle dit cela sans émotion apparente : son éducation paysanne l'avait habituée à ne pas montrer ses sentiments. Maurine la regarda curieusement, avec une sorte d'étonnement teinté de défi.

— Flora, il va vous manquer, forcément. N'ayez pas honte de ce que vous ressentez. Moi-même, je ne sais plus très bien où j'en suis avec Just.

Elle avait baissé la voix, de peur qu'Aliette n'entende. Mais celle-ci avait déjà filé vers la balançoire.

— C'est à cause de ce matin ? Je vous l'ai dit, il est parfois imprévisible.

— Pas seulement à cause de ce matin. Depuis quelque temps, il est différent. Il dort très mal et...

Elle se retint de tout lui raconter. C'était à Just de le faire.

— Vous savez, Maurine, quand il était enfant, il avait fréquemment des insomnies. C'est un rêveur. Il rêve alors qu'il a l'impression de dormir !

— Je vous remercie d'essayer de me rassurer, Flora, mais je suis sincèrement inquiète.

Elle regarda l'horizon qui se tachait de nuages gris. La rivière avait des reflets de plomb et dans les ravins qui coulaient à l'à-pic le vent se mettait à tourbillonner. Elle frissonna.

— Allons prendre le café à l'intérieur.

— Aliette ! Viens, il fait froid.

Milot, qui attendait patiemment la fin du pique-nique, vint débarrasser pendant qu'elles marchaient vers le château. Quelques gouttes commencèrent à tomber. Tandis que le vent se levait, Julia fit une apparition derrière les vitres de la cuisine. Elle ressemblait à un gros chat qui guette l'arrivée de ses maîtres, ne sachant à quoi se résoudre : griffer ou ronronner.

À l'intérieur du château, seule la cuisine distillait une chaleur épaisse et odorante : c'est vers elle que Maurine dirigea ses hôtes.

— Julia !

— Bonjour, madame.

Maurine l'embrassa comme on embrasse quelqu'un de la famille. La gouvernante semblait sincèrement contente de la revoir.

— Le château était bien vide sans vous. Comment s'est passé le voyage ?

Les êtres doubles ont cette particularité qu'ils jouent indifféremment de l'une ou l'autre de leurs facettes avec une égale assurance et une absence totale de culpabilité. Comme si mentir à autrui équivalait à se mentir à soi-même, c'est-à-dire à ne mentir à personne : puisqu'ils sont doubles, à quelle partie d'eux-mêmes s'adresse ce mensonge ?

— Très bien, Julia. Je vous présente Mme Monnier, la mère de Just, et Aliette, sa sœur.

— Quel plaisir de vous connaître !

Elle les serra contre son cœur comme si elle n'avait jamais connu qu'elles.

— Vous nous ferez bien un café ? Avec quelques sèches.

— Mais bien sûr, madame !

Elle s'empressa, activant la cuisinière et remuant de la vaisselle.

— Les sèches sont d'hier. Le lendemain, c'est encore meilleur ! Et j'ai des chocolats pour la p'tiote.

En fourrageant dans l'armoire, elle fit tomber à terre un sac de toile d'où émergeaient des tiges et des fleurs séchées. Personne n'y ayant pris garde, elle le ramassa et le rangea sans mot dire.

— Ah, les voilà !

Elle tira d'un tiroir une boîte en fer, l'ouvrit et la posa devant Aliette.

— Je mets le café à chauffer. Sers-toi, ma pequignote.

Aliette s'était assise sur un des bancs de bois qui longeaient la table.

— « Sers-toi, ma pequignote ! », répéta-t-elle en singeant l'accent franc-comtois de Julia.

Flora et Maurine esquissèrent un sourire. Aliette et Julia se regardèrent comme si aucune n'était dupe, comme si elles s'étaient tout de suite devinées. En une fraction de seconde, elles se découvrirent ennemies, sans qu'aucune d'elles trouvât cela grave ni définitif. Simplement, elles se haïrent au premier coup d'œil.

— Elle est bizarre, Julia. Je l'aime pas.

— Mais qu'est-ce que tu racontes ? Elle est très gentille, elle t'a donné des chocolats.

— Tu parles ! Tu les as pas goûtés, ils étaient tout moisis.

Flora et Aliette faisaient la sieste dans une chambre attenante à celle de Maurine et Just.

— Moisis ?

— Oui ! Avec un goût de poussière.

— Dors, ma chérie. Tout à l'heure, on ira voir Lucien, il nous attend.

En face du lit était accroché le portrait d'un vieux général qui semblait au bord de l'apoplexie, le col serré et les yeux froncés comme si on lui avait glissé une araignée dans les chausses en lui ordonnant de garder la pose. Derrière lui, le peintre avait figuré ce qui ressemblait davantage à une mêlée confuse qu'à un champ de bataille : chevaux et fantassins couraient en tous sens, poursuivis par des obus lâchés dans la nature, au sortir des gueules béantes des canons. Au loin se dressaient les restes d'un château éventré, des flammes sortant de tous ses orifices le transformaient en un gigantesque barbecue médiéval. De ce tableau qui se voulait digne et solennel émanait une impression de comique irrésistible.

— T'as vu le vieux soldat, maman ? On dirait qu'il s'est pris un boulet dans le derrière !

Elles furent prises d'un fou rire qui les mena aux larmes. Deux coups frappés à la porte réussirent à peine à les calmer.

— Entrez, hoqueta Flora.

C'était Just.

— Qu'est-ce qui vous arrive ? On vous entend rire jusqu'au fond du parc.

— Ce n'est rien, chéri. À quelle heure va-t-on chez Lucien ?

— Tout de suite, si tu veux.

Aliette fit la moue.

— Mais Just, j'ai à peine commencé ma sieste.

— Tu n'as pas l'air d'avoir très sommeil.

Il s'assit au bord du lit et caressa les cheveux de sa sœur. Ils étaient fauves et bouclés. Elle avait un visage singulier, piqué de taches de rousseur, avec un nez fin mais volontaire, et des yeux perçants, où dansaient tour à tour malice et tendresse. Sa bouche était celle de Flora, large et joliment dessinée. Just se leva.

— On y va ?
— Attends !

Aliette prit la main de son frère et la mordilla, avant de la mordre franchement.

— Aïe!

Il en saignait. Aliette était au comble du bonheur.

— Meilleur que du jambon! Meilleur que de la saucisse!

Elle s'enfuit en courant, poursuivie par Just qui poussait des grognements d'ogre. Dans son cadre, le « vieux soldat » avait l'air complètement dépassé par les événements.

4

Pour aller chez Lucien, il fallait traverser le bois des Mayes et prendre à gauche un petit chemin malaisé semé d'ornières et de bouses de vache. La Facel se faufilait dans ce corridor végétal, laissant branches de noisetiers et lanières de mûres glisser le long de ses flancs. Elle déboucha dans une prairie en pente qui dominait la rivière. Une dizaine de vaches y paissaient, balançant leur queue sur leurs flancs et agitant la tête pour se débarrasser des mouches. Deux d'entre elles levèrent les yeux au passage de la voiture, la suivant du regard jusqu'à ce qu'elle stoppe devant la ferme. Celle-ci était de dimension respectable, sans atteindre au gigantisme de la Frasne. Plus large que haute, pour offrir moins de prise au vent, et enfoncée d'une ou deux marches afin de mieux garder la chaleur, elle était trouée d'étroites fenêtres ouvrant sur le sud. À l'arrière, une levée menait à la grange qui surplombait l'étable. Celle-ci donnait directement sur la cuisine, où Lucien patientait depuis le matin : c'était le grand jour, il allait *revoir son monde*. Il avait déjà bu trois litres de café et roulé une dizaine de cigarettes, dont la fumée lui piquait les yeux et asphyxiait toute la maisonnée. Les années ne l'avaient guère changé : ses cheveux poivre et sel étaient séparés par une raie médiane, il avait la peau tannée et rougie par la vie au grand air. Maigre et long, il n'en était pas moins solide. Ses mains, qu'il croisait souvent derrière son dos en se balançant sur ses chaussures cloutées quand il parlait de choses sérieuses, étaient noires de poils. Il avait des rouflaquettes, le nez biaisé et la bouche très large. Toujours coiffé d'une casquette, il passait son temps à l'enlever et à la remettre en place, ce qui exaspérait sa femme, Cécile : « Tu la mets ou tu l'enlèves, mais par pitié, arrête de la tripoter. » Quand elle lui disait ça, Lucien la regardait et fermait un œil en faisant mine de réfléchir intensément : « De quoi tu me parles, exactement ? »

Cécile haussait les épaules, excédée. Elle n'était pas très rieuse et Lucien ne s'amusait pas tous les jours, mais ça allait changer : Flora revenait au pays, avec Barthélemy, le fils au Ludo, son vieux pote disparu. Quand il vit la Facel s'engager dans le chemin, il bondit de sa chaise.

— Les voilà !

Cécile sursauta, arrangea son chignon et sortit à sa suite. Lui avait déjà enlevé sa casquette et l'agitait au-dessus de sa tête en signe de bienvenue.

— C'est nos gens !

Just donna deux coups de klaxon qui firent s'envoler les merles et *bziller*[1] les vaches. La Facel Vega s'immobilisa devant la ferme, laissant planer dans l'air chaud des fragrances d'huile et d'essence.

Les portières claquèrent et tout le monde s'embrassa. Occupés à réparer une clôture, Joëlle et Clément Monnier accoururent. La fille aînée de Lucien souffrait d'une légère claudication, séquelle de sa chute dans le ravin, huit ans auparavant. Son frère ressemblait à Lucien, il était tout en longueur : du haut de ses dix-sept ans, il avait l'air d'un héron souriant.

— T'as grandi ! lui lança Barthélemy. T'en as de la chance.

Clément semblait intimidé : son copain d'enfance arrivait de la ville, et il ne savait comment s'y prendre avec lui.

— Ça te dit de voir le veau ? Il est né il y a deux nuits.

— Je te suis.

Ils filèrent à l'étable. Just, après avoir aidé à sortir les bagages, fit quelques pas avec Joëlle.

— Alors, c'était bien, Besançon ?

— Oui. Tiens, je t'ai rapporté quelque chose.

---
1. Courir en tous sens.

Il lui tendit un petit sac de cuir fermé par un cordon. Elle l'ouvrit. C'était un bracelet de perles rouges et noires.

— Il est joli!

Elle le passa à son poignet.

— Tu sais, ne te sens pas obligé, à chaque fois...

Elle s'interrompit.

— Merci, dit-elle en l'embrassant.

Just adorait lui faire des cadeaux. Joëlle était son remords d'enfance: il l'avait quittée pour Maurine. Et c'était pour venir le retrouver qu'elle s'était risquée dans ce ravin où elle avait failli se tuer[1]. Ils n'en parlaient jamais. Elle prit son bras.

— On va à la souche?

— Bien sûr.

La pente était raide, Joëlle s'appuyait sur lui. Ils marchèrent en silence jusqu'aux premiers arbres derrière lesquels serpentait la rivière. Là, tout près de l'eau, une souche cernée de rejets constituait un abri naturel. Ils s'y glissèrent. Assis côte à côte, ils y restaient parfois une heure ou deux, se parlant comme frère et sœur. Joëlle lui racontait ses études de sténo, sa rencontre avec le fils Mallardet qui avait bien du mal à déclarer sa flamme, ses disputes avec sa mère dont le caractère s'aigrissait avec les années. Just l'écoutait, les yeux fixés sur l'eau, lui jetant parfois un regard amusé, quand elle évoquait les efforts que Lucien déployait pour dérider sa

---

1. Voir *Les enfants de la Vouivre*.

femme. Le pauvre avait tout essayé, sans résultat. Il s'était résigné à rire en solitaire.

— Tu ne me parles pas souvent de toi.
— Je vais bien.

Il ne lui avait jamais rien dit de ses cauchemars.

— Tu as l'air fatigué.
— C'est le voyage, et puis j'ai un peu trop fait la fête.

Il était si peu bavard que Joëlle se contenta de poser sa tête sur son épaule. Des arbres trempaient leurs feuilles dans l'eau, sur l'autre rive. L'un d'eux était presque allongé dans le courant, ses racines sortant du talus, comme s'il cherchait à se raccrocher à la terre, craignant d'être emporté. Plus loin, le soleil écrasait les champs et les maisons aux toits de brique et aux murs blancs.

— On retourne à la ferme ?

Dans l'outo planait une odeur de café et de cigarettes.

— Vas-tu arrêter de nous enfumer, Lucien ?
— Allons installer Flora, elle doit avoir envie de voir sa chambre.

Lucien fit un clin d'œil à sa femme, qui consentit à sourire.

— Tu viens, Flora ? dit Cécile.

Flora lui emboîta le pas. Lucien suivait, les mains dans les poches, la cigarette à la main. En passant, il la jeta dans la cheminée, où était accroché un chaudron fumant. Les flammes grillèrent le tabac, mêlant son parfum à celui du mijotis.

— Ça sent drôlement bon, dit Aliette, qui fermait la marche.

— On a peut-être bien tué l'oreillard! lança Lucien en rajustant ses bretelles.

Ils arrivèrent devant une porte en bois de fruitier qui grinça quand Cécile la poussa.

— Voilà, c'est chez toi.

Elle laissa passer Flora. Celle-ci fit quelques pas dans la chambre, tandis que Cécile actionnait l'interrupteur. Dans le souvenir de Flora, c'était une remise où Lucien rangeait ses outils, les vélos des enfants et la brouette à fumier. (Il ne disposait pas d'un grenier-fort, maisonnette extérieure dont certaines fermes des environs étaient flanquées.)

L'ancienne remise sentait maintenant le neuf: peinture, lino, les Monnier n'avaient rien négligé pour la transformer en coquette chambre de dame. Des rideaux de dentelle travaillés au crochet ornaient l'unique fenêtre donnant sur la pâture. La tête de lit, en bois sculpté, représentait une scène agreste, où un écureuil croquait une noisette, le panache dressé vers le soleil.

— C'est joli!

Lucien lissa sa moustache.

— Il vient de la salle des ventes de Besançon. C'est Gérard qui l'a fait venir. Les meubles aussi, c'est lui. Il les a trouvés aux Fins.

Flora posa son regard sur la commode en chêne, l'armoire et la maie, toutes d'époque, et cirées de frais.

— Ah, c'est pas du formica! Il s'est pas foutu de toi.

Elle ne savait que dire.

— Quel cachottier. C'est bien lui, ça.

Elle embrassa Cécile et Lucien.

— Je vous remercie. Si vous le permettez, je vais faire un peu de toilette.

— Bien sûr! Cécile, on va montrer leurs chambres aux enfants?

Les Monnier sortirent, laissant Flora assise sur un énorme édredon recouvert d'un dessus-de-lit en grosse toile beige. En face d'elle, la fenêtre découpait le ciel en carrés bleu satin. Dans le champ plongeant vers la rivière, un chêne semblait attendre depuis des siècles que la foudre vienne le consumer. Flora s'approcha. Elle appuya son front au carreau. Puis elle posa ses mains sur le linteau, ferma les yeux. Elle était en paix.

Le veau reposait sur la paille, ses longues pattes repliées sous lui.

— Il dort.

Les deux garçons s'approchèrent sans bruit.

— Il est venu facilement? chuchota Barthélemy.

— Va donc! il a fallu le véto. C'est qu'il est gros.

Clément s'agenouilla et passa la main sur ses flancs. Le veau ouvrit un œil, souffla des naseaux et replongea dans le sommeil. Dans l'étable, les mouches s'activaient autour d'un festin de bouses. Clément les chassa avec sa casquette.

— Tu m'aideras à nettoyer tout à l'heure? Papa était tellement énervé par votre retour qu'il a pas pensé à changer la paille.

— Je suis là pour ça.

Ils laissèrent le veau à ses songes et sortirent au grand jour. Le soleil frappait haut et fort. Les vaches s'étaient couchées à l'ombre du chêne de cent ans, attendant la fraîcheur du soir. À l'est, la pâture allait buter sur les premiers sapins serrés les uns contre les autres d'un bout à l'autre de l'horizon. Au-delà, on apercevait le sommet d'un crêt, dont les arêtes grises se confondaient avec le ciel. Clément sortit ostensiblement sa montre à gousset.

— Voyons voir quelle heure il est.

Il l'ouvrit devant Barthélemy, épaté.

— Quatre heures cinq !

— Elle est un peu belle. Fais voir.

C'était une montre ancienne, qui avait été entretenue avec soin. Les heures y étaient indiquées en chiffres romains. Le cadran était orné d'une couronne de fleurs ciselées. Au dos était représentée une scène mythologique : trident à la main, Poséidon se penchait sur une naïade en extase devant le dieu de la mer. La boucle où s'accrochait la chaîne était elle-même travaillée : des végétaux s'y enroulaient, tandis que le bouton-poussoir reposait dans un berceau d'algues.

— C'est mon père qui me l'a donnée, pour mes dix-sept ans. Elle lui vient d'un de ses oncles.

Il la referma d'un coup sec, la mit dans son gousset.

— Tu l'as toujours sur toi ? Même aux champs ? Même à l'étable ?

— Bien sûr.

Clément regardait l'horizon.

— Je me serais bien vu horloger, à la ville.
— À la tienne! Moi, la ville, j'en ai soupé.
— De toute façon, on a besoin de moi, ici.

Il soupira, mit les mains dans ses poches et se balança d'avant en arrière, comme son père le faisait souvent. Puis il shoota dans une pierre qui alla se perdre dans le tas de fumier. Une poule s'enfuit en caquetant, avant de reprendre sa marche saccadée, les yeux ronds, la tête penchée vers l'avant.

Cécile apparut sur le seuil.

— Vous êtes là, les garçons? On te cherchait, Barthélemy, pour te montrer ta chambre. Tant pis, ça attendra... Venez, on va goûter.

— Y a beau faire des beignets! T'as rudement bossé, ma Cécile!
— Tâchez voir de vous servir, ça va pas se manger tout seul.

Sur la nappe cirée étaient posés beignets et sèches, un plat de myrtilles et un grand bol de crème fraîche. Le café fumait, posé sur un dessous-de-plat en fonte.

— Les gamins, vous voulez de la lim'?

Lucien fit sauter la capsule qui céda avec un bruit de ventouse et un « pschit » engageant. Aliette tendit son verre. Le liquide coula en moussant. Aliette laissa les bulles lui piquer le nez avant d'avaler la limonade.

— C'est bon!

Cécile servit le café.

— Flora! Viens-t'en! cria Lucien.

Elle sortit de la chambre. Just en posa son bol de saisissement.

— Maman! Qu'est-ce qui t'est arrivé?

Elle s'était démaquillée et changée. Ses cheveux étaient rassemblés en chignon. Elle portait une jupe plissée bleu clair et un corsage blanc. Elle paraissait plus jeune de dix ans. Souriante, elle s'assit à table.

— Tu vois, je suis redevenue moi-même.

Lucien et Cécile la regardaient sans mot dire. La femme de Ludovic Mouthier, le fermier de la Frasne, était là, devant eux. Lucien se racla la gorge.

— Allez, ça fait plaisir de se revoir.

Ils goûtèrent de bon appétit. Après quoi, Lucien replia son couteau et le rangea dans sa poche. Aliette finissait son quatrième beignet et son troisième verre de limonade quand Barthélemy et Clément, qui riaient tout seuls dans leur coin depuis un bon moment, se levèrent d'un coup.

— On va au village!

Lucien hocha la tête.

— À tout à l'heure, les gars. Soyez pas en retard pour la soupe!

Ils filèrent.

Lucien retira sa casquette, puis la remit aussitôt.

— Et ta Maurine, comment va-t-elle?

Just émergea de ses pensées.

— Elle vous embrasse. Elle avait à faire au château.

Cécile le regarda d'un air entendu, se fabriqua une voix compatissante :
— Toujours pas de petiot en vue ?
— Cécile ! Fiche-lui la paix.
Flora caressa les cheveux de Just qui la laissa faire, le regard absent. Cécile n'insista pas.
— Encore un peu de café ?

Barthélemy et Clément traversèrent les Mayes endormies sous la chaleur. Pas un souffle de vent. Le soleil écrasait plaines et montagnes. Dans la forêt, le sol craquait sous leurs pas. Un tapis de brindilles sèches, quelques plaques de mousse. La résine luisait sur l'écorce des sapins, comme la bave de gros escargots. À quelques mètres, une pive se détacha. Un écureuil disparut en un éclair, fouettant une branche de son panache.
— Ça risque de craquer, ce soir, dit Barthélemy en montrant le ciel.
Les deux garçons avaient l'impression de s'être quittés la veille. Clément était rassuré : Barthélemy n'avait pas changé. Il avait craint de retrouver un *gars du bas*, lui le fils de montagnon vivant dans la bouse, au milieu des chardons. Mais non : son ami d'enfance, devenu son cousin grâce au mariage de Gérard et Flora, était resté le même.
— Faut pas rentrer trop tard, sinon, on va se faire gauger jusqu'à l'os.
Barthélemy stoppa net.
— Si on allait se baigner près de la cascade ?
— Tu veux plus aller au village ?

— On ira après.

Ils s'enfoncèrent dans le bois des Mayes, se faufilant dans un maquis de jeunes pousses et de fougères. Bientôt, la pente se fit plus raide et des roches rondes apparurent sous leurs pieds. La végétation avait changé: des hêtres, des bouleaux, puis les premières mousses. Entre les arbres, on apercevait le bouillonnement de la cascade, les remous vert sombre et les ruisselets de lisière qui accompagnaient la chute d'eau. Un sentier abrupt y menait. Impatients de se rafraîchir, ils s'y engagèrent, déboutonnant leur chemise.

— Schtt!

Barthélemy fit signe à Clément de se baisser. Ils s'accroupirent dans les herbes hautes.

— Là.

Barthélemy désignait un bouleau. Un homme y était adossé. Un chapeau orné d'une plume était posé sur l'herbe, à ses côtés. Entièrement nu, il taillait un morceau de bois, ses vêtements étalés au soleil sur une avancée de pierres qui bordait la rivière.

— Faut s'en aller, souffla Barthélemy.

L'homme ne les avait pas entendus: le bruit de la cascade. Les deux garçons rebroussèrent chemin.

— Je le connais. C'est un drôle de type. Vaut mieux s'en méfier.

Ils reprenaient leur souffle, assis sur un rocher surplombant la cascade. De ce perchoir, ils apercevaient l'homme, toujours affairé sur son morceau de bois.

— La première fois que je l'ai rencontré, c'était du côté d'Ornans.

— T'as vu son couteau ? C'est pas un graille-pipe. Avec ça, il pourrait couper une sapinette.

L'homme se leva, examina le morceau de bois et le jeta à l'eau. Puis il se rhabilla, ramassa son sac et s'enfonça dans les taillis. Le morceau de bois, d'abord pris dans un remous, fut emporté par le courant.

— Viens !

Les deux garçons suivirent le cours de la rivière. Vingt mètres en contrebas, celle-ci décrivait un coude, avant de plonger vers la vallée. Le morceau de bois s'échoua sur une plage de galets.

— Barthélemy, qu'est-ce que tu fous ? Il peut nous voir.

— Il est loin.

Clément, caché derrière un hêtre, consentit à s'approcher.

— Regarde.

Il avait pris le morceau de bois dans sa main : il représentait une tête de serpent, ou de dragon, grossièrement sculptée.

— Ça ressemble au pommeau de ton bâton. En plus moche.

Quelques gouttes commençaient à se faufiler à travers les branches. Les deux garçons regardèrent le ciel. Clément fit la moue.

— Si on va au village, on se prend la saucée. Et pour rentrer, on s'en prend une deuxième ! On a meilleur temps de retourner à la ferme.

— T'as raison.

L'homme mâchonnait des herbes en se grattant la barbe. À couvert du sous-bois, il regarda les deux garçons disparaître entre les rochers, cracha son jus de chique et reprit son chemin.

La pluie crépitait sur les carreaux de la ferme quand Flora, occupée à ranger ses vêtements dans l'armoire, vit arriver les deux garçons. Ils couraient, et leur dissemblance physique la fit sourire : une asperge et un blesson[1]. Ils entrèrent bruyamment dans la ferme, et Flora les entendit jeter leurs chaussures devant le poêle, houspillés par Cécile :

— Saprés busons ! Vous auriez pu les rincer sous la gouliche[2] au lieu de me faire ce margouillis !

— Fous-leur donc la paix !

Quand elle les rejoignit après avoir terminé son rangement, Flora les trouva autour de la table, occupés à casser des noix. Aliette les choisissait dans un grand panier posé à terre, Lucien les écrasait d'un coup de masse, les deux garçons séparaient les cosses et Cécile s'occupait des finitions, enlevant les chaules et lissant leur chair. Flora s'installa à côté d'Aliette. Ils travaillaient en silence, heureux de mener à bien cette tâche, ensemble. Au bout d'un moment, Lucien enleva sa casquette, puis la remit. Il avait envie de parler.

---

1. Poire sauvage.
2. Tuyau par où s'écoule l'eau.

— Je suis passé au café, ce matin. Les gendarmes ont toujours rien trouvé, pour la fille Mouratier.

Cécile jeta un cerneau de noix dans le bol déjà bien rempli.

— Mon pauvre, si tu comptes sur eux, t'es pas rendu.

— Dis pas ça. Ils font ce qu'ils peuvent. Le gars, c'est un malin.

— « Le gars »! On sait même pas si elle s'est pas ensauvée toute seule!

— Pourquoi faire? Évelyne, elle était sérieuse. Pas le genre à se trisser comme ça, du jour au lendemain. Je suis sûr qu'elle est tombée sur un putain de fumier.

— Parle pas comme ça devant les gosses.

Barthélemy leva les yeux. Il ouvrit la bouche comme pour parler, puis se retint au dernier moment.

Cécile et Flora préparaient le repas. Aliette coiffait sa poupée. Clément surveillait la cancoillotte, qui cuisait dans une casserole posée sur le poêle. Lucien et Barthélemy, debout devant le chaudron où mijotait le lapin, parlaient à voix basse :

— Et où il reste, ce type que tu dis?

— Justement, j'en sais rien. Il court les bois. J'ai jamais vu sa maison.

— Il bouffe des herbes tout le temps? C'est peut-être un rebouteux.

Il plongea la louche dans le bouillon chaud, la porta à ses lèvres, goûta.

— Cécile ! C'est tout pique, y a plus qu'à servir !

Il se pencha vers Barthélemy.

— On ira voir ça demain, avec le chien.

5

La vallée était plongée dans le noir. On ne la devinait qu'aux lumières des maisons et au gras de la pluie sur les chemins goudronnés. Parfois, le flash d'un éclair déchirait le ciel, et la campagne apparaissait, saisie dans son vert électrique. Dans les hauts, à l'à-pic du torrent, hêtres et bouleaux frissonnaient, agrippés à la pente. L'eau dévalait, rebondissant sur les rochers et débordant sur les rives. Le fracas du torrent couvrait le sifflement du vent. Le ciel s'écroulait, vibrait et tonnait. Dans la forêt, un chevreuil glissa sur un arbre couché, chuta sur ses antérieurs, se redressa, les yeux affolés, le museau fumant, et s'engagea dans une sente détrempée. Dans son terrier, un lièvre, oreilles basses, s'enfonçait un peu plus dans la terre à chaque coup de tonnerre. Dans les hautes herbes, au bord des étangs, les crapauds souriaient sous les cataractes. Mais, au cœur de l'écorce, chaque fois qu'un éclair frappait le rebord de son nid, l'écureuil à queue rousse s'attendait à périr. Le tonnerre redoubla. La forêt craquait. Le sol tremblait. Trois sangliers traversèrent une clairière comme un train lancé dans la nuit. Ils disparurent en fracassant les arbres de lisière, soulevant la terre et laissant derrière eux une haleine de brouillard. L'homme secoua son chapeau, le remit sur sa tête et, courbé en deux, s'enfonça dans la forêt. Il marcha à couvert sur une centaine de mètres, jusqu'à ce qu'il soit en vue de la ferme.

Après dîner, Just et Maurine passèrent une demi-heure dans la salle aux pachydermes. Maurine joua un nocturne de Chopin et Just fuma deux cigarettes. Puis l'orage éclata. Just s'approcha de la fenêtre donnant sur le balcon. Au loin se livrait une bataille. Les nuages se frottaient, glissant sur l'horizon. Leurs collisions déclenchaient des canonnades. Sous la mitraille, les collines semblaient des chaudrons de cuivre renversés, les bosquets, du cresson écarlate. Et l'eau tombait en blizzard vertical, perforant la surface des étangs, laminant les grands champs.

— Viens voir, Maurine, c'est le déluge.

Elle s'approcha. L'orage redoublait. Les gouttières du château débordaient. L'eau tombait en paquets sur les graviers du parc.

— Je vais voir les chevaux.

Ils traversèrent en courant l'allée menant à la pièce d'eau. Aux écuries, les chevaux étaient agités. Maurine entra dans le box de Koumann, lui flatta l'encolure. Just en fit autant pour Real, qui le poussa du museau, les yeux luisant à travers sa mèche de crin. Un coup de tonnerre lui fit donner du sabot, Just le rassura d'une caresse. La lueur des éclairs striait les murs de pierre nue. La pluie battait le carreau. Le vent poussait les vantaux, faisant grincer les charnières.

— J'ai froid.

Maurine vint se blottir contre Just. Il sentit ses seins sur son torse, chercha ses lèvres. Ils s'embrassèrent, s'étendirent sur la paille et firent l'amour. Real buvait à l'auge. Koumann s'était endormi.

Lucien avait fermé les volets : les cris de la nature parvenaient estompés. Tenu en respect, le fracas du tonnerre butait sur les tavaillons, refluait vers le communal. Le dîner s'achevait. Des os de lapin décoraient le rebord des assiettes. Il faisait chaud. Lucien vida son verre de vin jaune, fit claquer sa langue.

— Cécile, des fois je me dis que j'ai bien fait de t'épouser.

Sa femme lui balança une claque qu'il n'esquiva qu'à moitié.

— Saprée cagnette ! Tu ferais mieux de m'embrasser, dit-il en approchant ses lèvres des joues de Cécile, qui se dégagea et quitta la table.

— Finis de boire, tu vas encore ronfler.

Lucien haussa les épaules. Un coup de tonnerre roula au-delà des collines et vint craquer au-dessus de la rivière.

— Il était pas loin, celuï-là, dit Barthélemy, levant les yeux de son assiette.

Clément approuva. La sauce du civet mouillait son menton. Flora se leva pour aider Cécile à débarrasser.

— Y a du dessert?

— Oui, Aliette. Du fromage blanc, avec du miel.

Ils avaient dîné tôt. Sept heures. L'orage s'était invité à l'apéritif et n'en finissait plus de cogner à la porte.

— Si ça se calme pas, la rivière va déborder! Comme en 1929. C'est Alire qui m'a raconté, il en avait plein son champ. Une piscine à vaches!

L'homme avança, profitant du noir entre deux éclairs. Il fila vers la cabane à poules, ouvrit la porte et entra. Elles étaient perchées, montrant leur cul. Il sortit son couteau, en attrapa une et lui trancha la gorge. Elle n'avait pas eu le temps d'émettre un son. Il la fourra dans son sac. Une deuxième suivit. Satisfait, il ressortit. Il allait regagner la forêt quand un bruit l'arrêta. La porte de la ferme venait de s'ouvrir. Il s'accroupit dans l'herbe mouillée. Une femme se tenait sur le seuil. Jeune, plutôt bien faite. Elle s'avança dans le chemin, fouilla l'obscurité de sa lampe torche. Puis rentra dans la ferme. L'homme hésitait. Mais l'occasion était bonne: la femme attendait sans doute quelqu'un qui tardait à venir. Il fallait faire vite.

Aussitôt rentrée, Thérèse Liançard posa sa lampe torche et alla surveiller la soupe. Elle cuisait à gros bouillons. Thérèse baissa le feu. Ses parents devaient être en route. Ils étaient passés voir leur cousine Marthe, qui se remettait d'une phlébite. Le mauvais temps les avait sans doute retardés. La table était mise, les serviettes posées à côté des assiettes, celle du père roulée dans une sangle. En sueur, elle retira son gilet, apparut en corsage : elle avait un joli buste. Sa jupe rouge s'arrêtait au genou, laissant deviner des jambes fines. Son visage était rond. Ses cheveux châtains, coupés court, encadraient des joues hâlées. Elle retira la barrette qui les emprisonnait et s'approcha du buffet. Elle commençait à trancher le pain, tournant le dos à l'entrée, quand la porte s'ouvrit.

Just et Maurine, installés dans le canapé à motifs éléphants, feuilletaient un album-photos.
— Et celle-là, c'était où ?
— À Bruxelles, au *Royal*, pour les trente ans de maman.

Maurine était assise à côté de son père, qui, une flûte de champagne à la main, portait un toast. Just tourna la page. On voyait Maurine sur un poney, une bicyclette, un cheval qui n'était pas Koumann.
— C'est Vertige ! Il est resté là-bas.

Elle passa un doigt sur la photo. Sur la page opposée, trois clichés du château.
— Notre arrivée. Il y a dix ans.

Maurine au piano, Maurine se baignant dans la rivière, Maurine assise dans la limousine ou perchée sur les épaules de Milot. Maurine installée sur une couverture, à côté d'un panier à pique-nique. À douze ans. L'année de leur rencontre.
— Je me souviens de ce dimanche ! Le lendemain, je rentrais à l'école. On se connaissait déjà. Tu te rappelles ?

Il l'embrassa, lui prit la main. Maurine abandonna l'album sur une desserte et posa la tête sur son épaule.

— On va se coucher ?
— Déjà ?
— Je suis fatiguée. La journée a été longue. Mais toi, fais ce que tu veux. De toute façon...
— Je sais.

Il n'avait pas oublié. Comment l'aurait-il pu ? Ils ne dormiraient pas ensemble.

— Je passerai te dire bonsoir. Je vais lire un peu.

Il la regarda monter l'escalier. Au fond du couloir, la porte des cuisines s'ouvrit. Quelques secondes plus tard, Julia apparut.

— Monsieur veut que je le serve, ou est-ce trop tôt ?
— Non, maintenant, c'est parfait.

Julia retourna à la cuisine. Loin de se calmer, l'orage s'était découvert une nouvelle vigueur. Une salve ébranla la montagne, le ciel crachait de l'eau et du feu. Just se dirigea vers la bibliothèque. Un éclair frappa une des vitrines. Et ce que vit Just l'arrêta net. La porte des cuisines, restée ouverte, s'était un bref instant reflétée dans le verre, comme dans un miroir : Julia versait de l'eau chaude dans un bol. Rien d'inquiétant, si, de la main gauche, elle n'avait tenu un crucifix au-dessus du récipient. Inversé, il pendait dans la fumée. Julia semblait réciter une prière. Quand elle eut terminé, elle rangea le crucifix dans la poche de sa blouse, se signa et reposa la casserole. Just courut se rasseoir. Il la regarda venir à lui, un bon sourire sur les lèvres, le bol fumant à la main.

— Voilà, monsieur.

Elle posa la tisane sur la desserte.

— Vous avez besoin d'autre chose ?

— Non.

— Je vous souhaite une bonne nuit.

Il la suivit des yeux, attendit qu'elle ait refermé la porte d'entrée, descendu les escaliers et disparu, parapluie à la main, dans le chemin menant aux dépendances. Il fila à la cuisine, qu'il laissa dans le noir. Elle n'était éclairée que par la lumière du couloir et la lueur de la foudre tombant sur la campagne. Il fouilla les tiroirs de l'armoire, en ouvrit les battants. Sur une étagère haute, un sac de toile d'où émergeaient des tiges sèches. Il l'attrapa, le posa sur la table. À l'intérieur, des herbes de trois espèces différentes : l'une portant des fleurs à corolle tubulaire, étamines saillantes, rappelant la gueule d'une vipère menaçante ; la deuxième terminée par des capitules ovoïdes, et la troisième à fleurs campanulées et baies noires de la taille d'une cerise. Il prit un échantillon de chacune des plantes qu'il fourra dans sa poche, et rangea le sac dans l'armoire, qu'il referma.

— Je peux vous aider, monsieur ?

Julia, ruisselante, se tenait à l'entrée de la cuisine.

— Tout de même, c'est vous ! Entrez vite, et ferm...

Thérèse Liançard ne termina pas sa phrase. Ce qu'elle venait de voir lui avait collé les mots à la gorge : un homme se tenait là, à cinq mètres. Elle eut à peine le temps de distinguer sa silhouette, son chapeau et, à sa main, la lueur d'un couteau. Il était sur elle. D'un coup d'épaule, il força la porte de l'étable, traîna Thérèse Liançard jusqu'à un cuchon de foin, l'y jeta. Il lui balança deux coups de poing à assommer un bœuf. Puis il lui arracha sa culotte, ouvrit ses cuisses et la prit. Quand il eut craché son jus, il chercha son couteau tombé dans la paille, se mit à genoux au-dessus d'elle et le lui planta trois fois dans le cœur. Il se rajusta, replaça le couteau dans son fourreau et sortit de l'étable. En passant, il prit le reste du pain sur le buffet, courut vers la porte et s'enfuit sous la pluie, marchant sur les herbes ceignant la cour de la ferme pour ne laisser aucune trace dans la boue. Dans l'étable, Thérèse Liançard, les yeux vides, fixait le toit de tuiles entre lesquelles s'infiltrait la pluie, avant de couler dans la rigole où s'évacuaient les eaux sales. Elle se teinta de son sang, qui fila vers la nuit, serpentant entre les résidus de paille avant d'atteindre les barreaux du regard placé au coin nord de la ferme.

— C'est vous, Julia ? Je vous croyais partie.
— J'ai oublié ma clef.
Elle tourna l'interrupteur.
— Excusez-moi, monsieur.
Just s'effaça, la laissa avancer vers la table. La clef était posée dans un ravier. Elle s'en empara.

— Quel temps. Bonne nuit, monsieur.

Elle fila de son pas de souris grise. Just éteignit la lumière. Il la regarda sortir, alla chercher la tisane et la monta dans la chambre d'ami, là où Aliette et Flora s'étaient reposées dans l'après-midi. Dans son cadre, les yeux ronds, le vieux militaire laissait passer l'orage qui grondait au loin. Just posa le bol sur la table de nuit et alla à la fenêtre.

La campagne était une flaque vert et noir. Les murgers luisaient sous la pluie. De petits torrents s'étaient formés à leur base, qui ruisselaient avant de se perdre dans les champs. La rivière fumait. Dans le parc, la pièce d'eau débordait. Une mare s'était formée, aux dimensions d'un petit lac. Les contours de la montagne se fondaient dans l'obscurité, la pluie les rendait flous, presque liquides. Les sapins isolés n'étaient plus que des traits de fusain. Puis les éclairs s'espacèrent, l'orage s'éloigna. Il roulait maintenant sur le plateau, cassant le silence comme du verre jeté sur de l'ardoise. C'était au crêt des Galières, d'où on voyait la vallée sombre et ses lumières humides.

Just prit dans la commode une gourde de métal qui se trouvait là depuis des siècles. Il s'en était servi parfois, lors de promenades. Il la rinça soigneusement, puis y versa le contenu du bol, dont il jeta le reliquat dans l'évier.

— Ça se tasse. Mais vintzi, quelle sonnée !

Lucien ouvrit les volets de la salle du poêle. La cour disparaissait sous l'eau, qui léchait les bords du tas de fumier.

— Oïwah ! On a frôlé l'inondation.
Cécile vint à la fenêtre.
— Pas vu ça depuis vingt ans.
Flora aidait Aliette à passer sa chemise de nuit. Barthélemy et Clément finissaient une partie de dominos. Joëlle recousait l'ourlet de sa jupe.
Elle cassa le fil d'un coup de dent, rangea l'aiguille et la bobine de fil dans la boîte à ouvrage.
— Flora ? Tu pourras m'apprendre à me maquiller ?
Flora la regarda, étonnée.
— Pourquoi, tu ne sais pas ?
— Je sais à peine me mettre du rimmel. Et puis j'ai presque rien, même pas de fard à joues.
— Presque rien, c'est déjà bien assez, lança Cécile en allant à l'évier.
Flora fit un clin d'œil entendu à Joëlle. L'horloge sonna dix heures.
— Quatre heures de pluie. Vintzi, quelle sonnée !
— Tu l'as déjà dit, Monnier, tu ferais mieux d'aller te coucher pour récupérer, parce que demain, faudra écoper.
— T'as raison, je vais chauffer ta place. Salut la compagnie.
Il accrocha sa casquette au clou et gagna sa chambre. Les deux garçons firent claquer les derniers dominos sur la toile cirée, puis les rangèrent dans leur boîte. Une demi-heure plus tard, tout le monde était couché.

Just frappa à la porte de la chambre.
— Entre.

Maurine était couchée. Nue jusqu'à la taille, elle lisait. Just s'approcha. Elle posa son livre, tira le drap sur sa poitrine.

— Maurine, ça fait combien de temps que Julia sert au château ?

— Tu le sais bien. Mon père l'a engagée peu après notre mariage. Quand Mariette nous a quittés.

— Il l'a trouvée où ?

— Elle est de Mayrand, près des étangs. Pourquoi ?

— C'est une empoisonneuse.

— Qu'est-ce que tu dis ?

Just tira les herbes de sa poche, les jeta sur le lit.

— C'est avec ça qu'elle fait sa fameuse tisane, répondit-il en baissant la voix. Demain, je les montre à Lucien ; ensuite, je porte la décoction et les herbes à Besançon pour analyse.

— Tu es sérieux ?

— Je l'ai vue dans la cuisine faire des incantations avec son chapelet en préparant le mélange. On aurait dit une sorcière. Mon père connaissait un type comme ça : il sauvait les bêtes qui avaient la fièvre. Mais il jetait des sorts aussi. C'est pour ça que papa était aux petits soins avec lui : il lui donnait des poules, des œufs, du fromage. De l'argent aussi. Pour ne pas avoir d'ennuis. Tout le village avait peur de lui. Et puis il a disparu. Mon père a dit que le diable l'avait repris.

— Comment il s'appelait ?

— Il ne s'appelait pas. On disait « le Gèdre ».

— Comme dans la légende de la Vouivre ?

— Oui. Mais ce n'était pas le même. Dès que quelqu'un fricote avec la sorcellerie, on dit « le Gèdre ». Comme on dirait le boulanger ou le forgeron.

Il prit une des tiges, l'approcha de la lampe.

— Je suis sûr que c'est du poison.

Les baies noires luisaient à la lumière. Des bigarreaux couleur d'encre, accrochés à des feuilles en étoile.

— Mais pourquoi?
— Je n'en sais rien.

Il embrassa Maurine.

— Tu me laisses? Comment veux-tu que je dorme après ce que tu viens de me dire?
— Ferme ta porte à clef.
— C'est ridicule!
— Fais comme tu veux.

Arrivé dans le couloir, il entendit la clef tourner dans la serrure. Il sourit et rentra dans sa chambre.

Julia marchait dans la nuit. Elle cheminait sur le talus pour éviter la boue. Un cabas à chaque main, la tête serrée dans un fichu, elle traversait la forêt en direction du reposoir. La lune traînait dans les flaques. La pluie tombait moins dru. Au faîte des sapins, le ciel se déchirait, laissant des lés d'argent tapisser le brouillard. Ce petit salaud avait compris. Elle en était sûre. Il avait pris des herbes dans le sac. Elle l'avait vu. Il valait mieux filer. Elle n'avait pas envie de moisir en cabane. Il fallait surtout éviter que l'autre la retrouve, ce grand diable qu'elle avait vu grandir, entre roches et étangs, du côté de Mayrand. Il aurait vite fait de l'expédier. Dette d'argent, dette de sang. Elle avait entendu parler de ses méfaits : voleur, jeteur de sorts. Il connaissait des tas de *trucs*, des diableries à cent sous mais aussi de grandes affaires. Il avait la clef de portes ouvrant sur l'enfer, ses abîmes et ses incendies. Sa mère, la pute Vallard, lui avait tout appris. Il fallait se cacher. Peut-être filer en Suisse. Arrivée à une *croisade*, elle hésita un instant, posa ses cabas. À droite, il faudrait traverser le village. Même à cette heure tardive, c'était risqué. À gauche, le chemin se faisait plus étroit, glissait vers une combe, puis remontait à travers bois. Là-haut, il y avait un abri, une cabane de berger qui, en 1944, avait servi aux maquisards. Plantée sur un piton, elle dominait la vallée. L'accès en était malaisé : le bois venait buter sur une reculée qu'il fallait escalader. Tant pis, tout valait mieux que le couteau de ce trôleur[1]. Julia s'engagea dans la sente, guettée par un hibou coincé entre deux pives, les serres refermées sur l'écorce. Ses sacs pesaient des tonnes. Elle y avait empilé tout ce qu'elle avait pu : vêtements, argenterie, quelques objets volés au châtelain, un saucisson et une miche de pain entamée. De quoi tenir un jour ou deux. Elle revendrait l'argenterie en Suisse. La frontière était à dix kilomètres. Elle voyagerait de nuit. Mais d'abord, il fallait atteindre l'abri et se cacher pendant quelques jours. Elle raffermit sa prise sur les poignées des sacs et s'enfonça

---

1. Vagabond.

dans la combe. Les grands arbres trouaient le ciel noir. Au pied d'un de ces géants, se tenait l'homme. Il regarda passer Julia, en contrebas. Elle tendait le cou comme une bête de somme. Il présenta son couteau à la pluie. Quand la lame fut lavée de toute trace de sang, il la reglissa dans sa ceinture et se mit en marche.

6

Conduite par Milot, la Claveaux-Descartes du châtelain s'immobilisa devant l'escalier. Lucas n'attendit pas que son chauffeur vienne lui ouvrir la portière. Il sauta sur les graviers détrempés, fit quelques pas.

— Il a plu toute la nuit ?

— Toute la soirée, Monsieur, rectifia Milot en aidant Mme Lucas à descendre.

— Je suis fatiguée, je vais m'étendre un moment. Milot, demandez à Julia de préparer du thé.

— Bien, Madame.

Elle monta l'escalier pendant que Milot s'occupait des bagages. Le châtelain constatait les dégâts. Des tuiles étaient tombées du toit.

— Vous téléphonerez à Couchard, qu'il vienne réparer ça.

Il alla retrouver sa femme qui se reposait dans une méridienne.

— Quel calme ! Personne n'est levé ? Il est tout de même neuf heures !

— Les enfants ont peut-être eu du mal à trouver le sommeil, avec cette tempête. Mais que fait Julia ?

Le majordome apparut, les bras chargés de valises.

— Milot, avez-vous vu Julia ?

— Madame, elle est introuvable : à la cuisine, les fourneaux sont éteints, et elle n'est pas chez elle. Peut-être à l'étage ? Je vais vérifier.

Il ne tarda pas à revenir.

— Désolé. Elle n'est pas là-haut. Je m'occupe de votre thé.

Maurine et Just descendirent vingt minutes plus tard. Le châtelain embrassa sa fille, salua Just d'une froide poignée de main et alla s'enfermer dans son bureau. Pour en ressortir presque aussitôt.

— On a forcé mon secrétaire ! Milot ! Qu'est-ce que ça signifie ?

Le majordome était occupé à débarrasser tasses et soucoupes. Il reposa le plateau, stupéfait.

— Monsieur, je ne sais pas.

— On m'a volé un petit bronze italien et deux briquets. Vous n'avez rien vu, rien entendu ?

— Mais non !

— C'est Julia. Ça ne peut être qu'elle.

Il décrocha le téléphone, composa le numéro de la gendarmerie. Quand il reposa le combiné, il avait l'air choqué.

— J'ai eu Grenier : une autre fille a été tuée cette nuit. À la ferme Liançard.

Travaillant toute la nuit, les gendarmes avaient quadrillé le périmètre de la ferme. Leur estafette trempait dans l'eau jusqu'à mi-pneus. Chaussés de bottes, ils essayaient de repérer des traces. Deux chiens attendaient, assis dans l'herbe mouillée. L'ambulance était repartie, emportant le corps de Thérèse Liançard. Ses parents, un petit homme au ventre rond et une jolie femme rousse, étaient assis sur un banc. Un brigadier se tenait devant eux, un carnet à la main. Un chat traversa la cour et disparut derrière la fontaine. Les maîtres-chiens entraînèrent leurs bêtes à l'intérieur. Quelques minutes plus tard, ils les menèrent à une langue d'herbes couchées semblant indiquer le passage d'un homme. Après avoir flairé et tourné, les chiens s'engagèrent dans les taillis.

— C'est pour cette raison qu'on est rentrés plus tôt que prévu. J'étais tellement inquiète !
Mme Lucas alla à la fenêtre.
— Quand je pense que ce criminel est dans la nature, peut-être à quelques kilomètres d'ici, j'en suis malade. Où se trouve la ferme Liançard ? Vous le savez, Just ?
— À deux kilomètres des Mayes. On la voit de mon atelier.
— Mon Dieu ! Tu entends, chéri ?
Le châtelain haussa les épaules.

— Qu'il soit dans la forêt ou au diable ne change rien à l'affaire. Les gendarmes vont le coincer. Le pays n'est pas si grand. Ici, nous ne risquons rien.

— Qu'en sais-tu?

Lucas ne répondit pas. Les mains dans les poches de son gilet, il fixait l'horizon. Le teint plus carminé que jamais, il fronçait ses sourcils gris-blonds, le menton haut. Maurine brisa le silence:

— Just pense que Julia est une empoisonneuse.

— Qu'est-ce que tu racontes? dit Mme Lucas d'une voix étranglée.

— Elle a essayé de l'empoisonner avec des herbes qu'elle mêlait à la tisane qu'elle lui servait le soir.

Lucas ricana.

— Je crois que mon gendre lit trop de romans! Voleuse, c'est à peu près acquis, mais empoisonneuse... « La tisane maudite »! On aura tout vu.

Il regarda Just avec un mépris étudié.

— Peut-on savoir ce qui vous a amené à ces brillantes déductions?

— J'ai trouvé un sac d'herbes médicinales. Et je l'ai vue faire des incantations dans la cuisine.

Lucas éclata de rire en se tournant vers sa femme.

— Vous entendez ça, ma chère? Des incantations! Notre cuisinière était chamane, ou prêtresse vaudoue! Assez de balivernes. Et d'abord, où sont ces herbes?

— Dans l'armoire à épices, à la cuisine.

Lucas s'y rendit, trouva le sac, raviva les braises qui rougeoyaient dans le fourneau et y jeta les herbes. Elles se consumèrent en se tordant sur elles-mêmes comme des serpents pris au piège.

— Pourquoi les brûlez-vous ?

Lucas sursauta.

— Si c'est vraiment du poison, autant s'en débarrasser. Cela peut être dangereux.

Il était mal à l'aise, surpris par Just qui l'avait suivi, sans qu'il s'en aperçoive.

— De toute façon, monsieur Lucas, j'ai prélevé des échantillons. Je les porte cet après-midi à Besançon, pour analyse.

Une lueur s'alluma dans les yeux de son beau-père.

— C'est une excellente idée.

Il sortit en le frôlant au passage.

7

Arrivée en pleine nuit, Julia s'était installée dans la bergerie. Avec des branchages, elle avait réussi à se fabriquer une paillasse, s'était reposée quelques heures. Elle se tenait sur le seuil, un quignon à la main. Elle piochait du doigt une boule de mie ou un morceau de croûte qu'elle mangeait machinalement, le regard au loin. La route des crêtes hérissait l'horizon : c'est par là qu'elle devrait passer, pour se mettre à l'abri. Elle partirait le soir. Il n'était que neuf heures, mais il faisait déjà chaud. L'ascension avait été un calvaire. Vingt fois elle avait pensé renoncer, balancer ses sacs au ravin. Mais elle avait tenu bon. Ses jambes étaient lourdes, ses mains douloureuses. Avec toute cette eau qui était tombée, elle avait pu calmer sa soif : au creux des rochers s'étaient constitués d'éphémères réservoirs. Il suffisait de se pencher. Tout n'allait pas si mal. Il n'était pas question de retourner près des étangs : là-bas, les bourres la retrouveraient sans peine. Ils étaient peut-être déjà en route : Lucas avait sans doute porté plainte. Finie, la vie de château. Dommage, la place était bonne. Elle n'aurait peut-être pas dû accepter *ce marché*. Mais il y avait tant d'argent en jeu. Si ce petit salaud de Just n'avait pas eu les yeux qui traînent. Elle avait été imprudente. Ça marchait si bien : encore deux semaines à ce régime, et il finissait chez les fous, à Novillars. Le contrat était rempli : elle n'avait plus qu'à donner sa part à l'autre salopard, l'escogriffe de Mayrand. Au lieu de ça, elle était obligée de jouer les chèvres des montagnes. À son âge. Écœurée, elle cracha dans l'herbe, s'essuya la bouche d'un revers de manche. En Suisse, elle irait trouver sa cousine Éliane, lui demanderait l'hospitalité. Elle lui devait bien ça, cette toxone. Quatre ans plus tôt, Julia lui avait fait sauter un marmot. Depuis, plus de nouvelles. Même pas un mot à Noël. Tout se paie un jour ou l'autre. Julia s'assit sur une roche, lissa sa blouse, puis se déchaussa.

— Alors, vieille cagne, tu t'étires les attiots ?

Elle sursauta. C'était lui. Impossible de fuir. Elle était morte.

D'où sortait-il ? Bêtement, elle regarda alentour. Il rit, enleva son chapeau, le tapa sur ses cuisses.

— Tu m'as fait marcher, dit-il d'un air entendu. Maintenant, je ne marche plus. Où est l'argent ?

— J'ai rien, je jure.

Il sortit son couteau. Julia se signa.

— Je jure. Je jure.

Il la prit par les cheveux, lui mit le couteau sous la gorge. Une goutte de sang perla à son cou.

— Je vais te saigner comme un cochon. Sauf que les cochons, j'en ai pitié. Toi, tu vas mettre du temps à crever. T'as deux secondes pour me dire où est l'argent.

Elle agita la main, comme si elle voulait parler. Il la lâcha. Elle s'affala dans l'herbe, se cognant la tête contre un rocher.

— Prends ce qu'il y a dans les sacs.

Elle montra l'intérieur de la cabane. Il alla chercher les sacs, les vida sur le sol. Une statuette, deux briquets, quelques fourchettes en argent, des vêtements sans valeur.

— Tu te fous de ma gueule ?

— J'ai que ça, je jure !

Il allait l'attraper au col quand il vit *la photo*, dans son cadre.

— C'est qui, cette fille ?
— C'est madame !

L'autre nuit, au bord de la rivière. La fille blonde. C'était elle. Il l'avait retrouvée. Un signe. Enfin. Il brisa le cadre ramassé dans l'herbe, prit la photo, qu'il glissa dans sa chemise.

— Madame qui ?

Il la secouait comme une racine qu'on cherche à déterrer.

— La femme du type qu'on devait envoyer à l'asile ! Just Mouthier.

Il eut un drôle de rire, un hoquet.

— C'est pas vrai ! C'est lui ?

Un brun, plutôt bien bâti. Il l'avait vu à l'œuvre. Le genre à faire chanter les filles, à leur noyer les yeux. Il reprit la photo.

— Tu dis que c'est sa femme ?

Julia fit oui de la tête en se massant le cou. Elle ne pouvait plus parler : il l'avait à moitié étranglée. Maintenant, il semblait content.

— Et pourquoi que t'as sa photo ? Tu l'aimes bien, c'est ça, hein, vieille cagne ? C'est un souvenir ?

Il ricana.

— T'as à manger ?

Elle tira un saucisson de sa blouse. Il le lui prit des mains avec une douceur feinte, s'installa sur un rocher et se mit à découper de grosses rondelles, qu'il mâcha lentement, en contemplant la photo de Maurine posée à ses pieds.

— Tu vas me l'amener.

Julia écarquilla les yeux, avala sa salive.

— Plutôt crever.

Le couteau décrivit dans les doigts de l'homme une jolie figure : la lame se retrouva pincée entre pouce et index. Le couteau fendit l'air, avant de se planter dans le pied de Julia, qui s'écroula dans l'herbe en hurlant.

— La prochaine fois...

Elle retira le couteau en gémissant.

— Donne.

Elle le lui rendit. Elle saignait beaucoup. Avec un bout de tissu tombé du sac, elle se fabriqua un pansement.

— Avec ça, t'auras du mal à marcher, ma vieille. C'est pas grave, on a le temps. On part que ce soir.

— Où ?

— Chercher la fille.

Il se remit à mâcher du saucisson, suçant la peau qu'il recrachait ensuite.

— T'inquiète pas, je te mettrai des herbes. Avec un peu de chance, je te sauverai le pied. À moins que ça ait touché le nerf. Là, je serais forcé de couper.

Elle remit dans les sacs ce qui en était tombé. Sur ses joues, les larmes avaient séché. Elle avait mal. Serrait les dents. Mais la partie n'était pas encore jouée. Il en fallait des heures pour arriver jusqu'au soir.

Les chiens traversèrent une sente boueuse, hésitèrent, museau au vent.

— Cherche ! Allez !

La forêt était plus épaisse, les taillis plus profonds.

— Là!

Un des maîtres-chiens avait repéré des branches brisées à hauteur d'homme. Les chiens se remirent à tirer. Le bois coulait vers une combe. Froide et humide, elle abritait des *barbes à Dieu*, fougères dont les frondes, en forme de fuseau, se découpaient sur un lacis de ronces. Elles avaient été foulées au pied récemment. La piste était fraîche.

Plus loin, les maîtres-chiens découvrirent un petit tas de tiges jetées au pied d'un hêtre. Quelques feuilles s'y accrochaient encore. Une ou deux fleurs au pédoncule velu. De la circée. L'herbe aux sorciers. La pente était raide. Les chiens tiraient. Leurs queues fouettaient l'air. Le bois s'éclaircit. Des rochers apparurent. De gros blocs, espacés de quelques mètres. Les chiens les contournèrent, pour tomber sur une paroi verticale. La reculée culminait à une cinquantaine de mètres. Les chiens se dressèrent sur leurs pattes. Pour eux, c'était terminé.

— J'y vais.

Le plus jeune, un brun aux épaules de catcheur, s'engagea dans la pente. Son collègue, en sueur, le regardait monter en s'essuyant le front. Arrivé à mi-hauteur, l'autre lui fit signe, montrant la droite de la pente: un contournement. Le gendarme prit les deux chiens en laisse et les amena à l'endroit désigné: c'était un sentier praticable, qui grimpait vers le crêt. Les chiens semblaient de nouveau sur une piste. Il leva le pouce vers son collègue et commença à monter.

S'agrippant aux saillies de roches, le jeune gendarme progressait sans faiblir. Il avait ouvert son col, défait son ceinturon. Arrivé à cinq mètres du sommet, il prit son arme au poing.

— Je t'ai vue te crever à monter, alors qu'il y a un gentil petit raidillon sur la droite ! T'as fait exprès, hein ? Tu t'es dit que ça laisserait moins de traces ? T'oubliais une chose.

Il se tapota le nez.

— Tu schlingues comme du méton[1] moisi.

Il leva la tête, renifla à plusieurs reprises.

— J'ai un tarin de chien d'arrêt, t'avais aucune chance.

Tout à coup il se figea, fit tourner son couteau entre ses doigts.

— Bouge pas.

Il fit quelques mètres, courbé en deux, en direction du ravin. Puis il rebroussa chemin, rasa un bosquet d'arbres, marchant sur l'herbe pour étouffer le bruit de ses pas. Il se faufila entre les branches d'un sapin, réapparut quelques secondes plus tard. Julia le vit filer comme un trait vers le couvert, à l'opposé du ravin. Il disparut dans un maquis de broussailles.

Le gendarme risqua un regard, l'arme levée : les flancs d'une bergerie se découpaient sur le ciel. Une vieille dame était assise sur un rocher, le pied bandé. Elle se tenait le visage entre les mains.

---

1. Base de la cancoillotte.

— Il est loin. Il a passé la rivière.
Les deux gendarmes revinrent vers Julia. Son pied saignait de plus en plus.
— C'est lui qui vous a fait ça ? Vous habitez là-dedans ? demanda le plus jeune en désignant la bergerie.
Elle fit oui de la tête. Un des chiens poussa du museau un des sacs appuyés au mur, qui se renversa, faisant sonner l'argenterie sur le roc. Le gendarme le plus âgé en vérifia le contenu. Quand il trouva les deux briquets et le bronze italien, il se tourna vers Julia.
— Je crois que le commandant aura envie de vous entendre, madame.

8

— C'est une pauvre femme. Laissez-la filer.
Julia attendait dans l'estafette. Lucas faisait face au commandant Grenier, un homme de haute taille aux lèvres fines, le nez chaussé de lunettes bon marché. Le châtelain lui tapa sur l'épaule avec bonhomie.
— Allons, commandant, on ne va pas en faire un drame. Je retire ma plainte.
— C'est très généreux de votre part. Vous avez bien réfléchi ?
— Libérez-la.

— Nous l'emmenons d'abord à l'hôpital, elle est blessée.

— Vous avez d'autres chats à fouetter. Je m'en charge.

— Vraiment ?

— Attrapez ce criminel. Que les gens puissent enfin dormir tranquilles. Moi, je m'occupe de faire soigner ma cuisinière.

— Vous allez la reprendre ?

— Ah non ! Il ne faut pas exagérer. Après l'hôpital, elle ira au diable. Je ne suis pas un monstre, mais je ne suis pas un saint ! À bientôt, commandant, et bonne chasse.

Le commandant fit descendre Julia de l'estafette et donna le signal du départ. Le véhicule décrivit un arc de cercle sur les graviers du parc, passa la grille et disparut dans la pente. Mme Lucas, Just et Maurine observaient la scène du haut de l'escalier.

— Je pars pour l'hôpital, je ne serai pas long ! leur lança le châtelain.

— Attendez !

Just dégringola les marches, se planta devant lui.

— J'ai quelques questions à poser à Julia.

— Vous les lui poserez à son retour.

— Vous avez dit aux gendarmes que vous ne la repreniez pas !

— Vous êtes idiot ou vous le faites exprès ? Elle travaillera pour moi le temps de réparer le préjudice qu'elle m'a causé, ensuite je ne veux plus entendre parler d'elle.

Il fit signe à Julia.

— Montez.

Elle grimpa dans la Claveaux-Descartes. Milot s'avança.

— Je n'ai pas besoin de vous, dit Lucas. Restez à la disposition de madame.

Le châtelain prit place au volant, lança le moteur. La berline se mit en route. Julia était tassée dans son siège, le regard fixe, les mains posées sur ses genoux. Ils roulèrent en silence jusqu'à la route de Maîche. Là, au lieu de tourner à droite, Lucas prit la direction de l'étang des Grenettes.

— On va pas à l'hôpital ?
— Non.

Elle se mit à pleurer.

— Je leur ai rien dit, monsieur.
— Parce qu'il n'y avait rien à dire ! N'est-ce pas, Julia ?

Il lui tendit un mouchoir. Elle se moucha.

— Cessez de pleurer comme une fontaine. J'ai assez de votre sang sur ma moquette. Je vous ramène chez vous.

— À Mayrand ? Mais il va me retrouver, l'autre ! Il va me tuer ! Autant emmener une vache à l'abattoir !

Elle se moucha à nouveau. Le châtelain lui lança un regard froid.

— Alors, que suggérez-vous ? Que je vous laisse filer ? Que je vous fasse confiance ?

— Je me tairai, monsieur. Je vous le promets.

Il stoppa la voiture, alluma un cigarillo. Après un long silence, elle risqua un regard vers lui.

— Ce qui serait bien, c'est que vous me donniez l'argent, comme ça je m'arrange pour lui refiler sa part, à l'autre salaud, et on est tranquilles.

Lucas éclata de rire.

— « On est tranquilles » ! Et maintenant vous voulez de l'argent ! Vous avez tous les culots !

— Vous aviez promis.

— En cas de succès !... Reconnaissez que ce n'est pas vraiment le cas.

Elle plia le mouchoir en boule dans sa main.

— Monsieur, je regrette tout ce qui est arrivé. C'est allé trop loin.

Elle tripotait l'ourlet de son gilet.

— Ces meurtres, monsieur. C'est lui. Le rebouteux. Il ne me l'a pas dit, mais j'ai plus aucun doute.

Lucas tira sur son cigarillo, recracha la fumée qui emplit l'habitacle.

— Comment pouvez-vous en être sûre ?

— Il a failli me tuer. C'est une bête féroce. Donnez-lui son argent. En échange, je lui dirai de quitter le pays. On sera débarrassés.

Lucas tapotait nerveusement le volant. Il baissa la vitre, jeta son cigarillo.

— Et d'abord, comment ferez-vous pour le retrouver, votre rebouteux ?

— C'est facile, on se voyait tous les mardis à huit heures, à la croisée de Porte-Nuit. C'est là qu'il m'apportait la marchandise. Cette fois, c'est pas sûr qu'il vienne, mais à mon avis, il résistera pas.

— Pourquoi ?

— Il a encore des affaires dans le coin. Je peux pas en dire plus.

Lucas fit la moue. Sa décision était prise. Il se pencha, ouvrit la portière côté passager.

— Allez.
— Et l'argent ?
— Filez.

Elle se résigna à obéir. Lucas la vit s'engager, boitillante, dans le chemin qui longeait l'étang. Elle se retourna. Lucas claqua la portière. Elle reprit sa route. Le châtelain démarra, fit trente mètres et gara la voiture à couvert. Il coupa le moteur, revint à pied jusqu'à l'embranchement et, après avoir scruté les alentours, s'engagea dans le chemin. Julia avait vingt mètres d'avance. Il coupa à travers bois et l'attendit derrière une roche en granit qui bordait le talus. Il avait défait sa cravate, qu'il tenait enroulée autour de sa main gauche. Quand Julia arriva à sa hauteur, il se jeta sur elle et l'entraîna dans le sous-bois. Elle poussa un cri bref. Mais elle avait déjà la cravate autour du cou. Lucas serrait de toutes ses forces. Elle se débattait. D'une main, elle réussit à attraper une pierre, lui en assena un coup qui lui fit lâcher prise.

— Votre fille !

Il lui balança un coup de poing. Elle essaya de s'enfuir en rampant dans les herbes.

— Monsieur ! Votre fille. Il va...

Il n'entendait rien. Il la rattrapa. La main armée de la même pierre qui avait servi à le frapper, il leva le bras.

— Il veut enlever votre fille ! Il me l'a dit !

Lucas eut l'air de sortir d'un mauvais rêve. Il lâcha la pierre qui roula dans le fossé.
— Qui veut enlever ma fille ?
— Le Gèdre ! Le rebouteux !

Quand la Claveaux-Descartes franchit la grille du château, Milot se précipita pour accueillir le châtelain. Mais celui-ci remonta l'allée menant à la pièce d'eau et gara la voiture derrière les écuries.
— Monsieur ? Tout va bien ?
Penché sur la fontaine, Lucas se passait de l'eau sur le visage.
— Foutez-moi la paix, bon sang !
Milot battit en retraite. Lucas ajusta sa cravate, remit de l'ordre dans ses vêtements. Puis il marcha d'un pas vif vers le château.

— Maurine ! Où es-tu ?
Mme Lucas lisait au salon.
— Tu as vu ta fille ?
Elle leva les yeux de son livre.
— Pas depuis dix minutes. Elle est sortie avec Just.
Le châtelain alla aux cuisines, ouvrit la porte donnant sur la colline. Just était assis sur un rocher. Un marteau à la main, il redressait un fer.
— Mouthier ! Où est ma fille ?
Just ne lui fit même pas l'honneur de le regarder.
— Elle essaie une nouvelle selle. Elle est partie avec Koumann.
— Où ?
Just indiqua le chemin de la rivière.

— Elle revient dans cinq minutes. Nous devons faire une promenade.

Le châtelain fila aux écuries. Just le vit sortir, montant Real à cru. Lucas talonna le cheval qui prit le galop. Just laissa tomber son marteau et se mit à courir.

Koumann était attaché à un arbre. Il avait l'air calme. Quand il vit arriver au galop son compagnon d'écurie, il eut un bref hennissement. Lucas sauta à terre. Il courut à la rivière, la longea sur une dizaine de mètres.

— Maurine ?

La colline filait vers le ciel. Pas un souffle de vent. L'eau glissait sur les roches affleurantes. Alors que Lucas marchait vers l'aval, Just le rejoignit.

— Que se passe-t-il ?

Sans répondre, le châtelain se dirigea vers la forêt, s'enfonça dans les taillis. Just le suivit. Ils inspectèrent le sous-bois, sans résultat, et se résignèrent à retourner vers les chevaux. Où les attendait Maurine.

— Mais... qu'est-ce que vous faites là ?

Lucas se figea. Just marcha vers elle, souriant.

— Tu nous as fait peur.

— Pourquoi ?

Le châtelain avait l'air furieux.

— Ne disparais pas comme ça, bon sang ! Où étais-tu ?

Maurine eut une moue d'évidence.

— J'ai bu un peu trop de thé ce matin.

— Il semblait paniqué. Alors je l'ai suivi.
— Qu'est-ce qui lui a pris ?
— Maurine, il avait raison. J'ai été très léger de te laisser partir seule. Il y a un criminel qui se promène dans la campagne. Il faut que nous soyons plus prudents.

Lucas était rentré à pied au château. Just et Maurine, assis sur une roche, les pieds dans l'eau, regardaient le soleil jouer avec leurs orteils. Les chevaux paissaient à l'écart.

— Alors, tu crois que c'est fini ?

Le regard de Just se perdit dans les ombres de la colline.

— Ces mauvais rêves ? On le saura bientôt. Je pars pour Besançon tout à l'heure.

— Ce n'est plus la peine. Au petit déjeuner, mon père m'a demandé tes échantillons de plantes. Il voit tout à l'heure un de ses amis qui travaille dans un labo, à Lons. On aura très vite les résultats. J'ai bien fait ?

Just alla à la commode, ouvrit le tiroir central. Le petit fagot d'herbes prélevées sur les échantillons attendait, entre deux piles de chemises, glissé dans une bourse de cuir marron. En revanche, les tiges principales, qu'il avait posées en évidence sur le marbre de la cheminée, avaient disparu. Il prit la bourse et la fourra dans sa poche.

Le château était vide. Maurine était en visite avec sa mère. Milot avait emmené Lucas à son prétendu rendez-vous. Just fit démarrer la Facel Vega qui dévala la colline, traversa le village et prit la route de Besançon.

9

Quinze heures sonnaient au clocher quand Just retrouva Monnier devant l'église Saint-Maurice. Ils prirent la rue de la bibliothèque et entrèrent au 20. Dormois les attendait, en pantoufles, son chat sur les talons. Une odeur de poisson grillé montait de la cour.

— Donnez-moi les herbes. Et la potion.

Just lui tendit la bourse et la gourde de métal. Dormois posa sur la table une bouteille de macvin et trois verres.

— Servez-vous, je vous rejoins dans deux minutes.

Il disparut dans une alcôve. Gérard et Just s'installèrent sur le divan. Ils avaient à peine eu le temps de porter le verre à leurs lèvres que Dormois était de retour, les tiges sèches à la main.

— Ce n'est même pas la peine de faire infuser.

Il s'éclaircit la voix.

— Jeune homme, vous avez de la chance d'être encore parmi nous. Avec la dose d'alcaloïdes qu'on vous a administrée, vous pourriez aussi bien être six pieds sous terre qu'à Novillars, dans le pavillon réservé aux fous dangereux.

Il détacha une tige du fagot.

— *Atropa belladona*. Ainsi nommée car les femmes vénitiennes utilisaient son suc pour dilater leurs pupilles et rendre plus envoûtant leur regard : *Bella Donna*, la « belle femme ». Renferme également de l'hyoscyamine et un peu de scopolamine. Provoque des délires graves et des hallucinations.

Il désigna les baies noires et luisantes.

— Dix de ces fruits suffiraient à vous tuer. Les deux autres variétés sont moins toxiques : elles font perdurer les effets de la première. Quoique celle-ci, l'herbe aux sorciers, ait une propriété supplémentaire.

Il la détacha à son tour du fagot.

— *Circea sterilifera*. On s'en sert pour stériliser les animaux. Mais ça marche aussi avec les humains.

— C'est monstrueux !

— Encore plus que tu ne l'imagines, Gérard. Les nazis s'y intéressaient, quand ils cherchaient à résoudre le problème des *Untermenschen*, les « sous-hommes ». Ensuite, ils ont décidé de recourir à des méthodes plus expéditives, et notre *circea* a pu couler des jours tranquilles à l'ombre des forêts et des lisières humides.

Sous le choc, Monnier et Just vidèrent leur verre et prirent congé. Dormois les raccompagna.

— Je garde les herbes. Ici, elles sont en sûreté.

Ils le remercièrent et sortirent. Les rues étaient calmes. Les vacances scolaires avaient vidé la ville. À Granvelle, ils s'assirent sur un banc, à quelques mètres de la fontaine. Des pigeons arpentaient la promenade, des moineaux filaient entre les branches des marronniers. Il faisait chaud. Gérard s'éventait avec son chapeau. Il dénoua sa lavallière et la glissa dans sa poche.

— Cette Julia dont tu m'as parlé, pourquoi a-t-elle fait ça ? Qu'est-ce qu'elle a contre toi ?
— Elle, rien. Elle s'est contentée d'obéir.
— À qui ?
— Tu n'as pas une petite idée ?
— Lucas ?
— Évidemment. Il n'a jamais admis mon mariage avec Maurine. Il me méprise.
— De là à te supprimer...
— Je ne pense pas qu'il ait essayé de me tuer. C'est à ma descendance qu'il en voulait : pas de petits Mouthier sur son arbre généalogique.
— Et la belladone ?
— Il voulait que Maurine se détache de moi. Il a failli réussir.
Il s'interrompit.
— Je me demande s'il sait que j'ai failli la tuer.

La Facel Vega roulait vers Mouthier-le-Château. Just remuait mille pensées. Que dire à Maurine ? Que son père était un criminel ? Peut-être ne le croirait-elle pas. Les choses ne pouvaient pourtant pas continuer ainsi. Désormais, la vie serait intenable au château. Il fallait partir. Avec Maurine. Mais avant, il devait savoir. C'est Julia qui détenait la clef de l'énigme. Sitôt arrivé, il lui parlerait.
Une fois au reposoir, Just s'engagea dans la route étroite menant au village. Il y régnait une agitation inhabituelle. Des voitures immatriculées à Paris. Des visages inconnus. Des photographes. La Facel se faufilait entre les véhicules de presse et la foule des curieux. Le père Gélard

se faisait immortaliser devant ses géraniums. Le maire passa, affairé. Sur la place de l'église, des reporters interviewaient les villageois. Des commères observaient ce remue-ménage. La cigarette au bec, les hommes s'épongeaient le front avec de larges mouchoirs à carreaux. Le café ne désemplissait pas. La clientèle débordait sur les marches. Une voiture de police déboucha des Mayes, tourna à gauche après l'église, prit la route de Maîche. Just gara la Facel devant l'épicerie-tabac-journaux. Sur un panneau claquait la Une de *L'Est Républicain* : Mouthier-Le-Château, le village où rôde la mort, avec les photos des deux victimes. Quand il descendit de voiture, des villageois vinrent le saluer : le « fils au Ludo », qui avait épousé la fille du châtelain et fait fortune, était très populaire. Il avait été très généreux avec le village de son enfance : rénovation de l'école communale, création de la bibliothèque municipale, aide aux agriculteurs, maintien des petits commerces. Et il avait de grands projets : c'était son « travail », avait-il dit à Maurine, de promouvoir son pays, sa région.

Lesueur et Becquet avaient passé une nuit épouvantable. Sous l'orage, la 4 CV avait pris l'eau, son plancher était une flaque. Elle était enfoncée jusqu'aux essieux dans la boue du chemin de terre où ils l'avaient garée, à l'abri illusoire d'une haie. Ils avaient mis la matinée et une partie de l'après-midi à se sécher. La voiture, pour l'instant, était hors d'usage : moteur noyé, circuit électrique gavé d'eau de pluie. Alors, une fois secs, ils décidèrent de marcher vers le village. Avec leurs vêtements fripés et leur barbe de trois jours, ils avaient l'air de deux bandits. Le chemin qu'ils suivaient conduisait au reposoir. De là, ils purent apercevoir l'église entourée de fermes à tué et de maisons de village.

— J'ai faim.

Becquet était un gourmand. Gros et gras, il avait souffert du régime pénitentiaire : aussitôt sorti de prison, il s'était précipité aux *Fourneaux économiques* où il avait pu assouvir sa faim. Et le soir même, il se goinfrait au *Petit Polonais*.

— Moi aussi, mais ça attendra.

— Tu fais chier, Jean-Marc. On peut pas s'arrêter demander un casse-croûte, dans une ferme ?

— Avec un café et une gnôle ? Tu les prends pour qui, les péquenots ? Tiens, regarde-le, celui-là, tu trouves qu'il ressemble à l'abbé Pierre ?

C'était le père Moussot. Sec comme un matin de janvier, il travaillait son tas de fumier à coups de fourche, le béret sur la tête, une roulée au coin des lèvres. Lesueur et Becquet l'observaient, cachés derrière un chêne. Sa ferme était modeste. Il semblait vivre seul. Quelques poules cherchaient des graines, un canard dormait à l'ombre de la cabane à lapins.

— Je vais lui demander.

— T'y risques pas ! T'as vu la dégaine que tu te trimbales ? Si tu veux quelque chose, faut surtout pas demander. Faut te servir.

Il sortit son couteau.

— Prends ça. Attention ! Uniquement pour lui faire peur. Si ça tourne mal, t'insistes pas : c'est des coriaces dans le coin.
— Tu viens pas avec moi ?
— Je surveille la route. Et t'as bien compris ? Si ça tourne mal...

Becquet mit le couteau à sa ceinture, hésita un instant, puis se dirigea vers la cour de la ferme. Le père Moussot le regarda approcher sans interrompre son travail.

— Salut, mon gars.
— Salut, m'sieur.
— T'es pas d'ici ? Je t'ai jamais vu dans le coin.

Becquet n'eut même pas le temps de répondre : la fourche lui gifla le visage et il s'étala dans la boue, foudroyé. Lesueur attendit quelques secondes, puis il fila à la voiture.

— J'ai vu tout de suite le couteau. Une arme de découpeur. Nous autres, on n'en a pas des comme ça.

Becquet était assis entre deux gendarmes, dans l'estafette.

— Beau travail, monsieur Moussot, dit Grenier en lui serrant la main.
— Vous croyez que c'est lui ?
— J'ai téléphoné : il sort de prison. À Besançon, il est recherché pour agression et tentative de viol. On tient notre homme.
— Ben merde alors ! Je vais boire un coup !

Grenier le salua, grimpa dans l'estafette, qui démarra aussitôt. Moussot les regarda partir, ferma sa porte à clé et prit la direction du village.

10

L'homme avait posé devant lui les baies luisantes et noires. Dehors, le soleil chauffait encore la campagne. Dans la grotte il faisait froid. Lui était en sueur. Le manque. Il prit cinq baies dans sa main, les avala une à une. *Belladona* déploya aussitôt ses charmes : d'abord une légère chaleur au front, puis une coulée de glace entre les omoplates. La bête dormait encore. Mais le réveil était proche : elle agitait son mufle sous ses fontanelles. Poussait du groin. L'homme porta les mains à son front, s'appuya à la muraille. Il prit deux autres baies, les avala en s'aidant d'une gorgée d'eau. Et la bête se leva devant lui : noire comme charbon, ardente comme braise. Elle soufflait des flammes. Il gémit de plaisir. Les yeux mi-clos, c'était lui, maintenant, qui semblait dormir. Rêves chauds comme la lave d'un volcan d'Afrique. Il chercha de la main des aspérités de roc pour s'y accrocher, pour ne pas *partir* trop vite. De l'autre main, il tenait son sexe. Sa racine dure et tiède. Et le miracle eut lieu : la bête se transforma. D'abord les yeux, qui, de noirs, s'éclaircirent jusqu'au bleu, un bleu de source. Les poils, drus et poisseux, devinrent fontaine blonde. Et son corps, épais, noueux, se fit liquide, harmonique. Elle apparut. Il ouvrit la bouche. Sa langue pendait entre ses dents. Il bavait. Râlait de plaisir. Blonde. Chaude. Soyeuse et tendre. Il tendit les mains pour l'étreindre. La fille de la nuit. La princesse. La Vouivre. Il cria. La belladone se faufilait dans ses artères, assiégeait son cœur. Il vit la porte noire. Elle s'ouvrit. Des lumières dansaient dans le gouffre.

L'après-midi finissait. Maurine marchait sur les écorces. Sa mère la précédait. Elles revenaient de visite. S'étaient arrêtées au bord d'un chemin pour profiter de la beauté du site. La voiture de Mme Lucas, une Colorale Prairie, penchait sur le talus. Au loin se découpaient les monts de Chagnières, deux têtes d'obus posées sur la campagne. L'or du jour leur donnait le brillant des joyaux dérobés qu'on cache sous le soleil pour les rendre invisibles.

— Just va mieux.
— Il était souffrant ?
— Maman !

Mme Lucas refusait toujours l'évidence : son gendre avait été empoisonné.

— Enfin, ma chérie, pourquoi ? C'est absurde. Julia n'avait rien contre lui. Ton père l'a dit : tout ça, c'est du roman.

— Nous saurons bientôt. Quand il rentrera avec le résultat des analyses.

Elle avançait vers lui dans un brouillard humide. Il était prosterné, la tête penchée en avant, les cheveux touchant presque le sol. Un trône approchait au lointain, tiré par des chevaux à la crinière beige.

Elle s'approcha. Il leva les yeux, fut ébloui par sa blondeur, par l'éclat de son sourire. Le trône s'arrêta à quelques mètres du gouffre. Elle fit signe à l'homme de se lever. Il se dressa sur ses jambes avec difficulté. Il eut honte de cette faiblesse. Marcha vers elle. Ses pieds étaient humides, comme s'il progressait dans un marigot. Il baissa les yeux vers le sol : il était rouge. Le sang. Elle regarda le ciel. Rouge. Des gouttes tombaient sur sa robe claire, ruisselaient sur sa gorge. Il porta la main à sa bouche, retint un cri. Elle s'approcha encore, tendit la main vers la ceinture de l'homme, y prit le couteau, qu'elle lui donna. Puis elle écarta les bras, attendant qu'il frappe.

Maurine prit le chemin de l'à-pic de Taillefort.
— Chérie, ne nous éloignons pas trop de la route. J'ai promis à ton père que nous serions prudentes. Avec ce criminel lâché dans la nature...
— Le pays grouille de gendarmes, il n'est pas près de montrer le bout de son nez. Allez, viens, c'est à deux cents mètres. Et c'est magnifique.
Elle la prit par le bras. Elles marchaient entre deux haies de résineux et d'érables sycomores. La forêt murmurait sous une brise éteinte. Des fougères déployaient leurs frondes entre les troncs minces des hêtres. À leurs pieds, le bois gentil, l'épilobe et la maïanthème crevaient le lit de mousse. De loin en loin, des blocs de granite émergeaient, souvenirs des grandes rivières

de glace qui coulèrent lentement, pendant des siècles, avant de finir en vapeur et nuages.

— On arrive.

L'horizon s'élargissait d'est en ouest, dévoilant d'invisibles frontières. Une buée de chaleur ourlait le contour des montagnes. La forêt coulait vers la vallée, qu'elle atteignait en avant-garde disséminée, oubliant un sapin dans un éboulis, deux ou trois bouleaux dans une ravine. De grands champs étalaient leur pelade sur cette fourrure verte. En contrebas, la rivière cisaillait le paysage de son *clair de roche* où battait une écume moussante.

— Quel pays splendide.

Mme Lucas soupira.

— On pourrait y vivre heureux.

— Rien ne nous en empêche.

La châtelaine regarda sa fille avec une tendresse agacée.

— Rien?

Elle fixait l'horizon. De profil, avec ses cheveux noirs rassemblés en chignon, elle ressemblait à ces femmes de Seurat, dont la silhouette tremblée se dégage d'un brouillard de couleurs.

— Je comprends que ton père ait voulu revenir ici. Mais pourquoi ne se contente-t-il pas d'y vivre?

Maurine tourna la tête vers sa mère.

— Papa a déjà vécu ici? Je croyais qu'il était du Nord?

La châtelaine sembla hésiter. Puis:

— S'il apprend que c'est moi qui te l'ai dit... Il est né à cinquante kilomètres du château, du côté des étangs. Ensuite, il est parti dans le Nord, pour y rechercher son père. Mais il ne l'a jamais retrouvé.

— Mon grand-père paternel ?

— Oui, ma belle. Tu ne l'as jamais vu, n'est-ce pas ? Ni moi d'ailleurs, ni personne. Excepté sa famille, qu'il a abandonnée.

— Vraiment ?

— Ton père n'a jamais voulu t'en parler : ton grand-père a quitté sa femme et ses enfants, pour refaire sa vie. C'était un drôle de bonhomme. Je crois que ta grand-mère n'était pas très recommandable non plus. Quand je pose à ton père des questions à son sujet, il change de conversation. Elle est morte il y a vingt ans. Ton père ne s'est même pas déplacé. Elle ne faisait plus partie de sa vie. Il me donne toujours l'impression de courir après son enfance fracassée. De vouloir prendre sa revanche et prouver que c'est lui le meilleur, le plus fort, le plus grand. Si encore il acceptait d'en parler. Mais dès que j'aborde le sujet, il se ferme comme une huître. Ton père est une porte claquée sur un mystère qu'il n'a sans doute pas résolu lui-même.

L'homme, à bout de forces, avala une dernière baie, vida la gourde dans sa gorge. Le poison se répandait dans son sang comme de l'encre de seiche. Il avait des visions de bûchers embrasés. Sa mère hurlait dans une mer de flammes : la pute Vallard succombait au feu allumé par ses clients de naguère, qui la regardaient se consumer. Lui dormait contre le flanc de la Vouivre, monstre velu aux naseaux fumants et aux yeux écarlates.

La fille blonde était redevenue dragon, au moment où il s'apprêtait à la frapper de sa dague, pour briser la malédiction.

Les effets de la belladone s'estompaient peu à peu. La porte noire s'était refermée sur le gouffre. Les crépitements du brasier lui parvenaient encore, assourdis. Il s'endormit, un filet de bave coulant dans sa barbe.

11

Le chien de Lucien, un braque, s'arrêta à la rivière, en flaira les berges et revint vers son maître.

— Il l'a senti. C'était bien là ?
— Sur ce rocher.

Barthélemy désigna l'endroit où Clément et lui avaient vu l'homme se sécher.

— On va traverser.

Ils entrèrent dans l'eau, peu profonde. Clément fermait la marche. Le soleil frappant l'eau les éblouit. Arrivé sur l'autre berge, le chien hésita, remonta la rivière sur quelques mètres puis s'assit, la langue pendante, les yeux fixés sur son maître.

— Tu l'as perdu ?

Lucien flatta son chien, scruta la profondeur du sous-bois, dont la pente s'accentuait peu à peu pour atteindre un plateau étroit.

— C'est un malin. Pas étonnant qu'il ait embrouillé les chiens des gendarmes. Il couvre ses traces. Mon père faisait pareil pour paumer les Boches et leurs sales clébards : il suffit de froisser les feuilles d'une plante qui pousse par ici. Ça schlingue, je vous dis pas. Après, vous en laissez sur votre chemin, et ça décourage le chien le plus endurci.

Lucien inspecta les fourrés sur une dizaine de mètres.

— Tenez.

Il se pencha, ramassa quelques feuilles.

— Sentez-moi ça, les gars.

— Dégueulasse ! Comment elle s'appelle, cette plante ?

— Les gens disent « le bouton noir », à cause de la couleur de ses baies. Mais son vrai nom, c'est la belladone.

Barthélemy s'accroupit devant Tilt, le chien de Lucien.

— Allez, mon vieux, un petit effort.

— Il a fait ce qu'il a pu. Mais il est comme les autres, même ceux qui sont entraînés, ceux de la police. Ça le dégoûte trop.

Lucien commença à se rouler une cigarette pendant que Clément faisait des ricochets.

Barthélemy se gratta un début de barbe.

— Et si je connaissais un chien pas « comme les autres » ?

Le père Grelin finissait sa sieste, la casquette sur le nez. Couché à ses côtés, le Gris attendait patiemment. Il avait des fourmis dans les pattes, des envies de sous-bois, d'odeurs mêlées : la piste d'un autre chien, le passage d'un furet, l'urine d'un rongeur, le fumet poivré du suin d'un sanglier. Il en était sevré depuis le départ de son compagnon de balade, le petit gars d'à côté, qui l'avait abandonné comme une cagne bonne pour l'équarrissage. Et le vieux, le père Grelin, n'était plus très vaillant : lui aussi se ressentait du départ du gamin. Il avait des mélancolies. Le Gris souffla bruyamment et posa son museau entre ses pattes. Le chemin des Ragots était vide. Un chat, la queue pendante, dormait dans un bac à fleurs, entre deux plants de géraniums. Sur le Doubs glissait une péniche enfonçant dans l'eau jusqu'aux hublots, comme un saurien en chasse. Le père Grelin ouvrit un œil, releva sa casquette, vit un coin de ciel bleu s'encadrer entre deux branches de hêtre, bâilla et soupira, puis il attrapa son verre de pontarlier-anis qu'il avait posé sur une pierre, le vida, fit claquer sa langue et se mit sur ses jambes. À ce moment, le Gris fila comme un trait vers la rue en aboyant.

C'était Gérard Monnier. Le Gris lui fit fête. De temps en temps, le relieur l'emmenait courir les bois, surtout à la saison des champignons : parmi ses dons multiples, il avait celui de dénicher les morilles, trésor enfoui sous la mousse, délectable friandise dont Gérard se régalait.

— Monsieur Grelin, j'ai eu un coup de fil de Barthélemy.

— Comment il va, le petit gars ?
— Il a besoin de vous. En fait, il a surtout besoin de votre chien.

Il était six heures du soir quand Gérard Monnier et le Gris descendirent du car des Monts-Jura à Ornans, où les attendaient Lucien et Barthélemy.

Une demi-heure plus tard, le Gris faisait la connaissance de Tilt, et la fin de l'après-midi se passa en courses incessantes dans les champs qui entouraient la ferme.

— Jamais vu une bête pareille. C'est quelle race ? Il est tombé d'une soucoupe volante ?

Barthélemy eut un geste évasif.

— Irish Wolfung, mélangé à du beauceron, avec un peu de sang de ratier, par sa mère.

Lucien tira sur sa cigarette, l'air dubitatif.

— Drôle de mayonnaise. Et tu dis qu'il a du flair, ton phénomène ?

Lucien avait installé Gérard au fond de l'étable, sur un bout-à-cul[1], après l'avoir fait marcher du tas de fumier à la cachette. Ensuite, il avait disposé des feuilles froissées de belladone sur son chemin. Quand tout fut prêt, Barthélemy appela le Gris. Il arriva sans se presser, Tilt sur ses talons. Lucien lui fit sentir le chapeau de Gérard. Flora observait la scène, amusée. Elle avait été heureuse de revoir son mari. Plus qu'elle ne l'aurait imaginé. Cécile, assise sur le banc entre Just et Joëlle, observait, sceptique,

---
1. Tabouret à traire.

ement de l'expérience. Le Gris tournait sur place, se demandant ce qu'on lui voulait. Lucien lui fit sentir le chapeau une deuxième fois. Le chien aboya, imité par Tilt.

— Retiens le braque, Clément.

Tandis que Tilt tirait sur son collier, le Gris fila vers la Facel Vega. Il en fit le tour, sous l'œil moqueur de Lucien.

— Il a déjà envie de repartir!

Le Gris revint vers eux, d'un coup de dents il arracha le chapeau des mains de Lucien et se dirigea tout droit vers l'étable, le museau collé au sol. Le chapeau traînait par terre, mais quand Lucien tenta de le lui reprendre, le Gris gronda si fort qu'il renonça. Arrivé au premier tas de feuilles froissées, le chien éternua à deux reprises, puis poursuivit sa route. Quelques secondes plus tard, il grattait à la porte de l'étable. Barthélemy la lui ouvrit : il fila comme un trait au fond de l'étable et déposa le chapeau aux pieds de Gérard. Il ressortit aussitôt, cherchant du regard son nouveau compagnon. Tilt et lui reprirent leurs courses folles entre mare et bosquets, effrayant les vaches et attrapant au vol mouches et tavins[1].

— Ben merde.

Lucien enleva sa casquette et la remit après s'être lissé les cheveux.

— Saprée bestiole.

Gérard nettoyait son chapeau à la fontaine.

---
1. Taons.

— Riche idée que tu as eue, de lui donner mon chapeau !

— Je lui ai pas donné, il me l'a pris ! Vintzi, un bestiau pareil, vaut mieux pas le contrarier. Il me fait penser à celui du père Lariguet, qui levait un lièvre à cent pas. Il veut pas s'en défaire, son propriétaire ?

— Tu rigoles ! J'ai même intérêt à lui rendre en vitesse. Tu en as besoin longtemps ?

Lucien baissa la voix :

— En confidence, frangin, la Cécile, elle est pas trop contente que je me mêle de cette affaire, mais qu'est-ce que tu veux, je fais pas confiance aux gendarmes : Grenier et sa bande, ils trouveraient pas de l'eau dans la Loue. Ce tueur, si jamais on laisse les bourres s'en dépatouiller tout seuls, il a encore de beaux jours devant lui.

Du menton il désigna le Gris, qui avait plongé dans la mare pour se rafraîchir.

— Alors qu'avec ton champion, il aura chaud aux fesses. Dès ce soir j'y retourne, avec le chien et le fusil.

— Lucien, c'est de la folie. Ce type est très dangereux.

— C'est bien pour ça que faut le choper. Et vite. Tu viendras avec moi ? On dira rien aux femmes.

Gérard allait répondre quand un véhicule de gendarmerie surgit du chemin, brinquebalant dans les ornières.

— Qu'est-ce qu'ils viennent foutre chez moi, ces beuyots ?

Grenier descendit de l'estafette. Il avait l'air détendu, satisfait.

— Tiens, les deux Monnier ! Ça ne nous rajeunit pas !

Tous trois avaient fréquenté l'école communale. À l'époque, Grenier était le souffre-douleur de la classe. Chétif, il n'excellait ni dans les épreuves physiques ni dans les travaux des champs. On n'avait donc pas été étonné de le voir partir à la ville, mais stupéfait qu'il revienne au pays, quelques années plus tard, avec la charge de commandant : on craignait qu'il n'en profite pour prendre sa revanche. Mais, contre toute attente, par sa loyauté et sa droiture, il avait gagné l'estime de tous. Sauf celle de Lucien qui, comme son frère, se méfiait des corps constitués comme de la peste.

— Je fais ma petite tournée pour rassurer les gens. J'ai une bonne nouvelle : notre tueur est sous les verrous.

— Tiens donc ! C'est toi, Grenier, qui l'as arrêté ? Alors, y a du souci à se faire !

— C'est le père Moussot qui l'a eu. À la fourche. Le gars avait un couteau long comme le bras. Le même genre que celui qui a tué la petite Liançard. Il a pas eu le temps de s'en servir.

— Le père Moussot ? Mais il a de l'arthrite !

— Il a surtout un sacré coup de fourche.

— Ben merde.

— Voilà, vous pouvez dormir tranquilles. Il a avoué.

— Ben merde.

Lucien regarda Grenier comme s'il le voyait pour la première fois.

— Je peux te serrer la main, Grenier ?

L'estafette s'éloigna en laissant derrière elle une traînée de gazoil. Les Mouthier et les Monnier étaient rassemblés devant la ferme, presque au complet : il ne manquait que Just et Maurine.

12

L'heure du dîner approchait. Mme Lucas s'était mise aux fourneaux.

— Que fait ton père ?

Maurine épluchait des pommes de terre. Ses cheveux étaient tenus par un fichu.

— Il ne va plus tarder.

— Je n'y comprends rien. Il avait dit qu'il ramenait Julia au château.

— Ils l'ont sans doute gardée à l'hôpital. Il y a peut-être eu des complications.

Maurine ramassa les épluchures et les jeta à la poubelle.

— J'aurais dû les garder pour les lapins de Lucien. Tant pis.

Elle regarda l'horloge qui battait, appuyée au mur, entre les deux fenêtres donnant sur le parc.

— Et Just, qu'est-ce qu'il fait ? s'inquiéta-t-elle.
— Chérie, il n'est que sept heures.

L'homme était arrivé par la colline. Il observait les environs. Le parc du château était désert. Il fouilla dans sa poche, porta une poignée d'herbes à sa bouche. Puis il cracha et s'engagea dans la pente.

Just était maintenant sûr de lui : après avoir parlé à Julia, il aurait une explication avec le châtelain. Et le lendemain, il emmènerait Maurine loin d'ici. La Facel Vega s'engagea sur la route des Mayes. Le soir tombait. Dans quelques minutes, il serait au château. Il avait eu du mal à quitter la famille : en revenant de Besançon, il avait fait un crochet par la ferme de Lucien et avait eu la bonne surprise d'y trouver Gérard. Malgré l'insistance de Lucien, qui avait tué un autre oreillard et débouché deux clavelins, il avait refusé son invitation à souper. « Ah, çui-là et sa Maurine ! » avait souri Lucien à travers un brouillard de tabac.

Quand il repassa par le village, Just fut surpris de le trouver si calme. Sur le seuil de sa maison, le père Gélard lui fit signe de stopper.

— Just ! T'as su, pour l'autre égorgeur ?
— Oui. Grenier est passé chez Lucien.
— Du coup, ils sont tous partis à Maîche : la télé, les journaux... Il claqua dans ses doigts.
— Dis donc, tu t'y connais, toi, en reliure ! Viens voir.
— La prochaine fois, monsieur Gélard : je suis attendu.

— Y en a pour deux secondes ! C'est un vieil album qu'a retrouvé mon frère, aux Écorces. Si tu pouvais me le retaper, c'est des photos de famille.

À contrecœur, Just entra chez Gélard.

L'homme s'accroupit, jeta un regard circulaire. À une vingtaine de mètres, devant le perron, la Colorale Prairie de Mme Lucas fixait l'ombre de ses yeux de verre. Courbé en deux, il courut jusqu'aux murs et se plaça entre les deux fenêtres de la cuisine.

— Chérie, je vais dresser la table.
— Tu ne veux pas qu'on mange ici?
— À la cuisine? Ton père ne voudra jamais. Surveille la cuisson, tu veux?

Maurine se leva, tandis que sa mère gagnait la salle à manger. Elle souleva le couvercle d'un chaudron de cuivre où mijotait un ragoût, goûta la sauce, rectifia l'assaisonnement et reposa le couvercle. La chaleur du foyer lui monta au front. Elle défit son fichu.

L'homme avala sa salive. Elle était là, à quelques mètres. Il l'apercevait à travers la buée qui couvrait la fenêtre. Elle venait de libérer ses cheveux. Ils tombaient sur ses épaules. Blonds et soyeux. C'était bien elle. La fille de la nuit. La princesse de légende. La Vouivre. Lui seul le savait. L'éternité était là, devant lui. Il n'avait vécu que pour cet instant.

Le vieil album sous le bras, Just sortit de la maison du père Gélard, monta dans sa voiture et démarra. Gélard lui avait donné une tarte faite par sa femme. Il la posa, encore chaude, sur le siège passager. Quand il passa devant l'église, il eut, une fois de plus, un pincement au cœur : son père dormait pour toujours dans le cimetière aux croix rongées et aux tombes de guingois. Ici, pas de marbre, mais terre, pierre, quelques fleurs. Caché par le clocher, le soleil couchant caressa le pare-brise de la Facel quand elle dépassa l'église, rappelant à Just d'autres souvenirs, lumineux et chauds. Un après-midi de juin, angoisse et bonheur mêlés. Le mariage. La noce, dans le pré où s'édifiait la Frasne. C'était il y a deux ans. Comme le disait une vieille comptine que chantait Nicette, la sœur de son père, quand elle retournait le sablier pour que les œufs soient cuits à point :

> *Le temps perdu laiss' jamais de traces*
> *Car c'est jamais le mêm' sable qui passe.*

Just voulait regagner le temps perdu. Il allait retourner le sablier.

Maurine tranchait le pain. Ses mains fines serraient le couteau. Cela rappela à l'homme l'autre fille, celle de la ferme Liançard. Comment avait-il pu ? Il fallait que sa racine le démange. Alors que cette blonde l'attendait. Dans ses yeux dansait le feu. Celui de l'âtre devant lequel se chauffait sa mère, quand elle lui racontait la bête et ses maléfices. Elle aussi avait cherché le moyen de lever la malédiction, de redonner à la Vouivre sa beauté originelle, lorsque celle-ci était encore une jeune femme cruelle, une princesse à l'âme noire et aux longs cheveux clairs, punie de sa méchanceté par une cancouane experte en sortilèges, une de ces créatures à rubans et cornettes qui se font appeler « fées » et qui vivent à l'ombre des sapins noirs, agitant une baguette crépitante d'étoiles. Transformée en monstre, la princesse hantait maintenant gorges et précipices. Et attendait sa fin, bien qu'elle fût riche, si riche de cet or des alchimistes et des magiciens, dont la pute Vallard aurait bien aimé profiter, elle qu'on tenait toujours à l'écart du banquet, au ban de la fortune, alors qu'elle avait accès à des mystères sacrés. La princesse, entrevue en rêve, lui avait fait une promesse: l'or contre la vie. « Arrache de ma peau, par ta magie, ces poils, et de ma chair, ces griffes. Éteins ce feu dans mes entrailles, rends-moi ma beauté. » Mais la pute Vallard n'avait rien pu faire: pour que la Vouivre reprenne forme humaine, il fallait prendre une vie, celle d'une fille de son rang, et la donner en pâture à la bête. Ainsi elle revivrait. Mais la pute Vallard ne connaissait que des filles de ferme. Lui avait eu plus de chance: cette fille aux cheveux d'or était à portée de sa main.

Il fallait agir. La prendre et l'emmener. Après, il aviserait. Sa mère lui soufflerait des idées. Il n'aurait qu'à ouvrir la porte noire et se pencher sur le gouffre. *Belladonna*: il la tenait, cette *belle femme* qui incendiait ses rêves. Elle était là, devant lui, réelle, vivante. Il prit son couteau et marcha vers la porte.

Just s'engagea dans le chemin qui menait au château. Il ne put rouler qu'une vingtaine de mètres : la voiture du châtelain était arrêtée, bouchant le passage. Milot était penché sur la roue avant. Lucas descendit de la berline.

— Qu'est-ce qui vous arrive ? lui lança Just.

Le châtelain ne répondit même pas. Sa mallette à la main, il continua à pied.

— Un pneu crevé, monsieur, dit Milot. Je n'en ai pas pour longtemps. Si vous le souhaitez, je rentrerai votre voiture.

Just se dirigea vers le château. Lucas avait quelques mètres d'avance, mais ne songeait pas à ralentir l'allure pour attendre son gendre. Just força le pas et le rattrapa.

— Alors, ces analyses ?

Lucas le regarda de biais.

— Les plantes sont inoffensives. Désolé, mais, comme je m'en doutais, tout cela n'était que pure fantaisie.

Just ne cilla pas.

— Et Julia ? Où est-elle ?

— À l'hôpital. Ou au diable. Je ne m'en soucie guère.

Ils furent vite à la grille. Le châtelain eut un soupir dépité.

— C'est Milot qui a les clefs !... Espérons que ces dames nous entendent. Il leva la main vers la sonnette.

Maurine disposa les tranches de pain dans un panier. Puis elle souleva à nouveau le couvercle du chaudron.

— Maman! cria-t-elle.

— Oui? lui répondit, du salon, la voix de Mme Lucas.

— Viens goûter la sauce.

— Une seconde, je n'ai pas terminé.

Maurine trempa la louche dans le bouillon odorant.

L'homme posait sa main sur la poignée de la porte de la cuisine quand il entendit sonner à la grille. Il fit deux pas en arrière. Vit deux hommes à l'entrée du château. Il avait encore le temps. La prendre. L'emmener. Jetant un rapide regard par la fenêtre, il s'assura qu'elle était toujours là. En deux pas, il fut à la porte, l'ouvrit, se précipita à l'intérieur, pour voir Maurine disparaître dans le couloir.

— Maman, tu es sourde? On sonne!

L'homme hésita, le couteau à la main. Trop tard. Dans quelques instants, ils seraient là. Il battit en retraite, referma la porte et s'enfuit vers la colline.

— Mais qu'est-ce que tu faisais, chéri? s'inquiéta la châtelaine.

— Un pneu crevé.

Lucas embrassa distraitement sa femme et alla à son bureau.

— Et toi, Just? demanda Maurine. Tu m'avais promis de t'occuper du dessert.

— C'est ce que j'ai fait.

Il lui tendit la tarte du père Gélard. Elle l'embrassa et ils passèrent à table.

Chez Lucien, le repas se terminait. Aux deux clavelins avait succédé la bouteille de gentiane. Aliette était couchée entre les pattes du Gris, qui savourait sa dernière nuit de chien campagnard. Dès le lendemain, il retrouverait Bregille et le père Grelin. Tilt faisait le tour de la table, quémandant un morceau de couenne ou une caresse. Les frères Monnier en étaient à leur troisième trinquette, un nuage de fumée enveloppait le papier tue-mouches. Cécile et Flora trempaient des sèches dans leur café. Joëlle lisait un magazine que Just lui avait rapporté de Besançon.

— Tu vois, frangin, on a failli être des héros. À quoi ça tient ! À un coup de fourche du père Moussot.

— C'est mieux comme ça. Les héros finissent toujours mal.

— Il est verni, Grenier. Grâce à Moussot, il va peut-être avoir de l'avancement.

— Ouais.

Gérard vida son verre et le posa sur la table.

— En espérant qu'ils aient attrapé le bon.

— Puisqu'il a avoué !

Lucien remplit les verres. Gérard fit tourner le sien devant ses yeux.

— « Les aveux n'engagent que ceux qui les extorquent », Vidocq.

Au château, l'atmosphère était pesante. Lucas n'avait pas ouvert la bouche de tout le repas, sauf pour moquer à nouveau les soupçons de Just sur

« la tisane maudite ». Au dessert, Just prit son verre en main et se leva.

— Monsieur et madame, je tenais tout particulièrement à partager ce repas avec vous, pour une raison bien simple : ce sera le dernier.

Le silence se fit plus pesant encore.

— J'ai apprécié votre hospitalité, surtout la vôtre, madame, dont je n'ai jamais douté. Quant à la vôtre, monsieur, je m'en passerai d'autant plus aisément qu'elle a failli me coûter la raison et la vie. Ces herbes que vous prétendez inoffensives, et dont j'avais pris la précaution de prélever un échantillon, ont été examinées cet après-midi par un expert qui fait autorité : elles sont éminemment toxiques, provoquent des délires et des hallucinations, et parfois la mort. Elles ont d'autres propriétés, qu'il m'est délicat de révéler à cette table, à moins que vous n'y teniez, monsieur ?

Lucas fixait son verre.

— Je vois que non. Je vous tiens pour personnellement responsable de ce que je considère comme un crime, dont vous n'aurez pas à répondre puisque je ne porterai pas plainte. Sachez pour terminer que cette page de ma vie est tournée. Dès ce soir, nous partons, Maurine et moi. Je ne lui interdirai pas de vous revoir, monsieur, mais j'essaierai de l'en dissuader.

Il posa son verre et se rassit. Maurine était pâle comme un linge. Mme Lucas semblait avoir été frappée par la foudre. Le châtelain se mit à applaudir mécaniquement.

— Quel orateur! De quel mélodrame avez-vous extrait cette période?

Maurine se leva. Son père lui agrippa le poignet avec force.

— Toi, tu restes ici.

Elle se débattit, réussit à se libérer et fila à l'étage. Just la suivit.

— Petits imbéciles!

Le châtelain et sa femme se retrouvèrent seuls. D'abord d'une façon sourde, puis par saccades et petits cris, Mme Lucas se mit à pleurer. Son mari envisagea de poser sa main sur la sienne, pour la réconforter. Puis il y renonça.

Maurine, les yeux secs, écouta les explications de Just. Puis elle tendit la main vers son visage, le caressa et posa la tête sur son torse. Enfin, elle le repoussa.

— On part. Je te retrouve à la voiture.
— Où vas-tu?
— Dire adieu à Koumann.
— Et pour tes bagages?
— Je m'en fiche. Prends le minimum.

Il l'entendit dévaler les escaliers. Sa mère l'appela, une porte claqua.

Lucas était devant la porte de la chambre, barrant le passage.

— Maurine m'attend.
— Vous allez faire une grosse bêtise.
— J'en suis seul juge.

Devant sa détermination, Lucas s'effaça. Il le rattrapa dans l'escalier.

— Vous n'avez rien contre moi. Où sont les preuves ?

— C'est tout ce qui vous intéresse ?

Il posa la valise.

— Vous avez raison, monsieur, sans Julia, je ne peux rien prouver. Et quelque chose me dit qu'elle n'est plus à l'hôpital, si elle y a jamais été.

Le châtelain sembla se radoucir. Il s'approcha de Just, à le toucher.

— Vous vous trompez sur mon compte. Si j'ai fait ce que j'ai fait – c'est vrai, je l'ai fait, et croyez que je le regrette –, ce n'était pas pour moi, mais pour Maurine. Just, je pensais sincèrement que vous ne pouviez pas faire son bonheur. Je n'ai jamais cru au mélange des classes, au métissage social. Il est vrai que vous vous êtes élevé au-dessus de votre condition, mais...

— Mais vous ne le supportiez pas. Cet argent entre les mains d'un cul-terreux, quel scandale, quel atroce « métissage social » ! Alors, vous avez essayé de me le prendre.

— Quoi ? Vous délirez !

— Plus maintenant, et ce n'est pas grâce à vous ! À l'asile, j'aurais eu du mal à surveiller ma fortune : vous pensiez sans doute vous en charger à ma place. Osez dire le contraire.

— C'est un malentendu, voyons.

Just descendit quelques marches. Le châtelain le rattrapa encore.

— Laissez-moi ma fille !

Il lui prit le bras.

— Au moins, laissez-la choisir.

— Entre vous et moi ? C'est fait : j'ai sa valise à la main.

— Qu'est-ce que vous lui avez raconté ?

— Sur vous, l'essentiel. Je lui ai épargné le superflu : je ne lui ai pas dit que vous nous empêchiez depuis deux ans d'avoir un enfant. Parce que ça, elle ne vous l'aurait jamais pardonné. Pour le reste, peut-être qu'avec le temps...

Just écarta le bras qui essayait de le retenir, descendit l'escalier, entra au salon. Mme Lucas était à table, le visage entre les mains.

— Au revoir, madame. Je prendrai soin de Maurine. Prenez soin de vous.

Elle eut envie de le tuer. Le regarda partir. Prit son verre de vin qu'elle porta à ses lèvres. Le vin dégoulina sur son menton, tombant en gouttelettes sur sa robe. Le regard fixe, elle coucha le verre vide dans son assiette.

Il faisait nuit. La Facel Vega attendait sous un chêne. Just se dirigea vers la voiture. L'entrée des écuries était éclairée par une veilleuse. La porte principale était entrouverte. Just déposa la valise dans le coffre et marcha vers les écuries.

— Maurine ?

Just aperçut l'encolure de Real, mais pas celle de Koumann. Il s'approcha. La porte du box était ouverte. À l'intérieur, une selle et un licol, jetés à terre. Just entendit frapper du sabot, à l'autre extrémité de l'écurie. Koumann était seul, devant les vantaux ouverts sur la nuit. Just se mit à courir. Koumann s'écarta en hennissant. Le parc était désert, la bise miaulait dans le feuillage des frênes. Just fit quelques pas: il lui semblait avoir vu une ombre, à mi-colline. Il fonça vers les rochers, essayant de percer l'obscurité.

— Maurine?

Quelques branches cassées. Une odeur fétide. Just se pencha, vit les feuilles. Il comprit aussitôt.

La Facel s'engagea dans le chemin de terre à pleine vitesse et stoppa devant la ferme de Lucien en projetant de la boue à cinq mètres. Just bondit, ouvrit la porte de l'outo et se mit à hurler:

— Le chien!

— Just! Qu'est-ce qui se passe?

Gérard jeta sa serviette et se précipita vers lui.

— Maurine a été enlevée! C'est le tueur! J'ai trouvé de la belladone!

Lucien, Gérard, Barthélemy et le Gris s'entassèrent dans la Facel, qui fila à plein régime à travers la campagne. Lucien avait pris son fusil, Barthélemy son bâton et son couteau. Ils furent au château en deux minutes. Quand Lucas les vit arriver, il dévala les marches du perron.

— Qu'est-ce que vous faites là? Où est Maurine?

Just le repoussa violemment. Fit signe aux autres.

— Par ici!

Ils le suivirent jusqu'à l'accès arrière des écuries. Just avait pris dans la valise un des vêtements de Maurine. Il le fit sentir au Gris qui n'hésita pas une seconde: il fila vers la colline.

13

Bâillonnée, les mains entravées par une corde dont l'homme tenait l'extrémité, Maurine avançait, butant sur des racines, tombant dans les ronces. Il la relevait en jurant, tirait sur la corde, et Maurine repartait, la jupe déchirée, le visage en feu. Elle aperçut le château, en contrebas, essaya de crier. Il la gifla. De temps en temps, il fouillait dans sa poche, laissait tomber quelques feuilles puantes. Maurine ne voyait de lui que son dos et sa tignasse. Il avait les épaules larges, portait un manteau sale, de gros souliers qui faisaient craquer l'écorce, un chapeau dont les rebords crasseux luisaient sous la lune. Ils arrivèrent à une croisade. L'homme prit à droite, sans hésiter. Ils firent encore une centaine de mètres à travers une futaie plus clairsemée. Puis il s'arrêta, souffla un instant. Maurine se laissa tomber à terre. Il s'agenouilla, la regarda comme on le fait d'un bel animal, il caressa ses cheveux, les fit glisser sur son front, cherchant à voir ses yeux. Puis il posa la main sur un de ses seins. Alors elle se jeta en avant. Dans le vide.

Le Gris avait trouvé les premières feuilles de belladone. Sans broncher, il poursuivait sa route. Barthélemy le tenait au col, pour qu'il ne les distance pas. Just les suivait, Gérard et Lucien fermaient la marche. Selon l'estimation de Just, l'homme avait quinze à vingt minutes d'avance. Il fallait faire vite.

Maurine connaissait l'endroit où elle s'était jetée. C'était un éboulis qui dégringolait jusqu'à un goulot terreux surplombant la rivière. Toujours bâillonnée et entravée, elle sentit sous ses jambes les premières pierres qui roulaient autour d'elle, l'accompagnant dans sa chute. Elle glissa sur le dos, ramenant ses genoux sur sa poitrine, se protégeant le visage de ses mains liées. Un choc sur son flanc gauche l'avertit qu'elle passait maintenant le goulot terreux qui plongeait vers l'eau. Déséquilibrée, elle dégringola, tête la première. Fonçant dans le noir, elle avalait de la terre, s'écorchait à des racines affleurantes. Ses mains la brûlaient. Elle pensa à Just, alors que le goût du sang lui venait à la bouche, puis ne pensa plus à rien, suspendue entre terre et ciel en un vol silencieux. L'eau lui gifla le corps, calma un instant le feu qui courait sous sa peau. Elle suffoqua, saisie par le froid et la violence du choc. Puis elle refit surface. Nagea comme elle le put jusqu'à la rive. Attendit, le souffle court, les sens en alerte.

Il n'avait hésité qu'un instant, et s'était jeté à son tour. En riant, avec les yeux d'un vieil enfant qui aime les bonnes farces. À son tour, il s'arracha la peau sur la caillasse. Griffa la terre de ses ongles et s'écorcha les genoux quand il se retrouva à plat ventre, la tête en avant, son menton raclant le sol, avant de s'envoler les bras écartés, toujours souriant, et de frapper la surface de l'eau glacée où il se laissa engloutir avec délice. Noire, froide. Il émergea, nagea vers la rive.

Le Gris avait stoppé net. Il retourna en arrière, reprit la piste. Se retrouva au même endroit. Leva les yeux vers Barthélemy.

— Just, le chemisier.

Il le mit de nouveau sous le mufle du chien, qui reprit sa quête, mais buta sur la même absence. Plus d'odeurs, plus de traces. Ils scrutèrent les alentours. Silence, nuit noire. La forêt se taisait.

— On les a perdus.
— Mais où ils ont pu aller ? La piste disparaît d'un coup.
— Attends.

Gérard dirigea le faisceau de la lampe torche vers le ravin. En contrebas, à dix mètres, un chapeau accroché à un rejet, une plume plantée en son centre.

— C'est le sien, dit Barthélemy.
— Ils sont tombés.

Lucien s'approcha du ravin, le fusil à la main.

— Il y a des traces de chute.

Just eut un mouvement de rage.

— On descend. Bart, reste ici avec le chien. Gérard, éclaire-nous, on passe par la gauche, il y a des arbustes et des roches stables.

Ils s'engagèrent dans la pente. Le Gris tirait pour les rejoindre. Barthélemy le retenait.

Maurine le vit approcher. S'immergea. Elle avait réussi à défaire ses liens, à enlever son bâillon. Elle essayait de suivre la rive, pour s'éloigner du danger. Au bout de deux minutes, à court d'air, elle mit doucement la tête hors de l'eau.

L'homme était à dix mètres, de dos, scrutant l'obscurité. Elle chercha une pierre à tâtons sur la rive, et la lança de toutes ses forces de l'autre côté de la rivière. À l'impact sur l'eau, l'homme tourna vivement la tête en direction du bruit. Mais ne bougea pas. Au bout de deux secondes, il se retourna. Un instant, il fixa la surface de l'eau où Maurine avait disparu. Puis il nagea vers elle. Il avait jeté son manteau à la rivière, glissait dans l'eau sans soulever la moindre écume. Maurine refit surface dix mètres devant lui. Sans se presser, il entama la poursuite.

La chute de Porte-Nuit se fracassait sur les rochers. Vingt-cinq mètres d'à-pic. Des sapins noirs, plantés sur ses flancs, projetaient leur ombre longue sur l'eau qui bouillonnait dans une cuvette minérale avant de reprendre son cours sinueux vers l'aval. Le fracas était assourdissant. L'eau calme se présentait devant l'à-pic, avant d'être happée par le vide et de glisser à une vitesse vertigineuse le long des parois lisses.

Personne n'allait jamais jusqu'ici. En amont, à un endroit où la rivière se resserre, on avait installé un pont de bois qui servait aussi de barrière, pour prévenir les accidents. Quand Maurine y parvint, elle essaya de s'y agripper pour se hisser hors de l'eau et tenter de fuir par la forêt. Mais elle était trop épuisée. Elle se retourna, aperçut l'homme à quelques mètres. Elle se glissa entre deux madriers et se remit à nager.

Just arriva le premier à la rivière, cria :
— Maurine !

L'eau noire tapait son ressac sur les rives. En face, la forêt, épaisse. Un oiseau de nuit effrayé par le cri se réfugia sur une branche haute.

— Maurine !

Lucien le rejoignit, puis Gérard. De sa lampe torche, celui-ci fouilla la rivière vers l'aval.

— Eteins.

Il faisait nuit noire. Ils se taisaient. La lune peignait des rides sur l'eau sombre. À l'affût du moindre craquement, ils s'étaient accroupis. Lucien secoua la tête.

— Rallume.

Ils virent le manteau, pris dans les branches mortes d'une souche immergée. Just s'en empara, fouilla les poches, en sortit des feuilles à l'odeur écœurante. Il jeta le manteau sur la rive, se prit la tête entre les mains.

— Maurine.

Gérard s'approcha pour le réconforter. Lucien regarda son fusil. Inutile. Il l'arma et tira deux coups en l'air. Gérard sursauta.

— Comme ça, il saura qu'on est là. Et qu'on ne le lâche pas. Allez, faut continuer. Moi, je vais de ce côté.

Il désigna l'aval.

— Toi, Gé, tu remontes la rivière. Prends mon couteau.

Il se tourna vers Just.

— Toi, mon gars...
— Moi, je vais avec toi.

Ils virent Gérard s'éloigner, la lampe à la main, de l'eau jusqu'à la taille.

— On n'y voit plus rien, Lucien, dit Just.

Il avait l'air désespéré.

— T'inquiète pas. J'ai braconné des années dans ce coin.

Il prit Just par les épaules.

— On va la retrouver. Il va voir, l'autre fumier.

Barthélemy fit un dernier effort : le chapeau n'était plus qu'à quelques centimètres de sa main droite. Il s'étira à s'en arracher l'épaule et réussit enfin à le cueillir entre deux doigts. Il le prit entre ses dents et entama la remontée. Trois minutes plus tard, le Gris l'accueillait à grands coups de langue.

— Sens, mon beau.

Le chien n'hésita pas une seconde : il s'engagea dans une sente à flanc de colline. C'est par là que l'homme était venu. Il serait peut-être au bout de la piste. Et Maurine avec lui.

Le grondement se rapprochait. Maurine distinguait un brouillard de vapeur, à une cinquantaine de mètres. La lune mordait de sa clarté le contour de roches lisses, entre lesquelles l'eau s'engouffrait. Elle risqua un regard en arrière. L'homme était presque sur elle. Elle força l'allure. Ses bras lui faisaient mal. Le courant augmentait. La chute n'était plus qu'à quelques mètres. Le brouillard se fit plus dense, le grondement plus puissant. Elle était à bout de forces.

Elle allait mourir. Mais au moins elle ne mourrait pas des mains de ce tueur. Elle se prépara à tomber et, d'instinct, protégea son visage avec ses mains pour qu'il soit intact quand on la retrouverait.

Just et Lucien arrivèrent à la barrière de bois. Lucien pointa son fusil. Battit son briquet. Personne. L'eau glissait sous les madriers, avant de filer vers la chute.

— Soit ils sont sortis de l'eau, soit...

Il regarda en aval, eut un geste fataliste. Puis ils inspectèrent la rive. Traversèrent. Personne non plus de l'autre côté. Aucune trace. Lucien ne parlait plus. Il se mordait les lèvres. Ravalait sa salive. Regardait partout. Just hurla :

— Maurine !

Puis il se tut lui aussi.

Un bras puissant lui avait enserré la taille, elle fut happée en arrière. Curieusement, elle se sentit reconnaissante. L'homme la halait vers le bord. Luttant avec le courant, il eut vite le dessus. Maurine se sentait légère, protégée. La rive était toute proche. De son bras libre, l'homme agrippa une branche rasante, la remontant centimètre par centimètre, jusqu'à la terre. Il prit appui sur une roche, jeta Maurine plus qu'il ne la hissa sur la berge. Au moment où il s'apprêtait à la rejoindre, elle lui balança un coup de pied en pleine poitrine. Il retomba à l'eau lourdement, tandis qu'elle s'enfuyait dans le noir.

Gérard les avait rejoints. Bredouille, lui aussi. De sa lampe-torche, il fouillait les ténèbres, essayant de percer le mur de feuillages qui grimpait à la verticale. Le bois était touffu, on n'y voyait pas à cinq mètres.

— Merde, c'est pas possible, dit Lucien. Je connais ce coin comme ma poche : il n'y a pas de chemin, il faut couper à travers bois. Mais dans ce cas, pourquoi y a pas de traces ?

— Ils seraient passés par l'eau ?

— Ça va droit à la chute ! Non, il a dû s'arrêter à mi-pente et tailler la route à travers la colline. Il faut remonter.

— Moi, je continue par là, dit Just.

— Ça sert à rien !

— Je continue quand même.

Gérard fit signe à Lucien.

— Bon, d'accord, mon gars. Prends mon fusil.

— Et ma lampe, ajouta Monnier.

Just mit le fusil en bandoulière et s'enfonça dans les taillis. Les deux hommes le regardèrent partir. La lueur de la lampe disparut entre les arbres. Ils rebroussèrent chemin.

L'homme avait vite repris pied sur la berge. Il tendit l'oreille, scruta l'obscurité et se mit en route. Il marchait rapidement, écartant les branches et se frayant un chemin à travers les buissons de ronces en levant haut les jambes. Cette chasse l'excitait. Le gibier n'était pas loin, il n'avait aucune chance de lui échapper. Et la récompense serait à la hauteur des efforts déployés. Il allait faire de sa grotte un palais pour une princesse de légende. Il la sacrerait reine. Et lui prendrait place à ses côtés, avec la bénédiction de sa mère, impératrice des abîmes, entourée de sa cour de démons. Il allait réussir, redonner son vrai visage à la bête. Il suffisait d'attraper cette blonde au corps de déesse.

Maurine courait vers une trouée de lumière. L'eau glacée lui avait donné une nouvelle vigueur et elle franchit les derniers mètres en courant à perdre haleine. Arrivée à la clairière, elle la traversa dans un rayon de lune, regagna le couvert et se cacha derrière une barrière de fusains. L'homme était sur ses talons. Elle le vit déboucher dans la clairière, la barbe et les cheveux trempés. Chemise ouverte, le torse ruisselant de l'eau de la rivière, le couteau à la main, il avait l'air d'un méchant lutin. L'homme marqua un temps d'arrêt, puis s'accroupit dans l'herbe mouillée, qu'il fouilla de sa lame.

Le Gris ne lâchait pas la piste : il abandonna le chemin, coupa à travers un bosquet d'ormes et de sorbiers et se dirigea vers une ravine. Il trouva encore quelques feuilles à l'odeur fétide, puis s'enfonça de nouveau dans les fourrés. Barthélemy suivait comme il pouvait. De temps en temps, le chien s'arrêtait pour l'attendre et repartait en trottant. L'atmosphère devenait plus humide, la terre plus boueuse. La pente s'accentua. Ils passèrent un éboulis. Quelques pierres roulèrent dans la pente, Barthélemy les vit s'écraser dans l'eau, en contrebas. Le Gris se faufilait entre les ronces et les arbustes, dérapant sur la mousse, sa queue fouettant les frondes des fougères. Il faisait plus frais. On approchait de l'eau. Elle bruissait entre les rochers. Peu de courant. La rive était glissante. Le Gris la longea sur quelques mètres, puis il s'assit sur son postérieur. Barthélemy le rejoignit, s'accroupit à ses côtés.

— C'est bien, mon Gris. C'est bien.

Il observait les alentours. L'endroit ressemblait à celui où Clément et lui avaient vu l'homme se baigner. Mais ce n'était pas la même cascade. Le dénivelé était modeste. Quatre mètres au plus. Barthélemy n'était jamais venu par ici. L'endroit était retiré du monde. Clandestin. Une odeur douceâtre. La brume rasait l'eau, s'accrochant aux rochers, se déchirant sur des rejets de sureau. Le silence. On devinait des présences. Des ombres. Il faisait tiède. La chaleur du jour, emprisonnée jusqu'au lendemain. Et la fraîcheur de l'eau. Un filet de vie coulait entre les roches, se faufilait. Fuyait vers le jour prochain. Le reste était mort. À l'écart. Oublié. Quelqu'un régnait sur cet univers engourdi. Drogué. Un parfum herbacé s'entêtait à la surface de l'eau. De longues tiges s'élançaient de la rive, penchées sur le mica. Des feuilles s'y accrochaient, des fruits noirs et ronds luisaient dans leur berceau. *Belladonna*. Une moisson à venir. L'enfer vibrant sous un ciel d'ébène et de diamants.

Barthélemy posa son bâton. Rassura le Gris d'une caresse.

— Il faut traverser, mon chien. Viens.

Ils entrèrent dans l'eau. Barthélemy tenait haut son bâton. Les yeux rouges de la Vouivre luisaient sur le pommeau. Le Gris atteignit le premier l'autre rive. À sec, il se secoua, partit en quête, et retrouva aussitôt la piste.

— Attends.

Barthélemy sortit de l'eau avec difficulté. Les berges étaient glissantes, le sol détrempé. Des rochers conduisaient à la cascade. Il suffisait de sauter de l'un à l'autre. Mais le Gris prit une autre direction : à gauche, le sol s'élevait, formant un petit monticule qu'il escalada. Après une barrière de ronces, s'ouvrait un corridor végétal qui, vingt mètres plus loin, débouchait en plein bois. C'est là que Barthélemy le rejoignit.

— C'est bien. Cherche.

Il lui fit de nouveau sentir le chapeau. Le Gris hésitait. Manifestement, celui qu'ils cherchaient devait fréquenter cet endroit, les traces étaient brouillées, partaient dans plusieurs directions. Pourtant, le chien se détermina vite. Il fila vers la droite, la truffe collée au sol.

À l'abri du rideau de feuilles, Maurine grelottait. De froid et de peur. L'homme s'était assis au centre de la clairière. Il mâchait des herbes. De temps en temps, il levait la tête, regardait le ciel. Pas un nuage. Pas un souffle de vent. La nuit s'était crispée, les étoiles semblaient briller pour d'autres mondes, à l'envers de celui-ci.

— Je te sens.

Sa voix résonna dans le silence. Métallique. Ses mots avaient la consistance d'un acier chauffé au rouge, qui durcissait au contact de l'air.

— Tu es tout près, Maurine.

Il prononça plusieurs fois son prénom.

Elle se retenait de respirer. De bouger. Ses cuisses étaient dures, elles lui faisaient mal.

— Viens. Tu n'as rien à craindre.

Il prit son couteau, le fit sauter dans sa main. D'un geste ample et précis, il le ficha dans le tronc d'un sapin, à trois mètres de la cachette de Maurine.

— Tu vois, je n'ai plus d'arme.

Il se leva, cracha un bout d'herbe, s'essuya la bouche. Puis il se débraguetta et se mit à pisser sous les étoiles.

— Désolé, princesse, mais comme je ne sais pas où tu te caches, peut-être que tu vois ce que tu ne devrais pas voir.

Il souriait. Maurine ne quittait pas des yeux le couteau, à quelques mètres. Elle hésita une fraction de seconde, puis elle bondit vers le sapin, en arracha l'arme et se mit à courir. Sans même regarder dans sa direction, l'homme se rajusta tranquillement, jeta ses cheveux en arrière et se lança à sa poursuite.

Le Gris avait trouvé l'entrée du repaire. Excité, il grattait le sol devant un entrelacs de lianes et de branches, essayant de se glisser par-dessous. Barthélemy le rattrapa par le collier.

— Sage.

Le chien se calma. Barthélemy tendit l'oreille. Dans l'air immobile, on ne percevait que d'infimes chuintements, bêtes en maraude, froissement végétal. La cascade bruissait dans le lointain, mais Barthélemy eut l'impression d'en percevoir l'écho, derrière l'amas de branchages. Il arracha la liane qui maintenait l'ensemble : une bouche d'ombre s'ouvrit devant lui. Le Gris agitait la queue en gémissant. Barthélemy l'entraîna à l'écart. Un bloc de granit était échoué à quelques mètres, entre un sapin et les premières pousses d'une hêtraie. Il le contourna, ordonna au chien de se coucher.

— Pas bouger.

Là où il allait, l'Irish Wolfung n'avait pas sa place. Barthélemy retourna vers la bouche d'ombre, s'engagea dans un boyau obscur. Dix mètres plus loin, il déboucha dans la première salle. La roche était glissante. Une chauve-souris le frôla, il baissa la tête et continua sa progression. L'eau suintait de la voûte. Des gouttes s'en détachaient, rythmant la fuite du temps comme une pendule au battement lent et irrégulier. Un sablier à qui on serrerait le cou selon son bon plaisir. Barthélemy évita une flaque, escalada un rocher aux arêtes aiguës et se plaqua à la paroi. D'un côté, un corridor minéral menait, semblait-il, à la cascade, dont le bruissement augmentait. De l'autre montait un parfum d'herbes et de viande grillée. Barthélemy tira son couteau.

Un anneau de fer était scellé à la roche, à un mètre du sol. Barthélemy se pencha : un gilet de fine étoffe, taché de sang, était abandonné là. Il le renifla : parfum féminin. Dans l'une des

poches, il trouva un mouchoir blanc. Deux initiales y étaient brodées : E. M.
— Évelyne Mouratier, souffla-t-il.

Just insultait le silence. La forêt était muette. Pas le moindre indice. Il longea la rivière, jusqu'à la chute. Plongea le faisceau de sa lampe dans le moutonnement de l'eau. Rebroussa chemin. Balaya de lumière le rideau végétal. À hauteur d'homme, quelques fils d'or accrochés à une branche de mûrier : des cheveux blonds. Les avoir vus tenait du miracle. Il reprit espoir. Repéra des branches cassées, des traces de pas. Remonta la piste jusqu'à la clairière. L'herbe avait été foulée. Les traces étaient nettes. Il courut jusqu'en lisière. Mais, dans le sous-bois, les arbres s'espaçaient, la végétation se faisait plus rare. Le passage d'un homme y était moins aisé à déceler. Just chercha pendant de longues minutes, en quête du moindre indice. Le sol était sec. Illisible, même pour le coureur de bois le plus aguerri. Just prit une direction au hasard. Il s'arrêta net quand il entendit le cri.

Le couteau s'était enfoncé dans son flanc gauche, de cinq bons centimètres. L'homme s'effondra à terre. Il lui avait donné sa chance, elle l'avait prise. Alors qu'il allait se jeter sur elle pour la plaquer à terre, elle s'était retournée, jetant son bras en arrière. La morsure du fer l'avait cloué au sol, asphyxié de douleur. Maurine gisait à quelques mètres. Balayée par le poids de l'homme, elle avait lourdement chuté, s'assommant sur une racine. Il porta la main à son flanc, la retira pleine de sang. En grimaçant, il se remit sur pieds. Ramassa son couteau. Puis il alla à Maurine, se pencha sur elle, lèvres à lèvres, sentit son souffle sur son visage. Elle n'était qu'étourdie. Il défit sa ceinture, l'enroula autour des mains de la jeune femme. Puis, surmontant sa douleur, il la chargea sur son dos. Le repaire était tout proche. Il pourrait se soigner avec des herbes et laver sa blessure à l'eau de la grotte.

14

Barthélemy avait découvert la réserve d'herbes. Posé ses mains sur les braises. Le feu n'avait que quelques heures. Quelqu'un vivait ici. Ça ne pouvait être que le tueur. Il allait forcément revenir. Avec Maurine ? Mais que pouvait-il, lui, seul face à ce monstre ? Il lui fallait de l'aide. Il s'apprêtait à rebrousser chemin quand des pas résonnèrent à l'autre extrémité de la caverne. Il n'était plus temps de fuir : l'endroit ne proposait aucune cachette. Barthélemy serra plus fort son couteau et son bâton, recula jusqu'au vide, dont il sentit la présence dans son dos. Une fraîcheur montait du gouffre. L'eau glissait en contrebas, comme un serpent entre des herbes.

Quand l'homme le vit, il s'arrêta net. Stupéfait de le trouver là : Barthélemy avait pris soin de remettre en place le rideau de feuillages, à l'entrée de la grotte. Sans le quitter des yeux, il fit glisser Maurine à terre, protégeant de ses mains le visage de la jeune femme. L'attacha à la chaîne qui pendait de l'anneau.

— Qui es-tu ?

Sa voix tremblait de douleur et de colère.

— Je ne t'ai pas senti. Tu dois être jeune. Ta chair n'a pas encore le parfum de la pourriture.

La silhouette de Barthélemy se découpait sur le lapis moucheté d'étoiles. La clarté de la lune faisait briller la lame de son couteau.

— Tu es armé ? Tu es venu pour me tuer ?

Le ricanement de l'homme se mua en hoquet de souffrance.

— Viens. Tue-moi. Viens.

Il lui fit signe. Son autre main glissa vers son couteau.

Gérard et Lucien s'étaient résolus à retourner au château. De là, ils pourraient téléphoner aux secours. À leur arrivée, ils trouvèrent le parc rempli de voitures de police. Lucas les accueillit avec ironie :

— Alors, vous êtes contents ? Vous n'avez rien trouvé ? J'en étais sûr ! Bande d'abrutis ! Vous n'avez fait que brouiller les pistes. Les chiens sont perdus, il n'y a rien à en tirer.

Des maîtres-chiens fouillaient les alentours. Grenier fumait une cigarette en regardant le bout de ses souliers. Tiré du lit, il avait les cheveux en bataille, le col de chemise mal boutonné.

— Ma fille est foutue. Par votre faute. Vous le paierez cher.

Lucas prit Lucien par le col. Celui-ci le repoussa violemment. Le châtelain roula au sol. Se releva et retourna à la charge. Aidé d'un gendarme, Grenier parvint à le maîtriser.

— Foutez le camp ! Sales putains de culs-terreux !

Gérard fit signe à Lucien. Ils partirent vers les Mayes. Dans leur dos, le châtelain continuait de hurler des injures.

Barthélemy ne bougeait pas. L'homme était blessé. Il suffisait d'attendre.

— Princesse ?

Maurine avait ouvert les yeux. Encore étourdie, elle paraissait errer dans un songe. Elle eut un cri quand elle vit Barthélemy. L'homme les regarda tour à tour. Ricana sourdement :

— Tu le connais ? Vous vous connaissez ? Tu vas m'aider, princesse.

Il tira son couteau, le plaça sous la gorge de Maurine.

— Donne-moi mes herbes, gamin. Sinon je la saigne.

Barthélemy prit le sac de toile jeté à terre, près de la réserve, l'emplit d'herbes et jeta le tout aux pieds de l'homme.

— C'est bien.

Il fouilla dans le sac, sélectionna des herbes qu'il porta à sa bouche. Après les avoir mastiquées, il les recracha dans sa main et les appliqua sur sa blessure.

— Apporte-moi de l'eau. Dans la gamelle.

Barthélemy obéit. L'homme but, se passa de l'eau sur le visage.

— Maintenant, j'ai besoin de silence.

Avec son couteau, il découpa une lanière de tissu dans la jupe de Maurine, en fit un bâillon qu'il lui appliqua sur la bouche.

— À nous deux, mon garçon.

Il appuya ostensiblement sur sa blessure, pencha la tête sur le côté avec un large sourire, comme un gamin farceur.

— Je ne sens plus rien...

Il sauta sur ses pieds en criant de joie.

Just avait suivi les traces de sang jusqu'à ce qu'elles disparaissent dans une sente boueuse. À travers la ramure des arbres de pente, il aperçut en amont le ruissellement d'une cascade. Arrivé à la rivière, il fouilla de sa lampe l'autre rive, mais l'obscurité était trop dense. Il fallait traverser. Huit mètres dans l'eau glacée jusqu'à mi-torse. Il se hissa sur la berge avec peine. S'arrêta un moment pour souffler. Le sol résonna alors de la course d'un animal. Ce n'était pas un cheval. Plutôt un félin. Un lynx, ou un gros chien. Just n'eut pas le temps d'épauler son fusil, il bascula sous le choc.

Barthélemy se défendait bien. L'homme avait réussi à le blesser au bras, mais de son bâton il parvenait à le maintenir à distance. Il essayait de le fatiguer, tournant et virevoltant, mais l'autre était puissant et agile. Il fut bientôt acculé au rocher. Il essaya de se dégager. L'homme en profita pour le blesser à l'autre bras, celui qui tenait le couteau. Barthélemy s'adossa à la roche, un voile devant les yeux. Le sang coulait sur ses mains, gouttant sur le sol détrempé. Il lâcha son couteau qui tinta sur la pierre. Glissa à terre, tenant de ses deux mains son bâton de marche. Tête baissée, bâton levé vers le ciel, il avait l'air d'un pèlerin de Saint-Jacques faisant repentance.

— Maintenant tu as peur. Je le sens. Comment souhaites-tu mourir ?

L'homme décrivit une jolie figure avec son couteau, s'apprêta à le lancer. Le garçon s'était bien battu, il mourrait sans douleur, dans un éclair de lumière. Plein cœur. Juste à droite du bâton, rempart dérisoire. Pourquoi l'homme leva-t-il les yeux ? Peut-être fut-il attiré par ces deux points rouges qu'un rayon de lune fit scintiller dans l'obscurité de la caverne. Il bloqua son geste, laissa retomber son bras. Ses yeux s'ouvrirent plus grand, sa bouche s'arrondit, d'un coup de langue il lécha quelques gouttes de sueur sur ses lèvres. Il s'approcha. Barthélemy s'était tassé sur lui-même, attendant le coup mortel. Il tremblait. L'homme lui arracha le bâton des mains. Examina le pommeau sous toutes ses faces. La Vouivre. La bête. C'était elle. Idéale. Réelle. La preuve qu'il ne s'était pas trompé. Que sa quête était légitime. Il pourrait ramener sa mère du royaume des morts. Revivre avec elle son enfance dévastée. Se construire, avec l'argent de la princesse, une vie lumineuse. Cet enfant valeureux qui l'avait combattu, ce preux, surgissait du passé. La princesse l'avait reconnu : c'était le messager. Il était envoyé pour lui transmettre le sceptre.

Il leva le bâton vers le ciel. Poussant de petits cris aigus, il esquissa quelques pas de danse. Maintenant tout pouvait commencer. Il traîna Barthélemy, épuisé, jusqu'à l'anneau, l'y attacha à son tour. Et se dirigea vers sa réserve d'herbes.

Le Gris léchait le visage de Just, heureux de ces retrouvailles. Il avait senti son odeur, abandonné sa faction derrière le rocher. Tout à l'heure, quand l'homme était passé à quelques mètres, portant Maurine sur ses épaules, il avait failli bondir, mais il émanait du vagabond un parfum âcre, délétère, qui, d'instinct, l'avait retenu.

— Calme.

Just le caressa, puis :

— Où est Barthélemy ?

Le Gris dressa l'oreille, posa sa patte sur le bras de Just. Puis il se mit en route. Just serra le fusil dans sa main et le suivit.

Tous deux bâillonnés, Maurine et Barthélemy regardaient l'homme se préparer au rituel. Il s'était assis à un mètre, les jambes repliées en tailleur. Son couteau était posé à ses côtés. Il tenait le bâton de Barthélemy à la main. Dix baies de belladone brillaient au fond d'une coupelle. Il en prit deux entre ses doigts, les avala. Puis deux autres, et deux autres encore. Il mâcha leur chair amère. Le suc coulait dans sa gorge comme un sirop. Poisseux, épais. Il ressentit une brûlure à l'estomac, puis, s'insinuant dans ses chairs, se faufilant sous sa peau, picotant ses avant-bras avant de durcir sa poitrine et de s'enrouler autour de son cou comme un serpent de vapeur, la chaleur monta à son front. La bête se réveillait. Les fontanelles de l'homme mollissaient, il se revit nouveau-né, entre les mains de sa mère qui lui donnait le sein avant de le reposer dans son berceau, *poupenot* au regard fiévreux, à la bouche goulue, alors qu'un homme attendait en buvant du vin. Un client. Elle lui retirait ses bottes, sa chemise, son pantalon, roucoulait en mettant sous son nez le sein tout juste tété. Posée sur la cheminée, à côté du berceau, le buste de la bête aux yeux rouges tenait compagnie au nourrisson. Il lui semblait parfois voir de la fumée sortir de ses naseaux. Mais ce n'était que des fumerolles s'échappant de l'âtre. Il avait chaud. Comme maintenant : la bête habitait son cerveau, rêvant d'en sortir. Une baie de plus. Le suc. La gorge qui brûle. L'impression de vomir du feu. Et la bête qui pousse, qui pousse pour renaître. La voilà, poilue, huileuse, ses griffes lacérant les entrailles de l'homme. Il se tord sur le sol. Halète. Ouvre les mâchoires à s'en déchirer le visage. La lave gicle enfin. Un torrent de feu. L'homme s'effondre. Inerte.

Parvient à relever la tête. Elle est là, devant lui. La Bête. Il tend la main vers son mufle.

Arrivé à l'entrée de la caverne, Just prit le chien par le collier et s'engagea dans le boyau obscur qui menait à la première salle. Il évitait les flaques, progressait collé à la paroi, ne voulant pas risquer d'être surpris à découvert. Le cœur battant, il avançait vers une lueur incertaine, qui colorait la roche humide d'un bleu électrique. Il entendit crier de douleur. Une voix d'homme. Il pressa le pas.

Maurine et Barthélemy regardaient l'homme se tordre, se débattre. Soudain il tendit le bras. Les yeux mi-clos, il murmurait des mots indistincts. Sa mère. Le feu. Ils tentèrent d'en profiter pour desserrer leurs liens. En vain. L'homme se redressa. But longuement. Quand il releva la tête, il semblait en extase : il se mit à genoux, puis se prosterna.

— Princesse.

Il regardait Maurine sans la voir. Il s'approcha d'elle. Blonde. Chaude. Le trône glissa jusqu'à eux. Les chevaux étaient noirs. Ils se transformèrent en démons. Beaux et puissants comme des guerriers. La crinière devint chevelure couvrant leurs épaules. L'un d'eux portait un coussin de soie rouge. Sur le coussin, un poignard. Le manche représentait le corps de la bête. L'homme s'en empara. Il le regarda longuement, passa la lame sur sa langue. Une goutte de sang perla. Il la recueillit et s'en baptisa les paupières. Il déchira le corsage de Maurine. Pointa la lame sur son cœur. Des yeux de la jeune femme s'échappèrent des larmes. Puis l'homme décrivit avec le poignard une jolie figure. Tourna la tête vers Barthélemy.

— Regarde bien, messager, et raconte ce que tu as vu à ma mère.

Il leva le bras. Maurine détourna le visage. Deux coups de feu claquèrent, et l'homme s'effondra.

III

Lucas

1

La lumière de l'été dansait sur les torrents. Dans les prairies, taons et mouches agaçaient les troupeaux. La rivière ondulait dans son lit de rocailles. Du haut des précipices, les rapaces guettaient l'instant où l'appel du vide serait le plus propice. Le vent soulevait le duvet qui couronne leurs serres. Leur bec servait de mire à leurs yeux coléreux. Posés sur des galets d'altitude recuits de soleil, ils attendaient. Patients. Au creux des combes, l'ombre se déplaçait. Gagnant sur un versant, elle perdait sur un autre. Le soleil cherchait un angle où glisser l'ambre et l'or. Dans la forêt, au détour d'un sentier, un garenne bondissait vers l'herbe des clairières. Un sanglier solitaire fouillait le sol, sa tête lourde comme un soc de charrue poussée par des cuisses dont les muscles roulaient sous le cuir taché de boue sèche. Un écureuil, vigie dansant sur son mât, s'accrochait à l'écorce d'un sapin centenaire. Le moindre bruit l'immobilisait, caméléon de fourrure. Croyant voir sans être vu, il agrippait l'écorce, l'embrassait de ses griffes, brossant de son panache le tronc chaud et rugueux. Au sol, de son pas gracieux, le renard se coulait entre bruyères et ronces, avant de se cacher au creux d'une souche d'où il guettait sa proie : une bécasse, un mulot, ou un jeune lièvre. Au bord des lacs bondissaient les rainettes aux pattes translucides. Les canards, à l'abri des roseaux, somnolaient, les yeux ouverts sur l'étendue tranquille. La brise courait sur l'eau, sans déranger les barques enfoncées dans leur jus vert et ocre, et dont la chaîne, jetée sur la berge il y avait un siècle ou plus, rouillait à son piquet. Des poules d'eau se faufilaient dans l'entrelacs des joncs, baldangères et massettes. Les roselières ceinturaient les étangs couverts de nymphéas blancs, bordés de séneçon. Des araignées tendaient leurs pièges entre les tiges de prêle aux gaines cernées de noir. Le glaïeul des marais hissait ses fleurs jaunes entre les salicaires. Et la menthe aquatique glaçait de son parfum la verdeur étouffante des journées de soleil.

Le communal descendait jusqu'aux premières pierres, à l'ombre des scabieuses. Le murger, à l'abandon, s'était écroulé. La fontaine rongée de rouille vacillait sur son socle. D'un poteau en sentinelle pendait un fil à linge. La végétation avait envahi l'ancienne cour de la Frasne. Pissenlits et chardons pointaient sous l'herbe tendre. Des abeilles butinaient. L'achillée millefeuille épanouissait ses ombelles en lisière de forêt. Les enfants Mouthier connaissaient ses vertus : il suffisait de s'en tapisser les narines pour que le sang coule. Ils avaient ainsi, de temps en temps, échappé à l'école. C'était il y a dix ans.

Les contours du château ondulaient sous une brume de chaleur. Le ciel était bleu comme une mer grecque. L'air, immobile, pesait sur la campagne. Des mouches bourdonnaient autour d'un crottin. Les chevaux dormaient au frais, dans leur box. Un chat au pelage tigré remontait l'allée, vers la pièce d'eau. Il sauta sur le bord, but à petits coups de langue, avant de s'enfuir. Une voiture entrait dans la propriété. La grille du château se referma sur une meute de journalistes que quatre gendarmes contenaient difficilement. Milot donna un tour de clef et s'assura que la petite porte latérale était elle aussi verrouillée. Just gara la Facel Vega devant le perron. La porte du château s'ouvrit devant Lucas qui sortit pour l'accueillir. Just grimpa vivement les marches et son beau-père s'effaça pour le laisser entrer. Ils ne s'étaient pas adressé la parole.

Maurine dormait. Just fit un signe à l'infirmière qui la veillait. Elle sortit sans bruit. Il s'assit avec précaution au bord du lit. Le front de la jeune femme était bandé. Une de ses joues était tuméfiée. Elle dormait paisiblement. Quelques gouttes de sueur perlaient à son front. Il alla entrebâiller une des fenêtres, prit un mouchoir dans la commode et lui essuya délicatement le visage. Il resta près d'elle, la main posée sur la sienne, pendant de longues minutes. Un filet d'air agita le baldaquin. Elle ouvrit les yeux. Lourds de sommeil, ils s'éclairèrent quand elle le vit. Elle arrangea ses cheveux, se cala dans les oreillers.

— Tu es là depuis longtemps ?

Elle parlait d'une voix sourde, comme si retrouver la réalité était pour elle un fardeau. Just l'embrassa.

— Je suis passé chez Lucien. Barthélemy va mieux. Il a une mauvaise blessure au bras gauche. Mais dans deux semaines il sera sur pieds. Il est comme toi, il n'a pas voulu entendre parler de l'hôpital.

Il demanda la permission de fumer, alluma une cigarette, dont Maurine tira quelques bouffées.

— Il s'est battu comme un lion. Je suis fier de lui.

Maurine serra sa main comme si elle était happée par le vide.

— Barthélemy et toi, vous m'avez sauvé la vie.

Elle se mit à pleurer. Essuya ses larmes.

— Prends-moi dans tes bras.

Ils s'enlacèrent, dans la clarté d'un jour trop lumineux. La poussière dansait dans un rai de soleil. La tête posée sur l'épaule de Just, Maurine s'abandonna. Puis son regard se fit plus dur.

— Quand partons-nous ?

Elle but un peu d'eau, tandis qu'il jouait avec la fumée de sa cigarette.

— Dès que tu seras remise.

Elle parut contrariée.

— Si je reste ici, je deviens folle.

Elle triturait le bord du drap, remettait nerveusement ses cheveux en place, tout en l'observant du coin de l'œil. À la fin elle n'y tint plus.

— Je veux que tu te venges.
— De qui ?

Elle eut un soupir d'exaspération.

— De mon père ! S'il m'avait fait le quart de ce qu'il t'a fait, je crois que je l'aurais tué. Et toi, tu me ramènes ici, tu...

— Tu ne voulais pas aller à l'hôpital ! Et chez Lucien...

— Quoi ? Ce n'est pas assez bien pour moi ? J'adore ta famille.

— Je sais, mais...

— De toute façon, ce n'est pas de ça qu'il est question !

Elle le regarda avec défi.

— Quand vas-tu te décider à lui casser la gueule ? Je suis sûre que tu en meurs d'envie.

— Ça...

— Eh bien, vas-y ! Tu as ma bénédiction. Je te demande simplement de ne pas le faire devant ma mère.

— Promis.

Il tira longuement sur sa cigarette. Maurine ne le quittait pas des yeux.

— Alors ?

— Alors quoi ?

— Qu'est-ce que tu attends ?

Surpris, il écrasa sa cigarette, se leva et se dirigea vers la porte. Avant de sortir, il prit une posture comique, levant son poing serré. Maurine lui sourit.

Lucas faisait les cent pas dans le salon. Quand il vit arriver Just, son visage s'illumina.

— Ah ! mon cher.

Mme Lucas se leva pour l'embrasser.

— Just ! Oh, Just !

Elle le serra dans ses bras. Lucas s'approcha, lui serra chaleureusement la main. Just se laissa faire. Ils s'assirent tous trois dans le canapé.

— Maurine va mieux.

— Oui, je suis montée la voir tout à l'heure. Elle a besoin de repos. Et de vous.

La châtelaine semblait avoir beaucoup pleuré. Elle était pâle, les joues creusées. Lucas se racla la gorge.

— Mon cher... Comment vous dire... Après ce qui s'est passé, toutes les réserves que j'ai pu formuler à votre égard se révèlent nulles et non avenues. Vous et votre frère avez sauvé la vie de ma fille. Je n'aurai pas assez de la mienne pour réparer mes torts. Vous êtes courageux, votre caractère est bien trempé, vous aimez ma fille, eh bien, rendez-la heureuse. Maintenant, je sais que vous la méritez.

Il se leva.

— Me permettez-vous de vous embrasser ?

Just se leva à son tour. Lucas posa ses mains sur ses épaules. Planta ses yeux dans les siens.

— Si on m'avait dit qu'un jour je serrerais sur mon cœur le fils d'un paysan...

Le poing de Just partit de bas en haut et frappa la pointe du menton. Lucas s'écroula, foudroyé. Mme Lucas porta la main à ses lèvres. Puis elle se tassa sur elle-même et se mit à rire nerveusement.

— Quel imbécile. Mais quel imbécile.

Le châtelain gémissait, affalé sur le tapis d'Orient.

— Pardon, madame.

— Vous plaisantez ? Vous avez bien fait.

— J'avais promis à Maurine de ne pas le frapper devant vous.

— Comment ? Je n'aurais voulu rater ça pour rien au monde.

Elle se pencha sur son mari, lui frappa les joues du plat de la main.

— Allons, mon ami, remettez-vous.

Elle soupira.

— Je vais lui chercher son eau-de-vie.

Le châtelain retrouvait peu à peu ses esprits. Il s'adossa au canapé, se tâta la mâchoire. Just voulut l'aider à se relever. Il refusa, se remit péniblement sur pieds. D'une démarche hésitante, il se dirigea vers son bureau, dont il referma la porte derrière lui. Mme Lucas, le flacon d'eau-de-vie et un verre à la main, eut un sourire amer.

— J'aurais préféré qu'il se mette en colère.

Elle se tourna vers Just.

— Il ne vous aimera jamais. Il en est incapable. C'est plus fort que lui.

Elle secoua la tête.

— Quel méchant homme. Dire que je l'ai aimé.

Elle se servit un verre d'alcool, qu'elle vida d'un trait.

2

Barthélemy dormait entre les pattes du Gris, la tête posée sur son flanc. Lucien et Gérard bêchaient un coin de potager. Joëlle et sa mère ramassaient le linge. Clément aspergeait Aliette avec un tuyau branché sur le robinet de la buanderie. Elle était trempée, s'enfuyait pour revenir aussitôt.

— Clément, arrête ce margouillis !
— Maman, on s'amuse.

Flora sortit sur le seuil de l'outo.

— Café ! J'ai fait des sèches !

Elle posa un plateau sur le banc de pierre, remplit les verres de café fumant. La famille se rassembla autour d'elle. Barthélemy ouvrit un œil, s'étira et se leva, aidé par Clément. Il se joignit à la compagnie. Croqua dans une sèche.

— Reprends des forces, caïd ! T'en veux une ?

Lucien lui tendit son paquet de cigarettes.

— Je vais t'aider à lui donner tes vices !

Cécile essaya d'attraper le paquet. Lucien esquiva, le présenta à nouveau à Barthélemy, qui se servit.

— Si on t'écoutait, ce serait tous les jours carême. Y compris à la Saint-Sylvestre.

Cécile se tourna vers Flora.

— Et toi, tu ne dis rien ?

Flora se contenta de sourire. Ses deux garçons fumaient comme tués en hiver. Just avait initié son frère. Le pli était pris. Vaincue, Cécile s'assit sur le banc de pierre, son café à la main.

— Il va encore faire chaud. Faudra remettre du sel aux bêtes.

Lucien s'installa à ses côtés, passa son bras sur son épaule. Elle le laissa faire.

— Sapré mari que j'ai là.

Elle regardait les enfants jouer avec l'eau. Le Gris pataugeait dans les flaques, Barthélemy aspergeait Aliette qui poussait des cris perçants. Gérard avait posé son chapeau sur la tête de Flora. Il lui faisait danser la valse en tapant dans l'eau, sur le temps fort, à grands coups de talon. Cécile secoua la tête avec une moue résignée.

— Saprée famille.

Lucien lui claqua un baiser sur la joue. Elle trempa une sèche dans son café, en fit croquer un morceau à son mari et avala le reste. Une partie de foot s'improvisa. Un seul but. Un goal volant. Chacun pour soi. Des alliances passagères. Des trahisons. Le ballon volait de pied en pied, frappait un clapier, escaladait le tas de fumier où le Gris allait le chercher, Tilt sur ses talons. Même Barthélemy participait, le bras bandé, malgré les protestations de Flora. Finalement, les deux chiens s'enfuirent à travers champs, le ballon dans la gueule, et la partie tourna court.

— Saprés clebs, dit Cécile. Vais préparer la soupe.

Flora la suivit. Les hommes se rafraîchirent au jet d'eau. Torse nu, échevelés, ils avaient l'air de joueurs de soule. Fatigués, ils s'assirent sur le murger, regardèrent l'horizon s'étirer en tremblant jusqu'aux premières pentes arides. Des roches blanches y patientaient depuis des siècles. Lavées par les orages, limées par les torrents, elles étaient maintenant au sec. Quelques mousses s'incrustaient dans leurs plis, des fleurs jaunes s'accrochaient à leurs flancs. Elles ressemblaient à des bris de météores dégringolés de l'espace, échoués sur les rivages d'anciens océans. Le cailloutis qui germait à leurs pieds leur faisait une barbe. La terre reprenait plus bas, plongeait vers les eaux sombres, entre les gorges. À la source. Du plus profond surgissait l'eau, qui commençait sa vie en pleine lumière par un séjour au calme, entre les rives couvertes de saule pourpre, rafraîchissant le gosier des lynx et des renards. Puis elle coulait vers la plaine, serpentant de prairie en futaie, bruissant dans les roseaux, glissant le long de vertigineux à-pics, vers les villages, les bourgs, les cités où, salie, elle ne s'attardait pas, pour reprendre son cours jusqu'au fleuve, à la mer, et mêler sa douceur à la brûlure du sel.

Barthélemy ne put s'empêcher de regarder sa plaie. Il souleva délicatement le pansement, risqua un coup d'œil.

— Bart!

Gérard lui fit les gros yeux. Mais Barthélemy avait eu le temps de voir: une entaille recousue de dix centimètres, sur le deltoïde.

— Si tu recommences, je te ramène à l'hôpital. Et tu y restes!

Contre le mur de tavillons était appuyé son bâton de marche. Les yeux rouges de la Vouivre brillaient sous le soleil. Gérard prit le bâton en main.

— Quelle folie.

Barthélemy s'approcha.

— Si tu l'avais vu ! Les yeux blancs. Les mains tordues, comme ça.

Il n'avait encore rien dit. Comme ces enfants qui rentrent d'un long séjour loin de chez eux, où ils ont vécu autre chose, se sont frottés à l'inconnu, à des sensations nouvelles. Il se mit à raconter. Gérard et Lucien l'écoutèrent.

— ... et il m'a appelé le messager. Je devais aller voir sa mère. Quelle connerie. J'ai rien compris.

Lucien lui tapa sur l'épaule.

— Oublie ça. Ce type-là, il tourne pas rond. Ils le raccourciront, ou ils l'enverront chez les fous.

— Quoi, il est pas mort ?

— Il ne vaut guère mieux. Mais ils ont dit qu'ils allaient le sauver. Peut-être.

3

Deux gendarmes étaient en faction devant une porte de métal. Ils laissèrent passer une infirmière portant des compresses et une bassine. Elle entra dans un vestibule équipé d'un lavabo, où elle se lava les mains, avant d'enfiler blouse et gants stériles et de mettre un masque. Puis elle poussa une autre porte, à battants. L'homme était attaché par des liens de cuir aux quatre coins du lit. Il était intubé. Des perfusions couraient sur ses bras. Son torse était enserré dans un corset. Sa jambe gauche était plâtrée. Une pompe à oxygène chuintait dans un angle, posée sur une table roulante. Il avait les yeux mi-clos. Sa lèvre inférieure était enflée. Des estafilades traversaient sa joue droite. Sa tête avait heurté la roche quand il était tombé sous les balles de Just. Ses cheveux avaient été coupés. Sa barbe rasée. On distinguait mieux les traits de son visage. Il paraissait plus jeune. Il était presque beau.

Lucas arriva à l'hôpital à midi trente. Grenier l'attendait. Ils revêtirent à leur tour des tenues stériles et entrèrent dans la chambre, en compagnie d'un médecin. La lumière était verte. Le jour filtrait à peine derrière une vitre opaque.

— Docteur, est-il possible d'y voir un peu plus clair ?

— Bien sûr, commandant.

Le médecin alluma le plafonnier. Les néons se mirent à bourdonner. Lucas et Grenier s'approchèrent, de part et d'autre du lit.

— Alors, c'est lui ?

— Oui, monsieur Lucas. Cette fois, c'est bien lui. Il n'y a plus de doute.

Grenier se pencha sur l'homme. Quand il releva la tête, il avait l'air intrigué.

— C'est drôle. Enfin...

— Qu'est-ce qui est drôle ?

Grenier eut un rire contenu.

— Pardon, c'est ridicule. C'est que... je trouve... qu'il vous ressemble.

Sur le parking de l'hôpital, Lucas prit congé de Grenier, monta dans sa voiture et démarra, indifférent aux sollicitations des journalistes. Quelques kilomètres plus loin, il stoppa en rase campagne, descendit de voiture, courut vers le sous-bois, s'appuya du bras à un arbre au pied duquel il vomit. Secoué de spasmes, il se vidait. Quand il eut terminé, il s'adossa à l'arbre. Fit quelques pas. Une allée forestière s'ouvrait devant lui. Il s'y engagea. Herbes et mauvaises herbes envahissaient le fossé. De part et d'autre, la futaie était dense. L'allée décrivait un coude. Au loin, les marais. Lucas se figea au milieu de l'allée. Le soleil perçait les feuillages obliques. Le châtelain regarda le ciel. Il porta la main à sa poche, en sortit un revolver. Il ferma les yeux. Des oiseaux piaillaient. Là-bas, l'eau courait entre les rideaux de joncs. Le châtelain porta l'arme à sa tempe. Il revit la maison, quittée par force il y a des années. Le regard de sa mère, sur le seuil. Des yeux de chatte prise au piège. Et sur le banc, taillant un gourdin, un jeune homme au visage fiévreux. Aux épaules larges. Son couteau détachait des copeaux larges comme la main. Interrompant brusquement son ouvrage, il avait lancé son bras vers lui, comme on chasse un animal qu'on ne veut plus nourrir. Va au diable. Sa mère avait baissé la tête, était rentrée dans la maison. Inutile de pleurer, de lutter. Lui, frêle, court, de la dureté mais pas de force. Dix-huit ans. Et l'autre qui ne le regardait déjà plus. Alors qu'ils avaient grandi ensemble, dans le même carnaval: alchimie des herbes et des métaux, potions et huiles poisseuses. Le feu, toujours. Le camphre. Les sirops. Les fumigations. Et les clients. Dix, vingt par jour. Le lit avec le rideau, derrière la maie. Des rires, des gémissements étouffés. Le bruit des pièces de monnaie tombant dans le sac de toile qu'elle cachait sous le sommier. La nuit, quand elle se retournait dans son lit, on entendait la ferraille grincer, l'argent respirer.

Ils l'avaient chassé, il était parti, sa vengeance cachée sous la chemise. Le sac, volé sous le nez de sa mère, à la barbe de son frère aîné. De quoi payer son voyage. Vers le nord. D'après ce qu'on disait, son père était là-bas. Lille, Arras, Tourcoing. Des villes grises, lourdes de pluie. À la recherche d'un fantôme. Un travail chez un boulanger, puis chez un marchand de vin, des livraisons chez les bourgeois de la ville, où il l'avait vue pour la première fois : brune, la taille déliée, de longs cheveux et des mains fines et soignées. Il l'avait suivie, attendue à la sortie de l'école privée, courtisée. Il avait du bagou, du culot, il avait plu au père de la belle, un exportateur de bière, qui l'avait engagé à son service : il cherchait de nouveaux marchés en Angleterre et dans tout le Royaume-Uni, en Belgique, au Danemark. Lucas s'en chargea : il était jeune, entreprenant. Très ambitieux. Le mariage eut lieu en septembre. Il faisait presque beau. Le couple eut un enfant. Une fille, qu'ils appelèrent Maurine. Prospérité affichée. Un hôtel particulier dans le centre-ville. Un haras. Puis ce fut le scandale : un dessous-de-table, un député compromis. Le gendre servit de fusible : on lui recommanda de changer de région. Les poches remplies par son beau-père, pour acheter son silence, emmenant femme, enfant et dot, il décida de retourner au pays. Entre-temps, il avait appris que sa mère était morte, que son frère aîné avait disparu. Place nette. C'est la voisine de sa mère, au Grantot, qui l'avait dit à Georges Mulot, son seul ami aux étangs, avec qui il entretenait une correspondance discrète. La voisine s'appelait Julia Cardelle. Lucas, assuré que le passé ne lui sauterait pas à la gorge dès son arrivée, était revenu en Franche-Comté.

Le châtelain ouvrit les yeux : le canon du revolver tremblait sur sa tempe. Il transpirait. Son passé était à ses trousses, mordant ses chevilles. Son frère était en vie : Julia lui avait pourtant affirmé qu'il avait été laissé pour mort, il y a des années, dans une cluse où l'avait jeté des paysans dont il tuait les poules, parfois pour les manger, parfois pour le plaisir. Elle avait menti. Pour ne pas tuer la poule aux œufs d'or. Il l'avait crue également quand elle lui avait dit avoir trouvé l'homme idéal pour ce qu'il avait en tête : un rebouteux vivant dans les bois, qui ne demandait que quelques pièces en échange de son savoir. Ce même homme qui l'avait chassé de sa maison il y avait plus de trente ans. Son frère aîné.

Il laissa retomber son bras, le revolver heurta sa cuisse. Il le remit dans sa poche. Alluma un cigarillo. Essaya de se convaincre qu'il n'était pas un lâche. Qu'il se résignait à vivre pour les siens, pour sa femme, sa fille. Puis il haussa les épaules. Redevint dur. Tel qu'on le connaissait. S'en voulut de cet instant de faiblesse. Le passé lui sautait au visage : il s'en ferait un masque.

4

Le méton fondait sous la chaleur. Cécile versa le lait, l'ail pilé, la muscade et un fond de vin blanc. Flora touillait le mélange. Quand il fut homogène, collant et sans grumeaux, elle retira la casserole du feu.

— Fais refroidir sur la fenêtre, lui dit Cécile. Mets une assiette dessus, pour les mouches. Et viens m'aider aux légumes, tu veux ?

Les deux femmes s'installèrent à table, commencèrent à éplucher pommes de terre et carottes.

— Je lui ai pas dit pour pas qu'il se *croive* le roi du monde, mais je suis fière du Lucien. C'est lui qui avait raison. Nos hommes ont fait du bon boulot, hein toi, Flora ?

— C'est sûr.

— Et ton grand fils, déjà qu'il avait pas besoin de ça, maintenant il peut se présenter maire, il sera élu tout de suite !

Elle posa son économe.

— Ça ferait pas mal, un maire dans la famille...

— Il faudrait encore que ça l'intéresse. Il est si jeune.

— Tu as raison, Flora. Chaque chose en son temps. Qu'il pense déjà à te faire grand-mère.

— Ma foi, quelque chose me dit que ça pourrait bien venir.

— Dis voir ?

— Je te parie que d'ici un an, on ira au baptême. Le temps que ces deux-là aient réglé leurs affaires.

Gérard entra à ce moment-là, un cruchon à la main.

— Il fait soif ! J'entends qu'on parle de baptême ?

— Range tes vanottes, qu'on te les coupe pas !

Flora prit le cruchon et le remplit à l'évier.

— Maurine et Just. Ça m'étonnerait pas qu'ils en mettent un en route.

Gérard sourit.

— La route est longue ! Mais quand on marche bien...

Real et Koumann broutaient l'herbe tendre. Just avait choisi une clairière proche du château, pour ne pas fatiguer Maurine. Il avait installé une couverture, sur laquelle étaient disposés un panier, des verres et une bouteille de vin jaune. Il trancha le pain, qu'il tartina de beurre frais avant d'y déposer une lamelle de comté. Maurine mangea avec appétit. Mme Lucas leur avait préparé une salade au jambon cru et aux noix. Au dessert, ils croquèrent une pomme de reinette avant de tirer d'une Thermos un café brûlant dans lequel ils trempèrent une sèche. Just se versa un verre de vin jaune, que Maurine goûta du bout des lèvres. Elle posa sa tête sur son épaule et il lui donna un long baiser. Aussitôt, dix, vingt éclairs crépitèrent dans le sous-bois. Des craquements de branches, des froissements de feuilles. Just courut jusqu'en lisière, pour voir des silhouettes bardées de caméras, de zooms et de trépieds filer entre les arbres.

— C'est incroyable, ils nous prennent pour des stars de ciné !

Ils rangèrent le pique-nique, remontèrent à cheval et piquèrent des deux jusqu'au château. D'autres journalistes patientaient à la grille. Maurine et Just laissèrent Milot rentrer les chevaux et se réfugièrent à l'intérieur. Mme Lucas était allongée sur le canapé. Sur une desserte, à portée de main, une bouteille de porto et un verre à moitié vide.

— C'est vous, mes enfants...

Elle s'assit avec difficulté, remit de l'ordre dans sa coiffure.

— Je m'étais assoupie.

Son regard était flou, ses gestes mal assurés.

— Où est papa ?
— Aucune idée.

Elle alluma une cigarette, elle qui ne fumait jamais, aspira une bouffée qui la fit tousser.

— Ces journalistes me rendent folle.
— Ne t'inquiète pas, maman, Just et moi nous partons. Ils vous laisseront tranquilles.
— Mais je ne veux pas être tranquille ! Surtout avec ton père...

Une larme coula sur sa joue.

— Vous partez pour Besançon ? Vous avez raison. Si je pouvais...

Maurine s'assit à ses côtés. Sa mère prit sa main, la porta à ses lèvres.

— Ma chérie.

Elle serra sa main un peu plus fort.

— Restez encore aujourd'hui. Vous partirez demain matin ?

Just alla à la fenêtre. Le soleil, au zénith, donnait à la campagne une apparence orientale, l'entourant d'un halo biblique. Des parcelles de blé jaune safran ondulaient sous la chaleur. Des roches beiges s'accrochaient aux pentes vert olive. L'aile ouest du château filait à l'oblique jusqu'au pied des collines, avant de se poser sur le vide, à l'aplomb de l'à-pic plongeant vers la rivière. Les corneilles allaient et venaient de la pièce d'eau aux toits des écuries, où elles lissaient leurs plumes avant de s'envoler vers les hautes branches des chênes. Milot faisait boire les chevaux. Des journalistes étaient assis à l'ombre, à l'extérieur de la propriété ; d'autres, couchés dans l'herbe, prenaient le soleil.

— Où allez-vous habiter, à Besançon ?

Tiré de sa rêverie, Just alla s'installer dans un fauteuil faisant face au canapé.

— Ferdinand nous a trouvé un appartement, rue Bersot.

— C'est spacieux ?

— Nous ne sommes que deux. Et la rue Bersot est une petite rue charmante, pleine de commerces, à deux pas de Bregille, où habite Gérard Monnier.

— Mais vous pourriez acheter un joli hôtel particulier, ou un grand appartement moderne. Ton père a beaucoup d'amis dans l'immobilier.

Elle parlait d'une voix craintive, convalescente.

— Madame, vous savez que je ne suis pas attiré par le luxe. Et Maurine l'est de moins en moins. Il n'y a qu'une chose qui pourrait nous décider à vivre dans un appartement trop grand pour nous : la certitude que vous nous y rejoigniez.

— Quelle folie! Pourquoi un jeune couple s'embarrasserait-il d'un chaperon?

— Maman, tu n'es pas vieille. Tu es parfaitement capable de refaire ta vie.

— Refaire ma vie... Tu es folle! Et ton père, voyons?

— Tu ne l'aimes plus.

Mme Lucas attrapa d'une main tremblante son verre de porto, qu'elle vida d'un trait. Just et Maurine se regardèrent.

— Réfléchis, maman.

Maurine embrassa sa mère, se leva et, prenant Just par la main, l'entraîna dans l'escalier.

Les rideaux de la chambre étaient tirés. Ils se mirent au lit, mais, plutôt que de s'y reposer, ils firent l'amour. Dans la fraîcheur des draps, ils se redécouvrirent. Ce fut un paisible enchantement, des mots retrouvés, des gestes retenus. Leurs lèvres se joignirent, leurs langues se frôlèrent. Ils eurent l'impression de renaître.

5

Lesueur survivait depuis une semaine dans une cabane de charbonnier. Il s'y était réfugié après l'arrestation de Becquet. En pleine forêt, avec pour seule compagnie les furets, les buses et les renards, il se nourrissait de baies, et de champignons qu'il cuisait à la flamme. Au bout de quelques jours, lassé de ce régime spartiate, il se dirigea vers une ferme qu'il avait repérée. Ses propriétaires étaient aux champs. Il entra par la levée de grange, força la porte de l'étable et pénétra dans l'outo. Il vola des vêtements, un nécessaire à barbe, deux pains et un fromage. Rentré à la cabane, il se restaura, fit sa toilette à la rivière, passa des vêtements neufs. Puis il retourna à la voiture qu'il parvint à faire démarrer. Une demi-heure plus tard, il entrait au bureau de poste de Maîche, d'où il téléphona au château.

Le châtelain souleva le combiné avec agacement. Il était de plus en plus irritable. Sa femme ne le supportait plus : elle se réfugiait dans le mutisme et dans l'alcool. Maurine et Just étaient à Besançon depuis dix jours. Ils vivaient chez Gérard Monnier, à Bregille. Celui-ci, resté au pays, chez Lucien, leur avait laissé la maison, le temps pour eux de régler les formalités concernant l'appartement de la rue Bersot.
— Allô ?

Au bout du fil, un inconnu, qui sollicitait un rendez-vous. Une opportunité. Un placement en Suisse. L'inconnu se prétendait mandaté par un financier cherchant un associé. Le châtelain accepta de le rencontrer le lendemain, dans l'arrière-salle du *Café de la Mairie*, à Maîche.

Lesueur et Lucas firent connaissance. Loin de séduire le châtelain, le bagou de l'ancien chef de rayon du *Magasin général* de Besançon lui fit comprendre à qui il avait affaire : une petite frappe, un homme prêt à tout. Lucas cherchait précisément quelqu'un de ce genre.

— Si on parlait sérieusement ? Vous n'êtes mandaté par personne, vous êtes habillé comme un paysan qui va à la foire et vous n'avez pas fait un repas digne de ce nom depuis longtemps. Alors ? Pourquoi m'avoir téléphoné ?

Lesueur protesta mollement, puis finit par lâcher :

— J'ai besoin d'argent.

— J'aime mieux ça. Voyons si on peut s'entendre.

Lucas lui expliqua ce qu'il attendait de lui. Lesueur, d'abord réticent, accepta l'offre du châtelain : deux mille francs en liquide et la promesse d'un pactole en cas de succès. Il connaissait Lucas de réputation : son absence de scrupules, son goût pour les méthodes expéditives. Il avait voulu l'approcher, essayer de lui plaire. Le résultat dépassait ses espérances : il avait de l'argent, un contrat. Difficile à honorer, donc payé en rapport. Il ne lui restait plus qu'à se mettre au travail.

6

Lucas avait loué une voiture pour se déplacer plus discrètement : sa Claveaux-Descartes était trop repérable. Il prévint sa femme qu'il s'absentait deux jours pour affaires et prit la route des étangs.

Il passa Lure, arriva à Mayrand vers cinq heures du soir. Il s'engagea dans une départementale, prit sur la gauche au bout de deux kilomètres : un chemin à peine carrossable menait à un calvaire. De là, on voyait la vallée et les champs, où des appareils à bœufs chargés de bois attendaient le retour à la ferme. Des pierres levées délimitaient les propriétés. Le grès était partout. Lucas s'attarda un instant, cherchant dans le paysage des détails familiers, mais les années avaient passé, effaçant ses souvenirs. Plus haut, peut-être, dans la petite montagne, la mémoire lui reviendrait.

Il redémarra, la voiture grimpa vers les étangs. Là, deux mille ans plus tôt, les glaciers de la Moselle avaient creusé de petits lacs vite envahis de végétation, se muant en marais, en tourbières.

Puis l'homme, à son tour, pour se nourrir, avait creusé les marais. Jusqu'à la roche rouge. L'eau, acide, gardant l'humus en suspension, se colorait de noir. Transformant les étangs en miroirs parfaits. Le ciel s'y reflétait, et le tronc des bouleaux zébrait l'azur couché sur l'eau dormante. Lucas retrouvait ses repères. La géographie se faisait plus courbe, l'horizon semblait une mer changeante. Encore quelques virages. Un petit bois, vite traversé. Une sente comme un ruisseau de feuillages. La voiture peinait. Lucas descendit un rapport, poussa le moteur. Il déboucha enfin sur une langue de terre. Plus loin, un champ envahi d'herbes sauvages. Puis l'étang, avec la maison posée sur l'eau. Les pilotis s'étant enfoncés au fil des années, elle penchait comme un vieux chapeau sur des cheveux noirs brillantinés.

Lucas coupa le moteur, descendit de voiture. L'étang étouffait sous les fougères. Leurs frondes immobiles descendaient jusqu'aux rives. Dans une auge asséchée attendaient deux bidons de lait rouillés. Le cadre d'un vélo disparaissait sous les herbes. Une fourche était appuyée au mur de la maison. Plus de vitres aux fenêtres. Lucas poussa la porte, qui résista avant de céder en grinçant. Le sol était couvert de gravats. Dans la pénombre, distingua la maie, calcinée. Un sommier de métal. Des matelas noirs de suie, en tas, sur le sol. De la maison, il ne restait que les murs. Le toit était troué. Sans doute une explosion : une bonbonne de gaz éventrée gisait sous l'évier.

— C'est comme ça qu'elle est morte.

Lucas sursauta. Dans l'encadrement de la porte se tenait Julia.

— C'est des gars du village qu'ont foutu le feu, il y a vingt ans. C'est resté tel que. Ils ont jamais été dénoncés. Mais tout le monde sait qui c'est. Votre mère, elle a pas souffert. Tuée net. Ils avaient peur qu'elle se mette à causer.

Le châtelain alla à la fenêtre. La pute Vallard, sa mère, s'était toute sa vie frottée aux flammes. Elles l'avaient dévorée. Lucas regarda l'eau noire, son paysage d'enfance.

— Et mon frère ?
— Vous savez ?

Elle recula d'un pas.

— Aussitôt que je l'ai vu, à l'hôpital, j'ai compris. Pourquoi ne pas me l'avoir dit ? Vous saviez que c'était lui. Que c'était mon frère.

Julia semblait terrifiée. Lucas l'apaisa d'un geste.

— N'ayez pas peur. Je vous ai épargnée une fois, ce n'est pas pour vous liquider maintenant.
— Je vous ai menti, monsieur, c'est vrai. Je pensais que vous sauriez jamais. Votre frère, il vivait dans les bois. Un vrai sauvage. Et tout le monde croyait qu'il était mort. Depuis le temps. Pour moi, il faisait l'affaire, c'est tout ce que j'ai vu. Les herbes et tout ça. Et puis j'avais tellement besoin d'argent.
— Et lui, pourquoi n'est-il pas mort dans le feu ?
— Il était pas là. Quand il est rentré, les gars le guettaient, ils lui ont couru après. C'est qu'il leur en faisait voir : les poules, la mort aux

vaches, sans compter qu'il jetait des sorts. Tout ce que votre mère lui apprenait, il s'en servait pour mal faire. Il a réussi à se sauver. Je suis bien content que maintenant il soit à l'ombre.

Elle eut un éclair dans le regard.

— Lamoi! J'espère qu'il va pas aller baver sur vous.

— Ne vous inquiétez pas. Il ne dira rien. Vous habitez par ici?

— J'ai regagné ma maison. Je reste au Bec. À deux pas. C'est comme ça que j'avais connu votre mère. Dans le temps, on jouait ensemble au tarot deux fois par semaine. Mon mari et moi, on s'était installés aux étangs après la guerre. Y avait de quoi faire avec la pêche, et l'osier. Vous, vous étiez parti depuis longtemps. Et mon mari... Enfin, il l'a... il a été avec elle. Avec votre mère. Comme les autres. J'ai pas supporté. On s'est fâchées.

Elle détourna le regard.

— Inutile de reparler de ça. Je ramassais mon linge derrière la maison quand je vous ai vu arriver. Pourquoi vous êtes revenu ici?

Il alluma un cigare. L'odeur du tabac couvrit celle du bois brûlé.

— Je voulais m'assurer que mon enfance n'avait pas été qu'un long cauchemar.

Il sourit ironiquement.

— Je suis rassuré: tout cela a bien existé.

Julia s'assit sur le rebord de la fenêtre, leva les yeux vers lui.

— Vous auriez pu me tuer, l'autre jour. Pourquoi vous l'avez pas fait?

Lucas haussa les épaules.

— Il y a assez d'un criminel dans la famille.

Son visage s'adoucit.

— Et puis ma fille vous aime bien.

Dehors, la brise se levait, les fougères frissonnaient. Des nuages gris venus de l'horizon glissèrent au-dessus de la maison pour disparaître vers le sud.

Lucas jeta son cigare dans la cheminée, dont le foyer était strié de traînées humides. La pluie s'était insinuée entre les briques au fil des années. Un vieux chaudron cabossé était pendu à un crochet, rempli d'une brassée d'herbes noircies.

— Vous savez où elle est enterrée ?

— Le curé en a pas voulu au cimetière. Je vais vous mener.

Ils sortirent, longèrent la petite galerie donnant sur l'eau. À gauche de la maison, un bosquet d'arbres abritait une clairière. Un monticule couvert de mauvaises herbes. Une croix de bois. Deux initiales : M. L. Maryse Lucas.

— C'est mon mari qui l'a enterrée là. Votre frère est jamais venu. Il courait déjà les bois.

Elle se signa.

— Ici, c'est un pays facile. Suffit de marcher droit. Votre mère et votre frère, ils ont jamais compris ça. Ils en faisaient qu'à leur idée. Voilà le résultat.

Lucas s'était agenouillé. Il prit une poignée de terre entre ses mains, la jeta sur la tombe. Puis il redressa la croix.

— Je suis personne pour donner des conseils à un homme comme vous. Mais quand même, monsieur Lucas, tâchez voir de refaire votre place dans la région, sans trop déranger les habitudes. Les gens aiment pas. Pardon de vous parler comme ça.

Lucas regarda cette femme aux cheveux gris noués en chignon, vêtue d'une blouse de nylon fleuri et chaussée de croquenots. Il sortit son portefeuille, prit une liasse de billets et la lui mit dans les mains. Elle regarda l'argent sans comprendre.

— Merci pour le conseil.

Il se dirigea vers sa voiture, laissant Julia seule devant la tombe, les billets à la main.

7

Besançon se remettait du passage du Tour de France et de sa caravane. L'étape de la veille, Pontarlier-Besançon, un parcours contre la montre, avait vu la victoire du Suisse Graf dans sa tunique rouge et violet frappée de croix blanches. La caravane était repartie la première, la voiture Butagaz en tête, une énorme bonbonne sur roues, suivie des voitures Rizla, Steen, et de la traction avant d'Yvette Horner, alors que les 203 spéciales Tour de France, blanches, sans portes, aux sièges de cuir bleu, se préparaient à suivre les coureurs, chargées de matériel, de bidons et de porte-vélos. Leurs klaxons trompettaient dans les faubourgs. Au bord de la route, les Bisontins encourageaient les coureurs, tendant la main au passage des voitures publicitaires. La place Granvelle était jonchée de prospectus, emballages et casquettes en papier. Les pigeons traquaient les miettes abandonnées. Le Tour 1960 avait donné au public sa ration d'émotion, avec la dramatique chute de Roger Rivière dans le col du Perjuret, qui allait mettre fin à sa carrière. L'étape Besançon-Troyes serait marquée par un nouvel événement, moins dramatique : la caravane et les coureurs stoppèrent à Colombey-Les-Deux-Églises pour saluer le général de Gaulle. Un président de la République sur le passage du Tour, c'était une occasion unique de donner à cette manifestation sportive un lustre encore plus éclatant. Jacques Goddet ne la laissa pas échapper. Et le général put serrer la main de Gastone Nencini, maillot jaune et futur vainqueur, et celle d'Henri Anglade, le champion de France. Mais la grande boucle n'était pas seule à attirer l'attention des médias, comme on ne les appelait pas encore. La presse locale consacrait ses gros titres au tueur de Mouthier-Le-Château. Et à la Une de *Paris Match*, sobrement légendée « Le baiser », s'affichaient Maurine et Just s'embrassant sur fond de clairière ensoleillée, Koumann et Real paissant à l'arrière-plan.

— Putains de journalistes !

Just jeta le magazine sur la table du salon, où Maurine terminait un courrier pour sa mère. Elle y jeta un coup d'œil, sourit.

— C'est la gloire!
— Je m'en passerais bien.
— Tu dis ça, mais je suis sûre que ça te fait plaisir.
— On ne pourra plus mettre le nez dehors.
— Ça tombe bien, je n'ai aucune envie de sortir. Je suis si bien ici. Je t'ai rien que pour moi. J'ai enfin l'impression d'être ta femme.

Elle se blottit contre lui. Just l'embrassa. Puis il fouilla dans sa poche, en sortit un écrin.

— Ouvre-le.

C'était un anneau d'or serti de diamants. Il le passa à son doigt.

— C'est ma seconde demande en mariage. Si tu es d'accord, le banquet a lieu ce soir.
— Je t'ai dit que je ne voulais pas sortir.
— Qui te parle de sortir? Ça se passera chez nous, rue Bersot, et les invités sont de choix: Ferdinand et les Montrapon. Alors, tu acceptes?

La clef tourna dans la serrure. Le portail s'ouvrit sur un long porche éclairé par les Montrapon placés tous les trois mètres, une torche enflammée à la main. Maurine et Just montèrent un escalier, précédés de Djeck au tambour et de Malik à la flûte de pan. La porte palière s'ouvrit sur Ferdinand, qui s'effaça pour les laisser entrer avant d'appuyer sur le bouton de l'interrupteur. Le vestibule était sobrement meublé d'une desserte et d'une petite armoire de pays. Les murs étaient tendus de serge bleue. Dans le couloir menant au salon, la lueur des appliques se reflétait sur le parquet ciré. Une porte à deux battants ouvrait sur une immense pièce éclairée par un lustre de métal doré à motifs floraux et par des appliques en laiton. Deux canapés recouverts de skaï rouge vif se faisaient face, séparés par une table basse en bois verni. Sur des étagères en verre, une radio flambant neuve, des livres et un vase de fleurs. Placé sous un tableau de l'école Chagall représentant un couple enlacé, un meuble-bar en palissandre posé sur des pieds cornières en métal nickelé. De part et d'autre, deux fauteuils en teck recouverts d'un tissu à carreaux orangé. Sur la table en acajou, un compotier émaillé, des bougeoirs en murano. Et des plats pleins de victuailles, des corbeilles de fruits, des seaux remplis de champagne. De quoi festoyer pendant trois jours et trois nuits.

— Ferdi, tu as invité toute la ville ?
— ... et ses faubourgs !

La fête se termina fort tard. Mais Maurine et Just étaient déjà loin. Leur Facel Vega roulait vers Ornans, où ils prirent une chambre à l'*Hôtel de France*.

Just avait sauvé une bouteille de champagne et deux coupes. Maurine se laissa tomber dans un fauteuil.

— Dis-moi, mon chéri, tu avais donné carte blanche à Ferdinand, pour la décoration ?
— Oui. Comment tu trouves ?
— Épouvantable !

Ils rirent de bon cœur.

— Ils vont se frotter les mains, à la salle des ventes !

— J'ai une meilleure idée. Ferdi emménage mardi, rue du Chasnot. J'espère qu'il n'a pas encore acheté de meubles.

Ferdinand Béliard s'installa la semaine suivante dans un appartement qui, quelques décennies plus tard, aurait pu devenir le musée des années soixante. Son immeuble était charmant, quoique bruyant : il donnait sur la voie ferrée. Toutes les demi-heures, un convoi de marchandises ou de voyageurs passait sous les fenêtres de sa chambre. Ferdinand adorait ça.

Quant à Maurine et Just, ils cherchèrent dans les brocantes et chez les artisans de la région de quoi meubler leur nid. L'appartement de la rue Bersot devint rapidement un aimable capharnaüm empli de livres, de disques, de vêtements jetés au petit bonheur. La porte n'était jamais fermée, des amis débarquaient à toute heure, on pique-niquait sur le tapis du salon, fenêtres ouvertes sur les toits, le ciel bleu et le soleil. La nuit, on dansait sur les derniers succès, et on s'endormait sous les étoiles, pendant qu'en contrebas, les serveurs rangeaient les terrasses des restaurants.

La rue Bersot était une artère animée, même la nuit, et l'installation de Maurine et de Just y avait attiré des journalistes qui rôdaient autour de leur immeuble. Les Montrapon veillaient au grain, décourageant avec fermeté les plus insistants. Mais au fil des semaines, la pression retomba et Maurine et Just purent enfin vivre normalement. Restaurants, cinéma, balades dans les environs.

Ce jour-là, l'avant-veille du 15 août, Just était allé travailler à l'atelier de Gérard. Il fut de retour à la maison vers six heures du soir et trouva Maurine, pieds nus sur la balance, dans la salle de bain.

— Tu fais un régime ?

Il la fit descendre de la balance en la prenant par la taille et la serra contre lui. Elle se dégagea.

— Doucement.

Elle inscrivit des chiffres dans un carnet.

— J'étais chez le médecin. Il m'a dit qu'il fallait que je surveille mon poids.

— Pourquoi ?

— Je suis enceinte.

La soirée fut très calme, les visiteurs éconduits.

Le lendemain, la Facel roulait vers Mouthier-Le-Château. Maurine et Just trouvèrent la famille de retour des champs, autour d'un repas de fromages. Quand ils annoncèrent la nouvelle, le silence tomba sur la tablée, puis il y eut des cris de joie. On embrassa les futurs parents et Lucien alla chercher un clavelin poussiéreux qui fut bientôt suivi de plusieurs autres.

Vers sept heures du soir, la cour de la ferme résonnait de rires et de chansons. Des voisins de la Faye avaient apporté un jambon, et Mignot son accordéon. Gérard faisait danser les dames, Lucien découpait la viande fumée, Barthélemy et Clément étaient partis avec les filles des voisins faire brûler le cul des poules, et Tilt, de nouveau solitaire – le Gris était rentré depuis longtemps à Besançon –, faisait le ménage dans les assiettes.

Quand la compagnie se quitta, la lune était haute et la campagne endormie.

8

Le lendemain, vers dix heures du matin, Maurine et Just prirent la route du château. Flora, Cécile, Joëlle et Aliette étaient parties à la procession du 15 août, les hommes avaient préféré rester à la ferme pour éclaircir les semis de carottes et de navets.

La grille était ouverte. Milot avait la tête dans le capot de la Claveaux-Descartes. Le châtelain apparut sur le perron. Il descendit l'escalier, embrassa Maurine et serra la main de Just.

— Ta mère est au salon. Je vous rejoins dans un instant.

Mme Lucas lisait, allongée sur le canapé. Une carafe et un verre emplis d'un liquide ambré étaient à portée de main, sur une desserte.

— C'est vous ? Quel bonheur !

Elle se leva, marcha vers eux d'un pas mal assuré.

— Comment allez-vous, mes enfants ? J'étais inquiète. Deux semaines sans nouvelles ! Tout va bien ?

— Le mieux du monde ! Et toi, maman ? Est-ce que tu as réfléchi à notre proposition ?

— Oui, bien sûr. D'autant que ton père... Nous parlerons de cela plus tard.

Le pas du châtelain résonnait dans le couloir. Il entra au salon avec un sourire plaqué sur le visage.

— Quelles nouvelles ? Asseyez-vous, voyons.

Ils prirent place dans les fauteuils bergères.

— Je suis enceinte.

Lucas resta de marbre. Sa femme ouvrit la bouche, puis ses yeux se mouillèrent de larmes. Elle prit la main de sa fille.

— Ma chérie. Tu en es sûre ?

— *Le médecin* en est sûr.

Lucas se leva, alla au meuble-bar.

— Nous allons arroser cela. Pontarlier, whisky ? Enfin, à supposer que ta mère en ait laissé.

Il fit le service et leva son verre.

— À vous.

Le déjeuner fut improvisé. Le châtelain fit des efforts pour être agréable et alla lui-même préparer le café.

— Vous n'avez pas engagé de cuisinière ? s'inquiéta Maurine auprès de sa mère.

— Je ne l'ai pas souhaité. Je ne sais pas ce que l'avenir nous réserve, murmura-t-elle en vidant son verre de bordeaux.

— Maman, tu bois trop.

Mme Lucas eut un geste fataliste.

— Je sais. Ma vie est un naufrage. Une femme à la mer! Et l'alcool, une bouée de secours qui m'entraîne vers le fond.

Lucas revint avec le café. Le servit en silence.

— Cigare?

Just refusa poliment.

— Ta fille est enceinte, essaie de te retenir.

Le châtelain leva les yeux au ciel.

— Bien sûr, ma chérie, où avais-je la tête? Et puisque tu me conseilles la tempérance...

Il rangea la carafe d'alcool et retira son verre à sa femme.

Maurine et Just marchaient vers les écuries. Les grands arbres du parc tanguaient sous le vent. Quand il vit Maurine, Koumann hennit de plaisir.

— Bonjour, mon beau.

Elle lui caressa le chanfrein.

— On va se promener?

— Ce n'est pas très prudent.

— Chéri, je ne suis enceinte que de quelques jours.

Ils firent une courte promenade, traversant des prairies semées de fleurs sauvages. Au sommet d'une butte, ils purent contempler la procession revenant vers le village. En tête, la statue de la Vierge portée par quatre hommes, suivie de trois servants de messe et du curé, en grande tenue. Paroissiennes et paroissiens formaient le cortège qui serpentait à travers champs. Il revenait du reposoir édifié au sommet de la colline, face aux gorges.

Aliette, qui traînait en queue de procession, aperçut Maurine et Just. Elle courut vers eux. Flora essaya de la retenir. Just fit signe à sa mère pour la rassurer. Il hissa Aliette sur Real et tous trois reprirent le chemin du château. Le soleil obliquait vers l'ouest. Des vaches ruminaient dans une combe ombragée. Une buse somnolait, posée sur un piquet. L'ombre des sapins s'étendait sur les prés. Les chevaux marchaient au pas. Leurs sabots faisaient sonner les pierres du chemin. La rivière se devinait entre les hêtres et les bouleaux. Des pêcheurs à la mouche fouettaient l'air de leur canne. L'horizon s'étendait en vagues immobiles. Comme une mer figée. Le chemin se fit plus étroit. Aliette descendit cueillir des noisettes et des mûres. Les chevaux mangeaient les feuilles tendres, le cou tendu, les rênes pendantes. Des oiseaux dérangés s'envolèrent. Aliette, sa récolte entre les mains, remonta à cheval et, trois cents mètres plus loin, apparurent les grilles du château. Milot vint leur ouvrir.

— Où sont mes parents ?

— Votre père est sorti, mademoiselle. Et Madame se repose dans sa chambre. Voulez-vous que je l'avertisse de...

— Non. Je lui téléphonerai.

Ils montèrent dans la Facel et repartirent chez Lucien. Cécile et Joëlle avaient préparé le goûter : un gâteau de ménage, qui fut croqué en trois coups de dents, et une grande jatte de fromage blanc. Lucien, sa part de gâteau à la main, se tenait debout devant la fenêtre.

— « À la mi-août, l'hiver est en route. »

Il montra l'horizon.

— Le temps va se gâter.

Il se tourna vers Just.

— Si vous voulez redescendre ce soir, ne tardez pas trop.

La Facel Vega démarra alors que les premiers nuages pointaient derrière les collines. À Ornans, il se mit à pleuvoir et l'arrivée à Besançon se fit sous des trombes d'eau. La Facel plongea vers la ville, entre la Rhodia perdue dans un brouillard humide et la chapelle des Buis, d'où redescendaient des promeneurs surpris par l'averse.

Just franchit au pas la porte Rivotte et se dirigea vers la rue Bersot. Des passants longeaient les murs ou s'abritaient dans les arrêts de bus. Il déposa Maurine et alla garer la voiture. Quand il la rejoignit, elle était au téléphone. Elle reposa le combiné.

— Maman va mal. Elle est si seule.

— Il ne tient qu'à elle...

— Comme si c'était facile ! Elle s'est encore disputée avec mon père. Juste après notre départ. Les affaires vont mal, il a fait de mauvais placements. Il est d'une humeur exécrable. Devant nous, il a fait bonne figure : il a beaucoup à se faire pardonner, et tu peux lui être utile. Mais avec ma mère, il ne se gêne pas. Il a tort. Sans elle...

Mme Lucas garda un instant le téléphone à la main, puis elle le fit claquer et, d'une main tremblante, alluma une cigarette. La pendule du salon sonna huit heures. Dans le soir tombant, les arbres du parc gîtaient sous le vent. Une pluie fine frappait les carreaux. La châtelaine posa sa cigarette sur une coupelle de porcelaine et se dirigea vers le meuble-bar. Elle l'ouvrit et se servit un whisky.

— Pose ce verre.

Elle sursauta, n'ayant pas entendu son mari arriver.

— Toi, fiche-moi la paix.

Elle porta le verre à ses lèvres. Il s'avança et, lui prenant le bras, l'empêcha de boire. Elle résistait.

— Donne-moi ce verre !

Il le lui enleva de force. Le regard noir, elle retourna s'asseoir dans le canapé. Lucas prit la carafe et l'emporta avec lui.

— Désolé d'en arriver là.

Elle haussa les épaules et reprit sa cigarette.

— Tu pourrais au moins me donner un verre d'eau à la place.

— Tu connais le chemin de la cuisine ?

Elle se leva, tandis qu'il se dirigeait vers son bureau. Arrivée à la cuisine, Mme Lucas ouvrit le robinet de l'évier. Pendant que l'eau coulait, elle se baissa pour tirer le rideau qui masquait les rayonnages de produits ménagers, prit une bouteille sans étiquette qu'elle déboucha avant de boire au goulot.

— C'est lamentable.

Le châtelain lui arracha la bouteille des mains, posa son nez sur le goulot et vida le contenu dans l'évier.

— De la gentiane, à la bouteille. Tu es tombée bien bas, ma pauvre amie.

— À qui la faute ?

Elle répéta sa question. Lucas jeta la bouteille vide à la poubelle.

— Personne ne te force à boire.

— Personne ? Mais qui est en face de moi ?

Elle était arc-boutée à l'évier, le visage déformé par la colère.

— Et qui est en face de toi ? Est-ce que tu vois ce que je vis ? Est-ce que tu le *vois* ? Des années que je vis à tes côtés, des années que je rembourse tes dettes, que je dilapide pour toi l'héritage de mon père ! Et qu'est-ce que j'ai reçu en échange ? Du mépris, pis : de l'indifférence. Tu ne me regardes plus, tu ne me touches plus !

— Dans ton état, je défie quiconque...

— C'est toi qui m'as mise dans cet état ! Avec tes idées de grandeur, de puissance ! Alors que sans moi, tu n'es rien, Lucas, rien ! Tout est à moi : le château, les terres. Tu n'es qu'un nom sur un acte de mariage. Alors, si tu veux que ce nom reste sur ce papier que je meurs d'envie de déchirer et de jeter au feu, je te conseille de la fermer, et de me laisser tranquille.

Elle l'écarta du bras, fila vers le salon, prit une bouteille de porto et un verre dans le meuble-bar.

— Pose cette bouteille !

— Ta gueule, Lucas !

Il la gifla. Elle lâcha verre et bouteille qui s'écrasèrent sur le sol.

— Ordure.

Hors d'elle, la châtelaine s'empara d'un cendrier d'onyx qu'elle lui jeta à la figure. Il réussit à l'esquiver et la gifla encore plus fort. Elle s'effondra au pied du canapé. Lucas se précipita vers elle, s'agenouilla et la prit dans ses bras.

— Chérie. Parle-moi. Comment te sens-tu?

Elle était entre rire et larmes.

— On ne peut mieux, pauvre type.

Elle avait une lèvre tuméfiée, un œil presque fermé.

— Je vais chercher un linge mouillé.

Il l'abandonna au pied du divan, les yeux dans le vague, les cheveux défaits. Quand il revint, elle n'était plus là.

— Pardon.
— Il n'est plus temps.

Elle s'était enfermée dans sa chambre. Il avait frappé plusieurs fois à la porte, sans succès.

— Chérie, tu sais bien que j'essaie de t'aider.
— En me giflant?
— Je ne sais pas ce qui m'a pris. Mais tu bois tellement en ce moment. Je suis inquiet.
— Demande-toi pourquoi je bois.
— J'ai eu des torts, j'en conviens. Mais n'avons-nous pas été heureux? Nous avons traversé tant d'épreuves, et nous en sommes toujours sortis vainqueurs.

Sa voix se faisait miel.

— Irrésistible! Tu parles comme un personnage de roman-photos. Je vais me coucher.
— Attends. Chérie. Nous devons parler. La situation est grave. Je n'ai pas voulu t'alarmer. Mais mes créanciers s'impatientent. Je dois débloquer des fonds. Si tu pouvais...

— Tu as le culot de me demander de l'argent ?
Elle avait des larmes dans la voix.
— Tu as encore des liquidités.
— Qu'en sais-tu ?
— J'ai vu Pernay, à la banque.
— Comment ? Tu es allé voir Pernay ? De quel droit ?
— Mais... je suis ton mari !
— Plus pour longtemps !

Il osait lui demander de l'argent, alors qu'elle avait tout sacrifié pour lui, qu'elle l'avait suivi sans discuter après sa disgrâce dans le Nord. Qu'elle lui avait prêté des sommes faramineuses pour satisfaire ses ambitions de petit Napoléon rural.

Lucas frappa une nouvelle fois à la porte.
— Laisse-moi tranquille !
— Chérie, il faut qu'on parle.
— Tu parleras à mon avocat. Demain, je vais chez le médecin faire constater mes blessures. Puis j'irai porter plainte. Ton ami Grenier sera ravi d'apprendre que tu me bats.

La porte s'ouvrit, enfoncée d'un coup d'épaule. Elle poussa un cri.
— Maintenant, tu vas m'écouter.
Il tremblait de fureur.
— Tu n'iras pas chez le médecin, et tu n'iras pas porter plainte. Tu vas te contenter de faire ce que je te dis et d'être ce que tu as toujours été : ma femme.

Il se jeta sur elle. Elle hurlait.
— Milot ! Au secours ! Milot !

— Tu peux gueuler tant que tu veux, je lui ai donné congé pour la soirée. Tu te plaignais que je ne te touche plus. Tu vas être servie.

Il la prit de force. Elle n'offrit pas de résistance. Pendant qu'il la violait, il vit soudain passer devant ses yeux des fantômes grimaçants, sa mère, les jambes en l'air, saillie par un paysan, par un routier de passage, par un bourgeois écarlate. Il se jeta sur le côté. Les cuisses ouvertes, la châtelaine regardait le plafond, les yeux secs.

— Tu as fini ? Va-t'en. Laisse-moi.

Sa voix était lisse et calme.

Il sortit du lit, remonta son pantalon.

— Pardon. Pardon.

— Va-t'en.

Il fit un pas vers la porte.

— Donnons-nous une chance. La dernière. Si tu ne le fais pas pour moi, fais-le pour Maurine. Pour notre fille.

Mme Lucas referma les jambes. Elle prit une mèche de cheveux entre ses doigts et se mit à la mordiller, les yeux toujours fixés vers le plafond.

— Maurine n'est pas ta fille.

9

Les coudes posés sur la barrière cassée, Barthélemy rêvait. De mémoire, il reconstituait les contours de la ferme de son père. Épaisse, ramassée, elle avait l'air d'une forteresse, d'un abri idéal. La Frasne avait surgi de terre, un jour passé, comme un projet longuement mûri, l'aboutissement du rêve d'un homme : donner à sa lignée un refuge indestructible contre le froid, la faim, le danger. Il l'avait édifiée envers et contre tout. L'argent manquait ? Il faisait des heures chez les riches fermiers du coin, vendait les produits de son travail, poules, chapons, œufs, lapins, louait ses bras pour les vendanges et les moissons. Quand le charpentier désertait le chantier, lassé d'attendre son dû, il continuait, seul, le travail. Taillait lui-même les tavaillons, creusait le trou de l'attrape-vin, étendait le torchis. La ferme se termina au fil des années, d'une génération l'autre. Ludovic Mouthier voulait mettre la dernière touche : construire un grenier-fort. Il n'en eut pas le temps. Heureusement, il lui fut épargné de voir la Frasne s'écrouler sous les mâchoires des bulldozers. Le rêve d'une lignée de paysans avait été effacé en quelques minutes. Mais son fils cadet, qui l'avait porté en terre huit ans plus tôt, aux premiers jours de juin, s'était remis à rêver.

Barthélemy prit son bâton de marche et se mit à tracer dans la terre les lignes de fondations. Un vaste rectangle, dont les angles venaient buter sur la forêt, sur une friche d'herbes folles, sur la colline qui grimpait vers le reposoir.

Il reprit le chemin des Mayes. Se retourna et vit que, déjà, l'endroit avait changé. Ces lignes tracées à la hâte sur le site de l'ancienne ferme annonçaient le début d'une aventure, la fin d'un abandon. Et le rêve, oiseau de nuit, se brûlait au soleil : la pluie avait cessé. L'herbe mouillée brillait en lisière, les sapins retenaient les dernières gouttes perlant sur les épines. La lumière dorée jouait sur l'écorce, creusant des ruisseaux d'ombre. Une flèche rousse traversa le chemin, disparut dans les hautes herbes. L'écureuil réapparut au pied d'un hêtre, fila vers le murger. Une buée de chaleur enveloppait le pré du haut. Là où jadis paissait le troupeau, les chardons prospéraient. Mais l'herbe était toujours riche et grasse. Barthélemy imagina de lourdes montbéliardes avec leurs petits. Un chien montait la garde, couché au pied d'un chêne. Une truie allaitait dans la soue, à gauche du poulailler, où régnait le coq aux plumes blondes, vertes et noires, la crête tombant sur l'œil, comme un vieux pirate attendant la tempête. Les clapiers à lapins étaient installés près de la cabane à outils. Ils sentaient bon l'herbe fraîche, le persil et les fanes de carottes et de radis. Dans l'ombre on distinguait leur fourrure soyeuse, leurs yeux ronds et leurs longues oreilles. Des fenêtres ouvertes de l'outo s'échappait le fumet d'une saucisse cuisant dans son bouillon. Le soleil faiblissait : bientôt l'heure du souper, après la traite et le lavage à grande eau des roues de la charrette.

Barthélemy pensa que le chemin était long du rêve à la réalité. Mais, comme le disait Gérard Monnier : « Sans rêves, l'homme n'est qu'un animal inutile. » Le cadet des Mouthier reprit son bâton et s'enfonça dans le bois des Mayes.

Quand il arriva chez Lucien, les femmes étaient en train de préparer les confitures. Sur une table à tréteaux, Cécile avait disposé des paniers de fruits rouges. Elle plaçait les baies dans un torchon qu'elle refermait avant de le tordre au-dessus d'une grande bassine. Ce qui restait dans le torchon, graines et peaux, serait donné aux poules. Le jus rouge et sucré attirait les guêpes. Aussi Flora se dépêcha-t-elle de porter la bassine remplie dans la cuisine. Elle la posa sur le feu, après avoir sucré et rajouté les épices. L'outo était parfumé au sirop de framboise, à la cannelle et à la vanille.

— Où étais-tu ? Clément te cherchait partout.
— À la Frasne, maman.
— La Frasne n'existe plus.
— Je viens de tracer les lignes de fondations.

Les deux femmes se regardèrent. Barthélemy posa son bâton de marche contre le mur de l'outo et rentra dans la ferme. Il en ressortit avec Clément.

— Où allez-vous, les garçons ?
— Au village.

Au café, le téléphone était posé sur le bar. Le fils cadet de Ludovic Mouthier demanda un numéro à Besançon. Le patron le lui composa et lui passa le combiné.

— Just, c'est Barthélemy. Ça y est, j'ai décidé. Pour la Frasne.

Les conversations s'arrêtèrent. Les joueurs de belote tendirent l'oreille.

— J'ai besoin de toi. On va le voir ensemble, tu veux ? Parfait. À demain.

Il raccrocha. Le patron posa deux verres sur le comptoir.

— C'est ma tournée.

Les deux garçons burent en silence et remercièrent. Le patron, en essuyant les verres, les regarda partir d'un bon pas vers les Mayes. Les conversations reprirent, avec le bruit des cartes jetées sur la toile cirée.

10

La Facel stoppa devant le grand escalier. Milot laissa les grilles ouvertes. Just et Barthélemy attendirent quelques minutes. Puis Mme Lucas descendit les marches, embrassa les deux frères et s'installa à la place du passager. La Facel Vega redémarra. Just, souriant, salua Milot en passant les grilles, que le gardien referma aussitôt.

Ils arrivèrent à Maîche à onze heures. Maître Béchet avait préparé les papiers de vente et l'affaire fut conclue en une demi-heure. Ils allèrent ensuite déguster une truite au bleu à Lods. Pendant tout le repas, Barthélemy ne put prononcer un mot. Trop d'émotion. Il écoutait Just et Mme Lucas. Un brouillard de mots flottait autour d'eux, il avait l'impression d'être ailleurs.

Il était à la fois follement heureux et horriblement gêné. Il n'aurait jamais pensé que cela pût être aussi facile : le terrain était de nouveau la propriété des Mouthier. Au dessert, son frère se tourna vers lui.

— Alors, tu es content ?

Pour Just, l'affaire ne revêtait pas une telle importance. Il avait promis à Barthélemy de l'aider, c'était chose faite. La veille, dans l'après-midi, il avait téléphoné au château. Lucas était absent, mais sa femme lui avait expliqué qu'elle n'avait nullement besoin de son mari pour régler des affaires qui ne dépendaient que d'elle.

Barthélemy s'entendit répondre oui, timidement.

— Eh bien, qu'est-ce que ce serait si tu ne l'étais pas ! Tu fais une tête d'enterrement !

Il lui donna une tape sur l'épaule et commanda les cafés. Mme Lucas était rayonnante. Cela faisait longtemps que Just ne l'avait vue ainsi : sereine, détendue, alors qu'elle se remettait tout juste de ce qu'elle avait dit être une chute de cheval. Les traces en étaient visibles sur son visage : une lèvre enflée et un œil à demi fermé.

— Vous avez eu de la chance de vous en tirer à si bon compte. Real est pourtant un cheval tranquille.

— Il a eu peur d'un animal. Il a fait un écart. Et je me suis retrouvée les quatre fers en l'air !

— Pas d'autres bobos ?

— Non ! Un miracle.

Ils burent leur café, puis Just reprit le chemin du château. Milot les attendait au volant de la Claveaux-Descartes bourrée à craquer. Mme Lucas s'installa à ses côtés et lui ordonna de se rendre à Besançon. Just et Barthélemy repartirent chez Lucien.

De la fenêtre de son bureau, Lucas avait assisté à ces allées et venues. Il avait vu Milot charger les bagages de sa femme dans la Claveaux-Descartes, les deux petits culs-terreux l'emmener chez le notaire. Puis son départ, sans un regard, sans un adieu. Dans la fumée de son cigare, il contemplait l'horizon, ce pays où il était né et qu'il n'avait jamais su aimer. Tout s'enfuyait : ses rêves de puissance, de fortune. Sa femme le quittait. Elle allait retrouver celle qu'il avait cru la chair de sa chair. Maurine. Sa photo était posée sur son bureau. Une enfant blonde au regard clair. Peut-être le seul être qu'il eût aimé. Et qu'il aimait toujours. Malgré les révélations de sa femme : avant de devenir Mme Lucas, elle avait eu une liaison avec le fils d'un des clients de son père, un exportateur. Il l'avait invitée en Angleterre, dans la propriété familiale de Dartmoor, en Cornouailles. Un été de plaisir et de passion. Mais ce fils de bonne famille était volage, et la fin de l'été avait marqué pour lui la fin de la passion. La jeune fille amoureuse était rentrée chez son père, déçue, meurtrie. Et enceinte. Elle revit alors ce jeune homme qui la courtisait depuis un an : un employé de son père, plutôt séduisant. Lucas. Du charme, du bagou. Il semblait amoureux. Alors que son tour de taille ne trahissait pas encore son état, elle céda à ses avances, lui laissant croire que c'était la première fois. Ils se marièrent. Et l'enfant de l'amour, conçu en Cornouailles, naquit quelques mois plus tard, un peu avant terme – ce qui n'avait rien d'exceptionnel –, et devint Maurine Lucas.

Le châtelain alla se servir un whisky qu'il but lentement, face à la fenêtre donnant sur le parc. Il avait obtenu de sa femme qu'elle gardât le silence. Il ne servait à rien que Maurine sût. Ils avaient conclu un pacte. Secret absolu. Et jusqu'à la naissance de l'enfant, il ne serait pas question de divorce, afin de ne pas perturber la grossesse de Maurine. Mme Lucas avait accepté, une dernière fois, d'honorer les créances de son mari. Elle lui laissait également, jusqu'à nouvel ordre, la jouissance du château et des terres. À condition que désormais il la laissât tranquille, libre de vivre à sa guise. Lucas avait estimé qu'il s'en tirait à bon compte. Il avait jugulé l'incendie. Mais d'autres braises couvaient encore. Lucas posa son verre et se dirigea vers le téléphone.

11

L'après-midi s'achevait. Gérard Monnier n'arrivait pas à se résoudre à rentrer à Besançon. Pourtant, des commandes l'attendaient. Le psychiatre de la Grande-Rue lui avait confié l'intégrale d'Hugo à relier en pleine peau. La bibliothèque municipale le suppliait de restaurer des incunables. Mais il était heureux chez son frère. L'été qui s'achevait avait inauguré un nouveau cycle dans sa relation avec Flora. Dans ce coin de campagne, elle s'était retrouvée. Après le drame évité de justesse, elle avait pris la mesure de sa chance : un homme l'aimait. Un homme bon et sincère. Ses enfants étaient autour d'elle. Sa belle-fille allait la faire grand-mère pour la première fois. Celle qui avait failli mourir allait donner la vie. Flora ne se posait plus de questions sur son amour. Elle avait enfin admis que son bonheur dépendait de cet homme au front haut, aux yeux clairs, qui, dès le premier regard, avait semblé tout connaître d'elle.

Un matin d'août, elle l'avait emmené au cimetière où reposait Ludovic. Elle s'était recueillie devant la tombe pendant que Gérard la fleurissait de branches d'aubépines. Il avait arraché les mauvaises herbes et sarclé son pourtour. Puis s'était tenu debout, à côté de Flora. Une part de la vie de la femme qu'il aimait était là, sous cette terre. Cette part, il avait décidé de la faire sienne. En un échange profond et lumineux. C'était tout ce qu'elle attendait de lui.

Les deux frères Monnier buvaient l'apéritif quand Just et Barthélemy arrivèrent. Joëlle, Flora et Cécile finissaient de remplir les bocaux de confiture. Aliette lisait avec Clément une aventure de Tintin.

— Alors ?

Barthélemy sourit à sa mère.

— C'est fait.

Flora s'essuya les mains et vint les embrasser. Elle pleurait.

— C'est vrai?

Elle arracha son tablier.

— Just, emmène-moi. Emmène-moi chez nous.

La Facel roulait au pas dans le bois des Mayes, suivie par toute la famille Mouthier. Quand elle vit le chemin s'incurver dans la descente, Flora n'y tint plus: elle sauta de voiture et se mit à courir. Elle s'arrêta à la limite de la cour et attendit: ils la rejoignirent et, tous ensemble, ils passèrent la barrière.

Just et Barthélemy fumaient, appuyés à un chêne cerné par les hautes herbes.

— Maintenant, Bart, c'est à toi de jouer. J'ai vu Lechaume, à Pontarlier. Il est partant. Les plans seront faits à Besançon. Si tu le veux, les travaux commencent dans deux semaines. Et si tout se passe bien, la Frasne sera terminée au printemps.

— Je n'arrive pas à y croire.

— Viens par ici.

Il l'entraîna vers le murger, d'où on apercevait le bois des Mayes et la limite des Jonquets, à deux kilomètres.

— Tu comptes faire de l'élevage?

— Bien sûr.

— Si tu veux vraiment en vivre, il te faut pas mal de bêtes, donc pas mal de terrain. Et puis on ne sait jamais, tu peux avoir envie de te diversifier. Chevaux, sylviculture, que sais-je. La parcelle de papa me semblait un peu juste. J'en ai parlé à Mme Lucas.

Il prit son frère par l'épaule.

— Regarde. Tu vois les Mayes, jusqu'à la rivière? Les champs derrière Tarrières, et les Jonquets, à la limite nord du village?

— Oui.

Barthélemy n'osait comprendre.

— Tout est à toi. À dater de ce jour, tu es le plus gros fermier de la région.

Barthélemy en laissa tomber son bâton de marche. Just le ramassa. Au pommeau, les yeux rubis de la Vouivre brillaient sous le soleil couchant.

— Ce bâton t'a porté chance. On dirait que cette sale bête en pince pour toi, dit-il en riant.

Barthélemy serra Just contre lui. Au loin, les droseras tendaient leur piège dans l'ombre des marais. La canneberge étirait ses rameaux grêles à l'abri des bouleaux et des épis de laîche. Le soleil irisait la surface des étangs. Les deux frères rejoignirent la famille qui attendait, dans la fraîcheur du soir.

12

Le Gèdre se remettait lentement. Le fils aîné de la pute Vallard commençait à s'alimenter, bien que tout lui semblât infect et sans saveur.

Les infirmières étaient terrorisées. Elles ne pénétraient dans sa chambre qu'accompagnées par un gendarme, l'arme au poing. Il était pourtant sanglé, mais le récit de ses crimes avait frappé les imaginations. Il était incapable d'articuler un mot : des plombs s'étaient fichés dans sa gorge, qu'on avait bandée après extraction. Il avalait difficilement, ne supportait l'eau que glacée. Il dormait toute la journée, assommé de somnifères. Il avait subi deux opérations. Son corps avait réagi magnifiquement. Il était de constitution solide. Il avait survécu dans des conditions extrêmes, en pleine nature. Sa connaissance parfaite des plantes et des herbes lui avait plusieurs fois sauvé la vie.

Lesueur commença à rôder autour de l'hôpital à la mi-août. Mais les gendarmes étaient partout, et il était recherché. Il décida d'attendre une occasion plus propice. Il avait été décidé en haut lieu de transférer le criminel dans un établissement pénitentiaire. Mais aucun ne répondait à des critères sanitaires suffisants. Le rebouteux resta donc à Maîche. Lesueur établit ses quartiers dans une pension de famille, sous un faux nom. Mais Lucas s'impatientait : il prenait régulièrement par Grenier des nouvelles du Gèdre, dont personne ne soupçonnait qu'il était son frère aîné. Le scandale aurait été énorme et la réputation de Lucas ruinée à jamais dans la région. Le châtelain avait donc résolu de le faire taire. Pour l'instant, la blessure à la gorge du rebouteux lui donnait un répit. Mais il ne serait que de courte durée. Lucas ne voulait courir aucun risque. Certes, il était à peu près certain que le Gèdre ignorait que l'homme dont il avait enlevé la fille n'était autre que son frère cadet, qu'il avait chassé de sa maison il y a des années. Quant à leur patronyme commun, Lucas, il ne faisait aucun doute que le Gèdre l'avait oublié depuis longtemps, si tant est qu'il l'eût connu un jour : leur père les avait abandonnés quand ils étaient de jeunes enfants, et la pute Vallard, dans sa haine pour son ancien mari, s'était ingéniée à le leur faire oublier. Le châtelain lui-même avait eu toutes les peines du monde à se faire délivrer un certificat d'état-civil, quand il avait voulu se marier : la pute Vallard vivait en marge de la société. C'est grâce au curé du village qu'il avait pu se procurer le précieux papier. Malgré tout, le châtelain savait qu'un jour ou l'autre, la vérité risquait d'éclater. Lesueur avait donc été prié de remplir son contrat au plus vite.

L'ancien complice de Becquet essaya d'abord de gagner du temps, arguant que l'entreprise était, pour l'instant, vouée à l'échec. Lucas accepta de patienter et de payer les faux frais de Lesueur. Mais quand le commissaire Grenier lui apprit que le médecin avait donné son feu vert pour interrogatoire à compter de la semaine suivante, le châtelain ordonna à son homme de main de passer à l'action.

Même s'il avait jusque-là semblé traîner la jambe, l'ancien chef de rayon du *Magasin général* de Besançon n'avait pas perdu son temps : dans un restaurant voisin de l'hôpital, il avait fait la connaissance d'une jeune infirmière qu'il n'avait pas mis longtemps à séduire. Grâce à elle, il avait appris que la nuit, la surveillance policière se relâchait : un seul homme en faction devant la porte de la chambre du rebouteux, un autre à l'entrée principale. Sous prétexte de la rejoindre pendant sa garde de nuit, il obtint de sa conquête qu'elle laissât la sortie de secours entrouverte, à l'étage où était soigné le Gèdre. Il grimpa par le toboggan et, sitôt dans la place, fila aux toilettes, versa de l'essence sur des linges qu'il enflamma. En quelques minutes, une fumée noire emplit le couloir, déclenchant l'alarme. Le gendarme en faction quitta son poste, laissant la voie libre à Lesueur, qui se glissa dans la chambre du Gèdre. Pour en ressortir aussitôt, un homme à ses trousses : ce qu'ignorait l'infirmière, c'est qu'un inspecteur de la police judiciaire était arrivé de Besançon la veille au soir et que, plutôt que de coucher à l'hôtel, alors qu'il devait faire un rapport sur l'état du prisonnier dès son réveil, vers six heures du matin, il avait préféré passer la nuit à son chevet.

Lesueur courut jusqu'à la sortie de secours, se jeta dans le toboggan et disparut dans la nuit sans que le policier ait eu le temps de l'en empêcher. À dater de ce jour, les protections autour du malade furent renforcées de manière drastique et Lesueur fut contraint de quitter la ville pour se cacher à nouveau dans les bois : l'infirmière de garde avait été interrogée, puis licenciée pour faute grave, après avoir fourni de lui un signalement précis. Lucas comprit alors qu'il avait fait une énorme bêtise : non seulement il avait engagé pour ses basses œuvres un parfait imbécile, mais il était maintenant à sa merci : qu'il parle, et il était perdu. Avec ce genre d'homme, l'argent était la seule force de dissuasion efficace. Or Lucas en manquait.

Lesueur se manifesta très vite auprès du châtelain : pour lui, le contrat courait toujours. Afin de le tenir en haleine, mais surtout en respect, Lucas lui fit parvenir régulièrement de petites sommes, tout en lui ordonnant d'attendre ses instructions.

13

À Besançon, la fin de l'été avait ramené en ville une foule brunie par le soleil de l'Océan, l'escalade de sommets escarpés ou la proximité des rivages dorés, en ces pays lointains où chante la lumière.

La Grande-Rue avait des allures provençales, la rue des Granges des airs d'Estrémadure. Des belles court vêtues dévoilaient leurs épaules, cheveux blondis par le soleil. La taille souple et le corsage bien rempli, elles déambulaient, sous le regard oblique des jeunes gens et des vieux séducteurs installés aux terrasses. Place Saint-Pierre, les pigeons se régalaient de miettes de sandwiches et de croque-monsieur. Dans l'air encore chaud, les autobus se frayaient un chemin entre les chalands, les voitures de livraison, les mobylettes et les bicyclettes. L'épicier de la rue d'Anvers n'en finissait plus de remplir des cornets gaufrés de glace à l'italienne qui coulait entre les doigts, guimauve glacée tirée d'un appareil vrombissant couleur vanille. La rentrée des classes approchait. Les étals des grands magasins se remplissaient de cahiers à couvertures colorées, à petits, moyens ou gros carreaux, de stylobilles à capuchon ou à ressort, de gommes, de taille-crayons, de paquets de copies et de boîtes de crayons de couleurs, de crayons *de papier*, d'équerres, de rapporteurs, de compas à mine ou à encre, de buvards, de papier-calque, de petits pots de cette colle blanche et pâteuse qu'on goûtait avec délice à l'aide de la pelle en plastique placée à l'intérieur, de rouleaux de scotch – une nouveauté sensationnelle – qui viendraient bientôt remplir les sacs de classe des écoliers et des lycéens.

Au rayon vêtements attendaient les blouses en nylon rose et bleu, en toile grise pour les maths spé et maths élém. Elles s'orneraient vite de dessins évoquant sans ambiguïté des pratiques licencieuses, ou d'inscriptions personnalisées : « Monnin est un con », « I love Martine Michaud », qu'elles soient l'œuvre du propriétaire ou d'un voisin d'étude inspiré. La piscine faisait encore le plein. Des couples d'amoureux se cachaient entre les bosquets d'arbres longeant le bassin. Des mères de famille surveillaient leur progéniture pataugeant dans le petit bain. Et sur le solarium, qui descendait en terrasses jusqu'à la rivière, des éphèbes exhibaient leur boxer short ou leur caleçon de bain en polyamide, aux côtés d'adolescentes feignant l'indifférence, plongées dans la lecture de *Salut les Copains* ou *Mademoiselle Âge tendre*. Le chlore et l'ambre solaire dansaient un ballet odorant et coloré sous le soleil encore vif de septembre.

Derrière la grande barre des Montrapon, Djeck et Moktar réparaient une mobylette sous l'œil de Ferdinand, qui, lui, passait pour un rupin, avec sa 500 Terrot.

— Serre bien la chaîne.
— T'inquiète pas, mon frère, elle est tendue, on dirait la corde d'un violon.
— Mets de la graisse.
— J'ai trouvé de la spéciale compétition. Avec ça, Djeck, il pourra faire le Bol d'Or.

Cette discussion de spécialistes fut interrompue par l'arrivée de Fatia.

— Hé, ma belle! C'est gentil de passer nous voir.

Elle portait un jean serré et une chemise américaine. Un trait de khôl soulignait ses yeux noirs.

— Ferdinand, je peux te parler?
— Bien sûr.

Ils marchèrent vers une maigre pelouse.

— C'est vrai pour *la blonde*?
— Maurine?
— Elle est enceinte de Just?

Ferdinand hésitait à répondre.

— Je crois que oui.

— Alors, écoute-moi.

Elle planta ses yeux dans ceux de Ferdinand.

— J'aime Just, et toi, tu l'aimes aussi. Mais il ne veut pas de nous.

— Fatia...

— Sa femme va lui donner un enfant. Eh bien, cet enfant, Ferdinand, je jure sur ce que j'ai de plus sacré que je l'aimerai comme si c'était le mien, et que si quelqu'un touche à un de ses cheveux, je le tuerai de mes propres mains. Voilà ce que je voulais te dire.

Elle serra Ferdinand dans ses bras et partit vers la ville.

Just travaillait à l'atelier sur une basane d'une qualité exceptionnelle, au grain souple et à la couleur tabac blond, quand il entendit dans l'escalier des pas qu'il reconnut aussitôt. Fatia n'eut même pas le temps de frapper à la porte.

— Entre.

Elle l'embrassa sur la joue, passa à côté de lui en le frôlant.

— Tu sais ce qui m'amène ?

— Je m'en doute un peu.

Il reprit son travail. Quand il releva les yeux, Fatia était nue devant lui.

— Qu'est-ce que tu fais ? Tu es folle ?

Elle s'avança, rejeta ses cheveux en arrière et s'agenouilla.

— Laisse-moi te faire plaisir.

Elle défit son ceinturon et s'apprêtait à faire sauter le premier bouton de son pantalon quand il lui empoigna les poignets et la repoussa violemment. Elle tomba sur ses fesses en riant aux éclats.

— Tu es le premier! Tu es le seul!

Just l'aida à se relever.

— Qu'est-ce que tu racontes?

— C'est la première fois qu'on me refuse une pipe. Bravo. Tu es un héros.

Elle se rhabilla devant Just éberlué.

— Excuse-moi, mon beau, mais j'avais besoin de savoir. Je n'aurais pas supporté que ma meilleure ennemie soit enceinte d'un salaud. Maintenant, je sais que tu l'aimes vraiment, et je ne peux rien contre ça.

— Tu en doutais?

— Tu sais, Just, les serments, les mots d'amour, on y croit ou on n'y croit pas. Mais une pipe de Fatia, ça ne se refuse pas!

Elle se serra contre lui, comme une sœur.

— Je t'aime.

Et elle s'en alla.

Le soir même, Just, fier comme Artaban, raconta l'épisode à Maurine. Celle-ci n'en sembla pas émue.

— Elle est très forte.

— Ah oui?

— Mon pauvre chéri, tu ne connais pas les femmes. Si tu avais accepté son petit... cadeau, est-ce que tu m'en aurais parlé?

— Pas sûr...

— Sûr que non! Elle savait que tu allais refuser et que, content de toi, tu ne résisterais pas au plaisir de tout me raconter. En fait, elle n'avait qu'un but : me rendre folle de jalousie.

D'abord décontenancé, Just tenta de reprendre le dessus :

— Chérie, je ne connais peut-être pas les femmes, mais toi, tu ne connais pas Fatia : elle est beaucoup moins rouée que tu ne le penses.

— Et je suis moins bête qu'elle ne l'imagine, j'ai cessé d'être jalouse.

— Tu m'inquiètes.

— C'est pourtant la vérité. J'ai trouvé la recette. Elle est infaillible.

— Donne-la-moi.

— Je te fais confiance, Just Mouthier. Une confiance aveugle, stupide et sans limites.

Elle l'embrassa et lui demanda de mettre le couvert.

Devant le miroir de sa coiffeuse, Fatia Hassari se maquillait. Derrière elle, on distinguait le moiré des voilages tendus sur les murs. Un mobile où s'accrochaient des oiseaux de nacre tournoyait à la lueur des bougies. De l'encens brûlait dans une coupelle de métal. La nuit tombait. Les Founottes s'éveillaient. Des ombres passaient devant les fenêtres de la roulotte. Une guitare égrena une mélodie. Fatia se mit à fredonner. La chanson parlait d'amour et de mers lointaines. Elle mit du fard sur ses joues, rectifia le trait de khôl, alluma une cigarette, se leva et sortit.

Le père Grelin finissait de dîner. Il mit la bouilloire à chauffer pour se faire un café, ralluma un mégot abandonné sur le bord de l'assiette. Le Gris dormait près du poêle. Il se mit à gronder quand on frappa à la porte.

— Qui est là ?

— Une amie des Mouthier.

Grelin entrebâilla la porte, puis l'ouvrit toute grande : devant lui se tenait une apparition. Une des plus belles filles qu'il ait vues de sa vie. Brune, les yeux sombres, la taille fine, les hanches voluptueuses.

— Mademoiselle.

D'emblée, il retrouva cette voix chaude et charmeuse dont il usait avec les femmes, ce qui fit rire Fatia.

— On ne m'avait pas menti : vous êtes un séducteur.

— Qui vous l'a dit ?

— Just et Barthélemy. Vous me laissez entrer ?

Il s'effaça devant elle.

— Que puis-je pour vous, mademoiselle ?

— Me faire l'amour.

D'abord stupéfait, il balbutia quelques mots, puis se reprit et... s'exécuta. Il fut un amant passionné, infatigable. C'est Fatia qui dut le raisonner.

— Gardes-en pour la prochaine fois.

Elle se blottit contre lui. Il était au paradis.

— Fatia ? Qu'est-ce que j'ai fait pour mériter ça ? Je suis un vieux bonhomme. Pourquoi moi ?

— Les jeunes sont cruels. Et j'ai horreur des hommes mariés.

Elle frotta sa joue à sa moustache.
— De toute façon, l'âge, je m'en fous.
Elle se leva, se rhabilla.
— Tu reviendras ? dit Grelin.
Elle posa un baiser sur ses lèvres.
— Bien sûr. De temps en temps. Quand j'aurai envie de toi.

Et elle partit. Convaincu d'avoir rêvé, le vieil homme courut à la fenêtre pour la regarder s'éloigner. Il ne la quitta pas des yeux jusqu'à ce qu'elle disparaisse, silhouette dansante sous les réverbères.

14

— Maman ? Tu viens dîner ?

Cela faisait trois semaines que Mme Lucas s'était installée chez Maurine et Just. Elle avait d'abord passé l'essentiel de ses journées dans la chambre d'ami, ne se montrant que pour le dîner. Elle avait besoin de se retrouver, disait-elle. Maurine ne mit pas longtemps à s'apercevoir que, de cette façon, sa mère pouvait boire sans éveiller les soupçons. À table, elle ne buvait que de l'eau, et il fallut que Maurine la prenne en flagrant délit dans sa chambre, la bouteille de whisky à la main, pour que sa mère accepte d'aller consulter. Le Pr Latran lui prescrivit des anxiolytiques et, au fil des jours, veillée et surveillée par sa fille, elle se libéra de son addiction. Maurine restait cependant vigilante.

Mme Lucas apparut, en tailleur beige, le cou orné d'un sautoir, l'œil vif et la démarche assurée.

— Mes enfants, je meurs de faim! Comment te sens-tu, ma chérie?

— Bien, maman. Quoique ce matin j'aie eu des vertiges.

— Magnésium! Mange du chocolat!

Maurine semblait s'acheminer vers une grossesse sans problèmes. De constitution robuste, elle avait acquis à la campagne un solide fonds de santé, et sa gynécologue lui avait assuré qu'elle était faite pour enfanter comme un oiseau pour chanter. Surtout, elle était heureuse. Elle vivait enfin sa vie de femme, auprès de l'homme qu'elle aimait. Et la présence de sa mère la rassurait, non pas tant pour elle-même que pour l'idée réconfortante de la savoir sereine et enfin libérée de l'emprise de son mari. Maurine aimait son père et le détestait, avec une égale passion. Elle ne lui pardonnait rien, mais se serait fait tuer sur place plutôt que de le renier. Elle s'était cependant rendue à la raison: il était parvenu à un point de non-retour, aveuglé par les mirages du pouvoir et de l'argent. Elle savait qu'il l'aimait. Dès qu'il posait le regard sur elle, il devenait autre, dévoilant sa part d'humanité et laissant espérer l'impensable: qu'il change. Mais ces instants étaient trop fugitifs pour qu'on y pût distinguer autre chose que des fulgurances, des fenêtres entrouvertes sur une lumière fuyant vers l'infini, et dont l'éclat ne demandait qu'à mourir, comme ces étoiles qui foncent dans le noir et qu'on voit disparaître un jour. Lucas courait à sa perte. Tout le monde le savait : tout le monde était parti. Lui s'entêtait à croire à sa bonne étoile, qui n'en pouvait plus de briller et ne cherchait qu'un coin perdu où se cacher.

Deux mois passèrent. Au 47 de la rue Bersot, alors que les roses trémières avaient fait place, sur les bordures de la courette pavée, à un parterre de sauge, le lierre continuait sa lente ascension le long des murs jaunis. Au deuxième étage, des fenêtres de l'appartement de Maurine et Just s'échappaient des notes de piano. Mme Lucas et sa fille jouaient à quatre mains, inaugurant l'instrument livré le matin. C'était un superbe Gaveau à queue, acquis à la salle des ventes et accordé par un artisan de la place Marulaz. Il sonnait franc et clair, et les mains des deux femmes couraient sur le clavier en souples entrechats. Sous leurs doigts s'envolaient des trilles, jusqu'aux oreilles de Chopin qui, dans son cadre à moulures, fixait le papier peint de son regard mouillé. Just tourna la page de la partition, pour le finale. Mme Lucas s'appliquait, Maurine frappait les notes plus vite et plus fort, la cadence s'accéléra jusqu'au dernier accord, plaqué avec tant de vigueur qu'un merle perché sur une gouttière prit peur et s'envola.

— Pourvu que cet enfant aime la musique, dit Mme Lucas en posant la main sur le ventre de sa fille.

— En tout cas, vous ne faites rien pour l'en dégoûter, complimenta Just.

Mme Lucas alla à la fenêtre.

— Il fait beau. Si nous allions nous promener?

Ils partirent tous trois vers les berges du Doubs. Au moulin Saint-Paul ils longèrent la rivière. Octobre finissait. La ville avait perdu sa gaîté, les fleurs avaient disparu des fenêtres. L'automne donnait aux collines des nuances cuivrées. Le Jacquemard sonnait dans un air immobile. Soleil et bleu du ciel se confondaient. À Micaud, les cygnes glissaient, le col courbe, le bec au ras de l'eau.

— Tu n'as pas froid, chérie?

Maurine et sa mère se donnaient le bras. Just marchait devant, fumant des cigarettes. Sur leur passage, les promeneurs murmuraient, se retournaient. La Une de *Match* avait marqué les esprits, les Bisontins n'avaient pas oublié: Maurine et Just étaient devenus, sans le vouloir, des célébrités.

— On passe dire bonjour aux Béliard? J'ai envie de voir Ferdinand.

Le meilleur ami de Just gérait maintenant à lui seul *Le Cep de Comté*, que son père lui avait confié. Le vin n'avait plus de secrets pour lui. Les cépages du Jura étaient bien sûr sa spécialité, mais il excellait également dans les crus de Bourgogne. Il avait tenté d'initier Just, sans grand succès: celui-ci n'y entendait rien, il avait des goûts plus rustiques: à un bâtard-montrachet 1955 il préférait trois bières à la *Croisée des Loups*. Ils passèrent d'abord saluer Armelle et Louis Béliard, qui s'activaient à la boutique. Quand ils entrèrent, le silence se fit parmi les clients. Louis les conduisit à la réserve, où il leur offrit du café et des macarons. Puis il prit Just à part.

— Ce matin, j'ai reçu une visite. Une dame, la quarantaine, avec une jeune fille. Un drôle de genre toutes les deux. La dame cherchait ta mère. Je ne lui ai rien dit, j'attendais de t'en parler. Elle doit repasser dans l'après-midi.

— Elle vous a dit son nom ?

Louis sortit son carnet d'épicier, en détacha une feuille et la lui tendit. Deux noms y étaient inscrits : Céleste et Rosine Morizet.

Ferdinand les rejoignit, pendant que Louis retournait en boutique.

— Alors, mon vieux Ferdi, te voilà installé : un appartement, un travail, dit Just en lui serrant la main.

— Il ne me reste plus qu'à faire fortune ! Comme toi.

— Ce que tu as vaut tous les trésors.

Ferdinand leur servit un verre de vin de paille, le péché mignon de Maurine. Puis les deux femmes partirent pour le marché, pendant que Just prenait la direction de Bregille. Ferdinand le regarda partir, avec toujours au fond du cœur le même déchirement.

Gérard et Flora étaient de retour à Besançon. Flora avait longtemps hésité. Mais sa place, elle le savait maintenant, était auprès de Gérard. Il avait fallu qu'elle le quitte pour s'apercevoir qu'il lui était indispensable. Le relieur récoltait maintenant les fruits de sa patience. Sa femme était amoureuse, elle le lui montrait la nuit, dans la chaleur des draps, et le jour, quand à son bras elle se faisait chatte, câline. Elle se plaisait maintenant en société, aux côtés de Gérard. Ils dînaient souvent en compagnie de Sébastien Choret et de Dormois, complices d'ésotérisme. Ensemble ils refaisaient le monde, comme d'éternels étudiants, épris de progrès et cherchant dans les mythes du passé de quoi éclairer les chemins de l'avenir. Ces hommes singuliers amusaient Flora. Après l'avoir intronisée Reine des songes et Semeuse d'espérance, ils avaient fait d'elle leur muse, la prenant à témoin de leurs découvertes, de leurs enthousiasmes. Ils étaient sensibles à sa beauté, et maintenant, à son charme : elle avait abandonné ce masque d'austérité et de méfiance qui, autrefois, pouvait rebuter. Elle s'épanouissait. Comme le dit Choret à Gérard : « Ta femme est une Salammbô heureuse. Elle a trouvé son Mathô. Gare au voile de Tanit ! »

Gérard prenait ces compliments comme il prenait la vie : à la légère. Mais il était flatté.

Just les trouva sur la terrasse, en train de boire le thé.

— Maman, Céleste Morizet est à Besançon, avec sa fille. Elle est passée chez Louis Béliard. Elle te cherche.

Flora posa sa tasse.

— Elle a besoin d'argent. Il y a trois mois que je ne lui ai pas rendu visite.

— Quel âge a Rosine, maintenant ? demanda Gérard.

— Quatorze ans. Bientôt quinze.

Rosine. La fille de Céleste et de Ludovic Mouthier. Flora n'éprouvait plus de rancœur. Mais elle se méfiait de Céleste. Auprès de cette femme, Rosine était en danger.

— Où sont-elles ?

— Elles doivent repasser chez Béliard cet après-midi.

— J'irai.

Quand Flora arriva à la boutique, vers cinq heures du soir, elle trouva Rosine assise à côté de Ferdinand, derrière le comptoir de la cave à vins.

— Tu as encore grandi, ma chérie.

Rosine avait les traits fins, des yeux noirs et déjà un corps de femme. Impression accentuée par les vêtements qu'elle portait : corsage ajusté, pantalon moulant, talons hauts. Elle était maquillée.

— Madame Monnier, quel bonheur !

Céleste se jeta dans les bras de sa bienfaitrice avec un enthousiasme excessif. Flora l'entraîna à l'écart.

— Vous n'avez pas honte ?
— De quoi ?

Elle jouait la candeur avec un art consommé.

— Vous habillez votre fille comme une putain.

Céleste protesta pour la forme.

— Si vous persistez, je ne vous donne plus un sou. À vous de choisir.

— Pardon, madame. Je lui prête mes affaires. C'est pour faire des économies.

Flora haussa les épaules.

— Passons. Pourquoi Rosine n'est-elle pas au lycée ?

— J'ai dû quitter Lure. Lesueur m'a retrouvée.

Elle mentait. C'est elle qui avait retrouvé Lesueur. En traînant dans les bars de nuit. Elle le cherchait depuis des mois. Il la fascinait. Brutal, dangereux. Pour elle, un homme, c'était ça. Lui, fatigué de vivre dans sa cabane de charbonnier, s'était risqué en ville. Il avait croisé des amis, d'anciens complices. Et, un soir, Céleste était tombée sur lui. Lesueur s'était aussitôt installé chez elle. Trois semaines plus tard, elle s'était rendu compte de son erreur. Il lui faisait vivre l'enfer. Elle s'était enfuie.

— Il sait que vous êtes à Besançon ?

— Je ne crois pas.

Ferdinand ne quittait pas Rosine des yeux. Il croyait voir devant lui le double féminin de Just : même regard, même élégance innée. Quelque chose lui disait que le destin était en train de lui jouer un tour.

— Il est malin. Il va revenir. Il faut vous cacher.

Ferdinand, qui avait perçu des bribes de leur conversation, intervint :

— Madame Monnier, chez moi il y a suffisamment de place. Si je peux rendre service à cette dame. Et à sa fille.

Flora réfléchit : elle avait les moyens de payer un logement à Céleste et à Rosine. Mais une mère et sa fille seraient vite repérées. Alors qu'un couple, même mal assorti, et une adolescente... Et puis la rue du Chasnot, où habitait Ferdinand, était éloignée du centre. Elle montait jusqu'à la voie ferrée, qui courait sous les fenêtres de son immeuble. C'était un quartier à l'écart. Avec peu de passage.

— Je crois que c'est une bonne idée.

Rosine et sa mère s'installèrent le soir même chez Ferdinand.

La nuit, Besançon est une énigme : le centre-ville est un centre-île, qu'une lyre enserre dans ses hanches. Les lumières s'arrêtent au bord de la rivière pour reprendre au-delà, comme un camp assiégé par une armée dont les feux courent jusqu'à l'horizon. La citadelle semble imprenable, ses remparts épousent le relief sinueux. Le rêve d'un monarque est maintenant la gloire de la ville, son Acropole, sa muraille de Chine. Étrange serpent de lumière aux écailles blondes, aux yeux multiples, semblant digérer quatre siècles d'histoire. Des maisons isolées s'accrochent aux collines. Ces ermitages intriguent : pourquoi si loin, si haut ? On en voit aussi sur la ligne de crête, guirlandes lumineuses soulignant l'horizon. Au-dessus d'elles, les étoiles. Un mystère de plus. L'énigme se referme jusqu'au lendemain.

Du Belvédère de la Chapelle-Des-Buis, Lesueur interrogeait la ville. Chasseur, il s'était habitué à déchiffrer la nuit. Les deux femmes qu'il cherchait se trouvaient à ses pieds, dans ce désert de lumières et d'ombres. Flora vivait à Bregille. Inaccessible. Trop bien gardée. Céleste était là, quelque part. Il avait de nouveau goûté avec elle à des plaisirs oubliés. Le parfum de sa chair. Le sublime abandon entre ses cuisses ouvertes. Elle s'était enfuie. Il la retrouverait. Ça ne faisait aucun doute. Il vida une bière et descendit vers la ville.

Just et Maurine lisaient au lit. Du pick-up filtrait des harmonies étranges. Miles Davis torturait sa trompette. La galette de vinyle tournait sur l'axe de métal, la lumière d'une bougie trempant dans ses sillons.
— Embrasse-moi.
Just posa son livre, se tourna vers Maurine. Il prit ses lèvres entre les siennes, embrassa ses seins, son ventre. Elle tressaillit quand il posa sa langue entre ses cuisses, s'attardant longuement. Bientôt il fut en elle. La trompette de Miles durcissait le tempo. Le batteur excitait ses cymbales, la basse roulait. Ils jouirent ensemble, dans un baiser salé. Tombèrent sur l'oreiller, à bout de souffle. Ils s'endormirent en se tenant la main, puis se quittèrent jusqu'au lendemain.

Mme Lucas dormait. Un rayon de lune éclairait son visage. Sa bouche esquissait un sourire.

À Bregille, Flora avait du mal à trouver le sommeil. Blottie contre Gérard, elle essayait de garder confiance en l'avenir. Mais l'arrivée de

Céleste avait mis à mal sa sérénité. Quand cette femme apparaissait, les ennuis commençaient. Gérard avait tenté de la rassurer : Lesueur, recherché par la police, devait être loin. Mais l'épouse du relieur était familière des caprices du destin. Son instinct la trompait rarement. Elle était sur ses gardes.

IV

Jacques

1

La Frasne renaissait. Le fracas des pelleteuses s'était apaisé et la noria des bennes s'achevait, faisant place nette pour les maçons. Le travail avançait vite. Le chef de chantier voulait terminer le gros œuvre avant les grands froids. On distinguait déjà les contours du futur édifice. De hauts murs, une perspective fuyante, des fenêtres basses. Charpente, lambrechure et tavaillons viendraient plus tard. Les gens du coin passaient voir l'avancée des travaux. Une ferme à l'ancienne, ça ne se faisait plus. Il fallait être un Mouthier pour se lancer dans un cirque pareil. Maintenant, les jeunes voulaient des pavillons, du pratique, du moderne. Du confort. On disait même que le cadet au Ludo avait commandé des meubles *comme dans le temps,* et un poêle à bois, trouvé au Russey. « Il aurait mieux fait de me racheter le mien, avait rigolé le père Gélard. Vu le temps qu'il me reste. »

Barthélemy persistait également à reconstruire un tué. L'architecte lui avait pourtant conseillé d'y renoncer : ça prenait trop de place, et ça refroidissait la maison, si le feu n'y brûlait plus. « Et pourquoi le feu n'y brûlerait plus ? avait rétorqué Barthélemy. – Mais, monsieur

Mouthier, vos saucisses, vos palettes, vous pouvez les acheter chez le charcutier, maintenant ! Fumées et prêtes à cuire ! »

Barthélemy n'avait rien voulu savoir. Il avait son idée. Il était heureux. Son rêve prenait forme.

La combe revivait. Le chemin avait été agrandi, les accès dégagés. De grands feux avaient consumé les mauvaises herbes et les ronces.

Barthélemy avait consolidé et prolongé le murger : il filait droit vers les pâtures. Quand le soleil se couchait sur la Frasne inachevée, le site devenait un théâtre d'ombres. Le crépuscule étirait les perspectives jusqu'aux étangs. Les tourbières s'animaient. La nuit, des animaux venaient fureter. Une renarde maraudait les restes abandonnés par les ouvriers. Dans sa robe noir et or, un grand duc l'observait. Quelques mois plus tard naîtraient les renardeaux. Une proie succulente. À couvert, le chat des Mayes traquait les rongeurs. Son arête dorsale sombre sinuait entre ses muscles puissants. Il venait rôder en lisière. On voyait parfois, de jour, sa queue striée de noir entre deux sapins, dans une trouée de soleil. Son pelage fauve, ses moustaches blanches et ses yeux clairs lui composaient un masque de guerrier celte. Guerrier fantôme, prompt à disparaître, se faufilant entre des totems à l'écorce rugueuse.

Ce jour-là, à l'heure du déjeuner, les ouvriers étaient partis boire le coup au village, pour l'anniversaire d'un des leurs. Barthélemy travaillait au nouveau puits. Un panier à la main, apparut Joëlle Monnier.

— Casse-croûte !

Barthélemy reposa la pierre qu'il taillait, s'épongea le front.

— C'est toi ? Je croyais que c'était Lucien qui devait passer.

— Il a des soucis avec une bête. Il m'a envoyée.

— C'est gentil de t'occuper de moi. Qu'est-ce que tu m'apportes ?

— Des crâpés aux pommes. C'est moi qui les ai faits. J'ai aussi du lard fumé, du jambon...

Elle sortait un à un ses trésors.

— ... du comté. Et du vin aussi.

— Il a pensé à tout, Lucien !

— Je l'ai un peu aidé.

Ils s'installèrent sous le chêne. Joëlle n'avait pas, comme d'habitude, les cheveux attachés. Une mèche balayait son front.

— Dis donc, mais tu es maquillée ! En semaine !

Barthélemy la regardait avec curiosité. Jusqu'à ce jour, elle n'était pour lui que la sœur de son pote Clément. Joëlle Monnier. La fauvette. La fille dégourdie, un peu garçonne, qui ne répugnait pas à taper dans le ballon, à grimper aux arbres et à chahuter avec les gars du village. Elle était devenue femme. Ses yeux noisette, soulignés de rimmel, lui donnaient un regard piquant. Ses joues rondes s'étaient affinées. De petite taille, elle était bien faite, alerte et gracieuse. Comme toute femme, elle savait faire de ses défauts des qualités charmantes : sa brusquerie devenait vivacité, son caractère changeant lui donnait du mystère. Elle assumait si bien sa légère claudication qu'on avait envie de l'aimer, pas de la plaindre. Joëlle Monnier était devenue, en un été, un joli fruit à cueillir. Just ne s'y était pas trompé qui, avant de connaître les penchants de son ami, avait tenté de la pousser dans les bras de Ferdinand. Avec le succès que l'on devine !

— Tu ne manges pas ? Tu dois pourtant avoir faim : tu travailles du matin au soir !

Elle lui découpa une large tranche de pain.

— C'est vrai, je ne te vois plus. Tu pars à l'aube et tu rentres à la nuit.

Elle planta ses yeux dans les siens.

— J'aime bien quand tu es là.

Elle croqua dans la tartine avant de la lui tendre.

— J'aime bien être avec toi.

Barthélemy lui sourit. Avec ses cheveux blonds et ses yeux verts, sa carrure de lutteur de foire et ses bras nus, il avait l'air de descendre d'un drakkar, comme les acteurs de ce film que Joëlle avait vu à Pontarlier, avec le fils Mallardet.

— Tu ressembles à Kirk Douglas dans *Les Vikings*.

— Tu te fous de moi ?

— Pas du tout.

Barthélemy ne s'était jamais trouvé beau. À côté de Just, il avait l'air d'un rustaud, pensait-il. D'un bon péquenot, comme aurait dit son frère.

— Tu as dû avoir plein de petites amies, à Besançon ?

Il pensa à Fatia : ses cheveux noirs, sa bouche rouge, ses seins qu'il avait caressés, et ce feu qui couvait entre ses cuisses.

— Quelques-unes.

Il ne l'avait jamais revue. Il avait compris, après-coup, qu'elle s'était servie de lui, pour rendre Just jaloux. Mais quel souvenir !

— Elles ne te manquent pas ?
— Euh... si, parfois.
— Tu n'as pas envie d'en retrouver une ?
— Faudrait que je sorte, pour ça. Et j'aime pas sortir.
— Fais un effort. Samedi, il y a bal à la Faye. Je n'ai personne pour m'y emmener.
— Et le fils Mallardet ?
— Oh, celui-là ! Des mois qu'il me promène, et je ne vois toujours rien venir.
— Qu'est-ce que tu voudrais « voir venir » ?
— Ça, par exemple.

Elle se pencha vers lui et l'embrassa sur la bouche. Il en fut tellement saisi qu'il en lâcha sa tartine.

— Joëlle !
— Ben quoi ! Je ne te plais pas ?
— Si, mais...

Le second baiser fut plus long. Au troisième, ils se laissèrent glisser dans l'herbe. Ils se relevèrent en entendant le moteur d'un camion.

— C'est les ouvriers qui reviennent.
— Dommage.

Elle arrangea ses cheveux, remit sa jupe en place.

— Alors, tu m'emmènes au bal, samedi ?

Sans attendre sa réponse, elle piqua un baiser sur sa bouche et prit le chemin des Mayes. Sur son passage, quelques ouvriers sifflèrent. Barthélemy la regarda s'éloigner, mordit dans un crâpé et se remit à l'ouvrage.

Le soir, quand il demanda à Lucien des nouvelles de la vache qui l'avait retenu à la ferme, celui-ci ouvrit des yeux ronds.

— Elles sont en pleine forme, mes bêtes. Où t'es allé chercher ça ?

Occupée à plier des linges sur la maie, Joëlle souriait.

Après le souper, Lucien et Barthélemy sortirent fumer une cigarette.

Le ciel était dégagé, la lune haute. Des chiens aboyaient au loin, dans la vallée. Tilt leur répondit, puis il bâilla et se coucha sur le banc de pierre. Les bêtes étaient rentrées, les outils nettoyés. Lucien avait lavé les roues du tracteur, changé la paille dans le poulailler. À la ferme, il n'y avait plus beaucoup de travail. C'était l'époque des petites réparations, avant l'hiver. Changer quelques tavaillons, redresser la gouttière, ranger le charri[1].

— Demain, je vais passer le tonneau à l'eau, il est un peu égreli[2]. Ça va le retendre. Le râpeur doit passer dans la semaine. On aura de la bonne

---

1. La remise.
2. Sec et peu étanche.

choucroute pour cet hiver. Et après, faudra tuer le gouri. La Toussaint approche. On va bientôt mettre à fumer.

— Tu sais que mon architecte voulait me supprimer le tué ! Soi-disant que ça se fait plus ! Je lui ai retendu les bretelles.

— T'as bien fait.

La pâture était vide. Un beau matin on se lèverait et tout serait blanc, des crêtes aux bords de la rivière. Les reliefs s'estomperaient, on ne distinguerait plus que les piquets de clôture et les sapins en sentinelles.

— Alors, mon gars, après l'hiver, t'es dans tes murs ?

— J'espère bien.

— Tu vas manquer ici. Tu bosses pour dix. Et mon Clément va plus tarder à filer. Il veut faire horloger.

— Tu le laisseras aller ?

— Évidemment.

— Tu lui as dit ?

— J'attends son anniversaire.

Il eut un geste fataliste.

— Je serai le dernier fermier de la famille. C'est comme ça.

Il prit Barthélemy par l'épaule.

— Je dis des bêtises : le dernier fermier, ce sera toi. Et qui sait, t'auras peut-être un fils pour reprendre. Ils sont pas finis, les montagnons.

La fumée des cigarettes se perdait dans l'air froid. Sous un ciel d'encre où les étoiles tardaient à monter, enracinés dans cette terre qu'ils aimaient, Lucien et Barthélemy cessèrent de parler. Les mots ne servaient à rien. Il suffisait d'écouter l'eau couler entre les roches, de suivre des yeux le vol d'un faucon, d'entendre s'éveiller la nuit, de regarder le vent disperser les nuages et de sentir le parfum d'herbe mouillée qui montait des grands champs, pour se sentir paysan jusqu'au fond de l'âme, et comprendre que rien ne vaudrait jamais que cela change. Pour ces deux hommes, la vie était un mystère – comme ceux qu'on jouait au Moyen Âge – dont la nature était à jamais le décor.

Quand Barthélemy regagna sa chambraute, il fut surpris de voir de la lumière sous la porte. Dans son lit l'attendait Joëlle. Elle posa un doigt sur ses lèvres et lui fit signe de la rejoindre. Il s'approcha, médusé.

— Je suis venue finir ce qu'on a commencé, lui murmura-t-elle à l'oreille, avant de retirer sa chemise de nuit.

Elle avait des seins menus et des hanches fines. Barthélemy s'assit près d'elle, sur le lit.

— Et puis, tu m'as dit que tu n'aimais pas sortir. Ça te dispensera de bal, samedi.

Elle l'aida à se déshabiller. Il se laissait faire, un peu ahuri.

— T'es costaud.

Il avait un torse de cracheur de feu, des biceps épais. Coquine, elle s'attaqua à son pantalon, le lui retira, fit de même avec son slip.

— Décidément, t'es costaud.

Il rit. Ils s'embrassèrent longuement, se caressèrent, firent l'amour. Pour elle, c'était la première fois. Quand Barthélemy entra en elle, elle étouffa un cri. Il voulut se retirer. Elle le retint, s'agrippant à ses hanches. Les yeux fermés, elle haletait. Quand elle cria sans aucune retenue, en lui mordant l'épaule, Barthélemy se demanda si c'était de plaisir ou de douleur.

Il était allé chercher un cruchon d'eau fraîche. Ils burent tour à tour.

— J'ai croisé ton père.
— Il ne dormait pas?
— S'il dormait, on a fait ce qu'il fallait pour le réveiller!

Ils arrivèrent au petit déjeuner chacun de son côté, Joëlle ayant regagné sa chambre dans la nuit. Clément finissait son café au lait. Cécile tartinait de la confiture sur un beignet. Lucien entra en se frottant les mains.

— Bonjour, les enfants. Je reviens des bêtes. Elles sont en pleine forme!

Il s'installa à table, donna une claque sur les épaules de Barthélemy.

— En pleine forme! Où t'es allé chercher qu'y en avait une de malade?

Il riait. Cécile le regardait sans comprendre.

— Qu'est-ce qu'il y a de drôle?
— Rien. Quand ce sera drôle, je te le dirai.

Il rit encore plus fort. Regarda sa fille, qui avait le nez dans son bol de café.

— Bien dormi, Joëlle?
— Très bien.
— Vraiment?
— Mais oui.

— Tant mieux.
Il se servit un bol de café et continua de rire. Barthélemy le regardait du coin de l'œil. Cécile se leva en soupirant et alla laver son bol dans l'évier.

2

Début décembre fut décidé le transfert du Gèdre à l'hôpital psychiatrique de Novillars, à quelques kilomètres de Besançon. Le sorcier fut placé à l'isolement, dans une aile spécialisée. Questionné par des psychiatres, il avait refusé de parler. L'évocation de ses crimes le laissait indifférent. Il semblait vivre dans un autre monde. Les experts avaient détecté chez lui une constitution mentale schizoïde, des pulsions suicidaires, une schizophrénie aggravée par son asociabilité, l'absence de traitement et l'ingestion de toxiques: après examen, il fut découvert dans son sang la présence de substances végétales que son organisme avait assimilées, sans doute aidé par l'absorption d'antidotes auto-administrés. Cette mithridatisation lui avait conféré une résistance hors du commun, qui expliquait son rapide rétablissement. Sa qualité de rebouteux lui attira la curiosité d'experts en spiritisme, en plantes médicinales. De son côté, le diocèse proposa un exorcisme. Le Gèdre n'accepta que la visite d'un simple curé. Il se confessa. L'homme de Dieu n'en sortit pas indemne. « Je vais prier pour lui », furent les seuls mots qu'on put tirer de lui.

Lucas avait accueilli avec soulagement la nouvelle de son internement : qui prêterait foi aux allégations d'un malade mental ? Le feu qui couvait s'éteindrait de lui-même. Et Lesueur semblait avoir trouvé un nouvel os à ronger : Lucas n'avait plus de nouvelles de lui. Il avait déserté son repaire dans les bois et il ne téléphonait plus au château pour réclamer de l'argent. Il était allé se faire pendre ailleurs. Le châtelain décida de consacrer ses efforts à redresser sa situation financière et de laisser cette mauvaise histoire derrière lui. Décidément, il s'en tirait à bon compte. La police était à mille lieues de se douter de son implication dans l'affaire : aucun indice ne menait à lui. Julia se tairait, et le Gèdre était neutralisé. Sa femme l'avait quitté. Tant pis. Cela faisait bien longtemps qu'ils n'étaient plus qu'un couple de convenance. Mais le départ de Maurine lui avait brisé le cœur. Malgré son ressentiment à son égard, Just commençait à trouver grâce à ses yeux. Il lui était sincèrement reconnaissant d'avoir sauvé sa fille. C'est de bon cœur qu'il faisait des vœux pour leur bonheur.

Ces semaines de solitude, pendant lesquelles il sortit peu, se rendant à de rares rendez-vous professionnels, il les consacra à tenter de se retrouver lui-même, cessa de contempler dans un miroir imaginaire l'homme qu'il aurait voulu être. Il fit face à l'homme qu'il était devenu, cessa de se renier, accepta enfin de se pencher sur un passé qui lui faisait horreur. Mais la guérison était encore lointaine, et des deux frères, l'un enfermé dans sa chambre-cachot, sous étroite surveillance, l'autre prisonnier de lui-même, dans un château vide, il était hasardeux de dire lequel était le plus à craindre. Ils sortaient du même creuset, et le feu qui avait consumé leur enfance n'était pas près de s'éteindre.

3

L'hiver s'était installé. Dans le grand désert blanc, seuls quelques toits fumants trahissaient la présence des montagnons, enterrés pour des mois entre leurs quatre murs. La neige était là pour longtemps. On la chassait, à coups de pelle ou de balai. Elle revenait le jour même, en gros flocons, recouvrant le chemin déblayé le matin. Repoussée sur les talus, elle s'agglutinait en séracs, en blocs recouverts d'une pruine crémeuse. Au bout de quelques jours, elle gelait, rendant les chemins malaisés et les routes dangereuses. Belle à voir, elle était difficile à vivre.

À cause d'elle, on freinait le pas, elle ralentissait tout, compliquait toute tâche. Mais on n'aurait pas pu s'en passer. Sans elle, l'hiver n'aurait été qu'un mot inventé pour le calendrier. Une saison maigrichonne. Déjà que plus rien ne poussait. Au moins il tombait quelque chose du ciel. Quelque chose d'épais, qui ressemblait à de la nourriture. Et quand le soleil frappait à l'oblique sur ce blanc triomphant, vous voyiez trente-six chandelles, et l'hiver devenait comme un anniversaire.

La Frasne, sans son toit, était une boîte ouverte. Ses hauts murs transpiraient de froid, la neige fondant, goutte à goutte, le long de ses pignons. Barthélemy y passait tous les jours, vérifiant qu'ils prenaient bien leur assise et que les fondations étaient saines. Joëlle l'accompagnait. Lui, en bon paysan, s'était d'abord méfié de cette passion soudaine : après tout, elle trouvait avec lui un promis à bon compte. Mais il se trompait : la fauvette l'aimait. Just avait été sa passion d'enfance. Barthélemy serait son compagnon de vie. Elle l'avait choisi. Un matin, Lucien et Cécile les avaient vus partir vers les Mayes, se tenant par la main. Leurs mains à eux s'étaient aussitôt cherchées, elles qui ne se trouvaient plus souvent. Ils s'étaient regardés et ils avaient pleuré. Quand ils voyaient ces deux enfants marchant côte à côte, ils se revoyaient à vingt ans. Pour masquer son émotion, Lucien avait fait une plaisanterie, Cécile était retournée à ses fourneaux en haussant les épaules, mais à midi, Lucien avait eu droit à des crâpés en chemise, sa gourmandise préférée.

4

Le ventre de Maurine s'arrondissait, comme son caractère, moins piquant et plus tendre. Elle était ronde de partout. Voluptueuse et lente. Elle se déplaçait à petits pas, les mains posées sur son ventre, dans sa robe de chambre de soie beige, chaussée de babouches fourrées, cadeau d'un Montrapon, comme une geisha égarée dans un conte d'Andersen. Elle était d'humeur changeante, riait beaucoup avec Just, avec sa mère, puis s'évadait parfois dans de brusques rêveries. C'était une grossesse joyeuse traversée de silences. Comme si elle voulait écouter la vie grandir en elle. Les jours passaient trop vite, elle s'imaginait déjà mère, le ventre libre, appréhendait ce moment où l'enfant serait *autre*, où elle cesserait d'être occupée par lui pour s'occuper de lui.

Just, lui, se préparait à être père. Raisonnablement inquiet, il avait parfois des bouffées d'angoisse, qu'il combattait à coups de Montrapon et de *Croisée des Loups*. Dans l'atmosphère enfumée du bar de nuit, en l'écoutant parler de sa future paternité, Ferdinand, qui suivait un autre chemin, songeait à sa vie avec Céleste et Rosine. Just s'était étonné de cette cohabitation. Il aurait préféré savoir sa demi-sœur à l'abri, à Bregille. Flora lui avait donné ses raisons, qui ne l'avaient pas convaincu. Ferdinand, pensait-il, était un peu trop tendre pour tenir Céleste en respect, ou pour protéger Rosine et sa mère d'un retour de Lesueur. Mais le calcul de Flora n'était pas si mauvais : Céleste ne pouvait pas user avec Ferdinand de ses armes habituelles. Elle avait essayé, bien sûr, mais, ses efforts de séduction ayant lamentablement échoué, elle s'était vite résignée à ne voir en lui qu'une bonne âme qui les hébergeait gratis. De toute façon, Ferdinand n'avait d'yeux que pour Rosine. Il éprouvait pour elle un sentiment confus. Tendresse, attirance. Sa ressemblance avec Just n'expliquait pas tout. Bientôt il dut se rendre à l'évidence : il l'aimait. Et Rosine l'aimait bien. Il était attentionné et drôle, l'accompagnant tous les matins au lycée Pasteur, où elle était inscrite. Rosine était fière d'être vue avec un garçon plus vieux qu'elle, joli de surcroît ; Ferdinand prenait soin de sa personne, il était très élégant, et ses allures canailles faisaient de l'effet sur les lycéennes. Il était parfois flanqué d'un Montrapon, et ces jeunes filles en fleur avaient plaisir à battre la semelle sur le trottoir enneigé en compagnie de jeunes loups au sourire charmeur. La cloche interrompait ces sinfoniette adolescentes et Ferdinand regardait partir Rosine en se demandant pourquoi diable cet ange brun était entré dans sa vie.

Il l'attendait à la sortie des cours, sur sa Terrot 500, habillé d'un blouson de daim, chaussé de boots anglaises. S'il ne faisait pas trop froid, il l'emmenait faire le tour de la ville. Elle se collait à lui, et la machine fonçait sur la rue de Dole, jusqu'à *La Belle Étoile*. Ils buvaient un chocolat chaud au *Café de la Bascule*, regardaient des scopitones. Puis ils rentraient retrouver Céleste qui épluchait les petites annonces, un œil sur le dîner qu'elle avait mis à cuire. Elle cherchait du travail. Ferdinand lui avait dit que ce n'était pas la peine, que sa paye suffisait, mais Céleste, c'était nouveau, ne souhaitait maintenant plus qu'une chose: déménager.

— Vous voilà quand même!
— Ferdinand m'a montré les vitrines de Noël.
— Et tes devoirs?
— Oh, maman! Le trimestre est bientôt fini.
— Ce n'est pas une excuse.

Partie travailler dans sa chambre, Rosine laissait Ferdinand et Céleste tête à tête.

— Vous lui tournez la tête à cette enfant.
— C'est ma petite sœur.
— Justement non. Et de toute façon elle est trop jeune pour...
— Pour quoi, grands dieux?

Céleste ne voulait pas que sa fille s'amourache. Elle avait d'autres idées en tête. Rosine était belle, et sa mère rêvait pour elle d'un riche mariage. Alors ce fils d'épicier, non, vraiment, sans façon. Mais un jour elle découvrit, par hasard, les penchants de son hôte. Une conversation téléphonique sans équivoque. Car Ferdinand avait toujours des amants. De ce jour, elle ne lui adressa plus aucun reproche et le laissa s'occuper de Rosine, d'autant qu'il était aussi généreux avec la fille qu'avec la mère. Céleste ne parla plus de travailler, ni de déménager.

5

Ce soir-là, Ferdinand rentra tard. Il revenait d'un rendez-vous avec un amant, un jeune homme rencontré sur les quais. Il gara la Terrot sous ses fenêtres et décida d'aller vider un dernier verre au *Bar des Amis*, un minuscule établissement situé en face de son immeuble. Là, il trinqua avec Claude, le fils des patrons, qui insista pour lui montrer la chaîne stéréo qu'il venait de s'offrir. Sa chambre était à l'étage. La fenêtre plongeait sur la rue. Alors que Claude posait un disque sur le pick-up, Ferdinand vit une ombre descendre le remblai de la voie ferrée, escalader le mur qui longeait son immeuble et sauter dans la cour. Lesueur. Il l'avait reconnu au premier coup d'œil. Ferdinand sentit une boule se former dans sa gorge.

— Désolé, Claude, il faut que j'y aille.
— Attends, j'ai le dernier Elvis !

Il dévala l'escalier, traversa la rue et pénétra dans la cour. Il alla jusqu'à la porte principale. Elle était fermée à clé. Il longea l'immeuble, passa devant la buanderie. Lesueur essayait sans doute d'entrer par l'accès aux caves, à l'arrière de l'immeuble. Ferdinand prit une bûche sur la pile de bois entassé sur la pelouse et tourna le coin, pour voir Lesueur, penché en avant, un couteau à la main, essayant de forcer la serrure. Ferdinand craignait de l'alerter en marchant sur le gravier. Un train s'annonça d'un coup de sifflet.

Ferdinand attendit qu'il soit à leur hauteur et, dès qu'il aperçut les feux de la locomotive, il fonça sur Lesueur. La bûche l'atteignit au front. Il lâcha son couteau, tomba dans le mâchefer, se releva, pour prendre le poing de Ferdinand en pleine figure. Il s'effondra au pied du mur, réussit à se relever avant que Ferdinand ne soit à nouveau sur lui. Il prit la fuite en direction de la rue, courut jusqu'au tunnel dans lequel il s'engouffra. Ferdinand jeta la bûche à terre, ramassa le couteau et rentra chez lui.

Le lendemain, il rendit visite aux Montrapon. Le soir même, ils montaient la garde autour de l'immeuble. Ils se relayaient jour et nuit. Lesueur allait revenir: il revenait toujours. Une semaine s'écoula. Puis Mokhtar eut une idée.

— Ferdi, il la connaît, ta moto, Lesueur?
— Certainement.
— Il faut que t'arrêtes de la garer dans la cour. Il a pas envie que tu lui retombes dessus. S'il la voit plus, il pensera que t'es pas là.
— On peut essayer.

Ce soir-là, Ferdinand laissa sa moto aux abords de la gare et rentra à pied. Il alla retrouver Djeck, qui était posté dans la rampe d'accès à la voie ferrée, en face de son immeuble.

— Alors?
— Rien pour l'instant.

Djeck avait une corde à la main.

— Qu'est-ce que tu veux en faire?

Il sourit.

— Tu verras, si on l'attrape.

La nuit était tombée. La rue du Chasnot était maintenant déserte. Une voiture passait de loin en loin, une pluie fine dansant dans le faisceau de ses phares. Le tunnel était sombre et étroit. Avant de s'y engager, les voitures ralentissaient puis attaquaient la côte, en poussant leur moteur. Le long de la voie ferrée, des cabanes de cheminots brisaient les perspectives. Les rails filaient vers les faubourgs. Les escarbilles crachées jour après jour par les machines s'incrustaient dans le sol et s'accrochaient aux murs des maisons. Tout était gris. Dans ce paysage de suie, les fenêtres allumées étaient des soleils. Celles de l'appartement de Ferdinand donnaient sur la rue. De leur poste, les Montrapon pouvaient voir Céleste et Rosine en train de dîner, seules. Ferdinand avait prévenu qu'il ne rentrait pas.

— Elle est jolie, la petite gazelle.

— Trop jeune pour toi, Djeck.

— Évidemment, je pensais pas à ça.

— Ah non ?

Mokhtar et Djeck communiquaient entre eux grâce à une lampe de poche. Elle clignotait deux fois, quelqu'un arrivait. Trois fois, c'était Lesueur. Pour l'instant, les lampes restaient muettes. Il faisait de plus en plus froid. La rue du Chasnot était plongée dans le noir. Ils virent Céleste fermer les volets. Les lumières de l'appartement s'éteignirent. Rosine et sa mère se couchaient. Il était onze heures.

— C'est râpé pour ce soir, dit Ferdinand.

— Pas sûr, mon frère, répondit Djeck en serrant la corde dans sa main.

Ils patientèrent encore une demi-heure. La pluie s'était transformée en neige fondue. La lampe de Mokhtar s'alluma deux fois. Un homme apparut dans la lumière des réverbères. Il poussait un vélo dont la roue avant était crevée. Après s'être arrêté pour renouer ses lacets, il s'engagea dans le tunnel. L'attente reprit. Un train de marchandises passa au ralenti, les roues cognant les rails en cadence. Le conducteur actionna le sifflet, prévenant de son entrée en gare. Le convoi s'éloigna, disparut dans une courbe.

— Il viendra pas.
— Encore cinq minutes.

Ferdinand alluma une cigarette, qu'il jeta aussitôt : la lampe de Mokhtar avait clignoté trois fois.

Lesueur arrivait par la voie ferrée. Il marchait au milieu des rails, les mains dans les poches d'un long manteau noir. Une fois à hauteur de l'immeuble, il s'accroupit et scruta l'obscurité. Ensuite, il se laissa glisser le long du remblai. C'est là que l'attendaient Mokhtar et Saïd. Ils surgirent derrière lui, le ceinturèrent et le plaquèrent au sol. En un éclair, il fut bâillonné et ligoté. Ferdinand et Djeck les rejoignirent en courant.

— C'est lui ?
— Aucun doute.

Lesueur se débattait, comme un animal pris au piège. Mokhtar lui mit deux claques pour le calmer.

— Qu'est-ce qu'on en fait ?

— Je crois que Djeck a une idée, dit Ferdinand.

Ils le chargèrent sur leurs épaules, escaladèrent le remblai et le posèrent sur la voie ferrée. Ses yeux s'agrandissaient de terreur. Penché sur lui, les Montrapon avaient l'air de diables farceurs.

— Tu aimes bien emmerder les gens, mon salaud. Ça va être ton tour.

Un portique de métal enjambait la voie. Il supportait une rampe de feux de signalisation. Djeck lança la corde, lestée d'une pierre. Elle s'enroula autour de la traverse centrale et retomba au sol. Il attacha Lesueur à l'autre extrémité. Puis, aidé de Mokhtar, il le hissa à cinq mètres de hauteur. Il gigotait comme un ver au bout d'un hameçon.

— Venez, on se planque.

Ils se couchèrent le long du remblai, tenant fermement la corde. Ferdinand regarda sa montre.

— Dans dix minutes, on va rigoler.

La Superpacific de Caso, locomotive-tender puissante et rapide, emmenait un train de quinze wagons de voyageurs. De la route, on les apercevait à travers les vitres embuées des compartiments, endormis ou absorbés dans la lecture. Le convoi entama la rampe à pleine vitesse. La gare n'était plus qu'à une dizaine de kilomètres. Mais le train ne s'y arrêtait pas. Il filait vers la Bourgogne. Les premières lumières des faubourgs apparurent, noyées dans un crachin de neige. Les bielles tournaient à plein régime. Les roues mordaient le rail, aspergé de sable pour prévenir le patinage. La boîte à fumée vibrait de toutes ses tôles, la cheminée crachait une épaisse fumée noire qui allait s'épandre sur la neige, laissant derrière le convoi un long film de suie. La voie ferrée longeait des immeubles endormis, des rues désertes, des terrains vagues.

— Il arrive.

Le sifflet retentit deux fois. On entendait au loin le souffle rauque des pistons, le claquement des roues sur les sections de rails.

— Allez, descends-le.

Djeck laissa filer la corde. Lesueur se retrouva couché sur la voie. Il se contorsionnait, essayant de se dégager. Mais chaque fois qu'il arrivait à sortir des rails, Djeck tirait sur la corde, et il se retrouvait au milieu des traverses, comme le bouchon d'une ligne flottante.

— Voilà le train.

On voyait, à travers le rideau de neige, les feux de la loco qui fonçait vers le pont. Ses chasse-corps raclaient les bords de la voie, ses tampons luisaient sous la bruine. Elle avait l'air d'un gros insecte furieux. Quand elle arriva à vingt mètres du pont, Djeck tira violemment sur la corde : Lesueur se retrouva suspendu à mi-hauteur, en plein dans l'axe. Il se débattait, essayant de replier les jambes. Quand il vit la loco foncer sur lui à pleine vitesse, il se raidit de tous ses muscles. La terreur le paralysait. Il ferma les yeux et se sentit happé vers le haut, alors qu'un souffle brûlant lui mordait les mollets. Djeck et Mokhtar, au dernier moment, avaient tiré sur

la corde et Lesueur se retrouva de nouveau suspendu, pantin suant de trouille, alors que le convoi défilait sous ses pieds. Les Montrapon étaient au comble de la joie. Ferdinand tempéra leur enthousiasme :
— Je crois que ça suffit. Il a compris.
— Attends ! On se marre trop !
— Ça suffit, j'ai dit. Au prochain, on le largue.
— Sous le train ?
— *Sur* le train. Dans vingt minutes, c'est le convoi des cimenteries. On le laisse tomber dans un wagon, comme une fleur. À l'arrivée, les flics auront plus qu'à le cueillir.

C'est ce qui arriva. Un cheminot découvrit Lesueur, à quelques kilomètres de là, enfoui jusqu'au cou dans du ciment en poudre. Le chef de station appela la police. Lesueur fut identifié et arrêté.

6

Les Noëls en campagne sont des enchantements. Pas de guirlandes, de passants pressés, de boutiques bondées ni de neige salie accrochée aux semelles, mais la simple célébration d'un mystère. Au-dessus de la porte d'entrée, la maîtresse de maison a accroché des fleurs séchées. Il y a des rubans colorés aux fenêtres. À l'école, le maire a fait installer un sapin de trois mètres de haut, que les enfants ont décoré. L'instituteur leur a parlé des croyances attachées à cet arbre particulier: il est toujours vert, ses feuilles ne meurent jamais. Pour certains, c'est un signe divin, pour d'autres, c'est la marque du diable, qui a créé cet arbre pour que ses diablotins puissent, en toutes saisons, s'abriter sous ses branches. Mais pour le maître, qui fait l'école laïque, ce ne sont bien sûr que des superstitions. Comme celles dont parlent les grand-mères, surtout la Marthe Kieffer, une Alsacienne qui a épousé un montagnon de par ici, qui prétend que les morts reviennent dans leurs anciennes maisons au dernier coup de minuit pour avoir leur part de réveillon. Et que le diable meurt au moment où naît le sauveur du monde. D'ailleurs, autrefois, la grosse cloche sonnait le glas une heure avant la messe de minuit: c'était, disait Marthe, pour annoncer les funérailles du démon. Pour l'instituteur, Noël marque avant tout le solstice d'hiver, le moment de l'année où les jours commencent à rallonger. Le village, engourdi par le froid, retrouve une nouvelle vie. Des familles se rattroupent: on voit apparaître des voitures immatriculées dans d'autres départements. Des enfants exilés retournent aux racines. Ils ont grandi, changé, mais ils n'ont pas oublié.

Pour la messe de minuit, même le mécréant le plus endurci enfile son costume, s'étrangle le col et cire ses chaussures. Les familles quittent l'abri des fermes et convergent vers l'église, laissant le lapin mijoter sur le feu, le vin jaune s'aérer sur un coin de la maie, et la bûche, qu'on appelle aussi la *tronche*, patienter dans le garde-manger. Noël, en campagne comme en ville, c'est pour les enfants l'attente. Pour les parents, le bonheur de s'offrir, une fois l'an, l'illusion furtive que tout est beau, lumineux, qu'il suffit de sourire pour que les cœurs s'ouvrent, que la guerre et la faim sont des spectres lointains, que la vie est un conte, et la mort une légende.

À Mouthier-Le-Château, Noël fut pour le curé l'occasion d'un sermon flamboyant qui faillit gâcher le réveillon des paroissiens : selon lui, les événements de l'été avaient fourni la preuve que le démon, loin de désarmer, avait planté ses pieds fourchus dans la terre de leur commune, qu'il fallait prier avec plus de ferveur, que c'était une conséquence de la déliquescence des mœurs, de la passion nocive pour ces fausses idoles qu'on voyait à la télévision, qui poussaient les jeunes à la débauche, à s'habiller comme les voyous des villes, avec leurs motos, leurs blousons noirs et leur brillantine. « Un jour viendra, dit-il, où les fils et les filles ne respecteront plus ceux qui les ont élevés, où le fils rira de son père paysan, où la fille aura honte de sa mère et où cette église sera vide, abandonnée par les enfants de Dieu. Ce jour-là, au plus profond de l'enfer, le démon et ses infâmes créatures danseront autour du chaudron bouillant où vous tomberez tous, si vous persistez à ne plus honorer le Très-Haut comme il le mérite. »

On ne l'avait jamais vu si virulent, si emporté. Il fut complimenté après l'office par quelques dames patronnesses, mais l'impression générale fut qu'il commençait à fatiguer son monde, qu'on n'avait pas idée de se mettre dans des états pareils, et que ça valait pas la peine de s'être saignés pour payer le nouveau clocher, si c'était pour se faire traiter de suppôts de Satan devant la famille montée exprès de Maîche.

Chez Lucien, on se fichait pas mal des foudres ecclésiastiques. Le fermier s'était endormi pendant le sermon, épuisé par sa journée : il avait passé cinq heures à retaper le tué, qui s'était pris un méchant coup de vent. Couvert de suie, il avait dû passer à la bassine, dans laquelle Cécile l'avait savonné à lui faire la peau rouge et toute *reintrie*.

Ragaillardi par un pontarlier bien tassé, il découpait le lapin, cigarette à la bouche. Just et Maurine étaient arrivés dans l'après-midi, avec Flora, Gérard et Aliette. L'outo était enfumé comme le terrier d'un renard.

Cécile pestait :

— Tu pourrais faire un effort, Lucien. Je te rappelle que Maurine est enceinte.

Lucien jeta son mégot dans l'âtre en s'excusant.

— Et votre maman, où passe-t-elle Noël ? demanda Cécile.

— Chez ma tante, à Lille, répondit Maurine.

Cécile brûlait de savoir où se trouvait le châtelain, qu'on avait aperçu à l'église, seul. Il avait embrassé Maurine, à la sortie de l'office, et s'était éclipsé, au volant de sa grosse berline.

— Et votre papa ?

— Cécile, fiche-lui la paix !

— Il est au château. Nous le verrons demain.

À minuit, les enfants avaient déballé leurs cadeaux, dégusté les papillotes, raconté à la compagnie les blagues cachées à l'intérieur. Puis, après la bûche et le vin de paille, Barthélemy, soudain grave, s'était éclairci la voix :

— Joëlle et moi, on a quelque chose à vous annoncer.

Tout le monde s'était tu.

— Quand la Frasne sera terminée, on va s'y installer tous les deux.

Il laissa un temps de silence, prit la main de Joëlle.

— ... Après le mariage, évidemment !

Tout le monde applaudit. À dire vrai, ce n'était pas une surprise. Il y avait eu des indiscrétions. Mais les amoureux aiment l'idée que leur amour est un secret qu'il leur appartient de divulguer. Alors on avait fait comme si on ne savait pas.

— Et quand donc, ce mariage ? s'enquit Lucien. Faudrait quand même qu'on sache !

— On a vu avec le curé, et le maire. Ce sera le dernier samedi de mai.

— On pourra peut-être faire le baptême le même jour ! lança Just.

— Et pourquoi pas ? Si d'ici là le curé ne nous a pas tous excommuniés !

— Tais-toi donc, Lucien ! gronda Cécile.

Il y eut une tournée de gloriat, de la gentiane trouvée chez l'Élias, à Charquemont. Puis chacun alla se coucher.

Le lendemain, Lucien eut toutes les peines du monde à sortir de chez lui. La neige était encore tombée dans la nuit, et il mit un bon quart d'heure à déblayer le seuil.

— Oh, Just, t'étais pas venu en voiture ? dit-il en riant.

— Bien sûr que si.

Lucien lui désigna la Facel Vega, totalement ensevelie. Just et Barthélemy passèrent la matinée à déneiger les abords de la ferme et à dégager la voiture, pendant que Lucien s'occupait des bêtes. Ensuite, Just fit pour Aliette un bonhomme de neige. Quand il fut terminé, toute la famille prit la pose à ses côtés, et Clément put étrenner l'appareil photo trouvé dans ses souliers. Pour Maurine et Just, il était temps de partir pour le château.

La Facel Vega roulait au pas, ses roues creusant leurs sillons dans une mousse blanche et craquante. Les arbres, engoncés dans le givre, chauffaient au soleil leurs perruques poudrées. Le bleu du ciel était un lac où trempaient les montagnes, et la forêt un océan aux vagues vert et blanc. La vie se cachait sous terre, sous le corps allongé des fougères pourrissantes, à l'envers des roches luisantes de gel.

— Regarde !

Un lièvre traversait le chemin, soulevant de ses pattes en houpettes une poudre satinée. Il disparut dans les fourrés, l'œil rond, le dos courbe.

— On ne pourra jamais arriver au château !

— Mais si, ils ont salé.

En effet, la route, passé le petit bois, devenait carrossable. Le paysage s'épanouissait en combes et vallons, Corot avait trempé son pinceau dans une crème de sucre, ajoutant le bleu des fjords à sa palette de saison. Un calme profond comme l'ombre, léger comme une sonate. Le silence était la musique du froid. Les gouttelettes ruisselant des rameaux de sapin auraient pu figurer les larmes de Mozart.

Le château apparut. Il leur sembla sinistre. La neige s'ennuyait au pied de ses hauts murs. Milot avait tracé un chemin rectiligne jusqu'au perron. Il vint ouvrir la grille.

Sitôt descendue de voiture, Maurine fila aux écuries. Just la rejoignit. Il y faisait frais, malgré l'énorme poêle où se consumaient des bûches de sapin. Des ombres dansaient sur les murs à la lueur du foyer. Ils passèrent dix minutes avec les chevaux. Puis Maurine prit Just par la main, et ils marchèrent vers le château.

Lucas les attendait au salon. Amaigri, il paraissait plus vieux. Il était vêtu d'un costume sombre à fines rayures, portait des chaussures anglaises. Une cravate de soie sur une chemise claire complétait sa tenue.

— Papa, tu n'étais pas obligé d'être aussi élégant. Nous sommes en famille.

Il eut une réaction étrange, comme si une guêpe lui piquait la nuque. Puis il embrassa Maurine, serra la main de Just, les invita à s'asseoir, avant de s'installer dans un fauteuil leur faisant face.

— Joyeux Noël, dit-il d'une voix sinistre.

Just et Maurine réprimèrent un sourire.
— Milot ? Le champagne.
Il avait l'air d'un acteur entre deux rôles. Peu à peu, il se recomposa un personnage, porta un toast à l'enfant à naître, avec une maladresse qui ne lui ressemblait pas. Puis ils passèrent à table. Lucas posait sur Maurine un regard différent : moins exclusif, plus aimant.
— Tu as une mine superbe. L'amour te réussit, lâcha-t-il, le sourire hésitant.
Il s'essayait à la bonhomie, plaisantait avec Just, semblant sincèrement passionné par la dorure à la feuille et la littérature du XVIIIe.
— Vous avez raison : Diderot est un génie. Et Voltaire un rebelle, et un maître du récit.
Il n'avait lu ni l'un ni l'autre.
Au dessert, il leur fit écouter un choral de Bach. Maurine somnolait. Il en parut choqué, retrouva en un éclair sa dureté évanouie, pour s'excuser aussitôt :
— Pardon, chérie. Je suis stupide.
Après le repas, il les raccompagna, embrassa Maurine et fit à Just un salut raide mais amical.
Dans la voiture, ils gardaient le silence. L'après-midi finissait.
— Pas trop vite, Just.
La route était glissante. Ils traversèrent le village au pas. Des bougies étaient allumées à chaque fenêtre. Leurs flammes tremblaient. Dans la cour de l'école plongée dans la pénombre, le sapin décoré avait l'air d'un invité qui, la fête finie, n'a pas voulu partir.

— Ton père a changé. La solitude, peut-être ?
Il vit qu'elle se retenait de pleurer.
— Mon père ne changera jamais.
La tête sur l'épaule de Just, elle s'endormit.

7

Armelle et Louis Béliard avaient invité Ferdinand, Rosine et sa mère à venir partager le déjeuner de Noël. Ils n'aimaient pas beaucoup Céleste, mais Rosine les avait conquis. La fille de Ludovic Mouthier avait en elle la même faille et dans les yeux la même flamme que son père disparu. Ludo et Louis avaient été amis, il y a bien longtemps. Du haut de leurs dix-sept ans, ils étaient partants pour toutes les aventures. Ludovic entraînait Louis dans ses escapades, ils cherchaient bonne fortune dans les villages voisins, essayant de séduire les filles de fermiers. Ils revenaient souvent bredouilles, parfois esquintés dans des bagarres sans nom, derrière les baraques foraines où, les soirs de bal, ils inventaient avec leurs rivaux des chorégraphies violentes et sanguinaires. Ça cognait dur, les esprits étaient échauffés par le vin, la bière et les belles de village qui regardaient les fils de paysans se massacrer pour une caresse, un sourire, un baiser dérobé. Puis chacun repartait vers sa ferme et ses champs. Au foot, le dimanche après-midi, ils se retrouvaient, les fêtards de la veille, chaque camp derrière ses balustres, autour des vingt-deux gladiateurs cavalant dans l'arène. Ça finissait toujours mal, et l'arbitre, ce héros, ne devait la plupart du temps le salut qu'à la fuite. On en retrouva un, le jour de la finale, caché dans l'écurie du maire, après qu'un penalty sifflé avec courage, et marqué par le buteur de l'équipe visiteuse, eut déclenché la fureur des locaux. Il y passa la nuit et n'en ressortit qu'à midi, le lendemain, en short et en maillot, débusqué par l'édile derrière un gros cuchon.

Il y avait aussi le souvenir, entre lac et forêt, des coups de feu claquant, des fils giflant d'eau, pour tirer du sous-bois ou de l'eau ruisselante un gibier encore chaud, une proie fraîche comme l'onde: faisan ou fario, garenne ou perche soleil. De quoi, le soir venu, se réjouir du fumet montant de la casserole, dînant chez l'un ou chez l'autre, entre fils de fermiers, fiers de participer à la soupe commune et de la rendre plus riche. Ludo et Louis avaient tout partagé, puis la vie les avait éloignés. Mais Louis gardait au cœur cette vie de plein champ, de plein bois, et cette flamboyante amitié de jeunesse.

Les Béliard reçurent leurs invités dans le minuscule appartement qu'ils occupaient au-dessus de l'épicerie. Une cuisine-salon, deux chambres. Malgré la réussite de leur commerce, ils ne se décidaient pas à déménager. La table était dressée entre le meuble-télé et la cuisinière, un chat prenait ses aises devant le poêle en fonte émaillée, et l'odeur du café du matin se mêlait à celle de la marinade. Un filet de sanglier cuisait au four. Armelle faisait poêler ses croûtes avant de les recouvrir de morilles à la crème quand les invités arrivèrent.

— Entrez, venez vite au chaud!

On but du crémant à l'apéritif, du vin jaune avec l'entrée, un trousseau sur le sanglier, et la compagnie était de belle humeur quand, au dessert, on frappa à la porte. Louis alla ouvrir. Sur le seuil se tenait Claude Aminel, un cousin d'Armelle, qui tenait un commerce à Delle. Aminel était grand et solide, il avait un visage long, les cheveux peignés en arrière et une fine moustache. Son arrivée en trench-coat, la tête coiffée d'un chapeau, fit une impression favorable à Céleste, qui lui trouva un faux air d'Humphrey Bogart, en plus grand.

— Claude! En voilà une surprise!
— Je suis entre deux trains, je pars ce soir pour Paris. Je viens me faire payer le café.
— T'auras même droit au dessert.

Aminel était veuf depuis cinq ans. Son affaire marchait bien, et il se rendait parfois à la capitale pour rencontrer de nouveaux fournisseurs. On lui fit une place à table, à côté de Céleste. Aminel croqua dans un bout de comté, arrosé d'une rasade de savagnin.

— Comment c'est, Paris? lui demanda Céleste.
— Grand. Trop grand.

Il la regardait avec intérêt. Jolie, elle savait plaire. Elle était plus jeune que lui, qui entamait sa trente-huitième année. Aminel la trouva charmante, et ils eurent plaisir à faire connaissance. Ferdinand était allé chercher du vin de paille à la boutique, accompagné de Rosine. Pendant qu'Armelle et Céleste préparaient le dessert, Louis prit Claude à part.

— Mon vieux Claude, tu fais bien comme tu veux, mais méfie-toi de cette femme.

— Pourquoi ?

— Physiquement, c'est sûr qu'elle est pas trop cacafougnotte, mais dans sa caboche, c'est un peu le r'veuillon d'cochons, si tu vois ce que je veux dire.

— Je vois très bien. Mais elle a peut-être mangé son pain noir. D'après ce que j'ai compris, elle a eu des malheurs.

— C'est sûr.

— De toute façon, je ne compte pas la marier dans la semaine.

— Qu'est-ce que vous rababouinez, tous les deux ? lança Armelle.

— On dit du mal de toi.

— M'étonne pas.

Ils mangèrent la bûche, burent le café, puis Claude Aminel les quitta pour aller prendre son train. Céleste était rêveuse.

— Maman, à quoi tu penses ?

— Il est gentil, ce monsieur.

Profitant qu'on débarrassait la table, Céleste rangea dans son sac un morceau de papier plié en quatre qu'elle cachait dans sa main.

8

À la nouvelle Frasne, les travaux reprirent en février. Le gros œuvre stabilisé, les charpentiers purent commencer le toit. La future ferme ressembla bientôt à ces maisons-jouets que construisent les enfants, avec le contenu de boîtes au couvercle illustré d'une gravure colorée : arbalétriers, panne faîtière et contreventements, taillés dans un bois si neuf qu'ils paraissaient factices, furent assemblés en quelques jours. Le chantier résonnait de coups de marteaux, la sciure tombait comme neige sous le va-et-vient essoufflé des égoïnes. La ferme fut mise hors d'eau. Barthélemy ne quittait plus le chantier, il avait l'œil à tout. Sachant ce qu'il voulait, il ne s'en laissait pas conter. Le chef de chantier revint plus d'une fois faire amende honorable : tel détail avait été oublié, telle finition mal exécutée. Il fallait recommencer, et on recommençait. Fin février furent posés les tavaillons. Ces écailles de bois furent clouées par centaines, du toit à mi-façade. La ferme se trouva enserrée dans une carapace qui la protégeait du froid et des fortes chaleurs. À l'emplacement du tué, une bâche était tirée, masquant un trou béant. Cette blessure sur le toit de la ferme serait bientôt sa force. Dans quelques mois, passé un nouveau cycle de saisons, il y ferait une chaleur étouffante, et la chair du gouri y fumerait à l'aise, sous un feu de sapin. Le tué s'édifiait et dans quelques semaines son extrémité percerait la charpente pour affronter, saison après saison, la neige et la pluie, le vent et le soleil.

À la ferme, Lucien passait le plus clair de son temps au potager, semant carottes, navets, choux-fleurs et poireaux, plantant les pommes de terre et taillant groseilliers et framboisiers. Il rentrait le soir en se tenant les reins, « Vingt dieux qu'la terre est basse », et attendait le retour de Joëlle et de Barthélemy. Clément passait son temps dans des livres d'horlogerie que Just lui dénichait à la bouquinerie comtoise, rue Morand. Lucien lui avait annoncé sa décision de le laisser partir à Besançon en apprentissage, et depuis il piaffait d'impatience.

— Dis voir, Cécile, dans pas longtemps, on sera plus que tous les deux.
— Ça te gêne ?
— Pas du tout.
— J'aurai plus de temps pour m'occuper de toi. Tu veux ton apéro ?

Elle était plus attentionnée avec lui, moins sévère. Il s'en était aperçu et réjoui, sans comprendre. Il retrouvait la Cécile qui lui avait plu, il y avait dix-huit ans, quand il allait tabouler chez elle. Elle était alors souriante et vive, la plus belle fille du coin, juste derrière Flora. Deux nuits plus tôt, elle s'était même laissé faire, quand il l'avait cherchée sous les draps.

Elle avait l'air toute contente. Peut-être qu'il l'avait trop délaissée jusque-là. Va-t'en savoir. En tout cas, il s'en trouvait bien. Et il comptait bien réessayer le soir même.

Joëlle et Barthélemy rentrèrent à sept heures.
— Alors, ça avance?
— Le tué est fini. La semaine prochaine, je fais venir le plombier. Et puis après, ce sera le carrelage.

Il rayonnait.

— C'est bien, dit Lucien.

Il enleva sa casquette et la remit.

— Dès que c'est fini, on fait une belle fête. J'invite tout le village, dit Barthélemy. Et un mois après, on remet ça, pour le mariage!

Il prit Joëlle dans ses bras et la serra contre lui.

Dehors, le crépuscule jetait sur la campagne un voile d'un bleu lunaire. L'ombre montait vers les collines. Dans la forêt, les animaux s'apprêtaient à quitter leur terrier ou leur creux de souche pour chercher à manger, ou pour être mangés. Des vies se jouaient sur un coup de dents, un coup d'aile, sur une mauvaise rencontre dans un buisson de ronces, derrière le tronc d'un bouleau. On entendait des piaillements aigus, des grondements, des bruits de course furtive. Parfois, la silhouette d'un homme traversait le brouillard, un braconnier posant ses collets. Les truites dormaient à l'abri des pierres, bercées par le courant. Le soleil était parti pour l'Afrique, abandonnant la place aux ombres de la nuit.

La Frasne fut terminée le 28 mars. Quand Barthélemy vit s'éloigner la camionnette du chef de chantier sur le chemin des Mayes, il prit la main de Joëlle et l'emmena jusqu'à la barrière. Ils s'y adossèrent et contemplèrent en silence la maison où ils vivraient bientôt. Elle était gigantesque. Un château paysan. Le crépi blanc, les tavaillons, le toit qui filait à l'oblique à la rencontre du ciel, avant de redescendre doucement, comme attiré par la forêt, sa géométrie spartiate et ses formes épurées en faisaient un monument de simplicité. Elle semblait avoir toujours été là, et ses années d'absence ne pouvaient s'expliquer que par un voyage hors du temps. Elle avait voulu se rendre invisible. Et le désir d'un homme l'avait remise en pleine lumière. La pendaison de crémaillère fut fixée au samedi suivant.

La veille arrivèrent Just et Maurine, Gérard, Flora et Aliette. Avec eux, dans la voiture, des brassées de rameaux fleuris. Lucien s'en étonna.

— Avant d'aller à la Frasne, je voudrais passer au cimetière, lui dit Flora en l'embrassant.

Ils s'y rendirent en cortège. Barthélemy et Just portaient les rameaux de forsythias que le père Grelin leur avait coupés dans son jardin. En les voyant passer, des villageois sortirent sur le seuil de leur porte. Certains leur emboîtèrent le pas. Arrivés au cimetière, ils étaient une vingtaine à faire cercle autour de la tombe de Ludo. Les rameaux furent déposés en épis sur la pierre tombale et on fit des prières. Puis chacun se signa et rentra chez soi. Sur le chemin du retour, Flora donnait le bras à Gérard.

— Pauvre Ludo.

C'est tout ce qu'elle dit. Gérard la serra contre lui et l'embrassa. Just entourait de ses bras les épaules de Maurine. Joëlle et Barthélemy se tenaient par la main. Lucien et Cécile fermaient la marche, Clément et Aliette sur leurs talons. Ils traversèrent le bois des Mayes en silence. Au loin, le soleil réchauffait les collines. Il faisait frais. On distinguait des traces d'engins de chantier dans la boue du chemin.

— Je vais ouvrir la barrière.

Barthélemy prit de l'avance, Joëlle à ses côtés. Le reste de la compagnie hâta le pas. Et quand la Frasne leur apparut, dans une lumière diffuse, cernée de sapins noirs, Flora ne put retenir un cri. Elle se blottit contre Gérard et se mit à pleurer. La famille l'entourait. Ils passèrent la barrière, avancèrent dans la cour. Flora essuya ses yeux, prononça quelques mots indistincts et, au bras de Barthélemy, entra dans la ferme.

9

Le chemin du bois des Mayes n'avait jamais connu une telle effervescence. Comme Barthélemy l'avait promis, tout le village avait été convié à boire le verre de l'amitié. Les ouviers du chantier étaient là, eux aussi. Fiers de leur travail, ils furent immortalisés aux côtés du propriétaire par le photographe de *L'Est Républicain*, venu tout exprès de Pontarlier. Le curé bénit la ferme d'un coup de goupillon, le maire prononça une brève allocution, puis commencèrent les festivités. Les villageois étaient servis à l'extérieur, sur de grandes tables à tréteaux. La température étant basse, il n'était pas prévu de s'asseoir. Chacun baguenaudait à son envie dans la cour de la ferme, des groupes se formaient, se défaisaient, les jeunes étaient un peu à l'écart, appuyés au murger, filles et garçons. Une table avait été dressée à l'intérieur, pour les notables : le maire, le curé, le médecin, le notaire, l'instituteur et le châtelain, dont la chaise était vide. Y avaient pris place également le propriétaire, Barthélemy Mouthier et sa famille. Après le crémant et le gâteau au fromage, on servit du jambon de montagne et du jésus de Morteau, arrosés d'un poulsard bien frais. Comté et mont-d'or suivirent, et on termina le festin sur une galette de goumeau parfumée à la crème d'oranger et un verre de vin de paille. À l'extérieur, l'ambiance était montée d'un ton : après son grand succès, *La Casquette du père Bugeaud*, le père Gélard allait attaquer *Mexico*, quand une voiture s'annonça à la barrière. C'était la berline de Lucas. Le silence se fit. Le châtelain, l'air grave, descendit de voiture. Il avait un costume de velours et la tête coiffée d'une casquette à carreaux. Il la retira pour saluer les villageois et se dirigea vers la ferme. Sur son passage, on murmurait, on le trouvait culotté de venir à la crémaillère même s'il y était invité, oh, surtout parce que sa fille avait marié le frère du propriétaire. Après tout, c'était bien lui qui avait fait démolir la Frasne, mais on était partagé, certains avaient été bien contents de lui vendre leur bien trois fois le prix normal, il y a huit ans, et finalement il n'y avait pas eu d'usines, il avait laissé tomber, pas la peine d'en faire une affaire, d'autres lui en voulaient encore, il avait créé de la dissension dans le village, de vieux amis s'étaient fâchés, et ils se retrouvaient tous là, à boire le coup autour de la ferme ressuscitée du Ludo, en voilà un qui mettait tout le monde d'accord, s'il avait été encore là, ç'aurait pas été pareil, c'était le seul à avoir tenu tête. Le châtelain rentra dans la ferme et la fête put continuer.

— Ah, monsieur Lucas, on ne vous espérait plus, dit le maire en se levant pour lui serrer la main.

— Je ne reste qu'un instant. Bonjour à tous.

Lucas but un verre du bout des lèvres. Le maire tenta d'engager la conversation, mais le châtelain était comme absent, ne répondant que par monosyllabes. Finalement, il se leva, embrassa sa fille et serra la main de Barthélemy.

— Bravo. Beau travail.

Et il repartit comme il était venu.

À la nuit tombée, alors que, sous la lune, les villageois dansaient la gavotte en claquant dans leurs mains, Maurine fut prise d'un malaise. Aussitôt on calma l'ardeur des danseurs, et chacun fut prié de rentrer chez lui. Les paysans repartirent en cortège, tandis que le médecin examinait Maurine.

— Vous avez un peu de fièvre. C'est normal. Rien de grave.

Il prescrivit du repos et lui fit prendre de l'aspirine. Just la ramena chez Lucien. Elle se coucha aussitôt et s'endormit. Dans l'outo, Gérard, Lucien, Clément et Cécile avaient commencé une partie de tarot.

— Just, cherche donc le gloriat, j'ai le gosier sec, dit Lucien.

On trinqua, tandis qu'au-dehors, Tilt courait après le chat. Une renarde en chasse, tapie en lisière, avait un œil sur eux, l'autre guignant la cabane à poules. Elle attendit quelques minutes, puis, trouvant l'entreprise trop risquée, fit demi-tour et s'enfonça dans la nuit.

Au matin, Maurine se sentait mieux. Après le petit déjeuner, elle se promena avec Just sur le chemin, puis ils descendirent vers la rivière.

— Dans trois semaines, tu es père, mon chéri.

L'eau glissait entre les souches. Plus loin, elle paraissait immobile. On ne devinait le courant qu'aux éclats de soleil qui jouaient à sa surface. Sur l'autre rive, des aulnes prospéraient, et des astéracées déployaient leurs larges feuilles, ployant sous le poids de grappes de fleurs blanches. Un troupeau paissait dans une clairière. Dans les taillis qui la bordaient, la belladone avait fait son nid. Dans quelques mois, la plante offrirait ses fruits noirs à la chaleur du soleil.

10

À Novillars, le Gèdre était prostré dans sa cellule. Il se nourrissait à peine. Un médecin venait le visiter deux fois par semaine, accompagné de deux policiers. Il se prêtait de bonne grâce à l'examen, puis il était douché et rasé. Il avait droit à une promenade par jour, menottes aux poignets, dans un espace dérobé aux regards, aménagé spécialement pour lui dans un coin de la cour. Puis il retournait dans sa cellule, jusqu'au lendemain. Grenier ne désarmait pas. Il venait régulièrement à Besançon prendre de ses nouvelles. Le médecin-chef lui avait laissé peu d'espoir: le Gèdre était muré dans le silence. Mais Grenier s'entêtait. C'était l'affaire de sa vie. Pas question de laisser ce tueur chercher refuge dans les fumées de la psychiatrie. Alors il revenait à la charge.

Ce matin-là, alors que le soleil de mars dessinait sur le sol cimenté l'ombre des pavillons de l'établissement psychiatrique, il trouva l'équipe médicale en émoi.

— Il s'est réveillé.
— Comment ça?
— Il a agressé les policiers pendant la promenade. Il est sous neuroleptiques.

Une ambulance emportait un des deux policiers, le cou bandé.

— Il l'a mordu à la gorge. Une bête fauve. On a dû se mettre à cinq pour le maîtriser.

Des renforts de police arrivèrent, prirent position à l'intérieur du pavillon.

— Ils ont doublé les gardes.
— Je peux le voir?
— Venez.

Par le guichet de la cellule, Grenier put voir le Gèdre, assis à même le sol, dans le coin opposé. Il semblait dormir. Grenier soupira.

— Rien à en tirer.

— Je vous avais prévenu, commandant. Attendez !

Le Gèdre tentait de se lever. En prenant appui sur le mur, il parvint à se mettre sur ses jambes et marcha lentement vers eux.

— Merde, qu'est-ce qu'il veut ?

Le sorcier avait collé son front au grillage masquant le guichet et regardait droit devant lui.

— Il ne peut pas nous voir.

Il ouvrit la bouche, se racla la gorge, émit des sons inintelligibles.

— Il essaye de parler.

Le Gèdre cracha par terre, avala sa salive et réussit à articuler :

— Prin... cesse.

— Qu'est-ce qu'il dit ?

— Il parle de la fille blonde qu'il a essayé de tuer, Maurine Lucas, souffla Grenier. Il l'appelait comme ça.

— ... en... fant...

Il tomba d'un bloc et perdit connaissance. Deux infirmiers entrèrent, avec trois policiers. Le Gèdre fut emmené sur une civière. Une ambulance démarra, sirène hurlante.

La Facel Vega quitta Mouthier-Le-Château à la fin de la matinée. Il faisait doux. Dans les combes, le brouillard s'était dissipé, et le soleil frappait les collines de biais, découpant les arêtes vives des crêts, sculptant les gorges et maquillant de lumière les clairières et les champs.

— J'ai chaud.

Maurine entrouvrit son manteau et se passa un mouchoir sur le visage.
— Un peu d'eau?
— Oui, merci.
Elle but au verre que lui tendait Flora. Gérard somnolait, les sapins en procession et les haies de sureau défilaient sous ses yeux, ravivant ses souvenirs d'enfant: c'est avec cette plante qu'autrefois il se fabriquait des sarbacanes. La tige de sureau était vidée de sa moelle à l'aide d'un fil de fer et devenait un *tapo*. Avec la moelle, il sculptait une figurine qui, lestée d'un plomb à sa base, se redressait instantanément, comme un diable sortant d'une boîte. C'est pourquoi on appelait ce jouet « le sorcier ». Un autre sorcier, bien réel celui-là, exerçant autrefois ses talents dans les environs de Besançon, avait le pouvoir de provoquer des dysenteries incoercibles chez la personne qu'il voulait *grever*. Sa technique était simple: il se procurait des excréments de l'individu visé et les glissait dans une tige de sureau dont il avait vidé la moelle. Il fixait ensuite l'appareil dans une eau courante et récitait une formule. L'homme *grevé* avait la *courante* tant que l'eau passait dans le tuyau.

La grand-mère de Gérard se servait des fleurs de sureau pour adoucir son vinaigre, ou faire de la limonade, qu'on buvait, fraîche et filtrée, aux premiers jours de juillet.

Ils arrivèrent dans la vallée. La route, bordée d'arbres, était rectiligne, filant à travers champs, cernée par la montagne. La forêt grimpait jusqu'au ciel. Ils traversèrent Ornans vers midi. La

Petite Venise comtoise paressait le long de la Loue, les arches de ses ponts se teintant de mousses vertes. Les maisons en encorbellement bordaient ses deux rives, créant des reflets mi-ombre mi-soleil.

Après Ornans, ils abandonnèrent la Loue et filèrent sur Besançon. La campagne s'éclaircit, la forêt fit place à des bosquets, des clairières. La route s'encaissait, puis s'ouvrait de nouveau sur des champs, des horizons lisses, pour replonger dans de sombres défilés bordés d'arbres et de cailloutis. Besançon apparut bientôt, blottie entre ses collines. Just conduisit Gérard et Flora à Bregille. Maurine voulut descendre de voiture pour faire quelques pas dans le jardin. Elle eut un nouveau malaise, se rattrapa de justesse à la branche d'un cerisier.

— Qu'est-ce que tu as, chérie ?
— Je crois que je...

Elle n'eut pas le temps de terminer sa phrase. Pliée en deux par la nausée, elle vomit contre l'arbre. Just alla lui chercher de l'eau, et ils décidèrent de rentrer aussitôt. Ils furent accueillis par Mme Lucas.

— Bonjour, mes enfants. Chérie, tu as une tête ! Viens vite te reposer.

Maurine s'allongea sur le canapé.

— Just, ouvre la fenêtre, tu veux ? Et redonne-moi de l'aspirine.

Elle prit le médicament et somnola quelques instants. Puis elle eut de nouveaux spasmes. Mme Lucas l'accompagna aux toilettes.

— C'était trop beau, ma chérie : tu as eu une grossesse de rêve. Mais ce n'est pas grave, ne t'inquiète pas.

Au dîner, Maurine ne put rien avaler. Elle alla se coucher de bonne heure.

Le lendemain matin, elle n'avait toujours pas d'appétit, mais la fièvre avait augmenté. Just appela le Dr Mairot qui arriva une heure plus tard. Il examina Maurine et se montra rassurant. La fatigue du voyage, un début de grippe. Du repos, du sommeil, et quelques médicaments auraient raison de cette affection passagère. Maurine garda le lit.

Au dîner, elle avala un peu de soupe, qu'elle rendit aussitôt. Elle s'endormit difficilement, les nausées revenant par vagues. À cinq heures du matin, elle se réveilla en sueur. Elle s'assit dans le lit et réveilla Just.

— Chéri, j'ai des contractions.

— Quoi ? Mais... le terme est dans trois semaines. Tu en es sûre ?

— Emmène-moi à l'hôpital.

Il alla se passer de l'eau sur le visage, s'habilla en toute hâte.

— Inutile de réveiller maman. Écris-lui un mot, elle nous rejoindra là-bas.

Ils arrivèrent aux urgences dix minutes plus tard. Maurine fut aussitôt installée en salle de travail. Les contractions étaient de plus en plus rapprochées. L'infirmière de garde vint l'examiner.

— Le bébé arrive.

On transporta Maurine en salle d'accouchement. C'était une pièce lugubre. Une seule fenêtre, en verre dépoli, filtrait les premières lueurs du jour. Un néon grésillait au-dessus de la table. La sage-femme se plaça face à Maurine. Just avait été prié d'attendre dans le couloir. Il se rongeait les sangs sur une banquette recouverte de moleskine beige. Au mur, face à lui, une étrange nature morte : un potiron tranché par le milieu, sous la lueur d'une bougie. À cette heure, l'hôpital était silencieux, Just pouvait entendre la sage-femme encourager Maurine. Une infirmière sortit de la salle d'accouchement, passa devant Just sans le regarder et entra dans le bureau d'accueil. Elle passa un coup de téléphone et revint d'un pas pressé. Quelques minutes plus tard, la porte de l'ascenseur s'ouvrit sur un médecin en blouse blanche. Jeune, il avait le crâne dégarni, une allure sportive.

— Vous êtes le père ? Je vous verrai tout à l'heure.

Il entra à son tour en salle d'accouchement, pour en ressortir quelques instants plus tard.

— Monsieur Mouthier, je ne vous cache pas qu'il y a des complications. Nous procédons à une hémoculture à partir du placenta, car nous soupçonnons une bactérie d'être à l'origine de nos problèmes. Si ce que nous craignons se vérifie, mon pronostic sera réservé.

— C'est-à-dire ?

— Il y a eu souffrance fœtale. C'est ce qui a provoqué l'accouchement.

Il s'éclaircit la voix :

— Votre enfant est né. Mais il n'a pas crié. Il est en détresse respiratoire.

Le cœur de Just sauta dans sa poitrine.

— Je peux le voir?

— Non. C'est trop tôt. Mais il est entre de bonnes mains. Dans quelques minutes, il va être placé en couveuse et mis sous traitement. Nous espérons le sauver.

Just avala sa salive. Le médecin lui lançait ces mots à la figure, d'un ton qui s'appliquait à demeurer professionnel.

— Et ma femme?

— Vous pouvez aller la voir, monsieur Mouthier.

Just entra dans la salle d'accouchement. Maurine tendit la main vers lui. Elle grelottait. Une couverture était posée sur elle. Just vit la sage-femme, de dos, affairée à la toilette de l'enfant, dans la salle attenante. Il prit la main de Maurine et l'embrassa. Elle était en sueur, des frissons la parcouraient.

— Personne ne s'occupe de toi?

— Je n'ai besoin de rien. Reste près de moi.

— Chérie.

Il lui caressa le front.

— Tu as vu notre bébé?

— Pas longtemps. Suffisamment pour te dire que c'est un garçon.

Elle serrait sa main.

— Il va vivre. Il va vivre, répéta-t-elle.

Un chariot arriva, poussé par deux internes. Sur le plateau était installée une couveuse. La sage-femme y transporta l'enfant, que Just vit à peine. Il était enveloppé dans un linge de toile fine, coiffé d'un bonnet.

— Où l'emmenez-vous ?

— En réanimation, monsieur. Le médecin va venir vous voir. Nous avons les résultats.

Le cœur serré, ils virent s'éloigner leur enfant, petite boule de vie perdue dans sa cage de verre, des perfusions fixées au bras. Le médecin arriva quelques secondes plus tard.

— Listériose. Due à la bactérie *Listeria monocytogenes*. Vous avez sans doute consommé des aliments douteux, madame. Tels que légumes insuffisamment nettoyés, charcuterie ou fromage à pâte molle. L'incubation peut durer quelques jours ou quelques semaines. Puis il y a un pic fébrile, un épisode pseudo-grippal : c'est l'infection qui se déclare. Nous allons vous mettre sous traitement. Mais votre cas ne m'inquiète pas : les conséquences chez la femme enceinte sont généralement bénignes. C'est le bébé qui nous préoccupe. Vous lui avez transmis l'infection, et les défenses immunitaires d'un nouveau-né sont plus faibles que les vôtres. Nous allons faire le maximum.

Il les salua et s'en alla. Maurine fut transportée dans une chambre où Just la rejoignit. Elle ne tarda pas à s'endormir, épuisée. Just fit de même, installé dans un fauteuil à ses côtés. Il fut réveillé par le soleil qui perçait à travers les stores métalliques. Maurine avait les yeux ouverts, fixés sur le mur qui lui faisait face.

— Just, va voir le bébé. Dépêche-toi.

Il remonta le couloir jusqu'à l'accueil, où il se fit indiquer le service de réanimation. Il fallait descendre un escalier, passer devant la salle de repos des internes. Plus loin, la lumière se faisait plus rare, une lampe verte clignotait au-dessus d'une porte qui s'ouvrit devant le médecin que Just avait vu la veille. Il mit les mains dans les poches de sa blouse et s'avança vers lui.

— Monsieur Mouthier, nous ne sommes pas très optimistes. Les heures qui viennent vont être décisives.

Il prit une inspiration brève.

— Si vous avez de la famille à prévenir, je crois que c'est le moment. Cet enfant peut nous quitter à tout instant. Mais il faut garder espoir.

Il le salua et s'éloigna d'un pas rapide. Just se prit la tête entre les mains, puis il chercha un téléphone.

11

Mme Lucas s'apprêtait à partir pour l'hôpital quand le téléphone sonna. Après avoir raccroché, elle enfila son manteau et sortit. La sonnerie retentit ensuite dans le bureau du châtelain. Sitôt reposé le combiné, il passa deux autres coups de fil, attrapa son pardessus et fonça à la voiture. Milot prit le volant et la Claveaux-Descartes démarra dans un nuage de fumée blanche.

Lucas arriva à Besançon à dix heures. À dix heures quinze, il était à l'hôpital. À dix heures trente, il en sortait, pour remonter en voiture. Celle-ci stoppa devant l'entrée de l'asile psychiatrique de Novillars à dix heures quarante-cinq. Grenier l'attendait, une cigarette à la main.

— Commandant, j'ai besoin de vous.
— C'est ce que j'ai cru comprendre.
— Venez.

Grenier demanda à parler au directeur de l'établissement. Après une vive explication, il eut gain de cause. À onze heures, le Gèdre, qui avait réintégré le centre psychiatrique après sa dernière crise, entra, menotté, dans le parloir réservé aux malades dangereux. Quand Lucas s'installa en face de lui, séparé de son frère par une vitre de trois centimètres d'épaisseur, celui-ci n'eut d'abord aucune réaction, comme s'il se trouvait face à un parfait inconnu.

Du couloir, Grenier les observait. Lucas ne cessait de parler et, dans le regard du Gèdre, quelque chose, peu à peu, se mit à changer. Il se redressa, puis s'adossa à son siège, la tête en arrière, les yeux fixes, comme s'il avait vu un fantôme. Il semblait avoir du mal à respirer. Lucas s'animait, on voyait ses mâchoires se crisper. Il frappa la tablette du poing. Le Gèdre serrait les dents, sourcils froncés, puis il baissa la tête, et quand il la releva, un sourire apparut sur son visage, pour disparaître presque aussitôt.

L'estafette s'arrêta en lisière de la forêt de Chailluz. Le Gèdre en sortit. Il avait des chaînes aux pieds et aux mains. Des gendarmes l'entouraient, l'arme au poing. Lucas et Grenier suivaient. Le Gèdre s'engagea dans un chemin de terre, se dirigeant vers une clairière, puis il obliqua dans une sente boueuse. Marchant difficilement, il tomba plusieur fois, relevé aussitôt par les gendarmes. Arrivé dans un sous-bois clairsemé, il se mit en quête. Les yeux rivés au sol, il se baissait parfois pour ramasser des herbes, qu'il reniflait et goûtait, les rejetant ou les conservant dans sa main. Au bout d'une demi-heure, il fit signe à Lucas.

— Il a ce qu'il lui faut. Merci commandant.

À ce moment précis débouchèrent du chemin deux policiers en civil. L'un était mince, le visage creusé, vêtu d'un blouson de cuir fourré.

— Grenier, vous pouvez m'expliquer ?

Il avait l'air furieux.

— Qu'est-ce que c'est que ce cirque ? Qui vous a autorisé ?

— Le préfet.

C'était vrai. Un coup de fil de Lucas avait suffi. Il avait des amitiés puissantes, et l'art de se faire rembourser les services rendus.

— Vous pouvez vérifier, commissaire.

— Je ne manquerai pas de le faire.

Le commissaire Escadier, de la police judiciaire de Besançon, les salua froidement et tourna les talons.

Grenier fit signe à ses hommes qui ramenèrent le Gèdre à l'estafette. Elle démarra en trombe, suivie de la berline de Lucas.

Mme Lucas était au chevet de sa fille, essayant de la rassurer. Maurine avait dû subir la visite d'un médecin accompagné d'internes. Il leur fit un cours sur la listériose et les périls qu'elle faisait courir aux nouveau-nés, puis il continua sa tournée. Just ne quittait pas les abords de la salle de réanimation. Le médecin qui s'occupait de l'enfant apparut au bout du couloir. Il fit signe à Just de le rejoindre.

— Monsieur Mouthier, j'ai à vous parler. Votre beau-père, M. Lucas, se trouve dans une annexe de la préfecture, à trente mètres d'ici, avec des gendarmes.

— Lucas ? Avec des gendarmes ?

— Une armée. Ils ont avec eux un homme : ce tueur, ce rebouteux à qui, je crois, vous avez eu affaire récemment.

Le médecin semblait à la fois effrayé et excité.

— Je suis responsable de ce service et, en tant que tel, je ne peux prendre sur moi d'autoriser des pratiques non conformes au code de conduite qui régit ma profession.

— En clair ?

— Nous ne pouvons plus rien pour votre enfant. Il ne réagit pas au traitement. Votre beau-père veut tenter quelque chose, avec cet homme, cette espèce de sorcier.

Il eut un geste d'impuissance.

— Un infirmier va conduire le bébé jusqu'au véhicule de gendarmerie. Ensuite, monsieur Mouthier, je ne veux plus rien savoir. Il sera stipulé sur le registre que le père, de son propre chef, a décidé de faire sortir l'enfant de l'hôpital. À vous de décider.
— Que dois-je faire ?
— Venir signer une décharge.

Just le suivit jusqu'à son bureau, parapha le registre et courut à l'annexe, dont le médecin lui avait indiqué la direction. C'était un bâtiment gris, de plain-pied, au fond de la cour d'un immeuble ancien, situé en face de la promenade Chamars. Un gendarme était en faction devant une porte de métal. Just déclina son identité et entra. Son beau-père faisait les cent pas dans un hall mal éclairé.
— Alors ? L'enfant ?
— Il sera là d'une seconde à l'autre.

Lucas lui fit signe de le suivre. Il frappa à une porte vitrée. Un autre gendarme vint leur ouvrir. Ils pénétrèrent dans une petite salle qui devait servir à des réunions. Des tables disposées en U couraient le long des murs. À l'intérieur du U, sur une chaise, se tenait le Gèdre, tête baissée, entouré par deux gendarmes. Posés sur une table, des herbes, un flacon contenant un liquide opaque et un couteau. Lucas et Just retournèrent dans le hall attendre l'enfant. Le chariot entra enfin, poussé par un infirmier, qui le plaça devant Just et fit aussitôt demi-tour.

Just put enfin voir son enfant. Il respirait faiblement, le visage recouvert d'un masque à oxygène. Il avait les yeux fermés, les mains crispées. Il semblait si fragile que Just, en poussant le chariot, eut peur de rompre le fil qui le reliait encore à la vie. Son beau-père le prit brutalement par le bras, et Just avança avec le chariot vers la salle où attendait le Gèdre. Deux mètres à peine les séparaient. Dès qu'il vit Just, il porta la main à son cœur. Puis il se leva. Il avait toujours les pieds et les mains entravés.

— Maintenant, il faut les laisser seuls, murmura Lucas.

— Qui ? Ce type et mon fils ?

— C'est une condition *sine qua non*.

Un sourire apparut sur le visage du Gèdre. Just secoua la tête.

— Je refuse.

— Just. C'est la dernière chance que nous avons de sauver le petit. Le temps presse. Nous n'avons pas le choix. Faites-moi confiance.

Sur un signe de leur chef, les gendarmes se retirèrent. Just fit un pas vers le chariot. Lucas le retint.

— Venez.

La mort dans l'âme, Just accepta de le suivre.

— C'est de la folie.

— Je sais.

Just et Lucas se tenaient devant la porte. Ils n'avaient jamais été aussi proches. Au bout du couloir, Grenier fumait cigarette sur cigarette. Des hommes étaient postés devant chaque issue. Dans la cour de l'annexe, des oiseaux pépiaient, perchés dans les branches d'un platane. La pluie s'était mise à tomber. Il faisait sombre.

Le Gèdre souleva délicatement la cage de verre, découvrant l'enfant. Les liens qui entravaient ses mains avaient été desserrés pour lui permettre d'opérer. Il alla chercher le couteau. S'entailla le gras du pouce, et laissa tomber dix gouttes de sang dans un flacon empli d'un liquide vert pâle. Un nuage pourpre se forma, puis se dissipa peu à peu, colorant le mélange. Il trempa la lame du couteau dans le flacon, puis se dirigea vers l'enfant, qui respirait de plus en plus faiblement. Il écarta le linge qui couvrait son épaule et, le long de la clavicule gauche, procéda à trois minuscules entailles. Le sang du nouveau-né perla sur sa peau. Le Gèdre passa le doigt sur la blessure, puis le trempa dans le mélange. Le sang du nouveau-né se mêla au sien. Il se pencha alors sur l'enfant et chuchota longuement à son oreille. Puis il se redressa, s'empara du flacon, dont il porta l'embouchure à ses lèvres. Il but le mélange jusqu'à la dernière goutte, reposa le flacon, prit son couteau, avec lequel il décrivit une jolie figure avant de le poser sur le ventre du nourrisson, lame dirigée vers son visage. Puis il frappa quatre coups violents, du plat de la main, sur la table. La porte s'ouvrit. Les gendarmes se précipitèrent et l'entraînèrent à l'extérieur. Quelques instants plus tard, on entendit démarrer l'estafette.

Just et Lucas, suivis de Grenier et de l'infirmier, entrèrent dans la salle. Un cri les arrêta :

le bébé hurlait, de faim et de solitude. Just s'approcha, vit le couteau et remarqua les délicates entailles sur la clavicule gauche de son fils, qui s'estompèrent au fil des minutes pour disparaître presque complètement. Il saisit la lame entre ses doigts et jeta le couteau à terre. Puis, se penchant sur l'enfant qui criait, il le prit dans ses bras.

Dans l'estafette, entouré par deux gendarmes, le Gèdre regardait défiler les arbres et les champs. C'était fait. Il avait transmis. Il pouvait partir. La drogue commençait à faire son effet. Ses paupières étaient lourdes. Il connaissait cette sensation d'engourdissement. L'effet était moins immédiat que celui de la belladone. Mais l'issue était la même : la porte allait s'ouvrir, la bête allait enfin l'emmener.

12

L'enfant se portait le mieux du monde. Just lui donna son premier biberon, après que le médecin l'eut examiné et eut constaté la guérison. Il ne fit aucun commentaire et demanda simplement la plus grande discrétion à Just et à son beau-père. Celui-ci était passé embrasser Maurine et la rassurer. Dès qu'il était apparu, sa femme était sortie de la chambre, lui jetant un regard glacial.

Maurine put enfin prendre son enfant contre elle, l'embrasser, le bercer. Just la rejoignit sitôt qu'il eut raccompagné Lucas à sa voiture.

— Chérie.

Il la serra dans ses bras. Dans son berceau, l'enfant dormait. Maurine avait les traits tirés, mais ses yeux brillaient de bonheur.

— Alors, il est guéri ? C'est merveilleux ! J'étais certaine qu'il vivrait !

Elle ne savait rien de ce qui s'était passé, de ce mystère opaque, de cette magie fulgurante. Lucas et Just s'étaient mutuellement promis de garder le secret.

— Comment va-t-on l'appeler ? On n'a même pas eu le temps de lui trouver un prénom.

— Il est né à l'hôpital Saint-Jacques. Ça lui a porté bonheur. Pourquoi chercher plus loin ?

— Jacques ? Jacques Mouthier ?

— Ce serait le premier de la famille.

Ainsi fut prénommé le fils de Just et Maurine. Comme l'avaient été avant lui Cœur, Cartier, et celui qui donna son prénom au plus beau des pèlerinages : saint Jacques de Compostelle.

Le Gèdre était assis à terre, dans sa cellule. Sa tête pendait sur sa poitrine. Il semblait dormir. Les infirmiers s'étaient mis à deux pour l'amener jusque-là : il pouvait à peine marcher. Derrière ses paupières closes dansaient des ombres et des flammes. La porte était ouverte et sa mère l'appelait. Il marchait vers une lueur rouge. Il vit passer devant lui un chariot tiré par des chevaux blancs. Trois femmes y étaient installées : la bancroche, Évelyne Mouratier et Thérèse Liançard. Elles ne lui jetèrent pas un regard et disparurent au loin, dans une lumière aveuglante. Puis la bête apparut. Elle venait du ciel noir, chevauchée par un enfant. Des naseaux du monstre sortaient des vapeurs de soufre. L'enfant se mit à rire, il tira une des oreilles de la Vouivre, qui poussa un grognement avant de s'envoler, l'emportant avec lui. L'homme tendit les mains pour les retenir, mais ils avaient déjà disparu. Il connaissait l'enfant qui chevauchait la bête : c'était celui qu'il avait sauvé. Il vit ensuite passer ses parents : le garçon aux cheveux bouclés donnait la main à la princesse. Il essaya de les appeler, mais ils ne l'entendirent pas. Ils passèrent devant lui et s'éloignèrent vers l'horizon. Il avança alors jusqu'au seuil de la porte. Après, c'était le vide. Il écarta les bras, laissa la chaleur des flammes lui brûler le torse et le visage et plongea vers la lueur rouge. Aussitôt, les flammes s'éteignirent et le noir se fit.

Le téléphone sonna au château. C'était Grenier. Il était furieux.

— Monsieur Lucas, notre homme est mort. Il s'est empoisonné, le légiste est formel.

Lucas feignit l'étonnement :

— Je suis désolé, c'est très ennuyeux.

— À qui le dites-vous ! Maintenant, l'affaire est classée. Et moi, j'ai l'air de quoi ?

Lucas n'osa lui répondre. Mais, après avoir raccroché, il eut un rire bref. Puis il se servit un whisky et alluma un cigare qu'il dégusta en regardant les étoiles monter dans un ciel d'un noir d'encre.

13

Le printemps s'était installé et le soleil baignait la vallée. Les troupeaux étaient au pré. Des tracteurs sillonnaient la campagne, comme de gros insectes crachant une fumée grise. Dans les fermes, la vie avait repris, le tas de fumier grossissait, la soue à cochon avait un nouveau pensionnaire. Les routes et les chemins se couvraient de bouses, un régal pour les mouches et les oiseaux. Les montbéliardes donnaient à la Comté des allures de Grand Ouest. Leurs cloches faisaient écho aux sonneurs de cor, qui se répondaient de vallée en vallée. À la Frasne, trente vaches avaient pris possession de leur territoire. Le poulailler accueillait quinze poules et un coq. Il y avait aussi un âne, cinq chèvres et une truie. Barthélemy dirigeait d'une main ferme cette arche de Noé. Joëlle et lui avaient finalement décidé de vivre ensemble avant le mariage, ce qui faisait jaser au pays. Mais ils s'en fichaient bien. De toute façon, c'était pour bientôt, et, selon le vœu de Just, baptême et union seraient célébrés le même jour.

Les semaines passèrent vite, à organiser les festivités tout en déroulant le fil du quotidien. Et le dernier samedi de mai, la petite église de Mouthier-Le-Château était de nouveau pleine à craquer. Jacques avait été baptisé le matin, en présence de la proche famille. Puis on était rentré déjeuner chez Lucien, en attendant les invités au mariage. Le père Grelin arriva le premier, en autocar, accompagné de son chien. Le Gris retrouva Tilt. Les Montrapon suivaient, dans deux voitures qu'on ne leur connaissait pas. Personne n'eut la mauvaise idée de s'enquérir de leur provenance. Ferdinand était au volant de la berline de son père, dans laquelle avaient pris place Louis et Armelle Béliard. Derrière eux, dans une 403 conduite par Claude Aminel, se trouvaient Céleste et Rosine. Les cousins des Écorces arrivèrent les derniers, une crevaison les ayant retardés. Le cortège partit pour la Frasne, où les véhicules furent abandonnés. C'est à pied qu'on gagna le village. Joëlle portait une robe de mariée achetée à Besançon, Barthélemy un costume croisé offert par son frère.

La cérémonie fut émaillée d'incidents dus aux journalistes, qui déclenchaient leurs flashes en rafales. Le curé menaça d'interrompre l'office. Les Montrapon prirent les choses en main et tout rentra dans l'ordre. À la sortie de l'église, les villageois firent une ovation aux jeunes mariés, deux enfants du pays qui lui faisaient honneur en y installant leur foyer, la nouvelle Frasne.

La fête qui suivit leur permit d'oublier, dans les chants et les danses, le drame de l'été précédent. Céleste et Claude Aminel ne se quittèrent pas de la soirée. Le père Gélard faillit avoir une attaque quand Fatia, à qui il demandait si le père Grelin était son grand-père, lui répondit qu'il était son amant. Ferdinand découvrait la jalousie, ainsi que sa bisexualité : il détestait voir les gars du village tourner autour de Rosine. Les Montrapon faisaient danser les filles. Une bagarre éclata quand un fils de fermier de Sanguey, qui disputait à Mokhtar les faveurs d'une jeune beauté, le traita de *bique* et de *fellouze*. Il fut chassé par Just et la fête put reprendre.

C'est à l'aube que la compagnie se quitta. Les jeunes mariés étaient partis depuis longtemps, pour une destination inconnue. Maurine s'était endormie sur l'épaule de Just qui dégustait la traditionnelle soupe à l'oignon devant la cheminée. Il la réveilla d'un baiser.

— Viens.

Ils allèrent chercher leur enfant, qui dormait à l'étage.

— Où nous emmènes-tu ?

Le jour se levait, et quand ils arrivèrent aux Jonquets, près de la rivière, Just portant l'enfant, le soleil montait derrière les collines. Ils s'enfoncèrent dans le bois, marchèrent jusqu'au ravin. L'entrée du refuge de Just, dans ses années d'enfance, était masquée par des broussailles qu'il écarta, avant de descendre les quelques marches qui conduisaient à la grotte. Maurine le rejoignit, et ils avancèrent vers la lueur d'or jaillissant de la roche. La fenêtre percée dans la pierre ouvrait sur l'infini des eaux dormantes. Entre les joncs, les arbres et les rochers, le soleil se glissait, redonnant aux étangs l'éclat que la nuit leur avait dérobé.

— C'est là que tout a commencé, mon amour, dit Just.

Et c'était peut-être là que tout finirait. Après d'autres jours et d'autres nuits, quand le passé en aurait assez de se taire, quand les secrets, trop bien gardés, surgiraient enfin en pleine lumière. Ce temps-là n'était pas encore venu.

Maurine prit son enfant dans ses bras. Elle se mit à le bercer, tandis qu'au lointain, par-delà les tourbières, l'horizon s'éclairait.

À la croisade de Porte-Nuit, le bois était désert, et rien ne laissait supposer que quatre saisons plus tôt, un homme vivait ici, entre sources et forêts. Dans les fourrés qu'il traversait autrefois, les fruits de la belladone se balançaient, intacts, au bout de tiges souples. Il ne viendrait plus les cueillir, ces baies luisantes et noires, qui portaient en leur cœur, comme on porte un fardeau, la mémoire d'une vie.

Achevé d'imprimer
en janvier 2007
par Printer Industria Gráfica
pour le compte de France Loisirs, Paris

Numéro d'éditeur : 47478
Dépôt légal : janvier 2007

Imprimé en Espagne